Alma da Fera

Obras da autora publicadas pela Galera Record

Série Sociedade secreta

Rosa & Túmulo
Sob a rosa
Ritos da primavera
Escolhas de formatura

Série Ordem da Leoa

Caçadora de unicórnios
Alma da fera

DIANA PETERFREUND

Alma da Fera

ORDEM DA LEOA – VOL 2

Tradução
Regiane Winarski

1ª edição

— Galera —
RIO DE JANEIRO
2014

CIP-BRASIL. CATALOGAÇÃO NA FONTE
SINDICATO NACIONAL DOS EDITORES DE LIVROS, RJ

Peterfreund, Diana
P574a Alma da Fera / Diana Peterfreund; tradução Regiane Winarski.
– 1ª. ed. – Rio de Janeiro: Galera Record, 2014.
(A Ordem da Leoa; 2)

Tradução de: Ascendant
ISBN 978-85-01-09862-7

1. Ficção americana. I. Winarski, Regiane. II. Título. III. Série.

14-12666 CDD: 813
CDU: 821.111(73)-3

Título original em inglês:
Ascendant

Editoração eletrônica: Abreu's System
Adaptação de capa: Renata Vidal

Texto revisado segundo o novo Acordo Ortográfico da Língua Portuguesa.

Impresso no Brasil

EDITORA AFILIADA

ISBN 978-85-01-09862-7

Para meu pai, que me ensinou sobre ciências e mulheres fortes.

A Caça ao Unicórnio

Nos tempos antigos, a realeza caçava unicórnios por esporte. Os nobres irrompiam dos castelos, vestidos em cores alegres, armados com lanças, arcos, facas, cachorros e a arma secreta: uma donzela virginal. Sem a garota, o unicórnio nunca poderia ser capturado. Nobre de nascimento, corpo e coração puros, a virgem entrava nas profundezas da floresta e permitia que os homens a amarrassem em uma árvore. Ali, esperava, casta, silenciosa e imóvel, até que o ardiloso unicórnio, atraído por ela como por magia, se aproximasse e colocasse a cabeça em seu colo.

Uma vez subjugado o unicórnio, a virgem agarrava-lhe o chifre e prendia o animal. Os homens saíam de seus esconderijos e esfaqueavam a perigosa besta, deitada nos braços gentis da virgem. Então, era assim que homens corajosos e gloriosos conseguiam matar um unicórnio.

Não fazia diferença se era virgem quem ficava com sangue nas mãos.

1

Quando Astrid cumpre seu dever

O unicórnio deu o último suspiro. Dentro de seu peito, o coração tremeu e parou. A menos de 20 metros de distância, eu o senti morrer, e o mundo voltou ao normal. O fogo e a inundação diminuíram, o túnel se alargou, e meus pensamentos voltaram a ser meus. Baixei o arco e corri até o corpo do animal, uma corrida humana, em ritmo humano, quase uma lesma em comparação à corrida recente instigada pela velocidade de caçadora. Inclinei-me sobre o corpo e retirei minha flecha. Tinha perfurado tanto o pulmão quanto o coração, e a ponta, feita de alicórnio, estava ensopada com o quase preto sangue arterial do kirin. Vapor subia do cadáver aos meus pés, rodeando as minhas pernas e se misturando à névoa do amanhecer no campo. Limpei a flecha na grama e a coloquei de volta na aljava. Não eram flechas tão comuns a ponto de podermos perder alguma. Peguei a faca e me ajoelhei ao lado da cabeça do unicórnio. Os olhos amarelos estavam vítreos, desprovidos da sede de sangue que havia pouco tempo dominava nós dois.

Eu estava cortando seu crânio cuidadosamente quando Cory chegou.

— No fim das contas não precisava de apoio, então? — perguntou ela, ofegante.

— Por causa de um único kirin? — respondi, sem erguer o olhar.

Durante o último mês, extrair alicórnios tinha se tornado uma operação *post-mortem* automática. Era enfiar a faca na cavidade ocular até o arco orbital, dar um empurrão rápido para cima, quebrando a cavidade nasal; depois usar o próprio alicórnio como alavanca para destruir a parte de cima do crânio e arrancar os ligamentos e a pele que protegiam a base. No começo, simplesmente serrávamos a parte do chifre que conseguíamos segurar, mas agora tentávamos atingir o máximo da raiz e guardar as reservas de veneno.

Cory me observou trabalhar.

— Quantos abates você tem, contando com esse?

— Nesta caçada? — perguntei, e soltei o alicórnio. — Quatro?

Cory não disse nada. Joguei a trança por cima do ombro com a mão menos suja de sangue e olhei para ela.

— E você?

— Zero.

Fiquei de pé.

— Jura?

Ela me deu um sorriso tenso.

— Alguém sempre acerta antes de eu ter oportunidade.

Se a declaração tinha a intenção de ferir, mal fez efeito junto ao veneno de alicórnio. Por baixo do meu suéter, gotas de suor pinicavam a pele macia da cicatriz na base de minha escápula.

— Não é uma competição — argumentei.

Seu sorriso ficou ainda mais tenso.

— Todas as evidências apontam o contrário.

Juntas, encharcamos o chão ao redor do unicórnio com retardadores de chamas, pegamos nossos frascos de gasolina e ateamos fogo no animal morto. Tínhamos aprendido que era a única maneira de lidar com os corpos. Nenhum abutre ou inseto tocaria nos restos do unicórnio. As mais corajosas entre nós até tinham experimentado a carne, perguntando-se, como acontecia com tantos outros aspectos desses animais, se as caçadoras tinham uma tolerância maior aos unicórnios. Mas, aparentemente, a carne era horrível. Até Grace, que comia tripas à moda romana com alegria, cuspiu tudo. Assim, a cremação era a única opção.

Cory e eu voltamos para o ponto de encontro sem mais conversa. Sinceramente, eu não conseguia entender a fonte de sua mágoa. Quando eu matava um unicórnio, era mais por reflexo que por qualquer outra coisa. A magia me dominava. Eram apenas eu, minha presa e minha arma. Não havia discussão com as outras caçadoras sobre de quem era a "vez". Hesitação poderia resultar em uma de nós morta. Unicórnios se movem rápido demais para que possamos parar e pensar quantos cada uma já matou. Se eu tinha chance, aproveitava. A alternativa era uma chifrada na barriga.

Eu sabia disso muito bem.

Duas das outras caçadoras que nos encontraram na clareira estavam sujas do sangue escuro de kirin, embora só uma delas estivesse segurando um chifre. Grace girava o alicórnio como um bastão repulsivo e Ilesha parecia desorientada.

— O chifre estava quebrado — explicou ela, enquanto enrolava uma atadura na perna. — Os dentes ainda funcionavam.

O restante das caçadoras permaneceu alerta, os corpos tão tensos quanto as cordas dos arcos, os queixos erguidos, os olhos vivos e em constante movimento.

— Já chega — resmungou Cory. Sozinha entre as malsucedidas, deixou os ombros penderem, e a ponta de seu arco se arrastou na terra. — Não tem mais nenhum.

Ela estava certa, é claro. O sol já estava subindo atrás das colinas distantes, incendiando a neblina matinal e enviando qualquer unicórnio de volta ao esconderijo, até o pôr do sol. Unicórnios são criaturas crepusculares, ativos entre o anoitecer e o amanhecer, quando era mais provável que as sombras e a névoa pudessem protegê-los dos olhos e da memória dos humanos. Era raro um kirin ficar exposto à luz do dia. Apurei meus sentidos ao máximo, mas não captei nenhum traço restante em meio ao aroma de combustível queimando e terra molhada.

Olhei para as outras seis garotas na clareira. Apenas poucos meses antes, seriam uma visão inimaginável: as roupas manchadas de sangue, segurando pedaços dos monstros que assassinaram. Dois meses atrás, poucas pessoas sequer acreditariam que unicórnios existiram. E, mesmo que tivessem existido, não teriam sido bestas venenosas comedoras de homens, e sim criaturas gentis, cintilantes e mágicas. Era o que dizia a história, pelo menos. E era tão precisa quanto a ideia de que nobres medievais mantinham virgens donzelas apenas como isca de unicórnio. Para que prolongar o tema? Nós, virgens donzelas, éramos capazes de fazer mais que simplesmente atrair e capturar os animais. Podíamos nós mesmas atirar neles. As mulheres de minha família foram caçadoras de unicórnios desde tempos imemoriais, exceto por aqueles esquisitos 150 anos durante os quais, erroneamente, achamos que os unicórnios estavam extintos.

Caçadoras de unicórnios podem saber mais sobre os monstros do que uma pessoa comum, mas até nós cometemos erros.

Na verdade, se eu começasse a catalogar as coisas que não sabíamos sobre unicórnios e sobre nossa magia de unicórnios, ficaria aqui o dia inteiro. E minha manhã já fora longa o bastante.

Terminei de examinar o círculo. Tinha mesmo ultrapassado minha cota? Ilesha matara três, Grace, cinco; Melissende e Ursula acabaram com dois cada uma, e Zelda acertara um. Franzi a testa e dei um peteleco em um pedaço de crânio grudado nas costas de minha mão. Talvez eu estivesse no lado alto da balança, mas certamente não era nada bizarro. E, como expliquei a Cory, aquilo também não era uma competição. Nós caçávamos como grupo e ajudávamos umas às outras nos abates se o disparo inicial não derrubasse o animal.

É claro que, em quase todos os casos, quando um unicórnio virava meu alvo, isso significava que iria morrer. Os dias em que eu arriscava qualquer coisa que não fosse um disparo mortal já estavam para trás. Duas semanas antes, atingi um unicórnio na perna, e, antes que eu conseguisse pegar outra flecha, ele tinha dado um coice no rosto de Valerija. Ela ainda estava se alimentando por um canudo.

Mas 17 era um número grande para um grupo de kirins, e eu estava prestes a dizer isso quando Grace falou.

— Dizimamos dois grupos, arrisco dizer. — Grace tinha guardado o alicórnio conquistado e inspecionava a espada em busca de lascas. — Ou os remanescentes de dois grupos. Aposto que o unicórnio com chifre quebrado de Ilesha era um macho alfa banido.

— Era fêmea — disse Ilesha. — E acho que eles não têm alfas como as matilhas.

— Não sabemos o que têm, sabemos, *Cory*? — observou Grace. Cory deixou os ombros penderem ainda mais.

— Não vejo *você* fazendo pesquisa alguma! — acusei Grace bruscamente.

— E eu não vejo *ela* matando unicórnio algum — respondeu Grace no mesmo tom. — E, se você ficasse em casa em algumas dessas noites, talvez usássemos melhor aquele laboratório em vez de simplesmente comprar tubos de ensaio.

— Desde quando tenho doutorado em farmacologia? — Minhas mãos estavam nos quadris agora, ou, mais precisamente, apoiadas no cabo da faca de alicórnio na bainha presa ao cinto. — Sim, estamos reconstruindo o scriptorium, mas não vamos simplesmente acordar um dia com o Claustro tendo virado o laboratório da Gordian...

— Graças a Deus por isso — murmurou Ilesha.

— Não temos equipamento nem conhecimento para... — Parei de falar porque sabia que estava parecendo um disco quebrado. Grace era tão precisa com as farpas que soltava como era com um arco e flecha. Sabia exatamente onde me atingir para fazer doer de verdade.

Restaurar o laboratório-barra-biblioteca destruído no monastério em ruínas tinha sido uma invenção conjunta de Cory e Phil, não minha. Elas decidiram que eu precisava de um projeto para me ajudar a esquecer o que tinha acontecido em Cerveteri no mês anterior. Como concluíram que montar o equivalente a um laboratório de química de ensino médio poderia compensar a destruição de um laboratório de pesquisas de primeira categoria estava além da minha compreensão. E uma aluna, com aspirações a uma carreira em medicina, que abandonou o ensino médio, jamais conseguiria imitar as habilidades do homem que ela permitira ser morto bem na sua frente.

Fechei os olhos por um momento, deixando que a lembrança dominasse a mente, afogando, com amargura e arrependimento, qualquer resquício do instinto assassino de uma caçadora. Marten Jaeger, o rosto contorcido pela dor quando o veneno do karkadann entrou em sua corrente sanguínea. Talvez eu pudesse ter impedido, pudesse tê-lo salvado.

Quando voltei à conversa, Cory engatara o discurso retórico a todo vapor.

— Além do mais — ela praticamente gritava com Grace —, até assumir um papel mais ativo nas responsabilidades administrativas do Claustro, você não tem direito de reclamar das escolhas que fazemos.

Alguma coisa aguçou meus sentidos, e minha mão apertou o cabo da faca.

Cory continuou a gritar, embora eu mal conseguisse compreendê-la acima do sangue me correndo nos ouvidos.

— Nesta Ordem, o valor não é determinado por quantidade, e me ressinto...

Grace sacou a espada, se virou e a enfiou no coração do potro kirin que avançava sobre nós. O monstro desmoronou sobre a lâmina, morto.

Cory ficou paralisada, mas o restante de nós não ficou surpreso. As outras quatro garotas e eu tínhamos puxado nossas armas; todas estávamos agachadas e prontas. As mãos de Cory continuavam vazias, e a boca estava aberta em choque.

Ela não havia sentido? A julgar pelas expressões das outras caçadoras, todas estavam tão curiosas quanto eu.

Grace soltou a lâmina da espada.

— Esse é o sexto desta caçada — disse ela, com tranquilidade. — O que estava mesmo dizendo sobre o quanto é útil?

— Não consigo entender — disse Cory, pela quinquagésima vez.

Estávamos recolocando as armas de alicórnio na parede da casa capitular do Claustro. Ninguém tinha certeza se era vantajoso guardá-las ali embaixo, mas achávamos que mal não faria. As caçadoras antigas as exibiam na parede, então também faríamos isso. Quase não se contestava o fato de a casa capitular ser o aposento mais mágico de toda a construção. Se tinha o poder de tornar a magia de caçadora mais forte em nós, quem sabe pudesse fazer o mesmo pelas armas?

— Sou caçadora. Sei que sou. Consigo sentir — disse Cory. — Bonegrinder ainda faz reverência quando me vê. Então, os poderes não sumiram. Só estão... *contidos*. Isso é possível? Não entendo.

Rosamund fez uma pausa nos amados acordes de piano e soprou uma mecha de cabelo ruivo do rosto.

— É possível não entender em outro lugar? Algumas de nós estão tentando ensaiar aqui.

Cory resmungou:

— O que foi, estou desafinando sua melodia? Sou a nota errada na câmara de eco perfeita? — Ela prendeu outro arco na parede de armas mais fortemente que o necessário e desceu correndo os degraus, os cachos castanhos balançando com indignação.

Rosamund pareceu surpresa.

— Sabe que não foi isso que eu quis dizer, Cory. Talvez seja uma coisa bem mais simples. Talvez você seja como um piano e precise ser afinada.

— Pianos não precisam ser afinados apenas quando não estão em uso? — perguntei, e me arrependi imediatamente. Cory vinha *tentando* caçar, afinal. Não era culpa dela o fato de ser uma droga nisso. E, se alguém devia estar sofrendo pela falta de prática, esse alguém devia ser Rosamund, que conseguira escapar das últimas três caçadas, preferindo ficar na casa capitular tocando sua preciosa música.

Sorte. Queria saber o truque. Eu também não gostava de matar animais ao amanhecer, mas ainda não tinha encontrado forças para ficar em casa.

E não sabia bem o que isso dizia sobre mim.

Não que quisesse passar tempo na casa capitular cheia de ossos. Embora o aposento quase não me deixasse mais com dor de cabeça, ainda tinha o poder de me deixar louca. Eu não gostava de ficar cercada de tanta morte. A maior parte das outras caçadoras também ficava feliz em passar o tempo livre no alojamento ou no pátio, e só Rosamund e Valerija pareciam gostar de ficar ali embaixo.

— Não, gostei dessa ideia — disse Cory. — Talvez a gente precise de verificações regulares, como um carro. — O rosto dela se iluminou pela primeira vez no que pareceu uma eternidade. — E também sabemos precisamente como fazer isso.

Rosamund tremeu. Apesar do amor declarado pela casa capitular do Claustro, havia um artefato que ela fazia qualquer coisa para evitar: o enorme trono de alicórnio, composto de dezenas de chifres de unicórnio que se cruzavam e se retorciam ao redor um do outro em uma série de padrões horríveis. O trono foi um presente do povo da Dinamarca em homenagem a um grupo de caçadoras que certa vez salvou uma cidade da dizimação por unicórnios. Cada chifre do trono foi tirado de um animal que matou uma caçadora. No mês anterior, descobrimos o propósito do trono.

Como cada um dos artefatos de unicórnio no Claustro, sua presença nos sintonizava aos pensamentos e movimentos dos monstros, tornando-nos caçadoras melhores.

Nossas habilidades natas de caçadoras permaneciam adormecidas a não ser que estivéssemos na presença de um unicórnio de verdade. Ter os artefatos por perto, estar perto de nossa zhi de estimação, Bonegrinder, tudo isso funcionava como anticorpos na corrente sanguínea, elevando a capacidade do corpo de lutar. No entanto, se a construção era como um sistema imunológico, o trono era como um tiro no braço.

É claro que a maneira mais rápida de melhorar as aptidões de caçadora era deixar um unicórnio fazer um buraco no seu corpo. Eu era prova viva do quanto isso funcionava bem. Uma maneira ligeiramente menos dolorosa, mas tão violenta quanto, era se sentar no trono e deixar a magia dos alicórnios assassinos penetrar em seu corpo.

A sensação era de fogo, e sua mente se enchia de visões da batalha sangrenta na qual as antigas caçadoras morreram; visões que criavam caminhos em seu cérebro, abrindo espaço para a estranha comunhão com a presa. Eu ainda não entendia como funcionava. Só sabia que funcionava de verdade.

Para uma caçadora, qualquer coisa feita de unicórnio estava imbuída de magia. Para todas as outras pessoas, não passava de chifre e osso.

Cory se aproximou do trono e se sentou com cautela, preparando o corpo para o esperado ataque de dor e horror. Ela apertou bem os olhos.

Rosamund fez uma careta.

— O que está acontecendo?

— Vejo o campo de batalha — respondeu Cory.

Tremi ao me lembrar da terra molhada de sangue, do céu cinza como um verme e dos gemidos das moribundas sob os gritos de guerra das que ainda lutavam. Cory foi em frente, sua voz sem expressão:

— Mas não sinto nada.

No mês anterior, pouco depois de ser perfurada por um unicórnio, toquei no trono e não senti a pontada de fogo habitual. Na época, pensei no quanto a dor do trono era similar à agonia do veneno do alicórnio, e foi daí que tive a ideia de que era possível usar o trono para forçar uma sintonização rápida de caçadora. O experimento funcionou, e naquela primeira vez percebemos que a diminuição da dor era sinal de que o processo estava completo.

Se Cory não sentia dor agora, isso devia significar que estava pronta para caçar. Mas ela ainda não estava sentindo a presença dos unicórnios como nós, e eu não conseguia entender por quê.

Cory se virou para mim.

— Bem, e então Dra. Llewelyn? Qual é o diagnóstico?

Não falei nada.

— Esquece. — Cory bateu com as mãos nos braços do trono, levantou-se e saiu do aposento.

Rosamund e eu ficamos nos olhando depois que ela saiu.

— Devo ir pedir desculpas? — perguntou ela.

Balancei a cabeça.

— Deixe ela esfriar um pouco a cabeça. — Depois de três meses dormindo no mesmo quarto, eu sabia que era melhor que os humores de Cory fossem evitados, não consolados.

— Sinto muito por ter feito ela se sentir pior — disse Rosamund. — Ela sabe que não tira a música do tom.

— Alguma vez sua música sai do tom? — perguntei, meio que de brincadeira. Antes de ir para o Claustro, Rosamund estava a caminho de uma carreira como pianista de concertos.

A austríaca ficou vermelha.

— Quando Phil está aqui. Sim, um pouco.

Fechei os olhos.

— Por favor, não conte para Phil — acrescentou Rosamund, claramente arrependida por ter revelado aquilo à prima dela.

Respirei fundo e abri os olhos.

— É claro que não — menti, e Rosamund, como jamais mentiria, acreditou em mim. Mas é claro que eu ia contar a Phil, ao menos porque minha prima odiaria a ideia de a presença dela ser um peso para qualquer pessoa aqui. Deixei Rosamund com seu instrumento e subi a escada para o primeiro andar, sentindo a tensão de certa forma diminuir assim que me afastei da força daqueles ossos.

Mas a pressão nunca se dissipava de verdade dentro dos muros do Claustro. Havia restos de unicórnio na própria construção. As luminárias eram feitas de ossos da perna e cascos, e os buracos vazios de olhos dos crânios olhavam para nós de cada um dos arcos de passagem. Entrei na rotunda e encontrei Cory, com as mãos atrás das costas, contemplando o painel gigantesco de minha ancestral Clothilde Llewelyn atacando o karkadann que a história nos dizia ser Bucéfalo.

— Desculpe por estourar lá embaixo — disse ela, sem preâmbulos e também sem afastar o olhar do rosto plácido do manequim.

— Não tem problema. — Dei de ombros e fui para o lado dela observar o painel. A verdadeira Clothilde não se parecia em nada com essa boneca exuberante de cabelos dourados e vestido branco imaculado.

— Sei que não parece — disse Cory —, mas estou mesmo melhorando esse meu problema de temperamento.

Coloquei a mão em seu ombro.

— Estou me esforçando muito — disse ela de impulso, e eu não sabia mais se estava falando sobre o temperamento ou sobre caçar.

— Sei que está — afirmei, porque era verdade sobre as duas coisas. Cory foi quem trouxe de volta a Ordem da Leoa, quem abriu o Claustro, quem nos encontrou.

Cory respirou fundo, tremeu e gesticulou em direção ao manequim, meio perdida.

— Eu só queria...

O quê? Que Clothilde pudesse sair da plataforma, como uma deusa que ganhou vida, e resolvesse todos os nossos problemas? Que explicasse para nós a verdadeira natureza dos nossos poderes, promovesse vingança sobre os unicórnios por matarem a mãe de Cory, tudo sem amassar o vestido de seda?

O painel era uma mentira, cada pedaço dele. A verdadeira Clothilde Llewelyn tinha cicatrizes e vivia suja; mãos encharcadas de sangue e braços que pareciam cordas de tão musculosos. O cabelo da verdadeira Clothilde Llewelyn tinha sido cortado curto, exibindo a cicatriz que cobria todo o couro cabeludo. A espada que o manequim portava nem era real. Eu era dona do montante que tinha sido dela. A verdadeira Clothilde não tinha morrido em batalha contra o karkadann Bucéfalo; ela fez um acordo com o monstro que a permitiu largar a vida de caçadora, um acordo que fez os unicórnios se esconderem por mais de 150 anos.

Passei os dedos pelos cachos castanhos de Cory. Não era uma vida de beleza. Se fôssemos em frente, será que terminaríamos como Clothilde? Amargas, destruídas, desesperadas para encontrar um jeito de sair?

— Eu só queria que eles sumissem — concluiu Cory. — Queria poder exterminar cada um deles. Se não houvesse mais unicórnios, não estaríamos em perigo. Nossas famílias não estariam em perigo, ninguém jamais teria de viver como eu. — Ela inclinou a cabeça. — Eu era o farol que atraiu a morte para a porta de minha mãe.

— Está trabalhando nessa frase faz tempo, hein? — perguntei.

Mas Cory tinha parado de ouvir de novo.

— Tudo que quero, tudo que sempre quis, é acabar com eles. Eu mataria cada unicórnio que existe na Terra, se pudesse. — Ela abriu e fechou as mãos em um reflexo, um tique nervoso que eu não via desde que nos sintonizamos como caçadoras. — E sequer posso fazer isso. Fico ao lado, vendo vocês o fazerem.

Enrijeci. Matar cada unicórnio que existe na Terra? Olhei para o gigante karkadann empalhado, que podia nem ser um karkadann, mas certamente não era o karkadann Bucéfalo, o unicórnio de guerra que marchou com Alexandre, o Grande, que conheceu minha tataravó de quinta geração Clothilde... que, no mês anterior, salvou minha vida.

Matar todos os unicórnios? Levar a espécie toda à real extinção? Era isso mesmo que eu tinha vindo fazer aqui?

2

Quando Astrid perde uma batalha inesperada

Encontrei Phil no escritório do *don*, com pilhas enormes de papel na mesa e o telefone grudado na orelha.

— Pode anotar um recado, então? Sim, Philippa. Um ele, dois pês, e Llewelyn tem dois eles primeiro e depois um. Bem, não, o primeiro pê também está lá. Olhe, não me importa como você soletra meu nome, basta dar o recado. Ordem da Leoa. Caçadoras de unicórnios, isso mesmo. Sim, estou falando muito sério.

Ela desligou o telefone, soprou forte e sorriu para mim.

— E aí, Asteroide. Já teve um daqueles dias em que você sentiu como se tivesse saído do filme *Os caça-fantasmas*?

Eu me sentei na cadeira em frente a ela.

— Em *Os caça-fantasmas*, eles não capturavam os fantasmas e guardavam em um dispositivo que terminava explodindo em cima da cidade toda?

— Tá, esquece a metáfora. — Phil mexeu em algumas das pastas. — Como você está?

Dei de ombros.

— Matei quatro unicórnios esse fim de semana.

Phil fez uma careta.

— Eu não estava pedindo um placar, prima.

É claro que não. Phil estava preocupada desde o começo com o que exatamente significava proteger a humanidade da ameaça de unicórnios assassinos. Onde terminava? Enquanto isso, eu ficava satisfeita em racionalizar os benefícios de matar os unicórnios que colocavam em risco as pessoas de áreas populosas. As caçadoras mataram um kirin que estava aterrorizando uma fazenda, um bando de zhis que estava caçando em um parquinho de escola de subúrbio, um re'em que vagava nas ruas de Roma. Nunca houve a intenção de que a caçada de unicórnios fosse uma coisa de planejamento a longo prazo, porque as pessoas que inventaram a Ordem da Leoa séculos atrás não tinham o conceito de preservar outras espécies, principalmente as perigosas.

E agora me dava conta de que a pessoa que a tinha revivido, Cory Bartoli, também não.

Matar unicórnios podia ser o que fazíamos, mas também tínhamos de elaborar planos para o estágio final. Hoje em dia, as pessoas não *podiam* caçar espécies até a extinção. Ou não deviam, pelo menos. E era isso que Phil queria garantir.

— Quem era no telefone? — Eu quis saber.

Phil revirou os olhos.

— O estagiário do assistente da secretária assistente do subsecretário do Departamento de Interior.

— Então você está mesmo indo a algum lugar com essa sua cruzada?

— É melhor do que parece, sinceramente.

Só balancei a cabeça.

— Já ocorreu a você que isso não está nos planos deles? Neste exato momento, estão preocupados em deixar os parques seguros. Ainda estão tentando entender por que não podem simplesmente pegar um rifle e atirar em um unicórnio que entra em áreas populosas. Não vão botar em prática um plano de preservação até terem feito estudos sobre o animal que esperam preservar. Essas coisas levam tempo.

Phil sorriu, mas não foi seu sorriso largo e lindo de sempre.

— Bem, tenho um semestre antes que meu técnico de vôlei me substitua na equipe e cancele minha bolsa, então é basicamente agora ou nunca. — Ela mexeu nas coisas sobre a mesa, rearrumou e mudou papéis de uma pilha para a outra. O anel de *don* brilhou no seu polegar, a pedra cabochão reluzindo como uma gota de sangue fresco. — Tenho quatro meses pra salvar os unicórnios.

Assenti de boca fechada. Talvez fosse uma boa ideia que Cory e Phil coordenassem. Minha colega de quarto provavelmente ficaria meio infeliz ao saber que seus planos de extermínio estavam sendo minados por minha prima e sua busca pela preservação. Uma busca com contas de telefone repletas de interurbanos saindo direito do bolso de Cory.

— Não vai ser fácil — prosseguiu ela, sem olhar nos meus olhos. — Mesmo se eu ainda fosse mágica.

Ouvi um tinido, e Bonegrinder saiu da ala privativa do *don* com o andar rígido e os olhos ainda meio fechados de sono. O pequeno unicórnio bocejou e mostrou a longa língua cor-de-rosa e os dentes afiados e brancos.

— Vem aqui, amorzinho — disse Phil para a zhi.

Bonegrinder olhou para ela sem dar atenção e então pulou até meu lado da mesa, abaixando-se aos meus pés. Acariciei a cabeça dela atrás do chifre em espiral, e ela baliu com alegria. O anel de *don* devia manter Bonegrinder dócil na presença de não caçadoras como Phil e Neil. Mas, ultimamente, a zhi agia mais com tédio do que com submissão em relação ao suposto poder incrível e mágico de controlar unicórnios.

Phil se ocupou das pastas.

— Tive notícias de Neil mais cedo — disse ela. — Ele vai trazer duas novas caçadoras mês que vem.

— Que ótimo! — comentei, enquanto Bonegrinder enfiava a cara no meu colo, para que eu coçasse debaixo dos pelos de seu queixo. Talvez mais útil que treinar caçadoras para vencer a ameaça dos unicórnios seria descobrir o que fazia o anel funcionar e produzi-lo em massa. Mas ele precisava ser somado a outra parte da magia que ninguém entendia.

— É, precisamos aumentar nosso número, não é mesmo? — Phil prendeu uma mecha do cabelo louro-escuro atrás da orelha. — Estamos morrendo como moscas, sabe.

— Phil — comecei.

Ela me olhou nos olhos.

— Eu estava *brincando*, Asterisco. Por favor, não me trate como uma boneca de porcelana. Acredite, não sinto falta de matar animais selvagens inocentes que só estão respondendo aos próprios instintos de sobrevivência.

Não, ela não sentiria falta disso. Bonegrinder colocou os cascos da frente nas minhas coxas, e as beiradas duras machucaram minha pele. Eu a empurrei, e ela resmungou, fez beicinho e se deitou ao lado da minha cadeira. Tirei pelos brancos e fofinhos da calça jeans.

Phil fingiu não reparar. Algumas pessoas tinham falado sobre arrumar para minha prima, uma amante dos animais, um gatinho ou algum outro bicho, mas então percebemos que Bonegrinder provavelmente o comeria.

— Como faz as duas coisas de uma vez? — perguntei. — Lutar para tornar a caçada de unicórnios ilegal enquanto lidera uma organização que caça unicórnios?

Ela riu.

— A ironia também já me ocorreu. Mas tudo isso é parte do mesmo objetivo, certo? Queremos manter as pessoas a salvo dos unicórnios. A Ordem faz isso à moda antiga: matando. Mas não temos mais que seguir as antigas regras. Ainda acho que as pessoas são mais importantes, e estou disposta a fazer o que for preciso pra garantir que fiquem em segurança... por enquanto. Mas acho que podemos encontrar uma maneira de proteger as pessoas que também permita a sobrevivência dos unicórnios. Como sua amiga Clothilde. — Ela deu de ombros. — Mas com a força da lei para que desta vez prevaleça.

Eu a olhei com ceticismo. Phil era bem mais otimista que eu.

— Você falou com tia Lilith recentemente? — perguntou Phil.

— Semana passada — respondi. — Ela anda ocupada.

Desde que foi embora do Claustro e voltou aos Estados Unidos, minha mãe iniciou uma nova carreira como consultora de unicórnios. Phil podia não conseguir chamar a atenção do governo, mas os canais de televisão locais estavam mais que animados em mostrar minha bela, loura e discutivelmente especialista mãe em seus programas. O fato de ela pender para a loucura não os incomodava, principalmente quando ela se sentiu vingada de realmente *existirem* unicórnios assassinos todo esse tempo.

Da segurança dos estúdios de televisão com ar-condicionado e das estações de rádio, minha mãe falava sobre a história e mitologia que passou metade da vida recitando apenas para mim. Parecia corajosa e bem informada, e, se "ex-instrutora chefe de um campo de treinamento de caçadoras de unicórnios" era um pouco equivocado, bem, pelo menos não estava fazendo mal a nossa causa. As mais recentes conversas telefônicas com minha mãe giravam sobre a necessidade de um empresário para lançar um programa nacional, e Grace e Melissende gostavam de se reunir e rir, alto e de um lugar de onde desse para ouvir, dos vídeos on-line em que minha mãe falava com entusiasmo sobre os supostos dias de glória como implacável caçadora de unicórnios.

— E tio John? — acrescentei.

— Ainda deixando recados. Mamãe diz que ele precisa de tempo pra entender isso tudo, sei lá. — Phil deu de ombros. — Não consigo decidir se ele está mais furioso porque menti para ele durante todo o verão, por eu estar treinando caçadoras de unicórnios ou por ele não estar presente pra me proteger.

Estiquei a mão por cima da mesa com a palma para cima para ela segurar.

— Acho que é a última opção.

Ela olhou para minha mão, para os calos da corda do arco nos dedos, para a bolha se formando perto da base do polegar, para as marcas em espiral de alicórnio que sulcavam a palma, e não soltou as pastas.

— Boneca de porcelana, Astroturf.

Retirei a mão.

— Certo.

Ela ficou de pé e se alongou.

— Ok. Que tal um pouco de treino? Quem vencer compra sorvete pra perdedora. — Ela olhou para Bonegrinder, que ainda estava posicionada aos meus pés. — E ela fica. Não vale roubar.

Bonegrinder mostrou os dentes para minha prima.

— Astrid! — gritou Dorcas escada acima. — Giovanni chegou!

Fechei o livro que estava lendo, peguei a bolsa e desci para encontrar meu namorado. Giovanni tinha planejado o encontro de hoje, mas não me disse aonde íamos. Só me mandou usar uma roupa confortável. Por sorte, eu tinha sapatos resistentes em abundância.

Se eu o conhecia, provavelmente íamos a um museu. Ele já me levara à Galeria Borghese, ao Vaticano e a mais igrejas com estátuas de Michelangelo do que eu podia contar. Um dos problemas de namorar um estudante de artes: sempre havia mais arte a ser vista, principalmente em um lugar como Roma.

É claro que os problemas de namorar uma caçadora de unicórnios eram bem mais óbvios e mortais, então talvez eu não devesse reclamar.

Encontrei Giovanni no pátio da frente observando Ursula desenhar à sombra. A menina de 12 anos tinha começado a desenhar muito recentemente. Melissende, irmã de Ursula, pediu que os pais mandassem lápis pastel e um caderno. Phil achava ótimo ela ter um escape que não tivesse nada a ver com caça.

Eu me perguntei o que Phil acharia do tema de Ursula. Ela tinha apoiado o arco e a aljava de flechas na lateral do chafariz. *Natureza morta com armas.*

— A água é a parte mais difícil — explicou Ursula, tirando o cabelo escuro do rosto e apertando os olhos em direção ao chafariz. — Como se faz a água?

Giovanni apontou para um ponto no caderno.

— Pense no reflexo. A água vai refletir tudo, principalmente desse ângulo. As penas das flechas, a beirada do arco, o topo do chafariz, o céu...

— Mas tudo deformado — disse Ursula.

— É — respondeu Giovanni. — Então, se não achar deformado o bastante, jogue uma pedra na água e desenhe rápido.

Ursula riu e parou imediatamente quando me viu de pé na porta. Giovanni ergueu o olhar, e sua expressão se anuviou como sempre acontecia quando ele me via. Eu sorri.

Ursula chegou para o lado.

— Obrigada pela dica — agradeceu ela, sem jeito.

Havia boatos no Claustro de que ela desenvolvera uma paixonite por Giovanni depois que ele a carregou em Cerveteri no mês anterior. Ela foi ferida na batalha com os kirins, e ele tinha sido o único com energia suficiente para pegá-la no colo depois que ela machucou a perna.

Obviamente, não podia culpá-la pela preferência, mas também não me ressentia dela. Se Giovanni reparava como Ursula ruborizava em sua presença, ou como ela misteriosamente começou a desenhar porque sabia que ele gostava de arte, não falava nada. Assim como o caderno de desenho, a paixonite por Giovanni provavelmente era uma coisa boa para ela.

Sei que a mim ele fazia bem.

— Pra onde está me levando? — perguntei, indo me encontrar com ele.

— Pra um piquenique — anunciou ele, com orgulho. Ursula inclinou a cabeça sobre o desenho.

— Uau, então nada de arte? — Eu quis saber.

— Eu falei isso? Acho que não falei isso.

Coloquei as mãos nos quadris.

— Astrid — disse ele. — Qual foi o último lugar pra onde você me levou?

— Uma batalha com um bando de unicórnios assassinos.

— E que parte do dia era quando me levou até lá?

Suspirei.

— Ao amanhecer.

— E o que aconteceu?

— Os kirins tentaram matar você e conseguiram destruir a van que você pegara emprestado da escola.

— Sem a permissão e o conhecimento de ninguém da escola — acrescentou ele.

— Certo.

— Então por comparação...? — disse ele.

Eu ri.

— Arte é uma alternativa divertida e relaxante.

Ele passou o braço pela minha cintura.

— E é segura. Ninguém nunca morreu por causa de arte.

— Tenho certeza de que existe algum registro de uma estátua que caiu em cima de alguém em alguma época — argumentei.

Ele fingiu considerar o argumento.

— Era uma estátua venenosa determinada a devorar minha carne?

— Não — admiti.

— Ainda venço. Agora vamos, senão perderemos o trem.

— Então Cory está determinada a exterminá-los, e Phil está tão determinada quanto a montar um tipo de proteção a espécies ameaçadas de extinção, e nenhuma das duas sabe o que a outra quer fazer!

— Humm — disse Giovanni ao meu lado. Ele arrancou uma folha prateada de uma oliveira enquanto passávamos e começou a rasgá-la. — Portanto, você vai colocar as duas sentadas e fazer com que resolvam isso o mais pacificamente possível?

— Pacificamente? — escarneci. — Você conhece as duas, né?

Giovanni riu.

— Ok, então primeiro esconda as armas. Quem sabe seja bom levar as duas pra fora do Claustro.

Inclinei o rosto para o sol.

— Você está certo. Um lugar feito este aqui seria bem mais tranquilo para o Armagedoom.

Giovanni soltou a folha e pegou minha mão.

— Da próxima vez. Agora somos só nós.

Estávamos andando sem rumo por Villa Hadrian, um oásis verde de ruínas e oliveiras fora da cidade. Nos tempos antigos, tinha sido um palácio de verão de um imperador romano. Agora era bem menos elegante, mas as qualidades de ser tranquilo, quente, ensolarado e afastado permaneciam intactas. Tínhamos trazido um piquenique, e dividi meu tempo entre manter a mente aberta para a presença de unicórnios e apreciar a sensação da mão de Giovanni na minha enquanto andávamos pelos caminhos entre os pátios de mármore em ruínas e lagos tomados de algas.

— Que tal aqui? — perguntou ele, quando subimos uma colina e olhamos para a *villa* lá embaixo. Acima de nós, um pinheiro italiano com galhos espalhados nos protegia do sol de verão.

Cheirei o ar. Nenhum odor de fogo nem inundação. Nada de unicórnios.

— É seguro.

— Eu quis dizer "Você gosta da vista ou prefere a sombra?"

— Ah. — Corei. — Isso também.

Estendemos o cobertor e nos sentamos. Giovanni desembrulhou queijo, pães, frutas e água mineral.

— Sinto falta da água de Manhattan — disse ele, quando as bolhas subiram pelos copos de plástico que levara.

Giovanni me entregou um e voltou a remexer na bolsa em busca de talheres.

— Humm. Não consigo achar minha faca. — Ele olhou para mim. — Você por acaso não...

Arregalei os olhos.

— Você quer cortar *queijo* com minha faca de alicórnio?

— Bem, está limpa, não está? Não vamos nos envenenar com sangue de alicórnio nem nada do tipo, certo?

— O sangue não é venenoso. Pelo menos acho que não. — Suspirei, enfiei a mão na bolsa e entreguei para ele. — Tome cuidado, é uma antiguidade.

Entalhada a partir de um único alicórnio, a faca era uma relíquia do primeiro abate da minha ancestral Clothilde Llewelyn. Apesar de as caçadoras terem a tendência de compartilhar nosso pequeno acervo de armas antigas, eu tinha declarado propriedade da faca logo no começo, e ninguém, nem Melissende, me desafiou por causa dela. Eu a levava comigo o tempo todo. Matei meu primeiro unicórnio com ela.

Giovanni começou a cortar o pão, e eu afastei o olhar, um pouco enjoada. A faca era uma ferramenta de morte, não um utensílio de cozinha. Ele a devolveu para mim, e passei a mão pela lâmina, tirando migalhas de pão da superfície clara.

— Astrid — disse Giovanni, e tirei os olhos da arma. Ele me observou com uma expressão mista de cuidado e preocupação, e me entregou um pedaço de pão com queijo por cima. — Fique comigo.

Fiz beicinho.

— Desculpe. É que acho o conceito de usar isto pra comida um pouco mórbido, só isso.

— Qualquer coisa serve na hora da necessidade — respondeu Giovanni, e colocou um pedaço de pão na boca. — Então vamos passar 5 minutos sem falar sobre políticas do Claustro, nem unicórnios, nem como essa faca que estamos usando pra cortar queijo costuma ficar coberta de sangue e tripas. É um dia lindo, e não há monstros à vista.

— Ótimo.

Mas fiquei ali sentada, muda e distante, e mastiguei meu pão. O que havia para falar? Não tinha visto nenhum filme. Não li nenhum livro. Nem sabia o que se passava no noticiário agora, fora as aparições da minha mãe na televisão e os relatos quase regulares de ataques de unicórnios, ou pior, as tentativas fracassadas de não caçadores de deterem os animais sozinhos.

Vou dar crédito a minha mãe por isso, e só por isso. Ela estava fazendo o melhor que podia para espalhar que as únicas pessoas capazes de encarar unicórnios eram caçadoras treinadas. Se pudéssemos convencer as pessoas de ficarem longe de áreas infestadas e, acima de tudo, de não tentar caçá-los sozinhas, provavelmente já estaríamos na metade do caminho de chegar ao objetivo de não interferência de Phil.

Quem decidia quais os lugares que seriam reservados a monstros?

Giovanni olhou para o resto da *villa* e também não ofereceu nenhum tópico de conversa. Que ótimo, agora eu era a namorada chata. O que tinha a oferecer além de reflexões sobre animais mágicos sedentos por sangue? Eu me inclinei e beijei o pescoço dele.

— Obrigada por fazer isso — sussurrei, a boca encostada na pele de Giovanni, enchendo meus sentidos com ele até que as lembranças dos unicórnios foram obliteradas. — É tão lindo aqui.

Esquecemos o pão e o queijo e as facas por um tempo.

Quando Giovanni ergueu a cabeça, estávamos os dois meio sem fôlego e com calor, mesmo sob a sombra da árvore. Meus lábios estavam inchados e vermelhos dos beijos, e eu conseguia ver que gotas de suor tinham se formado nas têmporas dele.

Desde que Giovanni descobriu a verdade sobre as caçadoras de unicórnios, tinha se tornado um tremendo militante de parâmetros estritos quando a questão era contato físico. Nós nos beijávamos e *muito*. Mas nada mais. Eu não sabia por quanto tempo mais ele ficaria satisfeito com essa combinação. Não sabia por quanto tempo *eu* ficaria.

Ele se deitou sobre mim, respirando intensamente, e passou o dedo pelos meus lábios.

— Você às vezes deseja...? — perguntei.

— Não. — Ele manteve o olhar em mim. — Nunca. Aceito você nos termos em que puder tê-la, Astrid. Você é caçadora, o que quer dizer que assumiu um compromisso. Um compromisso significativo. Importante. — Ele se sentou e voltou a olhar para o verde e para as ruínas de tijolos. — O verão está terminando.

— É — concordei. Eu me sentei e ajeitei o cabelo.

— Você já pensou sobre o que vai fazer quanto à escola?

Phil tinha mencionado uma vez ou duas me matricular em um programa internacional, falou até com Neil e Cory em busca de fundos, mas nunca fomos em frente com isso. Agora, depois de perder o dinheiro que a Gordian nos dava, eu tinha medo de os Bartoli terem dificuldade para custear do próprio bolso a manutenção do Claustro. Sabia que Cory era rica, mas não fazia ideia de quanto dinheiro possuía. O antigo monastério estava constantemente precisando de conserto. Neil estava conversando com representantes da Igreja Católica para ver se podiam contribuir com qualquer coisa para a manutenção, mas ele e Phil tinham medo de que o envolvimento da Igreja com a Ordem da Leoa trouxesse restrições que não estávamos prontas para aceitar.

Coisas como proibir sessões de amassos nas ruínas romanas com meu namorado.

— Ainda está meio no ar — disse, por fim. — Tem muito trabalho no Claustro.

Como eu encaixaria aulas e dever de casa com meus horários exaustivos de treinos e saídas para caçar? Será que dava para encaixar uns problemas de cálculo no meio dos momentos entre a vida e a morte no campo de batalha?

— Precisa terminar o ensino médio — insistiu Giovanni. — Se estivesse na faculdade, daria para entender que tirasse um ano sabático, ou mais de um. O pessoal das forças armadas faz isso. Phil também. Mas você precisa pensar no seu futuro.

— Pelo que sei, esse é o único futuro que tenho.

— Não diga isso! — disse ele, virando-se para mim. — Astrid, um dia isso vai... acabar. De alguma forma. E você vai pra faculdade de medicina, como sempre quis.

Cruzei as mãos no colo e as observei. Eram mãos fortes agora. Mãos assassinas.

— Ainda é o que quer, não é? — perguntou Giovanni.

Dei de ombros.

— É, mas também posso morrer em uma caçada amanhã.

Ele não disse nada por um bom tempo.

— Me conte de novo o que viu naquele dia? — pedi a ele. — Nas tumbas? O que você conseguiu ver?

Giovanni era um dos poucos não caçadores que tinha nos testemunhado em ação. Eu me perguntei como seria ficar de fora, longe da magia. O que era um unicórnio para uma pessoa que não conseguia ler a mente deles nem ver a velocidade?

— Manchas, quase sempre — disse ele. — Vocês se movem tão rápido. Como borrões de cor, raios de luz. E, atrás de vocês, cadáveres. E gritos. E essas criaturas... animais que nunca vi, que eu jamais poderia imaginar.

— Que estudante de arte você é.

Ele riu com deboche.

— Tá. Parece um pesadelo. Tipo um Hieronymus Bosch em sua faceta mais assustadora. — Ele ergueu as sobrancelhas como se para me provocar. — Melhor?

— Muito.

— E o cheiro… — Ele fez uma careta. — Mas então você para, Astrid, você sai do transe, e fica ali de pé, coberta de ferimentos e armas, e parece uma deusa. Como uma heroína dos quadrinhos. Uma estátua em um templo. Atenas.

— Diana.

— Tanto faz. — Quando ele se virou para mim, sua expressão estava sombria, mas os olhos brilhavam. — Você fica de tirar o fôlego. Linda e terrível ao mesmo tempo.

Olhei para ele com ceticismo.

— E você se sente atraído por isso?

— Fico apavorado demais para não me sentir. — Ele pensou por um momento. — Jamais havia visto aqueles pequenos pretos até estarem mortos.

Ri da ideia de um kirin do tamanho de uma zebra ser chamado de "pequeno".

— Mas o grande eu conseguia ver. Vi quando tentou pisar em Ursula. Ele estava... Onde uma coisa grande daquele jeito pode se esconder?

Bucéfalo. Eu me perguntava a mesma coisa com frequência. Não via o karkadann desde que ele matou Marten Jaeger e fugiu antes que alguém conseguisse matá-lo. Se eu o visse de novo, seria obrigada a caçá-lo? Um unicórnio? Um assassino comedor de homens? Sem importar que tenha sido ele quem explicou meu poder para mim, que salvou minha vida muitas vezes? Sem importar que tivesse milhares de anos de idade, que tivesse feito acordos com Alexandre, o Grande, Clothilde Llewelyn e eu?

— Estou perdendo você de novo — disse Giovanni.

— Desculpe. Estou bem aqui, só...

— Eu sei. — Ele suspirou. — Quando a conheci, sabia que tinha alguma coisa diferente em relação a você. E quanto mais via de Astrid Guerreira, mais incrível achei tudo. Mas não se perca nela. Você era uma pessoa antes de ser caçadora, e vai ser uma pessoa depois.

Corei de novo e olhei para o outro lado. O antes estava a um mundo de distância, e o depois parecia uma fantasia. Mesmo aqui, nesta colina ensolarada, com o som de insetos de verão no ouvido, Giovanni quente e maravilhoso ao meu lado e sem vestígios de unicórnios até onde eu podia pressentir, a velha Astrid estava fora de alcance. E a coisa mais estranha é que eu nem tinha reparado ela escapar. Por alguns momentos, ficamos em silêncio, os braços encostados um no outro enquanto observávamos os turistas andando pelas ruínas.

Ele se voltou para mim.

— Tenho uma coisa pra contar.

Congelei. Assim como "não se ofenda", essa frase raramente vinha seguida de alguma coisa boa.

— Tudo bem.

— Entrei em um curso de artes nos Estados Unidos.

Não era o que eu estava esperando.

— Mas pensei que você precisasse passar no curso de verão para que a faculdade aceitasse você de volta.

E ele não tinha passado. Tinha sido expulso por destruir a van. Ou deixar que os unicórnios destruíssem. Por mim.

Expulso de novo. Primeiro da faculdade, por brigar, e depois da escola de verão, sua segunda chance, por minha causa. Era bom saber que ainda havia uma terceira chance.

— É uma faculdade diferente. Não vou voltar pra SUNY. Essa, Pratt, é em Nova York...

Cada palavra era uma pontada de veneno de alicórnio.

— Você vai embora.

— Vou.

Assenti e senti minha garganta fechar. Eu não era imune a isso.

— Preciso ir — explicou ele. — Preciso terminar a faculdade. Não posso continuar vagabundeando por aí. Não sou como Phil, que está cuidando do Claustro. Esse é *meu* trabalho. Ser estudante.

— Eu entendo — disse. — E... nós?

Outra pausa, mas ele seguiu com:

— Quero estar com você. Não ligo se há um oceano entre nós.

Ri nesse momento, um som horrível e amargo.

— Por que, Giovanni? Por quê? Não faz diferença pra mim.

Ele fez uma careta.

— Não diga isso.

— Sou uma caçadora de unicórnios celibatária que mora em um convento. Sou isso, quer você esteja aqui, quer esteja a 1 milhão de quilômetros. Mas você não precisa disso. Há milhares de garotas em Nova York. Garotas que não são como eu. — Modelos, atrizes, artistas, estudantes. Eu não conseguia respirar pensando em todas as garotas que ele podia ter.

— Não quero garotas que não são como você — respondeu ele. — Gosto de caçadoras de unicórnios.

— Eca, não diga *isso*. — Eu tremi.

— Gosto de *você*, Astrid. Tem outras garotas em Roma, mas gosto de você. Vai ser a mesma coisa em Nova York.

Fiquei de pé, tomada pela necessidade de correr, de pular, de atirar em alguma coisa.

— Diz isso agora, mas em um mês ou dois, vai me esquecer. Vai encontrar alguém… — As palavras me sufocaram. Me senti presa no próprio corpo, aprisionada até o momento que um unicórnio aparecesse e libertasse a magia.

Então senti a mão de Giovanni na minha, e a tempestade se acalmou.

— Está dizendo que não quer tentar? — perguntou ele suavemente. — Quer terminar?

— Não *quero* — sussurrei, deixando-me envolver pelos braços dele, torcendo para ele me abraçar com força o bastante para me manter ali. Cada segundo que pudesse ter de Giovanni valeria a pena quando ele fosse embora. — Mas que escolha nós temos?

Que escolhas eu tinha? Namorar Giovanni era meu único gosto de normalidade, a única parte de mim que permanecia ligada à antiga vida, à velha Astrid. Giovanni me fazia lembrar de que as mãos podiam ser usadas para abraçar pessoas, não para segurar espadas, e que meu coração podia bater quando eu não estava caçando. Ele me tirava do Claustro para ver arte, não para ir a batalhas, e usava minha faca de caçar para cortar queijo. Giovanni ajudou a fazer de mim uma guerreira, mas ele sabia que eu também era uma garota. Se ele fosse embora, o que iria me restar?

3

Quando Astrid recebe um recado

Na noite anterior à partida de Giovanni, uma tempestade fora de época veio do mar. Fiquei de pé na varanda que dava para o pátio do Claustro, e vi as nuvens se aproximando dos telhados de terracota de Roma.

Talvez o voo fosse cancelado.

Não era assim que as coisas funcionavam? Só havia um cara no mundo que não ligava para o fato de eu ser caçadora, e ele tinha de se mudar para Nova York. A última notícia que tive foi que a ilha de Manhattan ainda estava alegremente livre de unicórnios. Que possível motivo eu teria para ir até lá?

Observei as caçadoras no pátio se espalharem quando a chuva começou, e Cory se juntou a mim na varanda, balançando os cachos para sacudir as gotas de água.

— Tudo bem?

— Não exatamente.

Cory colocou as mãos na mureta de pedra e oscilou para trás, jogando o peso do corpo no calcanhar.

— Talvez seja melhor assim, não é? — Ela se virou para mim. — Sabe que gosto de Giovanni, mas esse relacionamento tinha de acabar alguma hora. Não se pode estar com alguém e ser caçadora de unicórnios.

— Humm, mas eu estava com alguém. O verão todo.

Cory suspirou.

— Isso é difícil pra todas nós, sabe? Você não é a única a abrir mão de coisas.

— Você deixou um namorado quando veio pra cá? — Seria a primeira vez que eu ouviria falar disso. Só sabia que ela sentia falta do cachorro.

— Não. — Cory observou a tempestade. — Jamais tive namorado.

— Então não tente imaginar como é — argumentei, com tensão na voz.

— Acha que não entendo de perda? — O tom tenso deixou o meu coração em pedaços.

Engoli em seco.

— Desculpe. Eu não quis dizer…

A raiva de Cory desapareceu.

— E eu não quis ser insensível. É claro que você está chateada por causa de Giovanni. Não vemos as coisas do mesmo jeito, mas está óbvio que ele é bem importante pra você.

Meu lábio tremeu. Era isso que Cory dava por consolo? Acho que teria de bastar.

— Obrigada. Sabe, tirando Giovanni, conhecer você foi uma das poucas coisas boas de vir a Roma.

— Qual é a outra?

Eu pensei.

— O sorvete.

Ela riu.

— Fico feliz de ficar num nível acima do sorvete, então.

— Eu não disse *acima* — corrigi, e ela riu. Por alguns segundos, ficamos olhando a tempestade que caía do lado de fora. E então, ela falou:

— Gosto muito de você, Astrid. Espero que saiba disso.

— Eu sei. — É claro que eu sabia. Tínhamos salvado a vida uma da outra várias vezes. Irmãs na guerra.

Ela respirou fundo.

— Se é Giovanni quem você ama, então lamento que se separe dele. Lamento quando acontece qualquer coisa que a deixa triste.

Eu não tinha certeza de como responder a isso além de dizer:

— Obrigada.

Cory ficou ao meu lado em silêncio, olhando para as próprias mãos sobre a pedra. Em seguida, levantou a cabeça.

— Quer fazer uma incursão ao refeitório atrás de um pouco do tal sorvete do qual você gosta tão mais que de mim?

Sorri.

— Claro.

No sonho, Bucéfalo me chamou com a voz de Marten Jaeger. O karkadann só conseguia falar comigo por meio da ligação telepática que os unicórnios tinham com as caçadoras. Quando eram unicórnios menos evoluídos, a ligação nos permitia sentir suas emoções, intenções e movimentos, nos permitia prever melhor onde estavam e como matá-los. Mas o karkadann ancestral tinha desenvolvido a capacidade de *colocar* pensamentos dentro da minha cabeça, de arrancar das minhas lembranças imagens e vozes que, com o tempo e com uma prática bastante dolorosa, aprendi a traduzir para uma forma rudimentar de comunicação.

De alguma forma, com o tipo de lógica que só fazia sentido nos sonhos, eu sabia que era Bucéfalo quem estava falando, embora a voz se parecesse com a do pobre e morto Marten. Eu o estava procurando, tropeçando em um bosque labiríntico, os pés prendendo em raízes e vinhas determinadas a atrapalhar meu progresso.

Eu não via o unicórnio desde a batalha de Cerveteri. Ele tinha desaparecido, obviamente temendo que nossa parceria terminasse assim que tivéssemos resolvido a ameaça dos kirins traiçoeiros. Apesar de eu ter procurado em relatos de ataques e visões de unicórnios qualquer descrição de um monstro do tamanho de um elefante, não encontrei nenhuma. Bucéfalo permanecia escondido.

O bosque do sonho de repente se abriu em uma clareira banhada pela luz da lua, e parei subitamente, reconhecendo o lugar. Era o jardim externo do museu Borghese, o local onde beijei Giovanni pela primeira vez. O local onde encontrei o karkadann pela primeira vez.

Bucéfalo estava lá, tão enorme e mortal como sempre. Na voz de Marten Jaeger, ele falou:

O preço foi pago.

Que preço?, meu eu do sonho perguntou. Bucéfalo não estava em débito comigo, se é que uma criatura como ele conseguia pensar em termos de débito e recompensa. Se é que podia se imaginar devendo alguma coisa para nós. Mesmo sendo caçadoras, éramos impotentes diante dele. Bucéfalo quase matou Ursula. E matou Marten, apesar de eu ter implorado para não fazê-lo. Não consegui impedir. Monstros gigantescos de 3 mil anos podiam fazer o que quisessem.

O karkadann deu um passo para o lado, e ali, no chão perto de suas patas, estava o corpo de um jovem, o rosto banhado em sangue.

Era Giovanni.

— Astrid!

Eu me sentei na cama ao ouvir meu nome. Ainda não tinha amanhecido; pela janela, os telhados lá fora estavam escuros e indistintos debaixo de nuvens roxas e da chuva ainda carregada no ar. Na cama do outro lado do quarto, Cory permanecia inconsciente.

— Astrid!

A voz era um grito distante, e eu não tinha certeza se estava dentro de minha cabeça ou fora dela. O karkadann? No limite da consciência, senti Bonegrinder acordar, sua fascinação instintiva com caçadoras despertando comigo. Meu celular novo estava apagado na mesa. Jamais ficava carregado dentro das paredes do Claustro.

— Astrid!

No terceiro grito, meu cérebro deu um clique de reconhecimento. Giovanni gritava para mim da rua. Pulei da cama ao mesmo tempo que senti Bonegrinder batendo nas paredes da gaiola no escritório do *don*.

Que ótimo. Ela ia acordar todo o convento se seu interesse crescente pelo visitante se tornasse puramente sede de sangue. Desci a escada correndo, com os pés descalços e de pijama, disparei pelo piso de mosaico do saguão de entrada e abri as portas de bronze o mais silenciosamente que consegui.

Giovanni estava na rua em frente ao pátio. Havia um carro ligado ao lado dele, com um italiano muito sorridente no banco do motorista.

— Aí está você! — gritou ele.

— Shhh! — Cheguei ao portão. — O que está fazendo aqui? Vai acordar todo mundo. Tem sorte de finalmente termos arrumado uma gaiola que Bonegrinder não consegue destruir com os dentes. — Ainda.

— Tentei ligar.

A camisa dele estava molhada. Ele não estava de casaco e não trazia consigo guarda-chuva para se proteger da chuva. Estava muito sexy. Estremeci ao pensar em como estava minha roupa. A água já estava encharcando a camiseta regata e a calça de algodão do pijama.

Cruzei os braços sobre o peito.

— Você devia estar em um avião.

— Não pude ir embora assim — esclareceu ele, quando abri o portão. — Astrid, não estamos terminando.

Quase fechei o portão de novo.

— Quem disse? — Ele não podia vir com essa para cima de mim antes de o dia nascer. Eu conseguia lidar com um unicórnio assassino. Mas não com Giovanni na minha porta, todo molhado e implorando... o que exatamente? Permaneci na entrada do Claustro, as mãos no portão. — Você vai ficar?

Isso o fez parar.

— Não, eu...

— Então, não dá. Já falamos sobre isso.

Tínhamos tido várias discussões muito racionais e imparciais sobre os motivos de relacionamentos a distância nunca darem certo e serem bem mais sofridos ao longo do tempo para as pessoas que tentavam sustentá-lo. O fato de Giovanni poder sair por aí livremente e de eu ter de ficar no meu *convento* não ajudava.

— Podemos conversar até nossos pulmões não aguentarem — disse ele —, e não vai fazer diferença. — Ele colocou o punho contra o peito. A água tinha deixado a camisa branca transparente e grudenta, e a pele escura ficava evidente por baixo. — Não consigo convencer a mim mesmo a não sentir o que sinto. Você já não sabe disso a essa altura? Não sabe o quanto tentei, durante todo o verão?

Apertei ainda mais os braços ao redor de mim mesma e afundei o queixo no peito.

— Pare.

— Não consegui abrir mão de você quando havia regras e família e monstros míticos mortais entre nós, Astrid. Que tipo de pessoa eu seria se deixasse uma coisa tão idiota quanto um oceano fazer isso?

Apertei bem os olhos.

— E não é nem um oceano grande como o Pacífico — acrescentou ele. — O Atlântico? É uma poça.

Me recusei terminantemente a sorrir. A chuva caía ao redor de nós. As rachaduras nos paralelepípedos se encheram de água, lavando a sujeira de 2 mil anos. Quantas pessoas tinham morrido nesta rua? Quantos amantes estiveram aqui, assim como nós, despedindo-se para sempre? Giovanni era ingênuo ao pensar que isso não podia acontecer conosco também.

— Astrid — disse ele — Por favor.

Eu não conseguia. Perdê-lo agora era bem difícil. Mais tarde, eu só gostaria mais dele; só doeria mais. Já estava chegando ao meu limite. Como poderia arriscar?

— Tenho medo — sussurrei, mais baixo que a chuva.

Mas ele escutou mesmo assim.

— Você? — disse ele, e ouvi o sorriso na voz. Quando ergui o rosto para a chuva, consegui ver o sorriso nos olhos dele. — Mas você é a pessoa mais corajosa que conheço. Não estou abrindo mão de você, Astrid Guerreira. Não posso.

E eu soube, naquele momento, que também não podia. Mesmo que fosse mais fácil. Mesmo que fosse a coisa racional, prática e não mágica a fazer. A velha Astrid conseguiria ser imparcial a esse ponto. Mas, se eu queria me agarrar a qualquer traço dela, tinha de acreditar nisso, mesmo não fazendo sentido.

— Vamos fazer dar certo — prometeu Giovanni. — Vamos mandar e-mails, vamos ligar, vamos escrever. Venho vê-la no Natal. Venho nas férias de primavera.

— E o que eu vou fazer? — perguntei. A chuva caía ao redor de nós, mas sua pele estava quente contra a minha quando voamos para os braços um do outro.

— Você — disse ele baixinho, os lábios próximos aos meus cabelos úmidos — vai me fazer uma promessa. Sobreviva.

Uma semana depois da partida de Giovanni, estávamos consertando nossas armas, à sombra, no pátio do Claustro e tentando evitar a hora mais quente do dia. Bonegrinder, acorrentada ao muro, estava deitada de lado, ofegando, com a linguinha rosa entre as presas enquanto nos observava com sonolentos olhos azuis.

Depois de descobrir no mês anterior que pontas de flechas e facas feitas de chifres de unicórnio funcionavam melhor contra as criaturas do que lâminas de metal, deixamos de lado nossos equipamentos mais modernos e começamos a usar as armas da parede da casa capitular. Mas, com ou sem magia de unicórnio, elas ainda tinham um século e meio de idade.

Em nossa última grande batalha com os kirins, quebramos quatro arcos, uma espada, duas bestas e inúmeras flechas. Perdemos ainda mais no mês seguinte, e Grace, que tinha uma afinidade natural com armamentos, assumiu a tarefa de aprender a fazer novas armas e consertar as poucas que sobraram. Apesar de Cory ter se oferecido para emprestar a ela os registros que tínhamos das técnicas de elaboração de armas das caçadoras antigas, Grace recusou e procurou na internet. Embora até então tenha tido pouco sucesso em criar novas pontas de flecha, as pontas antigas consertadas em varas novas de fibra de vidro eram mais resistentes e mais precisas que nossas antigas flechas tortas.

Eu estava polindo o montante que pertenceu a Clothilde Llewelyn. Como a faca de alicórnio, que eu acreditava ter sido feita com o troféu de seu primeiro abate, eu preferia usar essa arma para ataques à queima-roupa. Quando passei um pano macio na lâmina, me perguntei por que tínhamos a faca e a espada de Clothilde, mas não o arco. Será que ele quebrou ou foi perdido na luta que supostamente lhe custou a vida?

Rosamund estava sentada a poucos metros de distância, consertando a ponta de uma flecha e cantando trechos do que ela chamava "músicas de tecelagem": músicas curtas e repetitivas elaboradas para ajudar grupos a trabalharem em uníssono. Ursula e Ilesha estavam encostadas na coluna de espiral dupla de alicórnio, as cabeças próximas enquanto riam. Zelda e Dorcas há muito tempo tinham largado as armas para folhear revistas de moda, e Valerija estava sentada em um canto com os fones de ouvido, concentrada em afiar uma de suas muitas facas. Melissende e Grace estavam trabalhando em um novo método de entalhar pontas de flechas a partir do chifre liso de um kirin, e Cory atravessava o pátio iluminado com os braços cheios de livros antigos.

Bonegrinder ergueu a cabeça e rosnou. Todas as caçadoras, inclusive Cory, pararam e olharam para a pequena zhi, que estava mostrando os dentes para Cory.

— Ei! — Bati no nariz de Bonegrinder. — Nada de rosnar. Menina malvada.

Cory balançou a cabeça e se aproximou.

— O que está acontecendo? — Ela se ajoelhou e colocou os livros no chão. Bonegrinder a cheirou e bateu o rabo no paralelepípedo. — O que está acontecendo comigo?

— Você tem alguma coisa pra contar pra nós? — perguntou Melissende, movendo as sobrancelhas para Cory. — Está escondendo um namoradinho em algum lugar?

Cory ficou vermelha, enquanto a maior parte das outras garotas riu.

— É claro que não! — respondeu ela. — Conheço as regras... — Ela me lançou um olhar culpado. — Não estou saindo com ninguém.

Isso só fez com que elas rissem mais. Valerija ergueu o olhar, até então grudado nas facas, meneou a cabeça com desdém e voltou ao trabalho.

— As regras? — perguntei com ironia para Cory.

— Sabe que não aprovo seu namoro com Giovanni — disse ela. — Somos caçadoras. Supõe-se que sejamos celibatárias.

— Eu sou celibatária. — Minhas mãos se apertaram no cabo da espada. — É possível namorar uma pessoa sem fazer sexo.

— Sim — disse Melissende, rindo. — É particularmente fácil quando ele mora em outro continente.

Mais risos. Eu as ignorei e voltei ao trabalho. No dia seguinte à revelação de Giovanni, visitei a Escola Internacional Marymount para pegar informações sobre matrícula, e fui sucintamente, embora não rudemente, informada de que eles começaram a receber formulários de candidatura para o semestre em janeiro (antes que qualquer pessoa soubesse qualquer coisa sobre unicórnios) e que era tarde demais para considerar meu ingresso agora. Mas, se eu levasse meus pais até lá, talvez pudessem pensar em alguma coisa para a primavera.

Obtive resposta similar em três outras escolas e desisti. Talvez Cory e Neil conseguissem separar parte do orçamento para um professor particular. Talvez Phil sugerisse que nós duas voltássemos aos Estados Unidos para abrir um Claustro norte-americano.

E talvez Bonegrinder decidisse trocar presunto no osso por brócolis.

Ao terminar com a lâmina, peguei o limpador de couro e comecei a trabalhar na tira enrolada no cabo. Ficara danificado com o tempo, rachado em vários pontos, e o óleo não conseguia melhorar muito suas condições. Eu me perguntei quando teríamos um verdadeiro especialista em armas no Claustro, que, se não consertasse nosso acervo, pelo menos nos desse algumas dicas de como manter as coisas em bom estado.

Por mais cuidadosa que eu fosse com a limpeza, o couro estava se soltando. Puxei uma ponta, e pedaços se desmancharam no meu dedo, deixando à mostra o metal manchado.

— Ops! — exclamei, e ergui os pedaços de couro.

Grace deu de ombros.

— De qualquer forma já devia estar na hora de substituir. Vou procurar umas dicas sobre espadas e cabos enrolados em couro. — Ela jogou um pano e um pote de cera para mim. — Mas é uma boa oportunidade pra limpar o que tem por baixo.

Desenrolei o resto da tira de couro e comecei a tirar a sujeira das reentrâncias e baixo-relevo no metal. Conforme a prata começou a reluzir sob meus dedos, vi um desenho surgir no cabo, cheio de curvas e ângulos retos. Uma escrita em letras de forma romanas. Esfreguei com mais força.

Bonegrinder começou a rosnar de novo, e, dessa vez, quando olhamos, vimos que Neil e Phil tinham entrado no pátio com um padre de roupa preta.

Neil pigarreou.

— Moças, este é o padre Guillermo, e ele veio em nome do Vaticano.

Tentei chamar a atenção de Phil, mas ela estava sorrindo alegremente para todas as garotas e não focava o olhar em mim.

O que, na minha experiência, era um mau sinal. Significava que ela estava no "modo *donna*" e fingiria, ao menos por um tempo, que ser prima dela não me dava privilégios especiais. Era a atitude que ela adotava sob duas circunstâncias: quando uma das outras garotas reclamava de panelinhas e sempre que o que estava prestes a acontecer fosse me aborrecer muito.

Olhei para Cory, que lançava o mesmo olhar penetrante, só que para Neil. Como o rosto de Phil, o dele permaneceu plácido, a atenção dirigida para o grupo como um todo. No canto, Bonegrinder testou a segurança da corrente que a prendia à parede, até Zelda dar uma ordem ríspida e ela se abaixar. A zhi sabia que não era páreo para um pátio cheio de caçadoras.

— *Buon giorno* — disse o padre Guillermo, e por pior que fosse meu italiano, detectei alguma coisa de estranho nas sílabas dele também. — Fico feliz em ser bem recebido neste belo convento, em ver tantas jovens devotadas a fazerem o trabalho de Deus.

Cory colocou o livro de lado.

— Como devem saber, a Ordem da Leoa neste Claustro há muito é uma parte vital e estimada da Igreja. Lamentamos tê-la visto morrer no século XIX e estamos felizes em testemunhar agora sua revitalização.

Ilesha levou os joelhos ao peito e apoiou o queixo neles, observando o padre Guillermo com curiosidade.

— E é claro — prosseguiu ele —, estamos observando esse renascimento com muito interesse. A renovação do Claustro nos traz muita alegria. O recrutamento da irmã Lucia para ser cozinheira, a aprovação tácita dos monges que moram ao lado... — Ele cruzou as mãos na frente da batina e sorriu para nós. — Sentimos que até agora temos dado apoio, embora de forma desnecessariamente distante.

Cory resmungou baixinho:

— Fantástico. Esperam que a parte pesada passe e então decidem entrar no barco.

— Queremos oferecer a ajuda que pudermos — prosseguiu padre Guillermo —, embora estejamos cientes de que esta encarnação da Ordem da Leoa... bem, não seja de forma alguma uma ordem religiosa.

Olhei para as outras garotas. Ele podia dizer isso de novo! Na busca por candidatas a caçadoras, Neil já precisava cortar um dobrado sem exigir que as meninas também fossem católicas. Na verdade, eu estava certa de que só Rosamund, Melissende, Ursula e Dorcas tinham alguma ligação com o catolicismo, e entre elas, só Rosamund era devota o bastante para ir à missa.

— Se tivéssemos sido consultados — disse o padre, o sorriso um tanto diminuído —, teríamos encorajado vocês a não usarem os ornamentos e o nome de uma organização da Igreja. Mas — disse ele com um suspiro — não fomos.

Cory cerrou os punhos.

— No entanto, estamos muito felizes em oferecer assistência, mesmo nessas circunstâncias incomuns. Acho — e nesse momento ele colocou a mão sobre a barriga protuberante, dando uma risadinha — que podemos chamar do oposto de uma iniciativa baseada na fé. Pois vocês são uma organização laica que recebe fundos da Igreja.

O sorriso composto de Phil estava começando a falhar.

— Serei o elemento de ligação entre este grupo e a Igreja, e estou ansioso para ajudar e ver de perto seus milagres sendo feitos.

— Parece uma ideia bastante perigosa — disse Grace, limpando as unhas com uma ponta de flecha de alicórnio. Ela lançou um sorriso esperto para o padre e furou a ponta do dedo com a flecha. Uma única gota de sangue da cor de cereja surgiu e caiu nos paralelepípedos antes de o ferimento se fechar.

Bonegrinder, que estava deitada no chão fazendo beicinho por não ter permissão para comer o padre, ergueu a cabeça e farejou a gota de sangue no ar. O padre Guillermo deu alguns passos para trás.

— Além do mais — continuou Melissende —, não somos milagreiras.

— Não diga isso — disse o padre Guillermo. — Suas habilidades de batalha, o dom de cura... o que são além de milagres de Deus?

— Feitiçaria? — sugeriu Melissende, dando de ombros. Rosamund olhou para ela com desprezo. — Qual é a palavra que o senhor usa para magia pagã?

O sorriso de Phil tinha murchado completamente, e nuvens escuras dominavam a expressão de Neil. Ursula jogou um pedaço de pano na direção da irmã para fazê-la se calar, mas Melissende não ia parar.

— Nossos dons de caçadora foram cedidos à linhagem de Alexandre, o Grande, pela antiga deusa Diana — afirmou ela. — Você certamente sabe disso.

O padre Guillermo nem hesitou.

— Certamente sei o que dizem os velhos mitos pagãos. São histórias bonitas, claro, e eram tudo que os antigos povos tinham, uma vez que Cristo ainda não havia nascido. Não, minha querida, acredite em mim: seus dons são milagres de Deus. Os poderes que vocês, a Ordem da Leoa, possuem são como o Panteão: um antigo artefato pagão que há tempos foi reajustado para dar glória ao único Deus verdadeiro. Vou rezar para que você O glorifique e para que Ele garanta sua segurança na próxima missão. — Ele fez um sinal para Melissende.

O verdadeiro milagre, na minha opinião, foi que o padre Guillermo a fez calar a boca.

Ele assentiu como se a questão tivesse sido resolvida.

— Agora gostaria de alguns instantes para discutir ajustes políticos que vamos instituir nos próximos dias. — Ele observou nossos rostos chocados. — Não se preocupem, minhas queridas. Não é nada drástico. Não vamos exigir que façam votos. Mas há algumas coisas que nós, da Igreja, achamos que vão refletir melhor nossos valores.

Estiquei algumas dobras do tecido e me virei para Phil.

— E aí? Como estou?

Minha prima mordeu o lábio para controlar o sorriso.

— Acho que é... fofo.

— Fofo? — respondi, e o lenço de cabeça escorregou para a testa. — Estou usando um *hábito* camuflado.

— Mas um hábito fofo — observou Phil.

Por todo o corredor do alojamento, eu conseguia ouvir as outras caçadoras resmungando enquanto experimentavam os novos uniformes de caça. As roupas consistiam de uma saia-calça grossa de poliéster com padrão camuflado, um lenço de cabeça longo camuflado e jaquetas de mangas compridas e gola alta do mesmo tecido.

Cory entrou no quarto batendo os pés, a barra da saia arrastando atrás de si por vários centímetros.

— Estou derretendo — reclamou ela. — Literal e figurativamente. — Ela segurou uma parte do tecido comprido. — Para quem eles fizeram estas roupas, amazonas?

Valerija entrou atrás dela usando a saia-calça e uma camiseta branca de gola V suja.

— Amazonas são pagãs — lembrei a Cory, e cocei o pescoço, onde o material áspero da jaqueta irritava minha pele.

Phil cruzou as pernas em cima da minha cama.

— Certas irmandades religiosas precisam usar roupas específicas o tempo todo, mesmo durante atividades diárias. Esses uniformes foram adaptados dos trajes de caça dessas freiras.

— Mas pensei que não precisássemos virar freiras — argumentei.

— E não precisam — respondeu Phil. — Mas a Igreja prefere que a gente não ande por Roma de top e short, só isso. Pense que é como frequentar uma escola católica: você não precisa ser católica, mas precisa usar o uniforme.

Cory gemeu e se sentou na cama, o que deslocou o véu do lugar.

— Eu gosto — disse Valerija, fazendo alguns exercícios de agachamento no tapete surrado entre a cama de Cory e a minha. Ela mexeu no maxilar recém-cicatrizado e puxou a saia para cima. — É espaçosa.

Zelda apareceu na porta.

— Não é tão ruim. Não está na moda, mas é resistente. Fiz buracos nos joelhos em quase todas as minhas calças. Isso aqui vai aguentar melhor.

— Deviam ver o que tenho de vestir — disse Phil. — Nem tenho direito a saia-calça.

— A sua é camuflada também?

Tentei correr sem sair do lugar. A saia-calça era bem mais pesada que as calças cargo de microfibra que minha mãe tinha comprado para eu levar a Roma. Ainda assim, sob o efeito da magia caçadora, correndo atrás da presa, será que eu sequer iria reparar no tecido se balançando ao redor da coxa?

Phil tirou a franja do rosto.

— Por que eu precisaria de camuflagem? Não sou caçadora.

— Por que *nós* precisaríamos de camuflagem? — perguntei a ela. — Não nos escondemos dos unicórnios quando os caçamos. Não podemos.

Os monstros tinham o mesmo pressentimento magnético da nossa localização que nós tínhamos da deles. Era por isso que caçadoras de unicórnios sem treinamento eram um perigo para si mesmas e para os outros. Por algum motivo, os unicórnios eram atraídos por nós. Nós os chamávamos como sereias atraíam marinheiros desafortunados.

Opa, eu e minhas referências pagãs de novo.

Cory se sentou abruptamente, com o véu da cabeça torto e os cachos aparecendo feito antenas estranhas.

— Vou falar com Neil. Tem de haver uma opção.

Mas a conversa foi inútil.

— Lamento, Cory — disse Neil mais tarde, quando estávamos só nós quatro. — Mas o Vaticano foi bastante explícito quanto à expectativa de comportamento se quisermos o apoio financeiro deles. Os hábitos são apenas o começo.

— O quê? — exclamei. — O que mais vem aí?

Phil inspirou por entre dentes.

— Vamos apenas dizer que foi bom Giovanni ter voltado para Nova York.

— Nada de garotos? — perguntei. — Então voltamos a isso. — E eu voltaria a esconder Giovanni quando ele viesse me visitar no Natal.

Neil pigarreou.

— Precisam entender a posição deles. Mudamos para seu espaço sagrado e o transformamos em acampamento de verão.

— Estavam usando isto aqui para armazenamento! — Cory bateu com a mão no braço forrado da cadeira. — Estava em ruínas. Espaço sagrado nada. As obras de arte estavam desmoronando, as catacumbas estavam cheias de lixo, o scriptorium estava queimado. Pagamos as taxas de aluguel e restauramos parte da antiga glória...

— E eles são gratos — disse Neil. — Motivo pelo qual estão fazendo vista grossa para algumas das políticas não ortodoxas que adotamos. Eles aceitam que na atualidade não podemos limitar a Ordem a católicas ou a jovens dispostas a fazerem votos de vida inteira. Mas você deve esperar que queiram opinar no que acontece com o dinheiro deles. Só umas saias e lenços valem mesmo tanta confusão?

Cory cruzou os braços sobre o peito.

Eu não podia culpá-la. Quando procurou recuperar o Claustro e reunir uma nova Ordem da Leoa, Cory colocou toda a confiança na Gordian Pharmaceuticals, e, durante a maior parte do tempo, a deixaram livre para comandar. Mas tudo deu errado e Cory defendeu as ações da Gordian por mais tempo que qualquer outra pessoa. Quando eles tiraram nosso treinador de arco e flecha e nos deixaram sem armas, ela encontrou uma maneira de justificar. Quando não conseguíamos falar com Marten e Giovanni nos contou que o presidente da Gordian passou o verão tentando sabotar a mim e Phil, ela não acreditou. Eu ainda não tinha certeza do quanto da atitude de Cory era devido à negação e do quanto estava relacionado ao medo que sentia de perder o controle advindo do patrocínio deles.

Afinal, hoje eram "só umas saias e lenços". Mas o que viria depois?

Conforme a discussão se arrastava, saí do escritório e fui para o pátio. O padre Guillermo ainda estava lá, admirando os mosaicos e vendo algumas das garotas praticando disparos. Nossas armas estavam empilhadas no caminho, e Bonegrinder estava ofegante ao lado de um pote de água vazio. Balancei a cabeça, enchi o pote dela e voltei para a limpeza da espada. Depois de esfregar mais um pouco com o pedaço de pano, consegui ler a inscrição:

DOMITARE UNICORNE INDOMITUM

Onde estava Giovanni quando eu precisava dele? Ele passou metade do verão lendo inscrições em latim em ruínas e obras de arte. Ele conseguiria traduzir isso sem problemas. Bem, a parte do "unicórnio" era bastante óbvia, pelo menos.

— Você é Astrid Llewelyn? — disse uma voz acima de minha cabeça. Olhei para o alto e vi o padre Guillermo.

— Sou. — Limpei fluido de polir das mãos na nova saia camuflada e estiquei a mão. Ele fez uma careta. Ops.

— Ouvi falar que você é particularmente abençoada — disse ele.

— Ouviu errado. — Eu inclinei a cabeça para Grace, que estava no momento dando um show no treino. — Ela é de longe a melhor aqui. E a mais dedicada também.

— A modéstia é uma característica muito nobre, *señorita.*

— Você não é italiano, é? — perguntei.

— Não. No Vaticano, há padres vindos de todo o mundo cristão. Sou do Peru. Não temos unicórnios lá.

Decidi imediatamente que era no Peru que queria morar quando crescesse.

— Mas estou falando sério. É um boato falso esse sobre as Llewelyn. Pelo menos, comigo. Certamente não sou a melhor caçadora aqui. Grace matou bem mais que eu.

— Entendo — disse o padre Guillermo, sorrindo levemente. — Minha família também não acredita que fiz jus ao potencial de nosso nome. São todos empresários. Eu me tornei padre. E não um padre de paróquia, mas planejador político. Estou a negócios em nome do meu Deus.

Tudo bem, então. Assenti e voltei a minha espada, e o padre falou atrás de mim.

— Sabe, *señorita* Llewelyn, às vezes aquilo em que nossa família acha que seríamos bons está correto. Mas não do jeito que pensam.

Eu me virei para olhar para ele, mas o padre ainda estava com o mesmo sorriso impenetrável. Será que ele de alguma forma sabia sobre minhas conversas com o karkadann? Mas como? Eu duvidava que Phil ou Neil tivessem contado a ele uma coisa assim. Fazia com que parecêssemos loucos.

Por outro lado, o padre Guillermo não era um dos especialistas em vida selvagem ou em biologia que Phil andava procurando em busca de ajuda. Era um oficial da Igreja. Ele acreditava que tínhamos poderes mágicos, que nossos dons vinham de Deus. Santa Joana D'Arc foi uma guerreira que teve visões divinas. Por que uma integrante da Ordem da Leoa deveria ser diferente?

— Sabe o que está escrito? — perguntou ele, apontando para a espada.

— Não — respondi. — É a espada de minha ancestral. Uma espada Llewelyn.

Ele a tirou de mim e virou a lâmina nas mãos.

— É um encantamento. Como o *Paternoster*, que vocês chamam de Pai-Nosso. É uma oração, entalhada em uma espada para santificar a arma à glória de Deus. *Domitare unicorne indomitum*. Significa: "Exterminar o Selvagem Unicórnio."

4

Quando Astrid hesita

Querido Giovanni,

Eu mandaria um e-mail, mas sabe, não tem internet nesta plataforma na árvore. Então rabisco neste papel, com as costas no tronco e os pés balançando acima do chão da floresta... e torço para que não aconteça nada que torne estas palavras irrelevantes quando eu chegar em casa e tiver tempo de digitá-las.

Você sabe, coisas como eu morrer durante a caçada. Ou quebrar o pescoço.

Estou aqui desde as 3h, e não há sinal de unicórnios. Mas o sol vai nascer em pouco tempo e essa costuma ser a melhor hora pra caçar. Já falei isso para você?

É claro. Você mesmo viu em Cerveteri, quando eles tentaram transformar sua van em caixão. Aquela manhã parece ter sido há tanto tempo. Naquela época, sentia como se tudo isso estivesse quase acabado, como se tudo que tivéssemos de fazer fosse mostrar pra um bando de kirins que estávamos falando sério e eles voltariam para o local de onde vieram, e jamais tivéssemos de encarar unicórnios de novo.

Agora, não consigo imaginar que isso vá acabar.

Às vezes tenho dificuldade de lembrar que eles são animais, que quando matam, fazem pelo mesmo motivo que um tubarão ou um urso. Estão com fome ou se protegendo. Acho tão pior fazer o que faço quando penso nisso. É mais fácil acreditar que eles são maus, que real-

mente estão com raiva dessas vacas dormindo no pasto da fazenda aqui embaixo.

E, se eu acho difícil me lembrar disso, Cory deve achar quase impossível.

Ergui o olhar do papel e espiei Cory por entre as folhas, parada a umas seis árvores de distância ao norte. Os olhos dela varriam a terra, o corpo rígido buscando a mais leve sensação de unicórnio. Não havia nenhuma.

A quem estou tentando enganar? Nunca vou lhe mandar isto. Vou chegar em casa, lavar o sangue e me dar conta de que esses meus devaneios de ~~trincheira~~ plataforma na árvore só vão entediar você ou assustá-lo ou desanimá-lo. E isso antes de eu descrever, em detalhes, os 17 metros de poliéster camuflado superlisonjeiro em que me enrolaram. Sexy, hein?

Espero que você esteja bem. Queria que você ligasse com mais frequência. Phil diz que existem cartões telefônicos internacionais que custam uns 7 centavos por minuto pra ligar de Nova York pra Itália. Pode ver se compra um desses?

Tenho medo de decepcionar você com aquela história da escola. Juro que tentei, mas todas as escolas aqui queriam que eu tivesse me inscrito 6 meses atrás. O padre Guillermo está vendo se nos arruma professores particulares. Aparentemente há muitas freiras professoras, então é tranquilo. Posso ser estudante católica e caçadora de unicórnios.

E fazer os exames admissionais, começar a pensar em me candidatar a faculdades e torcer para que o próximo unicórnio que eu encontrar não enfie o chifre no meu coração.

Parei de escrever e olhei para o papel. Minha caligrafia estava toda torta, mas o que se podia esperar de escrever no escuro? Rasguei a folha em pedacinhos e deixei que cobrissem o chão da floresta. Mais tarde, eu recolheria tudo e queimaria com os cadáveres dos unicórnios que conseguisse matar.

Raios violeta de luz começaram a surgir entre as árvores, sinalizando a chegada do amanhecer. De acordo com os relatórios dos fazendeiros, não estávamos lidando com kirins, mas as informações eram bem escassas. Eles eram monstros. Estavam comendo o gado. Tinham chifres.

Parecia um trabalho para a Ordem da Leoa.

Toquei na lâmina da faca de alicórnio presa ao quadril, ergui o arco e aprontei a flecha. O ar tinha um cheiro úmido, com um toque de floresta e, além disso, um leve aroma de animais de fazenda, palha e esterco. Nada de unicórnios ainda. Atrás dos galhos, Cory procurava qualquer sinal dos animais nas redondezas. Apertei os olhos. Ela não conseguia perceber o quanto estava tentando compensar a sintonia caçadora diminuída? Talvez devêssemos ter levado isso em conta antes de deixar que ela viesse nesta expedição.

O aroma acre de fogo alcançou meu nariz, e, com ele, um toque intoxicante de podridão doce. Os unicórnios tinham chegado.

Fechei os olhos e acomodei uma flecha na corda. A magia disparou pelo meu organismo, e, a reboque, a consciência de todos os unicórnios que chegavam. Havia cinco no bando: três adultos e dois jovens. Estavam se aproximando pelo lado leste da floresta, atraídos igualmente pela fonte de comida que era o gado e por uma sensação estranha e nova que não conseguiam entender, mas que os atraía mesmo assim. *Nós.* Eles seguiram em frente, sem medo, sem saber que a morte os esperava nas árvores acima de suas cabeças.

Mirei no ponto onde eles surgiriam na clareira, abri os olhos e esperei. Dez segundos. Agora cinco. Eles estavam se movendo mais rápido, preparando-se para surgir da floresta e correr para o pasto. Puxei a corda do arco. Agora eu conseguia ouvi-los, embora a passagem pela vegetação rasteira fosse quase silenciosa. O mundo desacelerou.

Cinco zhis saíram correndo da floresta, cada um tão branco e fofinho quanto Bonegrinder. Fiquei paralisada.

Eu jamais havia matado um zhi. Algumas das outras, sim; na verdade, acho que Zelda, certa vez, destruiu sozinha um bando desse mesmo tamanho. Mas eu nunca encarei algo que era igual a Bonegrinder e enfiei uma flecha em seu coração. Minha mão de disparo tremeu, e eu aliviei a tensão na corda.

O bando passou na linha de visão de Cory, e ela disparou. A flecha bateu no tronco de uma árvore, e os zhis se espalharam, seus pensamentos silenciosos rompidos em uma cacofonia de gritos e gemidos de pânico.

— Astrid! — gritou Cory, enquanto descia da plataforma. — Ande!

Recuei de novo e pisquei para tirar da cabeça a imagem de Bonegrinder brincando no pátio, a bandana rosa amarrada no pescoço. Abaixo de mim, uma jovem fêmea zhi levava os dois mais novos para longe do perigo. Os bebês ziguezagueavam entre suas pernas, e o pânico daquela fêmea irradiou até mim quando os três se juntaram, com medo, em um buraco pequeno entre as raízes de minha árvore. Será que foram atraídos para esta árvore porque uma caçadora estava sobre ela? Se eu descesse na frente deles, será que fugiriam, atacariam... ou fariam uma reverência? Afinal, eram zhis. O zhi selvagem que encontrei na floresta da minha cidade tinha se submetido a mim momentos antes de abrir um buraco na perna do meu ex-namorado, Brandt. Zhis nunca atacavam caçadoras.

— Astrid! — gritou Cory. — O que está fazendo? Atire neles!

Apontei minha flecha para o buraco. Três zhis piscaram para mim com olhos azuis enormes. *Três pequenos Bonegrinders enfileirados ao vento; eu sou rápida, e eles, lentos.*

Com o canto do olho, vi Cory atacando com a faca. Um dos unicórnios adultos gritou e caiu, balançando as patas. A mão que segurava a corda começou a doer com a tensão de manter o arco armado. Dentro das cabeças dos unicórnios abaixo de mim, senti que havia pânico, terror e, por baixo disso, reverência.

Uma caçadora, uma caçadora...

Eles me seguiriam para qualquer lugar. Para o Claustro, para serem acorrentados e confinados como Bonegrinder, ou iriam até Cory, onde fariam reverências e ofereceriam os pescoços a ela para serem mortos.

— Astrid! — gritou Cory pela terceira vez. — O que você está esperando... — E então ela parou quando o segundo zhi a derrubou por trás.

Todos os cinco zhis estavam gritando dentro da minha cabeça, os três pequenos de pavor, o macho mais velho em meio aos espasmos de morte e a fêmea... a fêmea estava tomada de fúria. Acima de tudo isso, ouvi os gritos de Cory em meus ouvidos. Pulei para o chão e corri na direção dela. A zhi estava pisando e mordendo enquanto Cory cobria o rosto com os braços e tentava empurrá-la para longe.

— Pare! — gritou ela, quando a zhi enfiou os dentes na lateral de seu corpo. — Pare!

Fechei a mão ao redor do chifre da zhi, puxei-a para trás e cortei sua garganta. A unicórnio deu um único salto, depois se contorceu e gorgolejou quando a joguei de lado, e então me ajoelhei perto de Cory.

— Você está bem?

Os olhos de Cory estavam arregalados, e ela estava ofegante, segurando o tronco com ambas as mãos ensanguentadas. Vi os arranhões do alicórnio da zhi se fecharem e desaparecerem de seus antebraços, mas o ferimento na lateral do corpo tinha sido infligido por dentes, não pelo chifre. Era um problema.

— Me deixe ver — pedi, quando o unicórnio atrás de nós morreu. O macho estava desaparecendo rapidamente, e, no extremo de minha consciência, eu conseguia sentir os jovens desistindo da luta. Uma decisão inteligente. Afastei as mãos de Cory, e o sangue jorrou da barriga.

Abri a bolsa presa à cintura e tirei um pedaço de atadura.

— Aqui, segure isto em cima do ferimento.

— Os outros... — Ela arfou.

— Os outros foram embora — falei para ela, distraída. Os outros nunca sentiram a menor necessidade de revidar. Será que a zhi fêmea teria atacado se Cory não tivesse esfaqueado seu companheiro? Não havia registro de zhis agressivos. — Vou correr pra chamar os fazendeiros. Você precisa de cuidados médicos.

— Tem de matar os outros — insistiu Cory, enquanto o macho perto de nós dava seu último suspiro. Minha mente desanuviou um pouco mais.

— Você não está pensando direito — disse, enrolando outra atadura na cintura dela para segurar a gaze no lugar. Os unicórnios já estavam quase fora do alcance dos meus pensamentos e ainda corriam. — Eles são jovens. Estão apavorados.

— Virão atrás de mim.

Dei um suspiro exasperado.

— E farão o quê? — perguntei. — Uma reverência? Eles são zhis. Você vai ficar bem. — Fiquei de pé. — Fique aqui e tente não se mexer. Voltarei com um caminhão assim que...

Ela se inclinou para a frente e agarrou minha perna com a mão manchada de sangue.

— Astrid! Eles vão me matar! Eu não… Não posso… — Ela fez uma careta e apertou os olhos. — Estou… arruinada.

— Você está ferida, é isso que você está — avisei. E que astúcia a zhi usar os dentes e não o chifre! Eu não tinha visto um unicórnio fazer isso antes, nem mesmo os ardilosos kirins. — E muito ferida. Preciso chamar ajuda *agora*.

Os olhos dela se prenderam aos meus, arregalados e tomados de pânico.

— *Não me deixe aqui pra morrer sozinha.*

Imediatamente, entendi. Sybil Bartoli tinha morrido assim, enquanto uma Cory despreparada tentava com valentia afastar um bando de zhis similar sem nada além das mãos. Entreguei a faca de Clothilde para ela.

— Você com certeza vai morrer se eu não chamar ajuda. — E saí correndo.

Levaram Cory para a sala de cirurgia da pequena clínica de interior e me deixaram na desagradável sala de espera pré-fabricada, sangue ainda manchando os joelhos da calça, secando em estranhos padrões nos meus braços e mãos. Phil e Neil demorariam quase 4 horas para chegar. Quatro horas que passei parada na porta da clínica, torcendo as mãos e me perguntando se deveria voltar à floresta para caçar aqueles jovens zhis e quebrar seus pescoços. Afinal, eram unicórnios e precisavam comer *alguma coisa*. Qualquer humano na floresta ainda estava em perigo. Todos aqueles animais da fazenda ainda estavam em risco.

Ou talvez pudesse apenas convencer os fazendeiros a deixarem na floresta o habitual pernil de porco, como tributo. Bonegrinder adorava carne de porco.

Bonegrinder era tão parecido com aquele unicórnio que eu tinha acabado de matar. Levei as pernas até a altura do peito na cadeira dura da clínica, encostei os olhos nos joelhos e me balancei.

— Asteroide — disse a voz suave de Phil. Senti a mão no meu ombro e voei da cadeira, piscando contra o sol da tarde que entrava pelas janelas.

— Eu não pretendia cair no sono.

— Não se preocupe — disse Phil. Ela estava usando o uniforme do Claustro: tênis, uma saia azul-escura que ia até abaixo dos joelhos e uma camisa branca engomada de gola alta. O cabelo estava preso em um rabo de cavalo baixo, mas ela não usava lenço. — Você ficou acordada metade da noite em uma plataforma na árvore. Sei como é.

— Como está Cory?

— Fisicamente? — Phil deu de ombros. — Ela vai ficar bem. Nenhum órgão foi afetado, e os médicos fecharam o ferimento. Por sorte, dentes de zhi não são tão longos quanto os chifres.

— Como ela sabia? Como aquela fêmea sabia que podia causar um dano maior usando a boca?

Phil balançou a cabeça.

— Não faço ideia. E talvez ela não soubesse. Pode ter sido por acidente que mordeu em vez de perfurar. Talvez o ângulo no qual atacou tornasse impossível o uso do chifre; ou talvez Cory pudesse tê-la afastado. Não sei. Ela está com hematomas bem feios no peito e nas pernas, causados pelas patas da zhi, sem mencionar o tornozelo torcido. Vai ter de pegar leve durante algumas semanas, mas não é nada que não tenhamos visto antes.

Respirei fundo. Mas *havia sim* alguma coisa de novo nesse ataque e não era nada que um médico pudesse costurar. As habilidades de caçadora de Cory tinham sido comprometidas e estavam se deteriorando rapidamente. Algumas semanas antes, ela não sentira o kirin se aproximando do nosso grupo na floresta, e hoje, fez mira certeira no zhi macho e errou. Depois, admitiu aquilo de que eu já desconfiava: estava cega para caçadas.

— Posso vê-la?

— É melhor esperar até Neil acabar de falar com ela. — Phil lançou um olhar preocupado para a porta do quarto. — Ela não está aceitando isso muito bem.

— Desde quando ela aceita as coisas bem? — disparei, imediatamente complementando com: — Desculpe.

— Não peça desculpas pra mim — disse Phil. — Nós duas sabemos como ela é, mas também sabemos por quê. Isso significa mais pra ela que pra qualquer outra caçadora no Claustro.

Phil estava prestes a dizer algo mais quando a conversa lá dentro ficou muito alta de repente. A porta foi aberta com força, revelando Neil, ainda olhando para a pessoa coberta de ataduras na cama.

— Eu *vou* lhe dizer o que fazer, Cornelia Bartoli. Goste ou não, sou seu guardião e prefiro ser enforcado a deixá-la morrer como sua mãe.

Ele saiu e bateu a porta ao passar, respirando pesadamente. Passou os dedos pelo cabelo escuro e ondulado, e percebeu nossa presença.

— Tudo bem, Astrid?

— Oi — cumprimentei. Olhei de Neil para Phil. — Será que devo…?

— Não consigo lidar com a petulância dela — disse Neil para Phil. — Ela se recusa a me ver como adulto — suspirou. — Nos olhos dela, não é o tio e o guardião lhe dizendo essas coisas; é um irmão mais velho mandão.

— Você é a única família que lhe restou — respondeu Phil, aproximando-se. — Ela vai ceder. Sempre cede.

Neil não pareceu convencido.

— Preciso de um café. — Ele deu meia-volta e seguiu pelo corredor para a sala de repouso. Phil foi atrás dele, deixando-me sozinha. Eu os vi descendo o corredor e vi Phil colocar a mão na base das costas dele, confortando-o.

Entrei no quarto. Cory estava fazendo uma tentativa audaz de sair da cama de hospital, balançando-se em muletas e dando uma careta cada vez que precisava se inclinar.

— Cuidado — falei. — Desta vez você não vai ficar boa tão rápido.

A camisa dela estava dobrada e ataduras grossas marcavam sua cintura. Havia outras bandagens nos braços e pernas, e vários hematomas sobressaíam na pele clara do rosto. Os cachos castanhos caíam sem vida ao redor da cabeça.

Ela olhou para mim com raiva, os olhos transbordando de lágrimas.

— Você ouviu o que ele disse pra mim?

— Acho que o vilarejo todo ouviu.

— Como ele ousa! — disse ela. — Como ousa… — Ela parou e se virou, afundando o queixo no peito. — Caço unicórnios há meses. Matei kirins, matei re'ems… Seria um tanto idiota se eu fosse morta por um zhi. *Exatamente como minha mãe.*

Assenti e mantive a voz suave.

— Foi errado Neil dizer aquilo. Ele não estava falando sério. Só estava assustado por ver você assim. Estamos todos com medo do que isso pode significar...

— Ah, sei o que significa! — disse ela. — Significa que preciso ir embora. É perigoso demais ficar no Claustro se não sou capaz de ser uma caçadora de verdade, se Bonegrinder vai pular em mim assim que me olhar. E Neil diz que vai comigo, como já temos um anel a menos. Sou jovem demais pra ser *don* de verdade, então quem tem de ir embora sou eu. Não Phil. Eu. — Ela fungou.

Meu queixo caiu.

— Mas você não pode ir embora!

— Eu sei. Praticamente reconstruí o Claustro, maldita pedra após maldita pedra. E é assim que termina! Não *fiz* nada de errado! Não sei por que isso está acontecendo comigo. Não sei por que eu não consigo... — Ela pareceu despencar sobre as muletas, derrotada. — Não é justo. Não tem motivo pra eu estar perdendo a magia.

Eu não conseguia pensar em nada para dizer. Não era justo. Nem um pouco.

— Não sei.

— Você é uma médica e tanto, Astrid — cortou ela.

— Bem, talvez você devesse procurar um médico de verdade! — aconselhei. — Talvez esteja doente, com alguma coisa completamente normal e não mágica, mas seus poderes de caçadora estejam latentes da mesma forma que, sei lá, seu sistema imunológico fica suprimido por alguma outra doença.

— Como o quê? — perguntou ela. — Um resfriado? Não estou resfriada.

Fiquei em silêncio, porque "como câncer ou algo do tipo" não ia ajudar a acalmá-la em nada.

— E olhe isto! — gritou ela, levantando o braço. Uma cicatriz vermelha de alicórnio novinha e reluzente surgia por baixo da barra da manga. — Ainda sou imune ao veneno. É só a caçada que não consigo dominar... por quê?

— É isso que estou querendo dizer — falei. — É perigoso demais. Não sabemos que poderes ainda funcionam em você. Encare da seguinte maneira: se você estivesse em coma, seria incapaz de caçar, mas ainda seria *caçadora*. Você ainda vai atrair unicórnios. É por isso que precisamos treinar todas as garotas com capacidade de caça. Mesmo que não fiquem aqui, que não trabalhem pra Ordem, elas precisam ao menos saber se proteger.

Cory se empertigou.

— Você está certa. Astrid, isso é brilhante.

Phil provavelmente não me agradeceria por essa sugestão brilhante em particular.

— Não podem me mandar embora, senão posso mesmo morrer. A floresta perto de onde moramos é infestada de zhis. — Ela apertou os olhos. — Zhis como o de hoje. Zhis como os que mataram minha mãe.

— Zhis como a que mora no nosso convento? — repliquei.

Mas Cory não se deixaria contrariar.

— Pegue minhas botas, por favor — disse ela, apontando com as muletas para a porta. Segui sem muito entusiasmo, com as botas nas mãos. Isso não tinha como terminar bem.

Depois de uma discussão em voz alta em uma pequena clínica de interior e de uma jornada — meio extremamente constrangedora e meio silenciosa demais — de volta a Roma, lembrei que não queimei os pedaços de papel que sobraram de minha carta para Giovanni.

Não importava. Olhei pela janela para a paisagem italiana e comecei a compor outro e-mail em pensamento.

Querido Giovanni,

Hoje descobrimos que as habilidades de caçadora de Cory estão misteriosamente diminuídas, e Neil e Phil concluíram que é perigoso demais ela permanecer ativa na Ordem da Leoa. Cory está furiosa, mas eu só consigo pensar: "Queria que fosse comigo..."

5

Quando Astrid procura ajuda

O sol brilhava nos paralelepípedos do pátio do Claustro, refletindo no rabo de cavalo louro de Phil, que estava de pé à nossa frente no tapete de ioga.

— Agora — disse ela —, expirem e dobrem a perna esquerda até que o joelho esquerdo fique perpendicular ao tornozelo esquerdo. Devem fazer um ângulo reto, de noventa graus, entre suas canelas e o chão.

Todas nos mexemos em nossos tapetes.

— Continuem respirando — acrescentou Phil. — Alonguem o tronco. Coloquem força na perna direita. Sintam a energia fluindo da perna direita até os dedos dos pés, para dentro da terra.

E debaixo do chão, até a casa capitular do Claustro, onde os ossos zumbiam em sintonia com o batimento de nossos corações. O que Phil não sabia é que o ritmo de nossa inspiração não dependia das instruções dela. Todas as caçadoras respiravam juntas no Claustro; o convento inteiro respirava como um enorme pulmão de aço.

— Agora, na próxima inspiração, estendam as mãos para o alto e para fora, na altura dos ombros. Pensem em seus braços como flechas apontando para a frente, diretas e certeiras.

Eu adorava a postura do guerreiro. Acrescentei força ao meu âmago e olhei para a esquerda, por cima das pontas dos dedos, imaginando-os como pontas de flechas direcionadas para o coração de um kirin.

Mas, na minha visão, o que vi foi Cory, o pé machucado elevado sobre uma coluna, lendo uma revista e bebendo limonada. A parte dela de nosso quarto estava arrumada, e ela voltaria para a Inglaterra na mesma semana. Todo tipo de argumentação com Neil não resultou em mudança de ideia. No que dizia respeito a ele, o Claustro era um poço gravitacional de atração caçadora. Já o apartamento de Neil, em Londres, seria mais seguro.

— O Guerreiro Dois — dizia Phil, enquanto nos aprofundávamos na postura a cada respiração — é uma postura de força, mas também de foco. Um arqueiro Zen mira o arco durante anos antes de soltar uma flecha.

— Não mata muitos unicórnios assim, hein? — disse Melissende, com um sorrisinho. Algumas das garotas mais novas riram.

Phil ergueu o queixo e prosseguiu.

— Vocês são flechas, diretas e certeiras. São lanças, fortes e concentradas. Vocês são guerreiras.

Grace ignorou a amiga pela primeira vez e fechou os olhos.

Também me voltei para meu interior.

Os ossos que compunham a construção cantaram ao meu redor. Na sombra do Claustro, Bonegrinder permanecia sentada em imobilidade alerta, a corrente prendendo-a à parede. Eu sentia a presença dela como uma picada, uma coisa lívida dentro da mente, dentro da rede de artefatos que zumbiam.

E, por baixo disso, sentia minhas companheiras caçadoras. Grace, sólida como uma pedra, com a energia irradiando dos braços como os pontos de uma bússola. As outras garotas, eu as sentia fortes ou fracas, dependendo da intensidade de sua concentração. Além dos meus dedos, senti Cory vibrando como um fio elétrico desgastado. Mais ao longe estavam as outras: Valerija descansando no quarto; Dorcas no computador; Rosamund subindo a escada da casa capitular a caminho da rotunda.

Respirei e mergulhei mais fundo nessa nova percepção. Dentro da minha cabeça, um acorde começou a soar. Já o tinha ouvido antes, a música da Parede dos Primeiros Abates. Só a percebera vindo das outras caçadoras uma vez, pouco antes de nossa batalha contra os kirins na necrópole de Cerveteri no mês anterior.

Sou uma flecha, pensei.

Vocês são flechas, alertou a voz de Phil dentro de minha cabeça. Mas não, não era Phil. Era Clothilde Llewelyn. A Clothilde que morava dentro da memória do karkadann Bucéfalo.

Você é a flecha de Deus, disse Clothilde, *na missão de exterminar o unicórnio selvagem.*

Perdi o equilíbrio e caí em cima de Ursula, que derrubou Ilesha, que deu uma cotovelada forte na barriga de Melissende. Todas fomos ao chão.

Desta vez, Grace riu ao sair da postura e deu um sorriso arrogante para o emaranhado de caçadoras aos seus pés.

— Desafiador demais?

— Sai de cima de mim! — Melissende empurrou a irmã mais nova, Ursula, para longe e tirou o cabelo dos olhos. — Ioga é uma idiotice.

Coloquei as mãos sobre os olhos para tentar afastar a tontura.

— Asteroide? — disse Phil, apertando os olhos no brilho da luz da tarde. — Você está bem?

— Muitas saudações ao sol por hoje, acho — comentei. Fiquei de pé e limpei os joelhos. — Vou beber uma água.

Na última vez que ouvi a voz de Clothilde na mente, foi porque Bucéfalo a colocou ali. Na última vez que consegui sentir as caçadoras da mesma forma que sentia os unicórnios, da forma que eu imaginava que os unicórnios conseguiam nos sentir, Bucéfalo estava por perto.

Em pensamento, chamei o karkadann. Mas não houve resposta.

Fazia sentido. De toda forma, eu não tinha ideia do que Bucéfalo estaria fazendo em Roma. Apesar da rede de parques, ruínas abandonadas e cheias de cachorros de rua, e das intermináveis catacumbas subterrâneas da cidade, era difícil um unicórnio do tamanho de um rinoceronte encontrar um bom esconderijo. Não o via havia meses, nem sonhava com ele havia semanas. Ele tinha me dito que iria embora, mas eu continuava a procurar.

Porque ele era o único que eu conhecia que tinha respostas.

Quando passei pela porta que levava à rotunda, vi Rosamund com o padre Guillermo, ambos com as cabeças baixas em oração sussurrada. Parei, com medo de interrompê-los, e, depois de um momento, ele fez o sinal da cruz por cima do cabelo castanho-avermelhado da garota, depois sorriu para ela.

— *Vaya com Dios, Hermanita* — disse o padre Guillermo.

— *Vielen Dank* — respondeu Rosamund. — Estou me sentindo bem melhor agora. — Ela se virou e me viu. — Astrid!

Eu me recolhi para trás do Bucéfalo empalhado.

— Eu não queria interromper…

— Não — disse Rosamund, que fez sinal, me chamando. Ela pegou suas partituras, que estavam em uma pilha no chão. — Desde que eu soube do… problema de Cory, não consigo dormir. Tenho tanto medo que aconteça com todas nós. Pedi ao *Herr Pfarrer* para me abençoar. Para me proteger de… seja lá o que isso for.

— Ficarei feliz em abençoar você também — ofereceu o padre Guillermo.

Olhei para baixo.

— Não, obrigada.

— Ou qualquer uma das outras caçadoras. — Ele observou minhas roupas de ioga bem justas. — Imagino que você estava se exercitando?

Engoli em seco.

— Estava. Ioga. Na privacidade do pátio do Claustro. Estamos sozinhas aqui. — Eu não estava constrangendo-o, nem à Igreja, nem à Ordem.

Ele balançou a cabeça e sorriu.

— *Señorita*, por favor, não fique alarmada. Este não é um estado policial, e não sou seu inimigo.

Passei pelos dois e peguei a escada para o alojamento. Bem, na última vez que um homem estranho controlando o fluxo de dinheiro disse isso, ele era Marten Jaeger.

E, quando tentou nos destruir, virei a mesa e deixei que ele fosse morto.

No chuveiro, lavei o suor da tarde italiana e tentei afastar a lembrança da voz de Clothilde da cabeça. Como freira, mesmo imperfeita, Clothilde teria sido católica. Teria sido criada na Ordem da Leoa original, do tipo que entalhava orações na espada e realmente acreditava ser um veículo de Deus, com a tarefa de matar unicórnios e distribuir doses do Remédio conforme a Igreja achasse necessário.

Essa era a Ordem contra a qual Clothilde havia se rebelado. Foi para escapar dessa vida que ela fingiu a própria morte.

Eu queria saber mais sobre ela, minha misteriosa, reverenciada e incompreendida ancestral. Estava bem documentado nos registros do Claustro que a maior parte das caçadoras que desejava fugir de seus deveres buscava os serviços do que a Ordem chamava de "Acteons", nome em homenagem ao mítico espião da deusa caçadora, Diana, durante o banho. Acteon era um nome elaborado para amantes, um cara empregado especificamente para livrar uma caçadora de unicórnios da virgindade e, consequentemente, da magia. O Acteon mitológico fora punido por sua ousadia quando Diana o transformou em cervo para ser destruído pelos próprios cachorros. Quando a antiga Ordem da Leoa pegava um Acteon no ato, fazia dele alimento para o zhi da casa.

Sim, eu era parte de uma longa linhagem de freiras extremamente radicais.

Mas Clothilde não seguiu a rota do Acteon. Ainda era caçadora, tinha de ser para conseguir se comunicar quando fez o acordo com Bucéfalo, acordo esse que mandou todos os unicórnios do mundo se esconderem e convenceu o mundo de que eles estavam extintos.

Naturalmente, todos os registros de Clothilde desapareceram da história. Mas eu sabia que ela se casara e tivera filhos. Eu era descendente direta dela, por parte de pai. Um pai que minha mãe, obcecada por unicórnios, procurou por muito tempo e seduziu. Possivelmente (eu tinha me dado conta disso recentemente, com nojo) com o único propósito de ter uma filha caçadora com linhagem de mais prestígio.

Sorte de Lilith não ter engravidado de um menino.

A Ordem da Leoa podia não saber o que aconteceu com Clothilde, mas minha mãe de alguma forma sabia. Ela encontrou meu pai uma vez, embora tenha me contado que ele nada sabia de nossa linhagem. Ainda assim, só o que ela herdou do envolvimento deles (além de mim) foi um singular frasco de vidro dourado do Remédio, o único que existia. Um frasco que ela guardou durante toda minha vida, até que meu namorado Brandt foi perfurado por um unicórnio na floresta e mamãe usou o líquido para curá-lo.

Naturalmente, meu pai, fosse quem fosse, não tinha conhecimento do valor daquele frasco. Para ele, podia não passar de uma antiguidade familiar. Talvez nem soubesse que minha mãe o pegou.

Eu me perguntava onde meu pai estaria. Perguntava-me se teria família, filhas ignorantes do tipo de perigo que corriam. Caçadoras sem treinamento estavam na mesma posição de Cory, incapazes de se defender e a seus entes queridos quando os unicórnios se sentissem inevitavelmente atraídos por elas.

Saí do banheiro, me vesti e penteei o cabelo em uma trança úmida cuja ponta presa com elástico batia nas cicatrizes de alicórnio em minhas costas à medida que eu descia a escada até o escritório do *don*.

A mesa estava coberta com as habituais pilhas de papéis: relatos de ataques de unicórnios, árvores genealógicas e outros registros para encontrar a localização de possíveis caçadoras, e o acréscimo mais recente e perturbador: cartas de pessoas por todo o planeta implorando a ajuda do Claustro. *Por favor, venham matar o unicórnio na nossa cidade. Esses monstros já mataram três pessoas. Não conseguimos descobrir como impedi-lo. Tiveram de fechar o parque/a escola/a madeireira...*

Bem, talvez não me importasse tanto com o último local.

As cartas vinham do mundo todo, principalmente de lugares remotos que seriam quase impossíveis (e com custos absurdos) de visitarmos. Pequenos vilarejos na tundra canadense, monastérios no alto das montanhas no Tibete, ranchos de gado na América do Sul. Não havia muitos, mas estava claro que, conforme as pessoas começassem a descobrir quem nós éramos, os pedidos aumentariam. Precisávamos de mais recursos, mais até do que a Igreja podia fornecer. E precisávamos de mais caçadoras.

Minha mãe atendeu o telefone no segundo toque.

— Astrid?

— Oi, mãe. — Talvez não fosse bom começar com um pedido. Nosso relacionamento estava tenso desde que Phil e eu a expulsamos do Claustro. — Como estão as coisas?

— Ótimas — disse ela. — Meu agente está conversando com redes de TV para obter uma visibilidade maior.

Não que ela parecesse ter sofrido muito.

— Talvez voltemos a Roma para uma visita ao Claustro se isso continuar.

— Você falou com Phil ou com Neil sobre isso? — Sem mencionar o padre Guillermo.

Lilith ficou em silêncio por um momento.

— Bem, querida, há muito dinheiro envolvido. Considerando como as coisas andam apertadas por aí, concluí que receberiam bem uma injeção de dinheiro.

Tradução: ela não planejava pedir permissão.

— Na verdade — comecei —, estamos tendo apoio do Vaticano.

Lilith riu com deboche.

— Certo. Os hábitos. Bem, são bonitos na TV, pelo menos. Atrapalham na hora da caçada?

Típico. Primeiro minha mãe se preocupa com a estética e só depois, com a parte prática, como o clima e se a vida da filha está ou não em perigo.

— Foram desenhados como roupas de caçada.

— É mesmo? — Visualizo os olhos de Lilith brilhando de interesse. — Esse é um novo ângulo.

— Mãe, gostaria mesmo que eu *fizesse* votos religiosos? Você sabe, pra ajudar com a audiência?

— Aah, faria isso? Chegaríamos ao horário nobre!

Quase engoli o telefone.

— Foi uma piada, Astrid. — Lilith estalou a língua para mim.

Era engraçado como ela conseguia encarar tudo isso com tanta tranquilidade agora. Minha mãe tinha invadido o Claustro, determinada a nos botar em forma, criticando e descartando a abordagem dos Bartoli e suas atitudes mais inclusivas e democráticas. Conduziu o Claustro como um campo de treinamento reminiscente da antiga Ordem e sonhava com caçadoras vitoriosas em todas as batalhas.

A verdade, infelizmente, não era tão glamorosa assim, e, quando fui gravemente ferida na primeira vez que ela nos mandou lutar contra um grupo de kirins, minha mãe surtou e tentou fechar o local. Phil e eu nos rebelamos contra ela e a mandamos de volta aos Estados Unidos.

Mas, de alguns milhares de quilômetros de distância, acho que a realidade sangrenta das caçadas de unicórnio parecia um pouquinho melhor. Acho que ela se esquecera de como foi quando quase morri. Talvez a preocupação dela fosse relacionada à proximidade e, agora que morava a um oceano de distância, voltara a acreditar nas besteiras que ela mesma cuspia na televisão sobre nosso "destino glorioso".

Talvez as coisas com Giovanni viessem a ser da mesma maneira: o que os olhos não veem, o coração não sente.

Era hora de mudar de assunto antes que eu ficasse zangada demais para falar.

— Preciso fazer umas perguntas sobre meu pai.

— De novo isso?

— Você o viu uma vez, mãe. Não acha que devemos à possível família dele tentar encontrá-lo de novo?

— Pra alguém que detesta tanto caçar, você está muito ansiosa pra partilhar seu estilo de vida com meias-irmãs em potencial.

Contraí o maxilar. Minhas meias-irmãs em potencial seriam alvos imóveis, a não ser que fossem informadas do poder que tinham de atrair unicórnios assassinos.

— Você precisa tomar uma decisão — rosnei ao telefone. — Ou você quer que eu volte pra casa e fique em segurança, ou quer que eu seja sua filha caçadora de unicórnios famosa.

Pois esse era o verdadeiro motivo de minha mãe se recusar a dar informações sobre a outra metade do meu acervo genético. Se houvesse outras descendentes de Clothilde por aí, poderiam ser elas a possuir as habilidades superbacanas das caçadoras de unicórnios herdadas dela. Habilidades essas que, até então, não tinham se manifestado em mim.

Era tão irônico. As pessoas no Claustro achavam que eu devia ser a melhor caçadora porque era uma Llewelyn. Minha mãe achava que eu devia ser a melhor caçadora porque era descendente de Clothilde Llewelyn. A Llewelyn que matou o karkadann. Até o karkadann procurou por mim em vez de alguma das outras caçadoras, pois tinha uma crença similarmente equivocada sobre o legado de Clothilde. Uma crença de que, se ele podia conversar com ela com a mesma facilidade com que conversara com Alexandre, o Grande, também podia conversar comigo. E ele *podia* conversar comigo, mas acho que também poderia conversar com as outras caçadoras se tentasse.

Em que eu acreditava? Que tudo era mentira. Os fatos eram incontestáveis: eu *não* era a melhor caçadora da Ordem. Por que as únicas pessoas que pareciam reconhecer isso além de mim eram Melissende e Grace? Grace era a melhor caçadora entre nós. Ilesha vinha logo atrás. Eu gostava da minha posição mais para baixo na lista.

Minha mãe suspirou ao telefone.

— Querida, você deixou sua posição bem clara antes de eu ir embora de Roma. É *você* quem quer isso agora, não eu. Dei chance a você de vir pra casa. Você me deu um sermão longo e doloroso sobre dever. Você é um caso claro de contaminação pelo vírus do sentimento de superioridade desses seus amigos padres.

Como ela podia fazer isso comigo? Como é que sempre conseguia distorcer tudo assim? Seu repúdio ao padre Guillermo e ao apoio dele ao Claustro quase me colocou do lado do padre, com hábitos camuflados e tudo.

— Ah, é? — desafiei. — E o que você diria se eu revelasse que quero ir pra casa agora?

— O que você quiser, querida — mentiu minha mãe, o tom de voz alegre e entediado ao mesmo tempo.

Eu sabia que ela estava blefando. Eu não iria voltar para casa por causa do meu dever, e, se voltasse, ela não iria gostar por causa da suposta glória envolvida.

— Tudo bem — disse eu. — Reserve minha passagem. Ou eu mesma reservo. Me passe seu número do cartão de crédito.

Minha mãe hesitou. Ela não era a única que sabia blefar.

— Certamente. É claro que sabe que não pode voltar pra cá como caçadora. O aspecto do perigo causaria muitas complicações. Você precisaria abrir mão da sua... qualificação.

Engoli em seco.

— Tudo bem. Eu... vou fazer isso também. Vou... dar uma passada em Nova York no caminho pra casa.

— Que atitude mais fria de sua parte — respondeu minha mãe.

— Olha quem fala — repliquei.

— Espero que não se arrependa quando vir pessoas em perigo ou morrendo por ataques de unicórnio. Sabendo que poderia tê-las salvado, mas que preferiu voltar pra casa e viver uma vidinha inútil.

Trinquei os dentes. Sabíamos perfeitamente todos os passos dessa dança. Às vezes, eu me perguntava se tinha culpa pelo desprezo de minha mãe. Se Phil e eu não a tivéssemos expulsado no verão, será que ela ainda se preocuparia com minha segurança? Será que eu tinha matado isso nela? E se tinha, o quão forte esse amor poderia ser?

Às vezes eu me perguntava. Outras vezes, estava ocupada demais lutando pela minha própria vida e pelas das pessoas que jurei manter em segurança.

— Mãe — pedi. — Precisa me dizer onde meu pai está. A família dele está em perigo. Você acabou de admitir!

— Ah, querida — disse ela. — Faz tanto tempo. Nem me lembro direito.

Era absolutamente mentira. No passado, minha mãe foi historiadora, candidata ao doutorado, cuja pesquisa havia descoberto nosso legado caçador e despertado nela essa obsessão maníaca por Clothilde Llewelyn e nossa herança mágica. Minha mãe tinha anotações em algum lugar sobre a família de meu pai.

— Os Bartoli não podem fazer nada? Foram tão eficientes em encontrar todas as outras caçadoras. Pena que sejam tão ruins em todo o resto. Aliás, como está a procura por aquele garoto horrível que estuprou Phil?

Desliguei o telefone na cara dela. Meus dedos coçavam por um arco com o qual disparar. Meus braços doíam por uma espada. Minhas mãos procuraram a faca que costumava ficar presa à minha cintura, e encontraram só a perna da calça. Puxei o tecido com a mão fechada, respirando com dificuldade, engasgada com uma fúria tão grande que eu quase poderia gritar. Inclinei-me sobre a mesa, apertando as palmas das mãos na madeira. Com o canto dos olhos, conseguia ver os músculos do meu braço se flexionando por baixo da pele. Apesar de nunca ter sido tão atlética quanto Phil, desde que cheguei ao Claustro meu corpo tinha mudado. Não eram só as cicatrizes que se entrecruzavam nas costas e nos braços, não era só a magia que corria no meu sangue e ossos. Em minha antiga vida, eu tinha a pele macia, braços magros e suaves, que nunca carregavam mais que livros ou empurravam cadeiras de rodas durante as horas passadas como voluntária no hospital. Agora, meus braços estavam musculosos, definidos como as curvas e espirais de um alicórnio.

Eu parecia uma fisiculturista. Não era feminina. Não era bonita.

A raiva se condensou em lágrimas que me ferviam nos olhos. Afundei até o chão atrás da mesa e rastejei para a escuridão embaixo. Que se danasse meu dever. Talvez minha mãe estivesse certa e isso tudo não valesse a pena.

Com mãos trêmulas, peguei o telefone e estiquei o fio até minha pequena caverna. Respirei fundo e liguei para o número dele.

— Alô — disse um estranho em Nova York.

Minha boca se recusou a abrir até eu conseguir falar sem tremer.

— Alô? — repetiu o homem.

— Oi — respondi, e o som saiu agudo demais. — Posso falar com Giovanni, por favor?

— Hã, ele está na aula — disse o cara. — Quer deixar recado?

Diga que sinto saudade dele. Diga que o amo. Diga que não aguento mais e que ele precisa voltar pra Itália pra me tirar desse negócio de caçada de uma vez por todas.

— Você pode, humm, dizer que Astrid ligou?

— Quem?

Segurei o soluço na garganta antes que ele pudesse escapar.

— Astrid. — De alguma forma, consegui falar. Isso estava indo mal, dava para perceber.

— As tigre? — O cara parecia completamente cético.

Ouvi alguém ao fundo.

— *É a namorada, cara. A freira, sabe?*

E, debaixo da mesa no convento em Roma, meu rosto ficou da cor de molho de tomate.

— Certo. Astrid! — exclamou o cara, o tom alegre agora. — Como estão as coisas com os unicórnios?

— Bem — falei, mais por surpresa que qualquer outra coisa.

— Continue fazendo um bom trabalho — acrescentou ele. — Vou dizer pro G que você ligou. Sou Steve, aliás.

— Oi, Steve — cumprimentei.

— Sabe, ele está praticamente morando no ateliê atualmente. Talvez tenha mais chance de falar com ele se ligar pro celular.

— Ah — disse eu. Giovanni tinha celular?

— Se cuida! Tchau.

Steve desligou antes que eu pudesse pedir o número do celular. E eu não queria fazer isso, porque seria admitir que meu namorado tinha um telefone do qual eu não sabia.

Por que Giovanni não me contou do celular? Será que estragaria o planejamento de ligações? Talvez eu não conseguisse fazer ligações internacionais para o celular sem que ele tivesse de pagar uma taxa absurda.

Ou talvez ele não me quisesse choramingando dia e noite sobre o quanto minha vida era ruim. Talvez estivesse se divertindo em Nova York e pensar em mim fosse motivo para ficar triste.

Não, isso não era justo. Afinal, os colegas de quarto dele pareciam saber quem eu era. Eles me chamaram de namorada.

Mas também me chamaram de freira, o que não era exatamente preciso.

Estiquei a mão para recolocar o telefone na mesa e afundei a cabeça nos joelhos. Nos Estados Unidos, minha mãe estava virando uma estrela de TV e meu namorado estava realizando seus sonhos artísticos. Aqui na Itália, eu era uma garota que largou o ensino médio, uma falsa freira que arriscava a vida semanalmente em batalhas contra monstros venenosos.

E se, na primavera passada, eu tivesse agido como todas as minhas amigas da escola achavam que eu deveria agir? E se eu tivesse feito o que meu namorado, Brandt, queria que eu fizesse? E se eu tivesse dormido com ele? Nunca teria sido caçadora de unicórnios. Ainda estaria na escola, ainda seria voluntária no hospital, ainda seria a garota mais nova na aula de química avançada, ainda estaria me candidatando a bolsas de estudo de faculdade, ainda estaria pensando em ser médica.

E não era só eu. Se eu não fosse caçadora naquela noite no bosque, Brandt e eu não teríamos sido atacados por aquele zhi. Brandt não teria usado a única dose de Remédio de minha mãe. Talvez ele não tivesse fugido de casa quando o fato de ser publicamente o único sobrevivente conhecido de um ataque de unicórnio começou a pesar. Brandt não era minha pessoa favorita no mundo (ainda mais depois de me dar o fora e me humilhar abertamente no refeitório depois que o salvei do "bode raivoso"), mas ele foi um cara bem legal enquanto namorávamos. Era campeão de natação, com boas chances de conseguir bolsa na faculdade. E quem sabia o que estava fazendo agora?

E havia Phil. Se eu não tivesse vindo para o Claustro, não teria como ela ter me seguido até aqui. Se eu não tivesse vindo, ela estaria na faculdade, arrebentando na quadra de vôlei. Nunca teria conhecido Seth. Não teria sido estuprada.

Eu não teria conhecido Cory e as outras caçadoras; não teria conhecido Giovanni. Mas, também, nunca teria estado aqui. Jamais teria entendido magia nem sabido como era a sensação de matar. Não teria cicatrizes. Jamais ficaria sozinha em um convento, escondida debaixo de uma mesa, apavorada pelo que a próxima caçada traria.

6

Quando Astrid descobre um segredo

— É uma hora bem ruim pra viajar. — A voz de Neil penetrou em meu cérebro.

— Qualquer hora é ruim pra um ataque de unicórnio — respondeu Phil. — Mas o fato de que houve uma sobrevivente? De ser uma garota adolescente? Isso deixa claro pra mim a palavra "caçadora", assim como os outros detalhes no relato. Um de nós precisa investigar e trazê-la pra cá, se puder.

Pisquei e levantei a cabeça, e os músculos do meu pescoço protestaram. De alguma forma, consegui chorar até dormir debaixo da mesa de Neil.

— Já tenho uma responsabilidade com Cory — disse Neil. — *Preciso* levá-la pra longe daqui.

Comecei a rastejar para sair, com a intenção de alertá-los de minha presença, mas as palavras seguintes de Phil me fizeram ficar imóvel.

— Ah, claro. Fuja de novo, como da última vez. Sempre que as coisas começam a ficar difíceis... esse é seu *modus operandi*?

Na mesma hora, voltei.

— Não *difíceis* — disse Neil suavemente. — Confusas.

Phil ficou em silêncio. Imaginei-os olhando um para o outro.

— Admita — disse ela por fim, com voz dura. — Cory é uma desculpa.

— Ela precisa da minha proteção.

— Proteção? — repetiu Phil. — Você não é caçador. As caçadoras são as únicas que podem protegê-la. Ou *isto*...

— Ponha isso de volta! — exigiu Neil.

— Ponha *você*! — ordenou Phil. — Pare de agir feito um mártir por mim!

Houve um baque, e o anel de *don* caiu no chão, rolou alguns centímetros e parou. Eu conseguia vê-lo, brilhando vermelho e dourado, pelo espaço entre a parte de trás da escrivaninha e o chão.

— Não vou fazer joguinhos com você, Pippa — disse Neil. — Coloque esse anel neste segundo, ou...

— Ou o quê? — Eu quase conseguia ver Phil olhando para ele com desprezo. — Deixamos Bonegrinder acorrentada. Temos de deixar, com dois *dons* e apenas um anel.

— Bonegrinder não é o único unicórnio no planeta. E, com o número de caçadoras que temos aqui, estamos no epicentro de uma tempestade. Você está em perigo.

— *Você* está em perigo cada dia que passamos juntos aqui. Acha que não sei disso? Acha que não me pesa sempre que vejo este anel na minha mão?

— E é por isso que seria melhor eu ir embora.

— Seria melhor, mas não o único motivo, não é?

Coloquei a mão por cima da boca.

Acima de mim, tudo ficou em silêncio por vários e longos minutos, mas o sangue rugia nos meus ouvidos. Será que tinham me ouvido?

— Não — disse Neil, enfim. — Não seria o único motivo. Está feliz agora?

— É claro que não.

— Então qual é o sentido de forçar uma confissão?

— Pra que possamos conversar sobre o assunto! — Houve um baque na mesa acima de mim. Encolhi-me ainda mais, sem saber se devia anunciar minha presença agora ou tentar me obrigar a ficar surda. Eu *não* devia estar ouvindo isso. — Pra que talvez possamos *fazer* alguma coisa sobre isso. — Outro baque.

Sair? Ficar escondida? Arrancar meus ouvidos com as próprias mãos?

— Não há nada a ser feito — decretou Neil. — Vou voltar pra Londres. Tudo vai ser esquecido.

— Por quê? — perguntou Phil, e pela primeira vez ouvi dor no tom de voz dela.

— Você sabe por quê. — E a dor no tom de voz dele.

Droga, até eu sabia por quê. Havia, para começar, a diferença de idade.

— Não sou uma criança — afirmou Phil. — Estou na faculdade. Você mal terminou a sua.

Havia o fato de que, quando ela veio para cá, ele era seu guardião.

— Não sou mais caçadora — disse Phil. — Sou *donna*, assim como você é *don*.

E, pior de tudo, havia as experiências recentíssimas vividas por Phil.

— O que está te incomodando *de verdade*? — Era mais uma acusação que uma pergunta.

Apertei bem os olhos. Algumas coisas eu não deveria nunca ouvir, nunca.

— Desculpem! — gritei de debaixo da mesa. Saí correndo e fiquei de pé, absorvendo a estupefação e a humilhação deles.

— Astrid? — Phil ofegou.

— Desculpem — repeti. — Desculpem! Eu…

— Meu Deus. — A expressão de Neil era de choque. Ele se virou e andou direto para a porta.

Phil nem o viu sair. Ela ficou me encarando com olhos arregalados, peito arfando.

— Astrid! *O que* você estava *fazendo* debaixo da *escrivaninha*?

Baixei a cabeça.

— Dormindo.

— O que você estava fazendo *dormindo* debaixo da escrivaninha? — gritou ela de novo, o tom ainda mais exasperado. — Por que estava se escondendo? Por que estava… — Ela apertou as mãos fechadas contra os olhos. — Por que estava na nossa sala?

— Me desculpe — repeti. — Eu não fazia ideia. Jamais tentaria espionar você…

— Não importa — disse ela, as mãos ainda cobrindo o rosto. — Não importa.

— O que está acontecendo entre vocês dois?

Imediatamente me arrependi de perguntar. Ela me lançou um olhar de raiva que faria um kirin tremer de medo, com ou sem poderes de caçadora.

— Tenho certeza de que você xeretou o bastante pra ouvir a resposta. *Absolutamente nada.*

— Não posso pedir mais desculpas do que já pedi, Phil — argumentei, me aproximando. Estiquei a mão para pegar a dela. — Queria ter ficado lá embaixo.

— Pra que, pra ouvir mais?

— Não! Pra não ter constrangido você. Nem interrompido — acrescentei, porque parecia que eles estavam perto de fazer algum tipo de descoberta importante.

— Que atencioso de sua parte — disse Phil, com voz arrastada, empurrando. — Só… não conte pra ninguém sobre isso, tá? Principalmente para Cory.

Ela não precisava se preocupar com isso. Metade da Ordem desconfiava mesmo. Sempre achei que o relacionamento deles envolvia flertes de uma maneira nada apropriada, mas jamais pensei que houvesse algo mais, principalmente pelo lado de Neil, até a noite em que Phil fora atacada por Seth.

Além disso, todos nós tínhamos coisas mais importantes com que lidar do que saber quem estava a fim de quem. E agora, bem, acho que ainda tínhamos, mas isso não significava que a questão Neil-Phil não era importante.

— Mas Phil — falei. — Se vocês gostam um do outro…

Phil bateu com a mão na escrivaninha e riu com deboche.

— Meu Deus, Astrid, você é tão criança. — Ela balançou a cabeça, e mechas de cabelo louro caíram em seu rosto. — Por favor, saia.

Saí.

Não desci para jantar. Estava constrangida demais. Escondi-me no quarto, aconchegada em Bonegrinder, o rosto mergulhado naqueles pelos cheirando a inundação e fogo. E um pouco de pepperoni.

Meu estômago roncou.

— Aí está você — disse Cory. Observei a postura dela, com muletas e tudo, a silhueta sobressaindo-se no corredor, e me encolhi ainda mais entre Bonegrinder e a parede. — Sentimos sua falta no jantar.

Eu duvidava disso.

Ela entrou no quarto e ficou imóvel.

— Não percebi que ela estava aqui.

Bonegrinder e eu nos erguemos.

— Sério? — perguntei.

Cory me jogou um pacote enrolado em guardanapos e se sentou em sua cama.

— Por que não esfregar isso na minha cara, não é?

Bonegrinder farejou os guardanapos, mas os afastei dela e peguei o sanduíche.

— Desculpe — pedi, entre mordidas. — Só não consigo entender.

Bonegrinder piscou para Cory. Dentro da cabeça dela, os pensamentos estavam amáveis, adoradores e, com certeza, do tipo eu-amo-caçadoras-de-unicórnios. Não havia nada da latente sede de sangue que eu sentia quando ela estava perto de Phil, de Neil ou até do padre Guillermo. Mas, ao contrário de todas as caçadoras, Cory não conseguia sentir a presença de Bonegrinder nem seus pensamentos.

— Bem, nenhuma de nós entende. — Ela olhou ao redor de nosso quarto compartilhado. — Vai sentir minha falta?

Desde seus ferimentos, Cory preferia dormir no alojamento do *don* em vez de encarar a traiçoeira escada em espiral que levava ao nosso alojamento. Já havíamos arrumado a maior parte de suas coisas, em preparação para a viagem de volta à Inglaterra.

— Você está de brincadeira, não é? — respondi. — Tudo que sempre quis foi dormir sozinha.

Cory riu.

— Não fique acostumada demais. Vamos receber mais caçadoras em breve.

Eu não tinha tanta certeza disso. Neil voltara das últimas viagens de recrutamento de mãos vazias. Era difícil convencer garotas adolescentes, ou os pais delas, de que o melhor caminho para se protegerem da ameaça de unicórnios assassinos era vir para um convento com um lindo homem inglês de 20 e poucos anos e colocar um arco e flechas nas mãos.

O fato de minha mãe ter adorado a ideia pode, na realidade, ser prova de seu estado mental.

Além do mais, Neil estava pulando fora da próxima viagem de recrutamento para ser babá de Cory.

À medida que os relatos de ataques de unicórnios se espalhavam, um número ainda menor de caçadoras em potencial estava disposto a se colocar na linha de fogo. Até as caçadoras que ainda não tinham vivenciado o fenômeno de atrair unicórnios já haviam lido sobre o assunto nos jornais. Unicórnios deixavam poucos sobreviventes, e não me surpreendia o fato de que muitas possíveis caçadoras preferissem se isolar em vez de se arriscar entrando para a Ordem e encarando os animais, de frente — ou de chifre. Minha mãe não era a única que preferia que o conceito de caçadas a unicórnios permanecesse abstrato... e bem distante.

Algumas caçadoras em potencial nos informaram que iam se mudar para ilhas isoladas ou para cidades desenvolvidas demais — ou lotadas demais — para abrigarem unicórnios. Uma família até separou as filhas e as mandou para cidades diferentes, temendo que os poderes combinados de atração fizessem os unicórnios se arriscarem a penetrar em áreas urbanas; da forma como o Claustro, com sua população concentrada de caçadoras, atraía unicórnios de longe para dentro de Roma.

Os pensamentos de Bonegrinder ficaram ameaçadores, e ela começou a rosnar antes mesmo de eu ouvir a leve batida na porta. Passei a mão pela coleira da zhi e ergui o olhar.

Neil estava na entrada do quarto.

— Boa noite, Astrid — disse ele, mostrando o anel do *don* para Bonegrinder até ela sossegar. — Tem um momento?

Olhei para meu colo.

— Acho que sim.

Cory acendeu a luz quando Neil entrou e fechou a porta.

— Preciso te pedir um favor — começou ele, pegando a cadeira da escrivaninha de Cory. Eu ainda não conseguia olhar no rosto dele. — Eu tinha planejado acompanhar Cory de volta à Inglaterra, mas agora parece que tenho outros... compromissos.

Naquele momento, ergui o olhar até o dele.

— O quê?

Ele engoliu em seco.

— Vou para os Estados Unidos pra investigar a sobrevivente de um ataque recente de unicórnios. Temos motivos pra acreditar que seja uma caçadora, embora o histórico familiar continue desconhecido.

Não era novidade. Ilesha também era caçadora de origem desconhecida. Nós a encontramos quando foi descoberto que ela possuía um zhi de estimação.

— E a *proteção* de Cory? — perguntei.

Agora foi a vez de Neil afastar o olhar.

— Observou-se que não estou em posição de protegê-la de um unicórnio. Não como você.

— E sua volta à faculdade?

— Isso também pode esperar até as coisas no Claustro estarem um pouco mais acertadas. Phil está adiando a dela por alguns meses. Preciso ser capaz de fazer pelo menos isso... — Ele afastou o olhar. — Eu gostaria que você tomasse meu lugar.

— Inglaterra? — perguntei. — Mas o motivo de mandar Cory pra longe não é mantê-la afastada de outras caçadoras?

— Vamos, Astrid, por favor — disse Cory, sorrindo. — Não vai ser tão terrível ficar presa na Inglaterra...

— Se eu também estiver presa lá? — concluí por ela e dei de ombros. — Ser caçadora na Itália ou caçadora no Reino Unido não faz muita diferença, faz?

— Sinto muito se minha companhia é tão desagradável pra você — respondeu Cory.

Enfiei as mãos nos pelos de Bonegrinder.

— Não é isso, Cory.

— Entendo — continuou Neil — que você queira ficar perto de Phil. Posso pedir que outra caçadora vá. Apenas supus que, como vocês duas são tão próximas...

Cory me lançou um olhar, e eu o interrompi.

— Não, acho que é uma boa ideia. Não ligue pro meu mau humor.

— Nada que envolvesse caçar, fosse em Roma, Londres ou Timbuktu, ia me fazer feliz agora. Minha mãe era doida, minha prima me odiava, meu namorado nem se dava ao trabalho de retornar minha ligação.

— Em determinado momento — disse Neil —, a ideia é deixar todas as caçadoras voltarem pras suas casas. Com treinamento, ficarão em segurança contra qualquer unicórnio que possa ser atraído, e caçadoras treinadas poderão simplesmente responder a chamadas urgentes perto de onde morem. É a melhor situação para todos os envolvidos, que não voltemos ao velho paradigma de um convento verdadeiro e permanente aqui em Roma.

— Mas ainda não chegamos lá — disse Cory. — Nem de perto, se não conseguimos sequer descobrir o que há de errado comigo.

— Astrid, você é uma das caçadoras que mais progrediu no treinamento — disse Neil, e fiquei aliviada por, desta vez, ele não insistir no mito de que eu era a melhor. — E, ao contrário de, digamos, Grace, tem um pouco mais de autonomia quando se trata de se mudar. Não preciso pedir permissão a sua mãe pra que você viaje até a Inglaterra.

Se ele conseguisse fazer com que ela não soubesse, eu provavelmente ficaria grata.

— Também pensei — Neil se remexeu um pouco na cadeira — que você poderia gostar de uma mudança. Phil mencionou que tem tido dificuldades pra se ajustar a algumas das novas restrições.

Dei de ombros de novo. Melissende também estava, mas não a vi ganhando uma viagem de férias com Cory.

— E que uma mudança de ritmo poderia ser boa.

— Então até Phil quer se livrar de mim? — perguntei, antes que pudesse me impedir. — Desculpe — acrescentei. — Como disse, estou de mau humor. Mas você acha mesmo que bancar a guarda-costas de Cory é o melhor uso de nossos limitados recursos de caçadoras? Com todos os pedidos que andamos recebendo?

Neil meneou a cabeça.

— Apesar do fundo de caça, não temos recursos físicos nem monetários para mandar caçadoras pro Tibete nem pra nenhum outro lugar remoto que vem pedindo ajuda. Helicópteros pra levá-las até as montanhas, unidades médicas móveis para o caso de alguma coisa acontecer enquanto estiverem lá... Até Phil conseguir apoio oficial de algum governo ou grande organização, estamos limitados em termos de área de atendimento, mesmo com as poucas caçadoras que temos. Talvez eu não esteja sendo justo, mas devemos levantar a questão de que um bom uso dos nossos recursos neste momento é proteger nossas caçadoras.

Franzi a testa.

— Isso é uma droga. Odeio a ideia de que poderia ajudar, mas de que não posso chegar até o lugar que precisa de ajuda.

Qual era o sentido de ter magia se esta era tão incrivelmente limitada? Além da velocidade, da mira e da telepatia, Diana não podia também ter conseguido teletransporte mundial imediato? Acrescentemos isso à lista das coisas em que a deusa errou nesse nosso "dom".

— Mas é sempre assim, não é? — disse Neil. — É a mesma frustração sentida por qualquer organização assistencial. Temos o recurso, mas não conseguimos levar a quem precisa. Temos a capacidade de curar a doença, mas isso requer máquinas ou instalações que as pessoas em questão não possuem.

Ao meu lado, Cory fungou.

— Qual é o sentido disso? — perguntou ela baixinho. — Por que estamos tentando tanto se não podemos salvar as pessoas?

Neil contraiu o maxilar.

— Posso salvar *você* — declarou ele. — Vou tirá-la daqui. E vamos descobrir o que há de errado com você. Prometo. — Ele olhou para mim. — Bem?

Olhei para a pobre Cory e para a perna dela. Pensei no rosto de Phil naquela tarde, me imaginei outro mês perambulando por Roma, usando um hábito e lembrando como era quando Giovanni estava aqui. Pelo menos em Londres eu estaria longe das armas e do trono e do lembrete constante de que meu mundo não era nada como antes.

Bonegrinder começou a puxar a coleira, os pensamentos irradiando sua fome e a curiosidade de saber o quão delicioso um pedaço cru de Cornelius Bartoli seria.

Pelo menos em Londres eu não precisaria me preocupar com um zhi doméstico.

— Por quanto tempo seria? — perguntei. — E a escola?

— Não sei — disse Neil. — Algumas semanas, pelo menos. O que for preciso para garantir que Cory esteja bem de novo. E quanto a professores particulares, poderíamos falar com os antigos de Cory. Eles podem dar aulas pra vocês duas.

— Ah, o castigo de voltar pra casa — disse Cory. — Mais cálculo.

Oba, mais cálculo!

— Ah — lembrou Neil, trocando olhares com Cory. — Tem mais uma coisa.

Cory se contorceu e bateu palmas.

— O quê? — perguntei.

Cory deu um gritinho.

Neil balançou a cabeça para a sobrinha.

— Quer contar a ela?

Cory assentiu vigorosamente.

— Acho que encontramos Seth.

Bonegrinder deve ter sentido minha explosão de adrenalina, porque começou a ficar inquieta e rosnar.

— O que quer dizer com encontramos no plural? — indaguei.

— Se lembra do detetive particular que contratamos pra nos ajudar a procurar linhagens de caçadoras? — perguntou Neil. — Também mandamos que investigasse o paradeiro do ba... do jovem.

— Babaca — concordei.

— É — disse Cory.

— Sabemos que Marten Jaeger ajudou Seth a enganar as autoridades, e agora temos uma pista. Há um jovem que se encaixa na descrição em um hotel em Limoges, na França, usando um cartão de crédito da Gordon Pharmaceuticals.

— Vocês estão brincando — comentei. — Ainda? Mas quando a polícia ligou, depois da morte de Marten, o pessoal da Gordon não disse que não fazia ideia de quem Seth era?

— Está surpresa por eles mentirem? — perguntou Neil. — Eram especialistas em mentir pra nós. De qualquer modo, eu estava planejando pegar um voo pra Limoges sob o pretexto de ir embora com Cory...

— Espera, pretexto? — Olhei de um Bartoli para outro. — Por que estão escondendo isso de nós? De Phil?

— Você talvez tenha reparado — disse Neil — que Phil está completamente desinteressada em discutir o que aconteceu com ela.

Assenti. E daí? Eu também iria querer deixar para trás.

— Quando abordei o assunto de contratar um detetive para procurá-lo, ela ficou bem mais do que apenas desinteressada. Não é que ela não queira que ele seja pego, mas se recusa a usar nosso dinheiro com isso.

É claro. As coisas já estavam bem apertadas, e Phil provavelmente encararia a contratação de um detetive só para encontrar seu estuprador como "tratamento especial".

— Infelizmente — continuou Neil —, não consigo aceitar os desejos dela no que diz respeito a esse assunto.

— Então você está agindo pelas costas dela — argumentei. — Acha que Phil vai ficar feliz quando descobrir?

— Espero que ela nunca precise saber. Seth vai ser preso, e o caso vai ser retomado. No entanto, Phil já comprou minha passagem pros Estados Unidos pra viagem de recrutamento, então não posso ir à França. — Ele olhou nos meus olhos de novo. — Mas você, Astrid, você pode.

— Por que precisamos ir? — perguntei. — Pensei que houvesse um mandado de prisão europeu...

Cory deu de ombros.

— Não é exatamente uma prioridade, é? E talvez ele até tenha passaporte e identidade falsos com o mesmo nome do cartão de crédito. Mas, se você estivesse lá e fosse até a polícia como testemunha ocular de um fugitivo, o mandado surgiria imediatamente. Tudo que precisa fazer é dar uma única olhada nele e chamar as autoridades.

Neil me entregou uma folha de papel: um registro de cartão de crédito que listava o endereço de um hotel em Limoges.

— Vamos lá, Astrid — disse Cory. — Não quer estar lá quando o prenderem?

Ah, eu queria. E não me importaria de dar uma bela arranhada nele com um alicórnio.

— Mas e você?

Ela bateu uma muleta na outra.

— Não estou em condições de ir atrás de um criminoso no sul da França.

— Exatamente — concordei. — Nem mesmo de ir a Londres sozinha. Quem vai te proteger?

— Não deve demorar — disse Neil. — Cory tinha planejado ficar no hotel do aeroporto até eu chegar à cidade. Achamos que ela não corre muito perigo de ataque de unicórnio dentro do aeroporto. Você pode fazer isso e pegar o voo seguinte pra Londres.

Eu precisava admitir que parecia maravilhoso. Adoraria olhar nos olhos de Seth na hora em que ele fosse derrubado no chão pela polícia francesa. Adoraria voltar para o Claustro arrastando-o pelo colarinho e jogá-lo aos pés de Phil. Me evitando ou não, ela teria de me perdoar depois disso.

E talvez essa tenha sido a inspiração de Neil também.

— Por que você está fazendo isso? — perguntei a ele. — Por que se importa tanto?

— Ele feriu uma caçadora sob meus cuidados — respondeu Neil friamente. — Que tipo de *don* eu seria se permitisse que isso passasse sem resposta? Não usamos mais os unicórnios em nossas retaliações, Astrid, mas vou fazer com que ele pague por seus atos.

Prendi a respiração. De tempos em tempos, eu conseguia ver que Neil era mesmo descendente de guerreiros.

— Nesse caso, o preço é ficar em uma cela de prisão italiana. — Neil se levantou. — Por favor, me avise quando tiver tomado sua decisão.

— Já tomei — avisei. — É sim.

— Que bom. Vou tomar as providências da viagem. — Ele ficou de pé e seguiu até a porta, mas parou antes de sair.

Bonegrinder se preparou para atacar, e bati no nariz dela para acalmá-la.

— Astrid — disse Neil, virado para a porta. Seus ombros se encurvaram, e, por um momento, ele pareceu bem mais novo. Quase tão jovem quanto nós. Certamente, tão jovem quanto Phil. — Espero... Espero que não tenha a impressão de que gosto menos de sua prima por causa do que ela passou.

Eu me concentrei com o máximo de força que consegui em Bonegrinder.

— De que você *está* falando? — Cory olhou para mim e para ele.

— De certa forma, você está certa. Estou fazendo isso por Phil, tanto quanto sou um *don* defendendo uma caçadora — prosseguiu Neil, e cada palavra parecia uma luta.

— Você está *brincando* — exclamou Cory. — Neil, seu idiota.

Ele respirou fundo, trêmulo.

— Não sei o que ela sente. Não tenho como saber. Mas uma preocupação é... não sei se qualquer interesse da parte dela pode ser genuíno neste momento. Tenho medo de que ela possa querer... um novo relacionamento pra tirar o último da cabeça.

E quanto ao fato de que ela gostava de Neil mesmo quando estava saindo com Seth? Mas não comentei isso, afinal, era apenas uma das muitas barreiras para eles. Além do mais, aquele segredo não era meu, e eu não podia contar, e já tinha traído Phil o bastante por um dia.

— Neil — disse Cory, atônita. — Você ficou louco?

Ele continuou a ignorá-la.

— Não posso fazer parte disso, independentemente do quanto goste dela. Talvez porque goste demais.

— Neil! — gritou Cory.

Ele segurou a maçaneta como se fosse um bote salva-vidas e desapareceu.

As coisas aconteceram muito rápido depois disso. De manhã, Neil subiu para nos contar que tinha comprado as passagens para Londres. Para o dia seguinte. Contamos para Phil, que continuou a evitar meus olhos sempre que estávamos no mesmo aposento. Uma grande parte de mim queria acreditar que ela estava no Claustro porque eu estava lá. Mas, obviamente, minha presença em Roma não era uma influência tão grande como eu pensava. Ela rapidamente mudou o assunto da nossa partida para suas tentativas mais recentes de conseguir status de animais em extinção para os unicórnios.

É claro. Que importância tinha ela ficar sem duas caçadoras, quando não gostava nem um pouco da ideia de matar unicórnios?

Enquanto eu observava Phil se movimentando pelo Claustro (revendo os planos para atualizar a fiação da casa capitular, certificando-se de que Zelda tinha consertado o buraco na calça cargo de Ilesha, digitando e-mails de lembrete para cada assistente de congressista com os quais fez contato durante a campanha Salvem os Unicórnios), percebi o quão naturalmente ela incorporou o papel de *donna*. Não era a garota que apareceu aqui em maio do ano passado procurando férias de graça em Roma. Tinha trocado o jeans cortado por uma saia na altura do joelho, a bola de vôlei por uma pilha de pastas. E, ainda assim, parecia feliz. O único motivo que pude pensar para ela querer ir embora e voltar para a vida antiga talvez fosse o fato de *eu* querer.

Despedi-me das outras caçadoras, observei a alegria mal disfarçada de Melissende e Grace, a inveja de Zelda e Dorcas, o medo de Rosamund e a curiosidade das mais novas. Já com Valerija, era difícil de decifrar, como sempre. Ela nem desceu para o jantar de despedida, embora Lucia tivesse feito o possível e comprado sorvete de seis sabores diferentes.

Eu sentiria falta de Lucia, uma freira mais velha que, por sorte, era descendente de uma família de caçadoras de unicórnios. Diziam que a comida na Inglaterra não era tão boa quanto em Roma.

Bonegrinder ficou mais e mais agitada ao ver o movimento ao redor e precisou ser arrastada pela porta e trancada na gaiola. Durante toda a noite, senti-a mastigando a tranca, com medo, por algum motivo desconhecido, de conseguir se libertar apenas para descobrir que tínhamos ido embora. Unicórnio estúpido. De todas as caçadoras do Claustro, Cory era quem menos gostava da zhi de estimação.

Lembrei a mim mesma de manter os pensamentos sob controle quando disse adeus.

Na manhã seguinte, Neil pegou o carro para nos levar até o aeroporto, e Cory e eu esperamos por ele na rotunda do Claustro. Passei as mãos pelas paredes cobertas de ossos, sentindo-os tremer debaixo dos dedos, tendo visões dos unicórnios aos quais haviam pertencido. Observei o painel de

Clothilde e Bucéfalo que dominava o centro do aposento. Talvez na Inglaterra, com as pesquisas genealógicas de Sybil Bartoli, eu finalmente conseguisse encontrar o paradeiro de meu pai e da família dele.

Clothilde estava em esplendor imóvel e bem-vestido, para sempre segurando a espada falsa na direção do chifre falso do karkadann. Seu verdadeiro montante ficaria nos armamentos do Claustro, pois não era nada prático levá-lo comigo. No entanto, Cory e eu tínhamos colocado na mala pontas de flecha de alicórnio para prendermos em hastes na Inglaterra, e a faca de alicórnio estava no meio da minha bagagem. Provavelmente também não devia levá-la, mas não consegui suportar me separar dela e do montante ao mesmo tempo; e só ela era pequena o bastante para caber na mala.

Cory acenou para mim da porta.

— Ele chegou. Pronta?

Vaguei pelo pátio. Será que Phil estava tão zangada que não iria nem se despedir?

Depois de mais 30 segundos, decidi que devia ser o caso. Eu estava entrando no carro quando ouvi "Asteroide" e senti a mão dela cobrindo a cicatriz de alicórnio nas minhas costas. Eu me joguei em sua direção, e nós nos abraçamos com tanta força que pensei por um momento que nossas peles se fundiriam.

Eu te amo!, gritei dentro de minha cabeça. *Te amo tanto que vai ser um milagre se eu não matar Seth assim que botar os olhos nele.*

— Vou sentir saudades — falei em voz alta.

— Cuide-se bem — sussurrou ela na minha trança. — Não ouse morrer. Se você morrer, juro que te mato.

— Você também — pedi. — Fique com esse anel o tempo todo, ouviu? Não ligo pro Neil.

Ela se afastou e me olhou nos olhos.

— Bem, eu ligo.

Às vezes, você não pode ter o que quer, seja a faculdade de medicina, ou uma vida sem violência, ou uma pessoa que significa mais para você do que deveria. Eu sabia disso agora. O que não entendia era como podíamos saber que nosso dever era mais importante e ainda sentir tanta dor pelas coisas que sacrificamos.

Phil respirou fundo e mordeu o lábio como se estivesse prestes a dizer mais, mas desviou o olhar e se afastou.

— Vá.

Cheguei até o carro cega pelas lágrimas, e nos afastamos em silêncio.

O voo foi extraordinário. Segura dentro do tubinho de ar reciclado, a milhares de metros distante do unicórnio mais próximo, me senti quase bêbada de liberdade. Teria começado a gargalhar loucamente, mas a pessoa sentada ao meu lado já estava olhando com nervosismo para minha calça cargo manchada de sangue.

Me perguntei o que aconteceria se explicasse para ela que eu era uma caçadora de unicórnios. Será que me daria adeus ou ficaria zangada por nossa organização não ter diminuído a ameaça de unicórnios em sua cidade? Eu tinha visto os e-mails de ódio direcionados ao Claustro, embora Phil e Neil tivessem feito o melhor que puderam para escondê-los das outras caçadoras.

Um benefício de magia caçadora que jamais tinha percebido era a facilidade com que eu conseguia sentir a faca de alicórnio e as pontas de flechas guardadas na minha mala, agora que estava longe da influência dos artefatos de unicórnio no Claustro. Eu sabia sem sombra de dúvida que minha bagagem estava no avião comigo.

Quando pousamos em Limoges duas horas depois, peguei a faca e guardei a mala com a companhia aérea, depois segui para o hotel que o detetive particular tinha indicado. Aparentemente, havia um adolescente americano louro, com cartão de crédito da Gordian Pharmaceuticals, hospedado naquele hotel, sob o nome de Brad Jaeger.

Segurei com força o punho da faca de alicórnio por cima do tecido de lona da minha bolsa enquanto o táxi cruzava as ruas a caminho do Hotel Lion D'Or: O Leão Dourado. Que apropriado.

Não mate o filho da mãe, não mate o filho da mãe, não mate o filho da mãe...

Tudo que eu tinha de fazer era encontrá-lo e ligar para a polícia Fiquei chocada ao sentir a empolgação em minhas veias, tão forte quanto qualquer magia. Caçar unicórnios era bom, mas localizar o cara que havia ferido minha prima era infinitamente mais gratificante.

Infelizmente, quando cheguei ao hotel e perguntei se poderiam ligar para o quarto dele, "Brad Jaeger" já havia feito o check-out.

Não percebi meu estado lastimável até cair em lágrimas na recepção. O concierge ficou constrangido, e o carregador, parado perto dos carrinhos de mala, pareceu ainda mais preocupado. Apesar de o inglês deles ser bem melhor que meu francês, duvido que tenha conseguido expressar o motivo exato de minha consternação, pois quando estava esperando um táxi para voltar ao aeroporto, senti uma batidinha no ombro.

— *Mademoiselle?* — Era uma das garotas da recepção. — Seu namorado, ele vai à loja? — Ela pareceu procurar a palavra. — *Il a besoin de faire réparer sa motto.* — A garota fez o gesto de um guidão e de subir em uma moto, depois apontou para o fim da rua.

Comecei a correr.

O homem na oficina de motos assentiu quando perguntei em hesitante francês se ele tinha visto um *américain avec cheveux jaunes*, e me indicou o café na esquina. Tive de me forçar a deixar a faca na bolsa. Aproximei-me do café com o coração praticamente pulsando pela camisa. Minhas cicatrizes de alicórnio formigavam, e, por um momento, senti como se a magia de unicórnio fosse se libertar nessa tranquila rua francesa. Fazia tempo demais que eu não sentia adrenalina por qualquer coisa que não fosse uma caçada. O mundo parecia incrivelmente rápido, ficando borrado em tempo real enquanto me aproximava de uma presa que não me transformava em super-heroína. Que tinha feito uma das minhas pessoas queridas se sentir muito pequena e indefesa.

A faca de alicórnio cantou para mim de dentro dos confins da bolsa, e cerrei os punhos para me impedir de pegá-la. Ali estava o café, com algumas mesas de metal e plástico na calçada. E havia um garoto louro sentado, tomando uma Coca em uma garrafa de vidro comprida.

Minha respiração prendeu na garganta. Não era Seth. Nem parecido.

Seus olhos se arregalaram quando me viu, e ele começou a se levantar. Lembrei-me do piso da floresta, do sangue. Lembrei-me da forma como ele me humilhou na frente de todo mundo no refeitório, no dia seguinte. Lembrei-me exatamente da sensação de suas mãos no meu corpo.

— Astrid! — disse Brandt Ellison. — Como me encontrou?

7

Quando Astrid salva uma vida

Mais de 6 meses haviam se passado desde que pensei em dormir com meu namorado, Brandt, para garantir minha posição na hierarquia social de nossa escola. Mais de 6 meses haviam se passado desde quando estávamos dando uns amassos no bosque e um zhi nos atacou e o perfurou na perna. Mais de 6 meses haviam se passado desde que minha mãe salvou-lhe a vida ao ceder a última dose conhecida do Remédio.

Fiquei de pé na rua Limousin e olhei estupefata para meu ex-namorado.

— Não acredito que é você! — acrescentou ele, sorrindo. Brandt tinha um sorriso fantástico, o sorriso mais arrasador de nossa turma de ensino médio, se não me falhava a memória. O sorriso brilhou para mim, tornando ainda mais difícil falar. — Você está... linda.

Isso ajudou a quebrar o encanto um pouco. Linda? De calça manchada de sangue e camiseta velha que ainda devia ter pelo de Bonegrinder preso?

— É a caça — disse ele. — Deve deixar você em ótima forma.

Passei os braços ao redor do meu próprio corpo, de repente me sentindo envergonhada dos braços nus e musculosos. Na última vez que falei com Brandt, ele achava que unicórnios eram papo de maluco. Tentei manter isso em mente.

— Diga *alguma coisa*. — Ele balançou a cabeça, ainda me olhando. — Você está comecando a me assustar.

— O que está fazendo aqui? — Eu consegui falar.

— Esperando que consertem meu pneu. — Ele indicou a oficina. — É um saco.

— Quero dizer, na França.

O sorriso dele se alargou.

— Ah, isso é um pouco mais complicado. — Ele puxou a cadeira ao seu lado. — Acho que você não vai acreditar se eu disser que estava aprimorando o francês.

Dei um passo e me sentei na cadeira oferecida.

— Você precisaria me dizer alguma coisa drástica. — Brandt repetiu na aula de francês intermediário no ensino médio.

Ele riu.

— Essa é a Astrid da qual me lembro. — Ele acenou para a pessoa que estava dentro do café e pediu mais duas Cocas. — Acho que mereço. Mas *estou* aprimorando meu francês, entre outras coisas. — Quando o homem trouxe nossos refrigerantes, peguei a bolsa, mas Brandt colocou a mão no meu braço. — Não, pode deixar.

Ele pagava tudo quando estávamos namorando. Contabilizei cada refrigerante, cada café, cada fatia de pizza em um gigantesco placar interno. *Se ele gastar esse valor, você tem de deixar que ele coloque a mão na sua bunda. Se gastar mais, nos peitos. Se levá-la ao baile, você realmente deve consumar o ato.*

Aquela pessoa, aquela Astrid, eu nem reconhecia mais suas linhas de raciocínio. Não sabia se isso me fazia mais racional ou menos.

— Primeiro de tudo — disse ele, me entregando meu refrigerante —, devo um enorme pedido de desculpas a você e a sua mãe. Vocês salvaram minha vida, e eu a tratei de forma horrível.

Tomei um gole de refrigerante. Isso era verdade.

— Pode me perdoar? Fui um babaca com você, Astrid. Até antes daquela coisa com o “bode raivoso”. — Brandt se inclinou sobre a mesa, e os olhos azuis me encararam.

Brandt. Brad. O detetive particular dos Bartoli nunca seguiu Seth. Estava atrás do garoto louro americano errado, do ex-namorado errado, o tempo todo.

Algum tempo depois que Phil e eu fomos para Roma, Lilith ouviu que Brandt Ellison tinha fugido de casa. Ninguém sabia para onde tinha ido e nem por quê. Mas agora eu me lembrava de ter contado a Marten Jaeger, da Gordian Pharmaceuticals, o nome do meu ex-namorado perverso, aquele que tinha me largado de forma tão cruel, mesmo depois de minha mãe ter salvado a vida dele com o Remédio.

— Você não fugiu de casa — sussurrei.

— Bem, de certa forma. — Ele se recostou na cadeira.

As peças do quebra-cabeça começaram a se encaixar.

— Você... está trabalhando pra Gordian?

— Também de certa forma. — Ele tomou um gole de refrigerante. — Sou a única pessoa viva que recebeu uma dose dessa coisa que estão tentando reinventar. Então eles me examinaram, pra tentar ver se conseguiam, sei lá, encontrar anticorpos ou qualquer outra coisa dentro de mim.

— E conseguiram? — perguntei, lembrando as últimas palavras de Marten Jaeger. *Sei o segredo.*

— Não. — Brandt colocou a garrafa na mesa. — Mas me pagaram mesmo assim. E foi melhor do que ficar sentado na nossa escolinha esperando uma bolsa de natação que nunca viria. Quando me ofereceram um emprego mais permanente na Gordian, aceitei. Sou menor de idade, então acho que, tecnicamente, *realmente* fugi de casa. Poderiam me levar de volta se soubessem onde me encontrar, então uso nome falso. — Ele me olhou, e seus lábios tremeram um pouco, uma sombra de seu potencial completo. — Você não respondeu minha pergunta.

— Que pergunta?

— Algum dia vai me perdoar?

Fui salva de ter de responder por um assobio. Nós nos viramos para olhar pela viela e vimos o homem da oficina acenando.

— Ótimo. — Brandt tomou o resto do refrigerante e apontou para o meu. — Terminou?

Eu mal tinha tocado nele, mas levei comigo quando saímos andando ladeira acima.

— A Gordian não poderia arrumar um problema por, sei lá, contratar você sem a permissão de seus pais? — Entre outras coisas, como dar a ordem do estupro de Phil, fazer chantagem com Valerija e esconder uma horda de kirins assassinos. Sei lá, só para começar a citar.

— Você vai me dedurar? — perguntou Brandt, quando entramos na oficina.

Brandt e o dono da oficina conversaram um pouco em francês e chutaram os pneus de uma motocicleta prateada brilhante. A habilidade de Brandt com a língua tinha melhorado absurdamente. Ele entregou um cartão de crédito para o mecânico e se apoiou na bancada.

— Então, vamos prosseguir nas perguntas que você não respondeu — disse ele.

— Não respondi nenhuma — argumentei, também me apoiando na bancada e colocando a garrafa perto do cotovelo dele.

— Verdade. — Ele esticou a mão até a ponta da minha trança e mexeu nela, como costumava fazer na nossa cidade. — Estou sendo bem mais acessível que você. Eis uma pergunta: o que *você* está fazendo aqui?

— Estou procurando uma pessoa — respondi. — Talvez você o conheça. Seth Gavriel?

A expressão dele ficou séria.

— Conheço, ou pelo menos sei quem é. Sei o que ele fez, e sinto muito. Phil sempre foi legal comigo. Ela merecia coisa melhor. Como ela está?

Enrijeci.

— Espere aí, você sabe? Sabe onde Seth anda se escondendo?

Brandt afastou o olhar.

— Isso também é bem complicado.

— Agora quem é que não está respondendo? — sibilei. O dono da oficina mecânica voltou com o recibo de Brandt. — Se você sabe onde Seth...

— Não devia ser eu a te contar essas coisas, Astrid. Olhe, talvez você possa vir comigo e falar com a chefe. De toda forma, realmente não sei de tudo.

— Ir com você? — rebati. — Pra onde?

— A Gordian tem uma unidade a cerca de meia hora de moto daqui. Vem comigo. Você pode ter todas as respostas de que precisa.

— De jeito nenhum!

Entrar na Gordian Pharmaceuticals depois de tudo que eles nos fizeram passar? Depois de nos abandonarem? Depois de soltarem os kirins em cima de nós?

Depois que deixei o presidente da empresa ser morto por um unicórnio?

Dei um passo para trás.

— Se você sabe tanto, então vai entender por que não tem como eu entrar em qualquer unidade da Gordian. Essa empresa não se mistura bem com caçadoras de unicórnios.

— Essa empresa — disse Brandt — está repleta de caçadoras.

Eu o encarei.

Ele balançou a cabeça, sorrindo para mim com indulgência.

— Acho mesmo que você merece uma explicação, Astrid. Sério. Eu e você nos conhecemos desde sempre. Sei que fui cruel no ano passado, mas fora isso... pode confiar em mim, certo? — Ele esticou a mão.

Recuei ainda mais.

— Não enquanto eu puder surpreender você.

— *Com* um unicórnio por perto ou sem? — Ele piscou. — É, agora eu também sei tudo sobre seus poderes especiais. Acho demais. Adoraria vê-la em ação.

Passei os braços ao redor do corpo de novo, desejando ter me lembrado de levar um casaquinho. Eu me sentia nua sob o olhar azul de Brandt.

— Não posso. Preciso ir pra Londres. Estou em uma missão. Isso era pra ser um pequeno desvio...

— E esse será outro. O que você veio fazer aqui se não foi pra obter respostas?

O que, realmente?

Brandt insistiu em comprar um capacete para mim. Olhou as opções na parede da oficina.

— Que cor você prefere?

— Qualquer coisa que não seja camuflado.

Ele riu e pegou um ridículo, roxo com preto em estampa tigrada.

— Parecido com um kirin, hein?

Lancei um olhar para ele.

— Você viu kirins?

— Mortos. — Ele colocou o capacete na minha cabeça e mexeu nas tiras. — É a sua cara. É feito usar a pele do animal que você matou.

— Isto é tigrado — retruquei. — Não é parecido com um kirin. E acho que você está falando constantemente sobre unicórnios para compensar o fato de que riu de mim na primavera.

Ele fechou o visor no meu rosto.

— Você é uma garota inteligente, Astrid. Inteligente demais pra mim. É exatamente isso que estou fazendo. — Ele fez um sinal de positivo para o dono da oficina, que foi imprimir outro recibo.

Estiquei a mão na direção da bolsa de novo.

Ele fez sinal para que eu parasse.

— Pare. É sério. A Gordian está nadando em dinheiro. O mínimo que podem fazer depois de tudo que fizeram você passar é pagar seu equipamento de segurança.

— O dinheiro também não é meu — expliquei. — É da minha amiga Cory.

— Mais motivo ainda. — Brandt pegou o novo recibo e empurrou a moto para fora da loja. — Pronta?

Ele pegou seu próprio capacete, que era tão prateado quanto a moto, e o colocou.

— Promete que só vai levar algumas horas?

— Sem dúvida. — Ele examinou o céu, que tinha ficado cinzento. — Oh-oh. — Ele tirou a jaqueta e me deu. — Coloque isto, senão vai ficar com frio.

— E você? — Enfiei os braços nas mangas. O couro estalou nos meus cotovelos e senti o cheiro de Brandt. Em nossa cidade, ele às vezes me deixava usar sua jaqueta de couro. Tinha esse cheiro também. Do desodorante dele, da pele, do suor. Nada de fogo, nem um traço de inundação.

— Se um de nós vai ficar com frio, prefiro que seja eu. — Ele passou a perna por cima da moto. — Ok, suba.

Ele também não tinha moto em nossa cidade. Subi na garupa e passei os braços ao redor de sua cintura. Meu assento era mais alto que o dele, o que me forçou a me inclinar para a frente e apoiar o queixo no ombro dele.

— Não vamos conseguir nos ouvir bem quando estivermos em movimento — disse ele, e de repente eu me perguntei como ele sabia disso. — Então, se precisar de alguma coisa, me dê um apertão.

A primeira irregularidade no asfalto me jogou com força nas costas dele. Nossas coxas se chocaram. Eu apertei, mais por causa do nervosismo, e mesmo acima do vento e de nossos capacetes pude ouvi-lo rir.

Fechei os olhos. Esta manhã, eu era uma freira acompanhando outra garota de volta a Londres. Agora, estava seguindo de moto pelo interior da França, usando listras tigradas roxas, agarrada na garupa de uma moto, encostada em um garoto com quem quase dormi uma vez.

Se Phil soubesse, iria me matar ou comemorar?

A "unidade" da Gordian parecia mais uma mansão, com muros altos feitos de pedras amarelas e dezenas de janelas. Atrás da construção, consegui ver o topo de uma enorme estufa e as árvores que pareciam pertencer a um bosque.

— Não tem cara de laboratório — comentei, depois de seguirmos o infinito caminho de entrada e pararmos na frente. Saí de trás da moto de Brandt, braços e pernas ainda vibrando na mesma velocidade do motor. Tirei o capacete e tentei ajeitar o cabelo. Alonguei as panturrilhas e flexionei os músculos contraídos até pararem de tremer. Que Phil, que nada. Era o padre Guillermo quem provavelmente teria um ataque cardíaco.

— A aparência pode enganar — disse ele. — Também é uma casa. Na verdade, já foi uma espécie de sanatório.

— Tipo um hospício? — Olhei para as janelas e pelo gramado bem cuidado.

Ele colocou o capacete no assento da moto.

— Era mais um spa pra ricos e doentes testarem curas milagrosas. — Ele balançou o cabelo, que ficou ainda mais bonito. — Não mudou tanto assim, agora que pensei no assunto. Vamos.

Brandt me levou até um bem-iluminado saguão de entrada de mármore, mobiliado com mesas e vasos antigos repletos de flores em cores de outono. Uma escadaria larga e curva seguia até um patamar, acompanhada de um corrimão elaborado de ferro forjado com cabeças de leões e flores-de-lis.

Um homem jovem apareceu de uma sala lateral, vestido com um terno impecável, camisa lilás e gravata roxa. Ele me olhou de cima a baixo.

— *Qui est-ce?*

— *Je vous presente* Astrid Llewelyn — disse Brandt. — *Elle est une chasseuse de licorne.*

— *Bien sûr.* — Seu olhar passou a ser de apreciação. — *Bienvenue, mademoiselle. Je m'appelle Jean-Jacques*... — Ele continuou a falar em francês. Aparentemente, era uma espécie de secretário.

— *Bonjour* — cumprimentei.

— Venha — disse Brandt. — Vamos conhecer a chefe.

Ele me levou até uma sala de estar com papel de parede azul-gelo e mobiliada com seda creme e madeira escura. Delicadas flores douradas explodiam no alto de vasos com a metade do meu tamanho, e uma mulher pequena de cabelos escuros estava sentada a uma escrivaninha espaçosa e antiga. Ela olhou quando entramos.

Então ficou de pé, e, quando fez isso, vi duas formas brancas enormes saírem de debaixo da escrivaninha e ficarem de pé de cada lado dela. Por um momento, pensei que fossem unicórnios, mas percebi que eram cachorros — cachorros enormes, de pelo branco, cujas cabeças ficavam praticamente na altura de meu peito. Ela andou pela lateral da escrivaninha, e os cachorros a acompanharam como sentinelas feitas de neve.

— Astrid Llewelyn — disse Brandt —, gostaria de lhe apresentar Isabeau Jaeger, a atual presidente da Gordian Pharmaceuticals.

A mulher estendeu a mão com unhas bem-feitas e cheia de joias para mim.

— Astrid — disse ela, o tom agradável, a voz com sotaque francês cantarolando nas sílabas e fazendo meu nome parecer *Astrídt*. — Acredito que conheceu meu marido.

Com os unicórnios é assim: quando avançam, você pode disparar neles. Sou muito menos capaz de lidar com um humano me atacando com uma arma muito afiada. E a menção a Marten Jaeger foi uma das mais afiadas que conseguia imaginar.

Olhei para a Sra. Jaeger e me perguntei o quão rapidamente eu poderia correr sem o estímulo de um unicórnio atrás de mim.

— Sim — gaguejei. Eu o conhecia. Eu o odiava. Eu o vi morrer.

A mão dela, magra, delicada e fria como a primavera, deslizou para dentro da minha. Os olhos eram de um azul-prateado, assim como as paredes do aposento e o colar de pedra da lua que ela usava. Isabeau tinha cabelos pretos e brilhantes que caíam em ondas acima de seus ombros.

— Sinto muito, *ma chère*, isso a deixa mal? Sei que a forma como ele morreu foi horrível.

— Lamento por sua perda. — As palavras saíram tremendo dos meus lábios, e rezei para não parecerem tão ocas aos ouvidos dela.

— *Merci beaucoup* — disse Isabeau Jaeger. — Ficamos muito chocados quando soubemos. Havia muitos, muitos meses que eu não falava com ele. — Ela virou as costas para mim e foi até a escrivaninha, os cachorros gigantescos atrás de si, os focinhos quase em seu ombro. E então Isabeau parou. — Estávamos separados, Astrid. Eu não conseguia suportar as políticas dele. Não as relacionadas à minha empresa, nem as relacionadas aos kirins, e certamente não suportava os pensamentos dele em relação às jovens no seu convento.

Fiquei estupefata. Ninguém nunca havia mencionado a esposa de Marten. Seria por causa da "separação"?

Isabeau indicou as poltronas perto da escrivaninha.

— Sente-se, por favor. Estou muito feliz pela oportunidade de falar com você. Sinto vergonha de admitir que me sentia desconfortável demais para abordar a Ordem da Leoa nos últimos meses. Devia tê-las procurado imediatamente, mas não fazia ideia de que recepção esperar. Você estariam cobertas de razão ao bater a porta na minha cara.

Eu me sentei na poltrona. Na verdade, despenquei.

— Gostaria de beber alguma coisa? Perrier, talvez? Ou chá de camomila?

Balancei a cabeça e a vi acariciar um dos cachorros atrás da orelha. O focinho do animal estava aberto, e vi um brilho de dentes brancos ainda mais longos que os de Bonegrinder.

— Você gosta de cachorros, Astrid? — perguntou Isabeau. — Estes são cães de montanha dos Pirineus. São cães pastores dos nossos Alpes franceses. Bonitos como einhorns, não?

— Eu não teria como saber — respondi. — Jamais vi um einhorn.

Ela sorriu.

— Precisamos nos esforçar para corrigir isso. Eles são os mais lindos entre todos os unicórnios. — Seu sorriso sumiu conforme ela continuou a acariciar o pescoço do cachorro. — Certa época, tive esperança de um cão pastor poder fazer o mesmo pelos unicórnios. Eu estava enganada.

Quantos cachorros eles perderam antes de isso ficar claro? Juntei minhas mãos inertes no colo.

— Quais são os nomes deles?

— O macho se chama Gog — disse ela, apontando. — E a fêmea, Magog. Foi brincadeira do meu marido. Por causa de alguma história de Alexandre sobre gigantes que protegem os portões do inferno. — Ela repuxou os lábios. — Ele entendeu tudo errado, é claro. Os gigantes eram os monstros presos *além* dos portões.

Brandt se sentou na poltrona ao meu lado e começou a comer balas coloridas que estavam em um prato de cristal.

Eu me sentei mais para a frente.

— Madame, preciso lhe contar. Tentei muito deter o unicórnio que matou seu marido. Não consegui...

— Acredito em você, Astrid — disse Isabeau, voltando a se sentar atrás da escrivaninha. Ela manteve o rosto baixo por um momento, e, quando falou, havia um tremor em sua voz. — Marten colheu o que plantou. Ele era muito duro e muito ambicioso, não suportei viver ao lado dele assim. Seguimos caminhos separados, mas eu não o supervisionava. E, assim, sinto que devo pedir desculpas a você. Não sabia o quão distorcidas as ideias dele tinham se tornado. Se eu tivesse noção do comportamento dele com as mulheres de sua Ordem, ou da forma como ele dava e retirava seu apoio por puro capricho, ou de seus negócios do mal com os unicórnios kirins ou com aqueles garotos, eu o teria impedido. Era vergonhoso. Criminoso. Se ele não tivesse morrido, eu agora estaria trabalhando para vê-lo punido por seus atos.

A expressão dela era sombria, mas não arrasada. Certamente não tão destruída como eu ficaria se tivesse descoberto que meu marido era um patife como Marten, embora eu pudesse supor que ela tivesse tido vários meses para se ajustar à ideia; e vários outros para aceitar que ele tinha sido morto por um unicórnio.

Pigarreei.

— Na verdade, é por isso que estou aqui. Estou procurando Seth Gavriel...

— Você e as autoridades, não?

Olhei para Brandt, que ainda estava envolvido com as balas.

— Brandt disse que você talvez saiba onde ele está.

Isabeau olhou para mim com tristeza.

— Se eu soubesse, certamente informaria a polícia, como pedido. Só sei que Seth estava sob proteção do meu marido: Marten deu dinheiro a ele e o ajudou a fugir. Se ele usasse o cartão de crédito da empresa, conseguiríamos rastreá-lo. Ou ele é inteligente o bastante para não usá-lo, ou burro demais e o perdeu. Mas acredite em mim, Astrid, se tivermos alguma noção do que aconteceu a esse jovem, vamos fazer contato com as autoridades.

E, mesmo assim, todo esse tempo, o investigador dos Bartoli estava perseguindo a pessoa errada!

— Se você sabe qual é o cartão de crédito de Seth, por que não nos comunicou no Claustro?

Isabeau pareceu confusa.

— O Claustro? Passei a informação à polícia — disse ela. — Que tem mais chance de rastrear uma coisa assim. Não achei que fosse útil para vocês, e estamos rastreando-o também, mas posso inteirá-la de tudo, se quiser. Farei o que puder para ajudar. É uma coisa terrível.

Meus ombros relaxaram como um arco em descanso quando Isabeau falou.

— Todos queremos descobrir o segredo do Remédio — prosseguiu ela. — Pode vir a ser a descoberta médica mais importante deste século. Mas não vai ser alcançada pagando o preço que Marten queria pagar.

O telefone na escrivaninha tocou duas vezes, e então Jean-Jacques enfiou a cabeça pela porta e disparou a falar num francês rápido com Isabeau.

— Me perdoe, Astrid — disse ela. — Preciso atender esta chamada. Podemos conversar mais em alguns minutos, sim? Enquanto isso, talvez Brandt possa mostrar nosso rebanho. Sei que vocês eram amigos nos Estados Unidos.

Rebanho deles? Olhei para Brandt, que ficou de pé e me puxou.

Ele segurou minha mão durante todo o caminho para fora da sala e pelo corredor, e fiquei bastante grata por isso, pois minha mente estava ocupada em girar, processando as informações que tinha acabado de receber.

Todo esse tempo eu havia ficado apavorada pela ideia do contato ser renovado entre o Claustro e a Gordian. Será que ficariam furiosos com o que fizemos com os kirins? Com o que deixamos que acontecesse com Marten? Nunca esperei uma recepção como a que acabei de receber. Nunca imaginei que a Gordian fosse qualquer coisa diferente de uma empresa completamente manipulada por Marten Jaeger. Nunca pensei que alguém de lá pudesse achar o que fizemos justificável.

Principalmente porque eu mesma não tinha chegado a uma conclusão sobre o assunto.

Brandt parecia alheio ao meu tormento interior e ficou falando sobre nossa cidade natal enquanto andávamos pelo corredor.

— Espere — disse ele, quando chegamos aos fundos da casa. Ele entrou em uma sala lateral e voltou com um pequeno saco de papel. — Você está bem, Astrid? Está parecida com aquela vez em que tirou B na prova de Química.

Engoli em seco.

— Foi C. C menos. — Eu tinha errado completamente meus cálculos orbitais e passei a semana seguinte de recuperação.

— Que traumatizante — brincou ele.

Virei o rosto para os pés, tentando lembrar uma época em que um C menos era o evento mais traumatizante de minha vida.

— Você ainda quer ser médica? — perguntou ele, quando saímos da casa.

— Quero. Mas é difícil agora. Nem voltei pra escola.

— O pessoal dos caçadores não botou você na escola em Roma?

— Tentaram — falei, dando de ombros. — Mas perdemos a época da matrícula. Foi decepcionante.

— Pra você, tenho certeza de que foi!

Nos fundos do *château* havia um grande pátio de pedra que acompanhava a construção e seguia pelo gramado em uma série de pequenos terraços. Além disso, o domo da estufa se elevava acima de nossas cabeças, brilhando sob o sol intermitente que surgia entre as nuvens.

— O que você tem feito em termos de escola? — perguntei a ele.

— A pergunta certa é o que não tenho feito. — Brandt abriu bem os braços. — Estou morando na *França*! Nossa escolinha de ensino médio pode tirar a calça pela cabeça.

Como a França ia ajudá-lo nos exames de admissão para a faculdade?

Brandt me levou pelos terraços, e, assim que meus pés tocaram a grama, eu os senti, da mesma forma como o gosto de sal no ar sinaliza que você chegou à beira do mar. *Unicórnios*. A sensação borbulhou dentro de mim, expulsando meus pensamentos sobre os Estados Unidos e Química, e até os arquejos de morte de Marten Jaeger. O mundo se deformou conforme seguimos em frente, e a faca de alicórnio na minha bolsa parecia cantarolar contra meu quadril.

Brandt estava me observando, sem nem se dar ao trabalho de esconder o sorriso fanfarrão.

— Vocês têm muitos deles no bosque — comentei, surpresa por o quanto minha voz pareceu sem fôlego.

— Consegue contar quantos são?

— Não. São muitos. — Os pensamentos deles me sobrecarregaram. Fome, medo, ódio, cansaço, melancolia, desespero. — Estes são einhorns?

— *Estes*. — Brandt riu. — Incrível.

Não tão incrível quanto o que eu tinha começado a atingir quando estava fazendo ioga no Claustro.

Nos aproximamos da estufa.

— O que tem aí dentro? — perguntei, tentando subjugar meus instintos de correr para a floresta. Ainda era possível ter uma conversa civilizada, com magia de unicórnio e tudo.

Brandt deu de ombros.

— Mais dos experimentos de Isabeau. Ervas medicinais e coisas assim. Ela está determinada a encontrar curas no mundo natural.

Quando contornamos os fundos do domo de vidro, vi que a floresta em si estava envolta por uma tela metálica e que, no alto dela, haviam enormes aros de arame farpado. Mais arame farpado entrelaçava-se pelos elos da tela

— Isso é pra fazer com que os unicórnios fiquem ali dentro? — indaguei, cética. Arames de aço provavelmente nem fariam a velocidade deles diminuir.

— Não, é para fazer com que gente maluca fique lá fora. — Brandt digitou um código na caixa de aço no portão com segurança dupla, e houve um zumbido quando passamos por uma área estreita, aberta, antes do início das árvores propriamente dito. Dentro do bosque, senti os unicórnios se agitarem e se adiantarem. O ar foi matizado pela luz do sol quando as nuvens se moveram no céu. Por baixo do fogo e da inundação que marcavam a presença dos animais, captei o odor de chuva que se aproximava. Era o tempo perfeito para um ataque de unicórnio.

Me coloquei entre Brandt e os monstros que se aproximavam.

— Humm, isso é um pouco inseguro. Estou tendo uns flashbacks apavorantes da última vez que estivemos em um bosque.

— É mesmo? — Brandt ergueu as sobrancelhas de maneira significativa. — Lembra o que estávamos fazendo?

Estávamos nos pegando em cima de um cobertor. Corei quando ele me contornou.

— Lá vêm eles! — Ele apontou. Seis einhorns saíram do meio das árvores.

Assim como Isabeau prometeu, eram magníficos. Altos e elegantes como cervos, com membros magros e brancos e pescoços longos e curvos. Os olhos grandes eram pretos e brilhosos como obsidianas, cobertos por cílios tão brancos como a neve ou quanto seu pelo delicado. Um chifre gracioso em espiral, do tamanho de meu braço, se destacava, ereto, no centro de cada uma das testas. Rabos longos e brancos como caudas de leão tremiam de curiosidade.

Ao redor do pescoço de cada um havia coleiras grossas com volumosas caixas pretas, que piscavam luzes brancas e verdes. Meus passos ficaram hesitantes.

— Coleiras eletrônicas, está vendo? — Brandt apontou para uma linha na terra na frente de nós, marcada com pequenas bandeiras vermelhas. — Não podem cruzar esse ponto.

Ele chegou quase até a linha enquanto eu, petrificada, observava os unicórnios silenciosos.

— Como vocês fizeram isso? — perguntei, atônita. Unicórnios não podiam ser mantidos em cativeiro. Pelo menos, foi o que sempre ouvi dizer.

— Como você acha? — disse Brandt. — Uma caçadora os pegou pra nós.

Uma caçadora? Quem?

— Onde ela está agora?

Brandt ergueu os ombros e enfiou a mão no saco de papel.

— Hã, ela... largou a atividade.

Os unicórnios olharam para ele com cautela, embora alguns tenham desviado o olhar para mim e de volta para Brandt. Os pensamentos deles me pareciam alienígenas, como ter seu prato favorito cozinhado por um chef diferente. Não era a onda pura e descontrolada de emoções como de Bonegrinder, nem as imagens concretas piscando como dos kirins. E não era a série de imagens complicadas do karkadann, que podia, depois de uma adaptação, parecer-se com uma fala dentro de minha cabeça. Lutei para separar a sensação de cada unicórnio em seus pensamentos individuais, um processo que ficou ainda mais difícil quando eles se uniram de repente com um único desejo.

Comida.

Brandt estava segurando um filé gigantesco. Ele o balançou para os unicórnios, estalando a língua.

— Brandt! — disse eu, surpresa.

— Relaxe. — Ele riu. — Eles sabem que não podem passar da linha.

Ele devia estar certo, pois, apesar de eu conseguir sentir a fome deles brilhando como a luz do sol mosqueada em minha cabeça, nenhum dos unicórnios se adiantou, mesmo com a provocação persistente.

— O quê? — disse ele para os unicórnios. — Ninguém quer um belo bife cru? Delícia.

E então, por detrás dos outros, vi um unicórnio se mover para a frente. Um macho jovem. Imundo, com áreas em carne viva e feridas no pelo branco, e tão magro que eu conseguia contar suas costelas. Jamais vira um unicórnio com feridas como aquelas. Será que ele estava mordendo a própria pele? Ou seus poderes regenerativos estavam falhando? Os olhos negros do unicórnio miraram o bife enquanto ele se deslocava para a frente.

Por um momento, os pensamentos dele borbulharam acima dos outros. *Faminto. Não come há dias. Menor do que os outros. Eles chegam à comida primeiro. Eles roubaram dele.*

— Brandt — avisei.

— Delícia, carne sangrenta — continuou Brandt, e puxou o braço como se fosse jogar para o unicórnio.

O unicórnio correu para a barreira, e Brandt deu um salto para trás.

Ouvi um estalo e um chiado, e o unicórnio cambaleou.

— Merda! — gritou Brandt, virando-se para mim. — Você viu? Ele quase me pegou!

Por trás da barreira, o unicórnio balançava a cabeça, atordoado, e colocava-se novamente de pé. Ele começou a rosnar, os lábios repuxados revelando dentes brancos e afiados.

Estiquei a mão para a bolsa na hora que o unicórnio começou a andar de novo. Desta vez, ele rompeu a barreira e galopou na direção do filé que ainda estava na mão de Brandt.

Meu ex-namorado se virou na hora que o unicórnio o alcançou. Ele pulou para cima do bife, perfurando a mão de Brandt. Brandt gritou.

O unicórnio desabou, com a lâmina vibrante da minha faca de alicórnio enfiada no fundo da garganta. Sangue se acumulou ao redor do bife ainda entre suas mandíbulas. Os outros unicórnios foram embora apavorados. Corri para a frente e vi a expressão de Brandt se dissolver em dor enquanto ele lutava para tirar o chifre da mão.

Tarde demais, tarde demais! E, desta vez, não haveria frasco antigo de Remédio para salvá-lo. Que idiota por sacudir um pedaço de carne para um unicórnio com fome! Se ao menos eu tivesse pego a faca na hora que os vi saírem do bosque. Se ao menos não tivesse desejado ver os einhorns de perto.

— Cara, isso arde — disse Brandt. Ele balançou a mão para soltá-la e olhou para meu rosto chocado. Depois, sorriu. — Você está bem, Astrid? Ah, esta não foi sua primeira vez, foi?

Fiquei paralisada enquanto ele calmamente esticava a mão perfurada. O ferimento se fechou diante dos meus olhos, deixando para trás nada além de uma pequena cicatriz em formato de hélice.

8

Quando Astrid recebe um convite

— Você... — gaguejei. — Você é imune.

— Sou — disse Brandt. — Você me deu o Remédio.

— Quero dizer... você é imune como uma caçadora de unicórnio. Se regenera instantaneamente de ferimentos de alicórnio.

— É. — Brandt repetiu como se eu tivesse ficado maluca. — *Você me deu o Remédio.* — Ele tirou a faca de alicórnio do pescoço do unicórnio morto e a examinou. — É muito bonita. Nunca vi nada assim.

E eu nunca vi um garoto se curar como uma caçadora. O que era um alicórnio entalhado em comparação a isso?

Ele me entregou a faca. Os unicórnios sobreviventes recuaram mais fundo no bosque. O aroma acre de sangue fresco se misturou ao cheiro de fogo e inundação.

— Você tem mira arrasadora, Astrid. Por um segundo, pensei que a faca ia passar bem pelo meu braço.

— Mas você também se curaria disso? — perguntei. — É alicórnio.

— É. Tudo de alicórnio, assim como você. — Brandt cutucou o corpo do unicórnio com o dedão do pé. O pedaço de carne deslizou entre as mandíbulas inertes da criatura. — Vamos precisar chamar alguém pra limpar isto. Que sujeira. Pobrezinho. — Ele olhou para mim. — Ei, você está bem? Quantos *já* matou?

— Dezenas. — Dei as costas para o cadáver no chão.

— Bem, não se preocupe — disse Brandt. — Temos muitos aqui, e esse me atacou. Você não fez nada de errado ao matá-lo.

Observei o sangue manchando a faca que eu tinha nas mãos. Não era escuro como o de kirin, mas sim vermelho vivo. Mais leve que sangue humano, mais grosso do que de zhi.

— Eu sabia que o Remédio curava o veneno. Não sabia que tornava a pessoa imune. Não sabia que o deixava como eu.

— Só em ferimentos de alicórnio — disse Brandt, caminhando para a saída. Eu o alcancei na porta, ainda segurando a faca de forma desajeitada nas mãos. — Coisa que descobrimos basicamente por acidente. Esta não foi a primeira nem a segunda vez que fui perfurado. — Ele segurou o portão da cerca aberto para mim. — Lembra como fiquei assustado na primeira vez? Surtei completamente.

— Que outros efeitos colaterais você percebeu? — perguntei, quando voltamos para o gramado do *château*. — Quero dizer, sei que o propósito do Remédio em si é curar venenos, doenças e ferimentos sem ser o do tipo provocado por unicórnios, mas até agora, foi só isso que vi.

— Bem, não fiquei doente nem uma vez desde que sua mãe me medicou — disse Brandt. — Mas isso não significa necessariamente alguma coisa. Mas tive alguns arranhões e cortes caindo de moto e eles cicatrizaram normalmente. A verdade é que não sabemos. A propósito, Isabeau não acredita que seja uma panaceia. Não como o marido acreditava. Ela não acha que pode curar tudo que já existiu. Mas, se puder neutralizar venenos, qualquer veneno, que é o que diz a lenda, o Remédio revolucionaria muitos tratamentos médicos. Pela forma como falam... parece bem legal, na verdade. Feito uma terapia anticâncer em que se poderia inundar o corpo todo do paciente com uma quimioterapia bem poderosa para depois dar o Remédio, antes que as drogas pudessem atacar células saudáveis.

E isso era apenas o começo.

— Então é por isso que vocês mantêm esses einhorns? Para testes?

— Aham. Historicamente, eles eram a melhor fonte de Remédio. A Gordian ainda está tentando entender por quê. E como.

— E você? — perguntei, enquanto seguíamos pelos terraços até o pátio. — Ainda estão fazendo testes em você?

— Ainda estou na folha de pagamento. — Brandt abriu a porta da casa. — Olhe só, não sei muito sobre esses negócios de ciência. Não tirei nem C na prova de química sobre a qual você ficou reclamando. E aposto que Isabeau já saiu do telefone a essas alturas. Provavelmente você poderá conversar com ela o quanto quiser.

Ah, tá. *Oi, Isabeau. Sabe como você não parece se importar por eu ter deixado seu marido morrer? Bem, e como se sente a respeito de eu ter ido até o quintal e enfiado uma faca no pescoço de um de seus unicórnios de estimação?*

Brandt fez uma pausa no pequeno saguão de entrada, e eu quase esbarrei nele. Ele colocou a mão na porta do corredor principal, sorrindo para mim.

— É muito bom ver você de novo, Astrid. E logo agora, ter um gostinho do que você é capaz de fazer... é incrível.

Não havia para onde eu recuar, nem onde colocar as mãos, exceto apertar com mais força o punho da faca de alicórnio ensanguentada.

— Obrigada.

— Sinto muito por nunca ter valorizado você quando estávamos juntos.

Minha mente disparou com o coração, mas eu não podia colocar a culpa na magia de unicórnios.

— Não tem problema — falei, de cabeça baixa. — Nem penso mais nisso.

— Não?

De repente, o nariz dele roçou o meu, e eu cambaleei para trás, engolindo em seco.

— O que está fazendo?

Brandt ergueu as mãos em posição de defesa e deu um passo para trás.

— Desculpe, pensei...

— Eu tenho namorado. — E mesmo que não tivesse...

O queixo dele caiu.

— *Namorado?*

— Sim, Brandt — respondi. — É tão difícil assim acreditar que uma aberração feito eu possa ter um?

Os olhos dele foram tomados de ressentimento.

— Ei, pedi desculpas por aquilo. Eu estava errado, e foi uma coisa babaca de dizer. — Ele suspirou. — A forma como terminei com você foi um erro enorme. Terminar com você, seja qual fosse a forma, foi um erro maior ainda.

Hoje era o dia de ouvir as pessoas me dizerem coisas que nunca esperei.

— Obrigada — falei baixinho. — Aceito suas desculpas. Mas, ahn... eu ainda tenho namorado.

— Estou surpreso por saber disso — disse ele. — Não por causa de *você*, Astrid. Mas achei que a Ordem da Leoa...

— É meio que escondido — expliquei. — Não devo namorar Giovanni, mas ninguém nunca me pediu explicitamente que parasse. — Pelo menos, não recentemente. Não desde que ele sacrificou a van da escola e a sua matrícula para nos ajudar a derrotar os kirins.

— Giovanni? — Brandt inclinou a cabeça. — Um italiano?

— Americano — corrigi. — Mas a mãe dele é italiana e ele estava estudando lá no verão passado. Está na faculdade em Nova York agora.

Um olhar de compreensão surgiu nos olhos azuis de Brandt.

— Ah, um universitário. Muito bem.

Revirei os olhos, me preparando para as suposições. *E ele não se importa de você não fazer sexo?* Meu Deus, o que eu estava fazendo aqui, conversando com Brandt Ellison? Tinha um criminoso para encontrar. E Cory para proteger. Respostas para obter de Isabeau Jaeger antes de dar adeus ao *château* e à Gordian para sempre.

— Não tenho namorada, já que você não se deu ao trabalho de perguntar — disse Brandt.

— Achei que não tivesse. — Eu estava cansada de segurar a faca ensanguentada, mas não podia colocá-la de volta na bolsa. — Considerando que você tentou me beijar.

— Peço desculpas por isso também. Li os sinais de maneira equivocada. — Ele enfiou as mãos nos bolsos. — Talvez eu tenha visto o que queria ver.

Ri com deboche.

— Ou talvez eu tenha achado muito sexy a forma como salvou minha vida com um movimento de pulso.

— Não salvei sua vida — declarei, ignorando a palavra "sexy". Sexy! De calça cargo manchada de sangue? Certo. — Você é imune.

— Um chifre atravessando o coração ainda mata, Astrid.

Não falei nada e ignorei a forma como ele estava olhando para mim.

Depois de um momento, Brandt suspirou e abriu a porta de um pequeno lavabo debaixo da escada.

— Caso você queira lavar o sangue das mãos.

Como se houvesse dúvidas.

Assim que a porta se fechou atrás de mim, dei um suspiro de alívio. Mesmo num aposento pequeno e sem janelas, eu podia sentir o medo trêmulo dos unicórnios. Agora que tinha sido alertada de sua presença, e eles da minha, eu os sentia lá fora, vagando, nervosos, temendo minha presença inesperada e violenta.

Lavei o sangue da faca o melhor que consegui, mas preferi secar na perna da calça em vez de arriscar manchar uma das toalhas brancas e felpudas de Isabeau Jaeger. Lavei as mãos com a água na temperatura mais quente que aguentei, até minha pele ficar cor-de-rosa. Vapor subiu pela torneira, preencheu o espaço e embaçou o espelho.

Cobri os olhos com as mãos quentes e respirei fundo várias vezes, sentindo aroma de sabão de ervas e nenhum resquício de sangue de unicórnio. Depois de um momento, me senti melhor. Talvez os unicórnios estivessem se acalmando, ou talvez eu estivesse. Baixei as mãos e fui limpar o vapor do espelho.

Sexy. Rá! E tentar me beijar! Ou Brandt estava se sentindo bastante desesperado ultimamente, ou estava realmente afetado pela forma como salvei a vida dele ao matar aquele einhorn. Achei a ideia difícil de engolir, pois na vez em que *realmente* lhe salvei a vida, em Washington, ele retribuiu me dispensando em voz alta e me humilhando na frente de metade da nossa escola.

Olha só para mim. Meu cabelo estava emaranhado, as pontas se soltando da trança, nada melhorado pelo ar seco e reciclado do avião na viagem da Itália até aqui, nem pelo capacete que Brandt me fez usar em Limoges. Minha camiseta tinha desbotado de tantas lavagens, pois eu tinha tão poucas roupas em Roma, e minha calça cargo estava imunda. E havia também as cicatrizes, é claro. Uma cicatriz de alicórnio descia pelo meu antebraço esquerdo como um bracelete de carne vermelho intenso. Ganhei essa em Cerveteri, assim como uma marca similar no côncavo do ombro esquerdo.

Tinha outra na parte de trás do pulso direito e mais uma, acima, na parte de dentro do cotovelo. E essas eram apenas as cicatrizes visíveis. Eu tinha cicatrizes de alicórnio na base das costelas, na perna esquerda e perto do quadril direito. A maior de todas era o enorme ferimento em forma de estrela nas minhas costas.

Jamais pensara em mim sendo bonita como Phil, mas antes de começar a caçar, sempre me considerei razoavelmente atraente. Bonita o bastante para atrair o interesse de alguém tão popular quanto Brandt na escola. Bonita o bastante para não enojar Giovanni quando começamos a sair juntos.

Ainda assim, desde que ele deixou a Itália, parei de me importar completamente com minha aparência. Não conseguia nem me lembrar da última vez em que usei o cabelo solto em vez de preso numa trança prática. Eu passava a maior parte dos dias coberta por um hábito com saia-calça camuflada e, mesmo quando não estava usando roupas de freira, estava vestida com roupas de caça manchadas de sangue. Com cicatrizes e desarrumada? Sim. Sexy? Certamente não.

O que Brandt estava querendo?

Enfiei a mão na bolsa, mas desta vez peguei o celular e vi uma mensagem de texto de Cory.

Como estão as coisas? Conseguiu encontrá-lo?

Como estão as coisas? Bem, zero Seth, mas minha pontuação de unicórnios do dia já estava em um. Tenho certeza de que Cory iria *adorar* ouvir sobre tudo isso. Sem contar que em vez de seguir nosso plano, eu tinha feito um tour pela unidade da Gordian Pharmaceuticals com meu ex-namorado malvado.

Houve uma batida na porta.

— Astrid? — Era Isabeau. — Você está bem?

Enfiei o celular de volta na bolsa.

— Estou. Saio em um minuto.

Abri a porta e a vi parada ali fora, com expressão preocupada.

— Soube que tivemos um incidente.

— Sinto muito — disse. — Achei que ele ia matar Brandt.

— *C'est pas grave* — afirmou ela, balançando a mão. — Poderia ter matado mesmo. Garoto tolo, ficar provocando um unicórnio assim. Fico feliz que você estava lá para protegê-lo. Vou ter uma conversa com ele. Sem dúvida estava se exibindo pra você como os jovens costumam fazer. — Ela estalou a língua. — Vamos dar uma volta na minha estufa? Não vai haver unicórnios nem jovens para nos distrair.

Eu estava atônita. Isabeau Jaeger parecia ser o tipo de mulher que encarava tudo sem perder a linha.

Ela me levou pelo pátio na direção da estufa, falando sobre a história do *château.*

— ... antigamente pensavam que o riacho perto desta propriedade tinha águas curativas purificadas pelo chifre de um unicórnio.

Falou também sobre sua "repulsa" às ideias mais "radicais" do ex-marido. Eu a segui, absorvendo tudo.

Entramos na estufa, e pisquei de surpresa pelo silêncio repentino em minha cabeça. Lá dentro eu não conseguia mais sentir os unicórnios e o ar tinha um cheiro verde e úmido.

— Uau — falei de supetão.

Ela sorriu para mim.

— Sim, é muito bonito, não é? Amo caminhar aqui. — Ela esticou a mão para um vaso próximo e quebrou um galhinho de uma planta de talo longo coberta de pequenas margaridas amarelas e brancas. — Tome.

Senti o cheiro das flores.

— Camomila?

— *Oui*, sim, muito bem. Você tem interesse em plantas?

— Humm, não especialmente.

— Que pena. — Isabeau franziu a testa. — Eu tinha ouvido falar que você gostava de medicina.

— Eu gosto — falei, surpresa. — Como você sabia?

— *Ma chère*, você recebeu um prêmio por seus serviços no hospital em Washington. Essas coisas estão on-line. Além do mais, seus prêmios em feiras de ciências... — Ela bateu com o dedo nos lábios. — Eu poderia descobrir muito mais com tempo.

— Certo. — Então ela havia lido sobre mim enquanto Brandt estava mostrando o local. Tenho certeza de que também tinha ouvido um relatório completo de Brandt enquanto eu me lavava.

— E, é claro, vi sua mãe na televisão.

Forcei um sorriso.

Isabeau se virou e continuou a andar.

— Minha mãe era enfermeira. Muito interessada em medicina natural. Me ensinou muita coisa. Estudei bioquímica por causa dela. Ainda assim, acredito que muitas das respostas para nossas necessidades médicas mais urgentes estão escondidas ao alcance dos olhos. Não em substâncias químicas, mas nos corpos das coisas vivas nesta Terra. — Ela balançou a mão para mim. — Veja esta sua camomila. Ela cresce como uma erva-daninha, em valas, à margem de estradas. E, ainda assim, é um milagre. Acalma os nervos, ajuda a dormir, tranquiliza o estômago — ela fez uma pausa e olhou por cima do ombro para mim — e clareia cabelos louros.

Segurei minha trança. Meu cabelo já era claro demais. Praticamente sem cor. No verão, se eu nadasse na piscina com frequência, ele ficava verde-néon.

— Uma erva-daninha que é capaz de fazer isso tudo! Não é um milagre?

— É — concordei.

— Então imagine o potencial de uma coisa bem mais rara. Uma coisa bem mais preciosa.

— Como os unicórnios?

— *Bien sûr.*

— E é por isso que você tem esse bando de einhorns aqui.

— É um pouco mais complicado — disse Isabeau, examinando as folhas murchas de outra planta. Ela pegou um pequeno spray, molhou a planta e seguiu em frente. — Sabe como o soro antiofídico é feito?

— À partir de cavalos, certo?

— Sim. O veneno de cobras em cativeiro é retirado e injetado em cavalos. Com o tempo, os cavalos desenvolvem imunidade ao veneno. Os anticorpos no sangue deles são então drenados e processados para criar o soro antiofídico.

— Isso funciona com unicórnios? — perguntei.

— Não — disse Isabeau. — Nesse momento, o Remédio é o único antídoto para veneno de alicórnio. E não sabemos como produzi-lo. Ainda falta alguma coisa.

Mas Marten me dissera ter descoberto o segredo. Será que tinha mentido para mim na tentativa de salvar sua vida, ou será que tinha falado a verdade (um pensamento terrível), mas não teve chance de passar essa descoberta adiante?

— Mas, ainda assim, mantemos os einhorns para o dia em que possamos produzir grandes quantidades do Remédio. Eles são nossos cavalos e nossas cobras em um só animal.

— E você mantém Brandt pelo mesmo motivo? — indaguei.

Isabeau deu uma risada curta e musical.

— Acho que ele não gostaria de ser visto como uma cobaia, Astrid. Você talvez tenha ouvido falar sobre a criação da primeira vacina de varíola. Era feita com os anticorpos de uma jovem leiteira que sobrevivera a uma doença muito menos perigosa, a varíola bovina. A varíola bovina a tornou imune à varíola humana, uma doença mortal, e assim a vacina formada dos anticorpos da jovem foi batizada de "vacca".

— Você está dizendo que Brandt é a leiteira.

— No fim — confirmou Isabeau —, isso é precisamente o que ele será.

Aposto que ele também não ficaria feliz com isso.

— O preparo de remédios não é um processo perfeito. Veja o exemplo do soro antiofídico. Precisamos ter animais em cativeiro, e os cavalos sofrem. As cobras também. Nada disso é agradável. Mas para isso, quantas vidas, vidas *humanas*, são salvas?

Assenti, concordando. Testes em animais: uma coisa horrível, mas uma coisa capaz de produzir resultados que salvam vidas. Havíamos chegado aos fundos da estufa, e Isabeau passou a mão pela condensação em um dos painéis triangulares de vidro.

— Está vendo isso?

Olhei pelo vidro. A cerca de 100 metros, um pequeno vilarejo de barracas surgia entre as plantas após o fim do gramado bem-cuidado. Vi pessoas andando entre as tendas, pendurando roupas lavadas, fazendo comida.

— Quem são?

— Pessoas cuja paixão é tão forte quanto a minha — disse Isabeau. — Aquele é um terreno público e é o mais próximo que elas conseguem chegar dos nossos unicórnios. Elas protestam contra o uso de animais em testes médicos. Acho que o que mais as incomoda é que os animais sejam lindos, como são os einhorns. — Ela se empertigou. — Também acho que não iam gostar do que você fez na floresta.

— Aposto que não. — Também me empertiguei. — E o fato de que os unicórnios estão em risco de extinção deve fazer com que se coloquem intensamente contra você. — Contra nós duas. Provavelmente aquelas pessoas deveriam conversar com Phil.

— *Oui.* — Ela tirou a camomila de minhas mãos. — Pena que não tenham tanta piedade das pobres flores. Entendo o desejo deles. Como falei, não é um sistema perfeito. Porém, mais que isso, entendo o desejo da mãe que perde o filho para um tumor. Ou — acrescentou ela — da filha que perde a mãe para um unicórnio à solta. Como sua amiga Cornelia.

— Você conhece Cory?

— *Bien sûr,* Astrid. Os Bartoli procuraram a Gordian para que nós os ajudássemos quando tentaram abrir o Claustro de Ctésias pela primeira vez. Foi lá que meu marido e eu discordamos pela primeira vez. Foi lá que seguimos caminhos diferentes.

— Ah. — Franzi a testa.

— Ainda não acredito nas ideias dele. No entanto, ele estava certo sobre uma coisa: precisávamos de caçadoras. Ainda precisamos. Talvez Brandt tenha contado como capturamos nosso bando.

— Ele disse que foi uma caçadora. Quem era?

— Uma jovem que desejava viver uma vida privada. Ela agora deixou os dias de caçada para trás, e prometemos manter a identidade dela em segredo.

— Ela tem irmãs?

Isabeau riu novamente.

— Acho que não. Mas sei que, enquanto ela estava aqui, era mais fácil manter os unicórnios em silêncio e calmos. Uma caçadora consegue acalmar os pensamentos deles; assim como os deles perturbam os dela.

Balancei a cabeça.

— Não sei do que você está falando.

— É claro que sabe. Vocês têm um zhi de estimação no Claustro, não?

— Temos.

— E conseguem dar ordens a ela?

Ordens que ela não necessariamente obedecia.

— Sim, mas zhis são diferentes. São domesticados.

— Einhorns também são diferentes. Você vai ver.

Humm, não muito, a não ser que houvesse muitos einhorns na Inglaterra.

Isabeau deu a volta em torno de mim no corredor entre as plantas e se encostou em uma das bandejas. Flores exóticas gigantescas criaram uma auréola dourada ao redor de sua cabeça.

— Astrid, esses manifestantes são um problema. A presença deles instiga os unicórnios, e um incidente colocaria em risco toda nossa operação. O que aconteceu hoje me fez perceber o quão perigosa é nossa posição, mesmo com as precauções atuais. Precisamos de algo à prova de falhas. — Ela colocou as mãos nas bandejas. — Tenho uma proposta para você. Gostaria que ficasse aqui e protegesse os einhorns.

Apenas pisquei em resposta.

— Entendo que a Ordem vem enfrentando problemas financeiros desde que vocês se desentenderam com Marten. Se concordasse em ficar aqui, poderíamos pagar a eles pelo transtorno de nos emprestarem uma das melhores caçadoras — prosseguiu Isabeau. — Se não pudermos ficar com você, eu ficaria muito feliz em contratar outra de Roma. Mas prefiro que seja uma caçadora treinada do Claustro, em vez de uma garota com poderes de caçadora que não sabe como usá-los. Tivemos problemas com isso no passado.

— Ah, como quando seu marido drogou Valerija e a manteve por perto feito *catnip* para unicórnios?

Isabeau repuxou os lábios.

— Que horrível. Eu não sabia sobre isso. E não é do que estou falando. Você viu Brandt aqui. Ele está muito feliz. Eu gostaria que você trabalhasse para mim, Astrid, não que fosse minha prisioneira.

— Bem, isso é um alívio — comentei. Eu já devia estar voltando para o aeroporto.

— Acredito que sua vinda foi um ato da providência divina. Eu gostaria de fazer as pazes com a Ordem da Leoa. Precisamos de seus conhecimentos e de suas habilidades, e vocês precisam de nosso apoio financeiro.

— Na verdade, não. A Igreja está nos ajudando.

— E você acha as consequências que isso acarreta mais toleráveis que uma intervenção da Gordian?

— Menos perigosas pra nossa saúde e felicidade, sem dúvida — respondi.

— Não sou meu marido, Astrid — disse Isabeau. — Não sei como convencê-la disso, a não ser repetindo as formas pelas quais isso é verdade.

Afastei o olhar. Isabeau tinha razão, e talvez fosse falta de generosidade minha responder tão bruscamente.

— Como falei, eu estaria disposta a contratar uma caçadora experiente para proteger nossos unicórnios, mas preferia que fosse você.

— Por quê? Brandt falou alguma coisa?

Ela deu uma risadinha.

— Brandt é um garoto tolo que tem pensamentos de garoto tolo. Você deve se empenhar em ignorá-lo. E quanto a você, *ma chère*, vi seus registros. Sei que ama a medicina, como eu. Não consigo nem imaginar a frustração que deve sentir no convento. Só lhe deram um arco, quando o que você deseja é um béquer. Aqui, quando você não estiver trabalhando, eu poderia providenciar professores particulares. Tem uma universidade em Limoges, e, na universidade, um prédio inteiro cujo nome foi dado em homenagem à minha mãe. Posso providenciar para que tenha aulas básicas, como fiz com Brandt.

Era isso que Brandt estava fazendo em Limoges? Tendo aulas?

— Pode estudar química. Eu mostraria a você o trabalho que fazemos.

Engoli em seco. Eu tinha ouvido esse tipo de promessa antes, da minha mãe, de Marten. E, mesmo assim, acabei sem estudar, presa em um monastério antigo, polindo armas o dia inteiro.

Isabeau observou meu ceticismo.

— Podemos assinar um contrato, se quiser. Eu garantiria as coisas que estou prometendo. Apoio da Gordian, professores, aulas nos laboratórios da universidade, suas horas de trabalho...

Tudo isso parecia bom *demais* para ser verdade. Poderia apostar que era mesmo bom demais para ser verdade. Balancei a cabeça.

— Já estou em uma missão. Tenho de acompanhar Cory de volta à Inglaterra. Vamos cuidar uma da outra, e vou estudar com os professores dela; isso resolve todo o assunto de minha educação, com o qual parece tão preocupada.

— Excelente — disse Isabeau em tom de falsa alegria. — Os Bartoli devem ter um ótimo laboratório no flat de Neil em Londres.

Eu tinha de reconhecer uma coisa sobre Isabeau Jaeger: a mira era certeira como a de qualquer caçadora.

— Não prefere tudo isso aqui ao trabalho de guarda-costas na Inglaterra? Não tem outra caçadora que possa proteger a garota Bartoli?

— Não tem outra caçadora que possa proteger suas cobaias? — perguntei. Quantas vezes eu havia implorado informações a Marten, só para no fim ouvir mentiras e promessas de que teria respostas? Era impossível Isabeau estar falando a verdade.

— Sim — disse ela. — Mas quero uma Llewelyn.

Revirei os olhos. *Isso* de novo! Primeiro, o marido tentou tornar Phil e a mim incapazes por sermos Llewelyn, e agora Isabeau estava procurando uma nova maneira de tirar uma caçadora Llewelyn das caçadas. Como se fizesse alguma diferença. A julgar pelas habilidades de Grace, devia estar concentrando seus esforços na família *dela*: Bo.

— Esqueça — declarei, e me virei para ir embora. — Está latindo para a árvore errada, querida. Toda essa obsessão com a família Llewelyn é inútil. Não sou nenhuma grande caçadora, não sou nada de especial e não quero participar desse tipo de jogo.

Isabeau não disse nada quando saí caminhando pelo longo corredor, os pensamentos a mil. Parte de mim queria ficar neste lugar, onde havia ciência sendo feita, onde era livre para vestir o que quisesse, para aprender onde quisesse. Tudo o que eu precisava fazer era cuidar de alguns einhorns que já estavam em uma jaula enorme.

Mas, ainda assim, aquela era a Gordian Pharmaceuticals. Eu não podia me esquecer disso. Suas mentiras eram tão comuns quanto as mentiras universais sobre o quanto eu era especial por causa de meu sobrenome. A coisa toda era mentira, mentira em cima de mentira em cima de mentira.

— Leve a camomila com você, Astrid — disse Isabeau do outro lado da estufa. — Vai manter você calma quando sair daqui. Vai afogar o grito da magia de unicórnio.

Eu me virei para encará-la.

— É? — gritei em resposta. — Foi isso que a última caçadora que esteve aqui contou pra você?

— Não — retrucou ela. — Aprendi isso com minha mãe. Ela era uma Llewelyn.

9

Quando Astrid faz uma ligação

Cory atendeu no primeiro toque.

— Você o encontrou? O que ele disse? Ah, queria ter podido ver a expressão dele quando o prenderam!

— Calma — falei ao telefone. — Não era Seth.

— Como?

— Não era Seth. Seu detetive estava seguindo o adolescente americano louro errado.

— Mas o cartão de crédito da Gordian...

— O cartão é de Brandt Ellison.

— Seu ex-namorado? — perguntou Cory, incrédula.

— A coisa fica pior. — Contei a ela sobre a situação atual de Brandt, Isabeau Jaeger e a proposta que ela me fez.

O silêncio imperou no outro lado da linha. Bati com os dedos no vidro da janela. Estava sozinha no pequeno escritório térreo do *château* da Gordian, o mais longe possível da área de einhorns, nos fundos. Uma pequena xícara de chá de camomila estava sobre um aparador, e seu aroma se espalhava pelo aposento, eliminando todos os traços de unicórnio.

Eu me perguntei se o truque funcionaria no Claustro, ou será que o local estava entranhado demais com ossos e magias para que até mesmo o mais forte dos chás causasse algum efeito?

— Cory? — falei, enfim.

— Não sei o que dizer — respondeu ela.

— Você confia nela?

— Sim — disse Cory. — Mas não leve minha opinião em consideração. Também confiei no marido, se lembra? Na verdade, me lembro de não gostar muito dela, porque parecia muito desinteressada em caçadoras em geral.

— Parece que ela mudou de ideia quanto a isso.

— Assim como mudei de ideia sobre a Gordian — disse Cory.

Eu também, mas o que *era* a Gordian? Se era feita da política empregada pela pessoa no comando, e, se essa pessoa era Isabeau, talvez as coisas fossem diferentes desta vez. E, se Isabeau estava tão desinteressada em caçadoras quanto Cory dizia, era um bom sinal de que ela não queria nada mais da Ordem além de contratar uma caçadora para proteger seus preciosos einhorns cobaias.

Talvez tudo fosse como ela dizia ser. Ela não queria nos patrocinar nem nos controlar como Marten quisera; só queria um simples arranjo financeiro: me pagar por serviços prestados.

— O que devo fazer? — perguntei a Cory.

— Entrar em um avião pra Londres — respondeu ela. — Como planejado. Eu poderia estar sendo atacada por unicórnios agora mesmo.

— Mas ela queria especialmente a mim — argumentei.

— Bem, eu também.

— É mesmo?

Houve uma pausa.

— Ah, Astrid, você é minha melhor amiga.

Desta vez, não falei em voz alta. *É mesmo?*

— Sei que você e Phil... têm uma ligação especial e tudo. Não fico magoada. Mas sim. Você é.

Eu tinha tido uma melhor amiga na vida: Kaitlyn, em Washington. Ela me dispensou tão rapidamente quanto Brandt depois que a volta dos unicórnios me transformou em aberração. Sequer falei mais com ela depois que cheguei a Roma. E doía, claro, mas eu também tinha Phil, que sempre me amou bem mais que minhas amigas.

Eu me perguntei se o que Kaitlyn fez comigo doía tanto quanto saber que a pessoa que você considerava sua melhor amiga não gostava de você tanto quanto você gostava dela. Me perguntei se isso era parecido com a sensação que tive ao me dar conta de que, independentemente do que Phil e eu compartilhamos no passado, eu estava de fora quando o assunto eram os sentimentos dela por Neil.

— Obrigada — falei. — Isso é muito fofo.

— Fofo? — Cory riu, com deboche. — Isso é o que a gente diz quando está dispensando um cara.

— Bem, mas *é* fofo — argumentei.

— E você *está* me dispensando. — Cory pareceu impaciente. — Vem me proteger ou não? Lembre-se de que passei pelo cenário de cobaias da Gordian, e Valerija também. Sempre termina mal.

— Você está certa — concordei. — Mesmo assim, preciso ligar pra Neil e Phil e contar sobre a proposta.

— Já arrumou um jeito de explicar pra Phil que está na França, ou vai deixar que Neil encare o estouro da bomba sozinho? Ah, e me deixe de fora da história se for possível.

Era verdade. Como eu contaria a novidade para o Claustro sem revelar a verdade? Phil saberia que havia alguma coisa que nós três estávamos escondendo.

— Talvez fosse melhor ser eu quem ficasse — falei, lentamente. — Afinal, além de você, sou a caçadora que mais entende o perigo que a Gordian representa.

— Valerija — observou Cory.

— Phil e Neil jamais confiariam em Valerija sozinha — rebati.

— Ela não é mais daquele jeito — disse Cory. — Mudou muito, na verdade. Você não percebe porque todas usamos facas agora.

— Faz sentido.

Cory suspirou.

— O que esse trabalho na Gordian tem que a Inglaterra não tem?

Engraçado. Isabeau me fez a mesma pergunta, mas ao contrário.

— É Brandt?

Quase ri.

— Brandt? Por favor. Vou te dizer o que eu disse pra ele: tenho namorado.

—Ah, por que você teve de dar satisfação a ele? Ele deu em cima de você?

— Idiotice pura. Brandt acha que é o cara. E, humm, ele ficou meio excitado quando matei um unicórnio por ele.

— Ele é um filho da mãe doente se uma coisa assim provoca isso nele.

— Nem me fale.

— Então se não é por causa de Brandt — disse Cory, com persuasão —, por que você sequer levaria a proposta em consideração? Venha logo para cá.

Eu sabia por que, mas hesitei em admitir.

Era aquele estranho bando de unicórnios, cujos pensamentos não se pareciam com nada que eu conhecia. Era o potencial do Remédio que havia no sangue de Brandt, que estava escondido no laboratório desta propriedade. Era a própria Isabeau, que tinha despertado em mim toda a esperança que um dia eu tivera em Marten.

Uma esperança ainda maior.

Minha mãe. Ela era uma Llewelyn.

Houve um bipe na linha.

— Ah, não — disse Cory. — Deve ser Neil. O que digo a ele?

— Diga pra ele me ligar. Que é para falarmos sobre um plano.

— Pra ele me matar em seguida? De jeito nenhum. Você está sozinha nessa. Preciso ir. — Ela desligou.

Afundei em uma elegante poltrona forrada de seda, sentindo-me ainda mais confusa que antes. Por um lado, tinha assumido um compromisso com Cory de ficar com ela na Inglaterra. Por outro, eu poderia ficar em Londres por duas ou três semanas, tempo suficiente para a Gordian contratar uma caçadora diferente; então Cory poderia se recuperar e nós duas voltaríamos para o Claustro de vez. E depois...?

É claro que tudo isso também podia ser um argumento interno irrelevante, de qualquer modo. Havia uma boa chance de que, no momento que Neil e Phil descobrissem onde eu estava, aparecessem para me buscar. Eles ficaram mais magoados pela traição de Marten Jaeger do que qualquer outra pessoa.

Houve uma batida leve na porta, e Isabeau Jaeger entrou.

— Perdoe minha interrupção, Astrid, mas está ficando tarde. Gostaria de saber se tem acomodações reservadas no vilarejo ou em Limoges.

Meus olhos se arregalaram. Certo. Um quarto de hotel. O tipo de coisa no qual a gente nunca pensa quando os únicos lugares onde já moramos foram o apartamento da nossa mãe e o convento onde essa mesma mãe nos largou. Mesmo em missões de caça, eu sempre tinha uma árvore onde ficar.

— Vou ficar bem.

Ela ergueu a sobrancelha.

— É?

— Está tudo bem. — Eu ainda tinha dinheiro. Se Limoges era uma cidade universitária, haveria um albergue de estudantes em algum lugar onde eu pudesse dormir.

— Porque você pode passar a noite aqui se desejar — disse Isabeau.

— Aqui? — repeti.

— Moro aqui — respondeu Isabeau. — Assim como Brandt e alguns dos cientistas.

Então por que Brandt estava hospedado em um hotel em Limoges?

Isabeau prosseguiu:

— Me daria uma chance de falar mais com você sobre meus planos para nossa caçadora, seja ela quem for, assim como falar um pouco mais sobre nossa ligação familiar.

— Isso realmente não é necessário...

— Besteira. No fim das contas, somos parentes. Como eu poderia rejeitar uma pessoa da minha própria família?

Olhei pela janela, surpresa por ver o céu escurecendo. Como a tarde fugiu de mim assim?

— Todas as minhas roupas estão no aeroporto — falei.

— Tenho certeza de que conseguiremos encontrar alguma coisa que você possa usar para dormir — respondeu Isabeau.

Segurei o celular na mão como uma tábua de salvação.

— Por que...

— Sim, *chère*?

— Por que você está sendo tão gentil comigo? — sussurrei.

Mais uma vez, a risada musical.

— Talvez você esteja mais acostumada com potenciais empregadores a maltratando, não é mesmo? Mas isso me parece contraproducente.

Apertei bem os olhos.

— Não, digo... depois do que aconteceu com Marten. Eu estava lá, sabe. Estava lá quando... Não pude impedir, juro. Se ao menos eu pudesse...

Pudesse o quê? Se pudesse enfiar a espada em Bucéfalo, que tinha salvado minha vida várias vezes? Se pudesse matar aquele unicórnio antes de ele assassinar Marten, será que teria feito? Gostaria de poder dizer um sim incondicional, mas a verdade era que eu não sabia.

A mão fria de Isabeau acariciou minha bochecha.

— Não chore, Astrid. É muito terrível ver a morte de um homem. De qualquer homem. Mesmo você, que convive com vida e morte todos os dias, não é capaz de observá-la de maneira impassível. Mesmo um médico, que faz dessa questão o trabalho de uma vida, é impotente diante da morte. Há algumas mortes que não podemos prevenir, embora fôssemos capazes de dar a própria vida para tentar, embora venhamos a amaldiçoar nossa impotência pelo resto dos nossos dias.

Lágrimas se derramaram dos meus olhos, e baixei a cabeça ainda mais em direção ao peito.

— Obrigada — disse eu, mesmo que o que quisesse fazer era me jogar em seus braços. Queria que Isabeau me abraçasse, da forma como Phil ou minha mãe me abraçariam. Ela era menor que eu, mas, de alguma forma, sabia que ficaria em segurança em seus braços.

— Venha. Passe a noite aqui e jante comigo.

— E Brandt?

— Brandt não vai jantar conosco. — Isabeau franziu os lábios. — O comportamento dele mais cedo foi inaceitável.

— Ah, não me incomodei — falei. — Ele não sabia que eu tinha namorado.

— *Pardon?*

— Quando ele... — Tentei recuar do tópico, mas o olhar de Isabeau me prendeu. — Tentou me beijar mais cedo.

— Ele tentou. — A expressão dela era ilegível. — Não era a isso que eu estava me referindo. Na verdade, estava falando sobre o comportamento com o einhorn. Não se provoca um animal que inspira piedade. — Ela inclinou a cabeça ao olhar para mim. — Nem uma caçadora de unicórnio engajada.

— Por favor, não diga nada a ele! — A situação era muito constrangedora.

Isabeau balançou a cabeça com exasperação.

— É claro que não, Astrid. Não sou uma de suas freiras. Então você vai ficar?

— Só esta noite — respondi, evasiva.

— Já é um começo — disse Isabeau. Ela juntou as mãos. Ouvi um movimento no corredor, e então as formas volumosas de Gog e Magog apareceram na porta, olhando com adoração para a dona. Por um momento, eles me fizeram lembrar de Bonegrinder, até eu me dar conta de que não conseguia sentir os pensamentos deles.

O jantar foi agradável; comemos frango e legumes, e salada com queijo de cabra. Isabeau se sentou na cabeceira da cama, e os cachorros se deitaram ao redor da cadeira, sem pedir nada, mas também sem sair de seu lado. Ela falou sobre festividades locais e a culinária da região, que parecia conter uma quantidade de castanhas além do normal. O outono era uma bela estação naquela parte do país, e ficar tão no interior significava um descanso dos muitos turistas que invadiam a costa.

— É claro que conhece bem os turistas, você mora tão perto do Coliseu — disse Isabeau.

— Sou grata a eles — falei. — Meu italiano ainda é bem fraco, mas ter muitos turistas significa muitas pessoas que sabem um pouco de inglês e trabalham na área.

— Acho importante tirar vantagem de suas viagens, Astrid. Quando você decidir ficar aqui, vou arrumar professores para seus estudos de francês, como fiz com Brandt. Saiba que ele melhorou imensamente.

Foi assim durante toda a refeição. *Quando*. Não *se*.

— Sim, eu reparei.

— Falo cinco línguas — continuou Isabeau. — E meu marido me deixava para trás, porque falava sete.

— Marten sabia sete línguas? — perguntei.

— E inglês era a pior. — Isabeau riu, depois olhou para a taça de vinho. — Sobremesa, acho.

A sobremesa foi composta de doces e chá.

— Minha mãe era inglesa — explicou Isabeau —, e acabei pegando o hábito dela.

— Inglesa e Llewelyn — declarei.

— Não de nome, mas sim, era a família dela. — Isabeau colocou um doce no prato. — Acredito que foi uma derivação da família de sua mãe. A minha conhecia nossa herança, é claro, mas tinha assuntos mais importantes com que lidar em vez de velhas lendas familiares. Ela chegou à França quando adolescente. Era enfermeira e trabalhou para a Cruz Vermelha e para a Resistência durante a ocupação. Meu pai era médico, e, depois da guerra, eles se casaram e vieram morar aqui.

— Não havia unicórnios na época de sua mãe. Como ela sabia qualquer coisa sobre terapias naturais pra caçadoras?

— Ela era muito interessada em medicina alternativa, tópico que então estava apenas começando a voltar à moda. O histórico familiar dela incluía muitos registros de caçadoras de unicórnios voltadas para a medicina. Havia informações sobre o Remédio, mas também sobre tratamentos de ferimentos, saúde mental, alívio menstrual.

— Llewelyns na medicina? — perguntei. Cory não acreditaria nisso. Para ela, todas as caçadoras de nossa família eram máquinas assassinas.

— *Oui!* — Isabeau sorriu. — Você é parte de uma tradição muito longa. Minha mãe adorava a ideia de "velhas receitas da família" e escreveu muitos livros sobre ervas medicinais se baseando nos conhecimentos familiares. Gostaria de vê-los? Temos alguns na biblioteca.

Assenti, embora livros franceses de medicina provavelmente estivessem muito além da minha capacidade de compreensão. Coloquei a xícara intocada de chá de camomila na mesa e segui Isabeau para fora da sala de jantar. A biblioteca era uma pequena sala de estar atrás do escritório dela, decorada nos mesmos tons de azul-gelo e creme. As paredes eram cobertas de prateleiras que, por sua vez, estavam lotadas de livros de todas as formas e tamanhos. Alguns eram brochuras novas com lombadas coloridas; outros, velhos com capas de couro ou lona rachadas e letras em alto-relevo de um dourado já apagado. Mas parecia haver algum método na arrumação, porque Isabeau foi direto aos vários exemplares grandes de uma prateleira baixa. Eram exemplares antigos de capa dura, provavelmente dos anos 1970, a julgar pelo esquema de cores verde-escuro e dourado, e pela imagem na capa, que mostrava uma bela mulher em um jardim de ervas. Ela usava calça boca de sino e tinha cabelo louro penteado para trás, mas o rosto era idêntico ao de Isabeau. O nome era Claudia L. Landry.

— O L. é de Llewelyn — disse Isabeau. — Sem dúvida alguma não era o nome do meio de minha mãe, nem o de solteira. — Ela meneou a cabeça e passou a mão apaixonadamente pelo retrato antes de me entregar o livro. — Uma simulação boba, talvez, mas ela sentia-se muito orgulhosa de seu legado.

— Sei como é — respondi. Folheei aleatoriamente o livro, que pareceu ser uma espécie de enciclopédia de conhecimentos sobre ervas, repleto de ilustrações de várias plantas e flores. — Sua mãe desejou ser caçadora de unicórnios?

— Minha mãe nunca imaginou uma coisa dessas — disse ela. — Unicórnios haviam sumido há muito naquela época. Mas ela gostava da ideia de um grupo de mulheres educadas e poderosas. Adorava o fato de suas ancestrais terem trabalhado com medicina em um tempo em que muitas mulheres sequer sabiam ler. — Ela ergueu a cabeça. — Nós duas somos de uma longa linhagem de filhas poderosas, Astrid.

Eu não era. O lado de minha mãe descendia do irmão de Clothilde e de uma longa linhagem de homens; daí carregarmos o nome Llewelyn. E do lado do meu pai, bem, havia meu pai, no mínimo. Ainda assim, conhecia a ideia.

— Acredite, escuto isso com frequência. Pela forma como o pessoal no Claustro fala, somos praticamente super-heroínas.

— Todas as mulheres são super-heroínas. — Isabeau pegou o livro de volta. — Caçadoras de unicórnios ou não.

Olhei para ela com curiosidade.

— Então você não lamenta ter perdido a possibilidade de ser caçadora de unicórnio? — Minha mãe lamentava. Até Marten pareceu invejar o fato de que as habilidades pertenciam apenas às mulheres da família. — Não deseja que eles tivessem existido quando você era... — Não diga qualificada. Não diga qualificada. — ... mais jovem?

— Nem um pouco! — Ela estremeceu. — Não tenho interesse em caçar unicórnios nem nada. Sempre gostei de química e medicina. E, se quisesse um hobby, há a jardinagem. Gosto de arranjos de flores também, pensando bem.

Eu não conseguia comparar caçar unicórnios a fazer arranjos de flores, e meu rosto deve ter demonstrado.

— Não quero diminuir suas habilidades, Astrid — acrescentou ela. — E penso mesmo na questão dessa forma. Você tem um dom maravilhoso, que é muito útil para meu trabalho. E é por isso que gostaria de contratar você. Da mesma forma que contrataria um arquiteto capaz para construir minha casa, ou um chef talentoso para preparar minha comida. Consigo admirar suas habilidades sem sentir inveja delas.

— Minha vida não é algo a se invejar — confessei baixinho.

Isabeau me observou.

— Não. Acredito que não seja.

O quarto para onde me levou era espaçoso e ficava perto da frente do *château*, no canto mais distante dos einhorns. As paredes eram cobertas por papel de parede sutil, em listras douradas e creme, e os lençóis combinavam em tons de ouro, bege e marfim. Havia lâmpadas acesas em cada canto e um vaso alto de flores brancas perto da porta.

— Vou pegar alguma coisa pra você vestir e volto logo — disse Isabeau. — O banheiro fica logo depois daquela porta.

O banheiro era quase do tamanho do quarto que Cory e eu compartilhávamos no Claustro, e tinha uma banheira com pés em forma de garras e encosto, uma penteadeira de mármore e ornamentos dourados.

Quase tive medo de tocar.

Isabeau voltou com um pijama branco de cetim.

— Não deve ser seu estilo — disse ela —, mas vai servir por esta noite.

— Obrigada. — O tecido era quase frio ao toque e escorregou feito água por meus dedos calejados pelo uso do arco. — Você já foi muito amável.

— Não estou sendo nada além de gentil, Astrid. Sinto muito se suas experiências a levaram a esperar menos. — Ela chegou mais perto e prendeu uma mecha de cabelo atrás de minha orelha. — Não acredito que esteja sendo cuidada apropriadamente, *ma chère*.

Engoli em seco e afastei o olhar.

Isabeau ainda parecia estar olhando para mim.

— Se você fosse minha filha e carregasse uma missão tão difícil, eu desejaria que alguém cuidasse muito, muito bem de você. — A voz dela falhou nas palavras finais. — Tenha uma boa noite.

Ergui o olhar, mas ela já havia se virado.

Quando fiquei sozinha, decidi tomar um banho de banheira. Não conseguia me lembrar da última vez que tinha tomado um, pois não existiam banheiras no Claustro, e esta era especialmente adorável. Havia até uma seleção de óleos de banho, todos em belos frascos de vidro com pequenas rolhas e forte fragrância de ervas frescas. Peguei o que mais me fez lembrar camomila e derramei na água, depois afundei até o pescoço e fechei os olhos, inalando o vapor aromático e deixando que o calor penetrasse em meus ossos.

Fiquei na água até estar enrugada e pronta para dormir, depois me enrolei numa toalha imensa e penteei o cabelo em frente ao belo espelho. Coloquei o pijama sedoso e voltei para o quarto, dando um suspiro de alívio. Pela primeira vez em séculos dormiria sob um teto que não estava tomado de ossos de unicórnios assassinados. Não conseguia sentir o zumbido na cabeça. Sequer sentia mais os que estavam no quintal. O cetim que eu vestia não incomodava minhas cicatrizes como a maior parte de minhas camisetas. Na verdade, quase parecia acariciar as protuberâncias em minha pele. Os lençóis tinham cheiro de alfazema, e o cheiro das ervas penetrou nos meus sentidos maltratados por unicórnios.

Apoiei a cabeça úmida no travesseiro frio e cheiroso, e dei um suspiro de alívio.

Se você fosse minha filha... eu desejaria que alguém cuidasse muito, muito bem de você.

Mas eu não era filha dela. No máximo, era uma prima muito distante. Ela era uma Jaeger. A chefe da Gordon Pharmaceuticals.

Eu me sentei, assustada e alerta com minha compreensão repentina. Isabeau era todas essas coisas. E eu realmente queria trabalhar para ela.

Queria ver o que estava se passando aqui. Queria participar da busca pelo Remédio. Queria cumprir meu dever como caçadora de unicórnio, mas odiava a vida no Claustro. Odiava ficar presa, polindo armas, usando hábitos e viajando para matar animais selvagens. Aqui, eu poderia proteger as pessoas da ameaça dos unicórnios assassinos sem necessariamente ter de matá-los. Todo mundo saía ganhando.

Além do mais, se eu ficasse aqui, poderia espionar a Gordian e ter certeza de que não estavam fazendo nada errado. Eu estaria bem aqui se, por exemplo, eles tivessem notícias de Seth. Poderia voltar a estudar, poderia assistir a aulas de ciências de nível superior.

E poderia aprender mais sobre as Llewelyns que eu realmente respeitava. Llewelyns dedicadas à medicina, como Isabeau falou. Como a própria Isabeau.

Quando Clothilde Llewelyn quis sair do Claustro, ela não tomou o caminho covarde, fazendo uso dos serviços de um Acteon que acabaria com seus poderes e a deixaria em uma posição complicada. Ela sabia que seu dever não era necessariamente com o Claustro, mas com a raça humana. Clothilde tinha o dever de proteger as pessoas dos unicórnios, quer isso significasse matá-los ou mandá-los para longe dos humanos para sempre.

Ou mesmo cuidar de um bando para ter certeza de que não escapasse da prisão.

Eu poderia cumprir meu dever como caçadora bem aqui e era bem mais adequada ao serviço que qualquer outra caçadora do Claustro. Não poderia dizer o mesmo sobre a posição de guarda-costas de Cory. Qualquer uma das outras garotas era capaz de fazê-lo, talvez até com mais habilidade.

Eu aceitaria o emprego. Só precisava convencer meus amigos de que era a escolha certa.

10

Quando Astrid dá a notícia

— Bem, não é segredo que você estava infeliz aqui — disse Phil, quando liguei para ela. — E foi por isso que concordei em deixá-la ir com Cory.

— Então, pra você, não há diferença entre eu morar em Londres e trabalhar pra Gordian Pharmaceuticals? — perguntei.

Ela suspirou.

— Tanto faz, Astrid. Quando você saiu daqui, não parecia achar que eu precisava saber o que iria fazer. Por que quer minha aprovação agora?

Talvez por ela ser minha maior confidente. Ou tivesse sido, até bem pouco tempo. A revelação de Neil foi aceita com ressentimentos, mas agora Phil estava furiosa por termos guardado segredo. Ou, como colocou, "conspirar contra ela para minar sua autoridade como *donna*".

Talvez fosse bom eu não estar no Claustro esta manhã.

— Não é sua aprovação que quero — argumentei. — Só sua compreensão. Estou fazendo isso em parte por você, sabe. — Eu tinha ido à França por ela, para começo de conversa. — O dinheiro extra vai ser útil no Claustro. Vai aliviar um pouco da pressão sobre você, um pouco da dependência da Igreja. Você vai poder se concentrar na questão da preservação.

— Não acha que há uma fina ironia em ajudar a sustentar meus esforços em prol da preservação usando exatamente o tipo de exploração que meus esforços estão tentando erradicar?

Eu não sabia como responder a isso.

Minha mãe aprovou menos ainda.

— Não gosto disso, Astrid — declarou ela, do outro lado do oceano. — Você estará desperdiçando seus talentos. Fazendo o quê? Bancando a segurança de uma corporação qualquer? Isso não é jeito de se distinguir como caçadora.

— Não estou interessada em me distinguir como caçadora. — Não tanto quanto estava em, digamos, terminar o ensino médio. — E o dinheiro que vão me pagar vai ajudar a sustentar o Claustro.

— Já falei, assim que sair o contrato do livro, vou ter dinheiro suficiente para o Claustro. — Minha mãe suspirou. — Unicórnios estão super na moda agora. E você poderia estar à frente disso também se ao menos... É um desperdício tão grande, Astrid. Uma das caçadoras inferiores não pode fazer isso no seu lugar?

— Pela última vez, mãe, *sou* uma das caçadoras inferiores. — Além do mais, a Gordian pode me oferecer escola, ciência e segurança, coisas das quais eu preciso bem mais que qualquer uma das glórias duvidosas vindas das caçadas a unicórnios na Itália.

— Isso é ridículo — disse Lilith. — Você, cujo primeiro abate foi um re'em, sozinha...

— Não exatamente sozinha — retruquei. Dorcas e Phil ajudaram, e o unicórnio em questão estava distraído na hora, concentrado em matar Ursula e Zelda.

— Que sobreviveu ao ataque de um bando inteiro de kirins...

Não graças a Lilith. Foi ela quem nos mandou lutar contra aquele bando.

— *Quase não* sobrevivi — corrigi. Mesmo então, minha sobrevivência se deu graças à intervenção oportuna de Bucéfalo.

— E a única humana viva a enfrentar um karkadann...

Era *isso* que ela vinha contando às pessoas da mídia? Não era surpresa acharem que eu era algum tipo de garota prodígio da caça a unicórnios.

— Você tem uma história tão interessante, Astrid. E agora, desistir de tudo e ir viver na obscuridade...

— Você entendeu direitinho — respondi. — Quero *viver* na obscuridade, mãe. Não morrer uma celebridade na caça a unicórnios. Essas batalhas não são material pra noticiários noturnos. Essas garotas estão arriscando as vidas cada vez que saem atrás de um unicórnio e...

— E você as deixou fazendo isso sozinhas, sem sua habilidade significativa e sua experiência. — Lilith estalou a língua para mim. — Não é muito responsável de sua parte, Astrid. E pensar que você queria ser médica para salvar a vida das pessoas.

Sempre tive muita dificuldade em falar com minha mãe. Agora que nossas conversas se referiam à vida real e situações de morte, dialogar tinha se tornado quase impossível. Eu *tinha* salvado vidas. O que ela fez além de colocá-las em perigo e tirar proveito disso?

Finalmente, liguei para Giovanni. Não nos falávamos desde antes de eu sair do Claustro.

— Depois de tudo que aconteceu com a Gordian? — perguntou ele, desconfiado. Giovanni também fora enganado por Marten Jaeger no verão anterior. — Como pode confiar nessas pessoas?

— É diferente. — Expliquei a posição de Isabeau e resumi a proposta dela. — Há tantos benefícios se eu ficar aqui. A escola, uma rotina mais regular e menos perigo. E posso ficar de olho na eventual volta de Seth.

— Deixe a polícia cuidar disso — disse Giovanni. — E quanto a menos perigos, é você sozinha com um bando inteiro de unicórnios. Como isso pode ser menos perigoso?

Giovanni tinha uma dificuldade grande em imaginar unicórnios como sendo alguma coisa diferente dos kirins sedentos por sangue. Decidi mudar de assunto.

— Além do mais, posso largar o hábito.

— Mas você me prometeu uma foto usando um!

— Só por cima de meu cadáver.

— Droga. — Giovanni riu. — Sabe, tenho reputação de conservador por aqui, com a história de namorar uma freira que se espalhou pelo campus.

Era uma grande mudança na reputação de festeiro que o fez ser expulso da outra faculdade.

— É, ouvi alguma coisa sobre isso quando liguei no outro dia. Sobre eu ser mesmo freira. Embora fosse de se pensar que eu faria você parecer ainda mais um *bad boy*.

— Porque estou roubando você de seus votos religiosos?

— Tipo isso. — Embora eu nem precisasse mais que Giovanni bancasse o Acteon. *Havia* alternativas para a vida na Ordem.

— Ainda estou preocupado com isso — disse ele. — Como você sabe que vão manter a palavra desta vez?

— Bem, parece estar indo bem pra Brandt.

— Brandt?

Ah, é. Expliquei o mais resumidamente possível.

— Espere, você está morando na França com seu ex-namorado?

— Parece bem pior do que realmente é — admiti.

— Comportamento nem um pouco religioso — concordou Giovanni. — Devo me preocupar?

— É claro que não. — Rolei para o outro lado. — Ele é apenas outra pessoa na casa.

— Uma pessoa garoto.

— É.

— Que você namorou.

— O próprio.

— Que não está a 5 mil quilômetros.

Sorri.

— Está com ciúmes, Giovanni?

Ele ficou em silêncio por um momento, levando a pergunta bem mais a sério do que eu pretendia.

— Não — disse ele, por fim. — Quero dizer, não é que não confie em você. Mas dele eu sinto inveja. Quero o que ele tem. Quero ficar perto de você.

Sorri, apesar de saber que ele não conseguia ver. Eu também queria, mas por agora, aceitaria isso. Um emprego, uma chance, Giovanni, ao telefone, dizendo que sentia saudades. Por enquanto, seria o bastante.

Sob essas circunstâncias desfavoráveis, minha gestão como empregada da Gordian Pharmaceuticals começou. Isabeau mandou buscar meus pertences na cidade, e, quando eles chegaram, seu queixo caiu.

— Trapos. — Foi o veredito enquanto torcia o nariz para minha pilha de camisetas surradas e calças cargo. — E roupas de verão. Não posso deixar você vagando pela propriedade com isso.

Olhei para meu guarda-roupa escasso.

— As coisas ficam arruinadas quando as uso pra caçar — expliquei. — Não quero nada bom demais.

— Você não é freira aqui, Astrid — argumentou Isabeau. — E, se fizer seu trabalho direito, protegendo as pessoas daqui dos unicórnios, e vice-versa, vai haver pouco com que se preocupar em termos de manchas de sangue. Além do mais, vai precisar de casacos de inverno, roupas escolares. Eu me recuso a deixar uma funcionária minha parecer uma mendiga. Podemos ir a Limoges hoje à tarde, a algumas lojas.

Ela observou minha expressão chocada.

— A não ser que prefira viajar até Paris para comprar roupas.

Tossi.

— Não tenho dinheiro...

Ela dispensou meu argumento com um gesto da mão.

— Naturalmente, a Gordian vai financiar seu guarda-roupa, Astrid. Assim como sua moradia e alimentação. Nem pense nisso.

— Obrigada, mas não posso deixar...

— Você deixa a Igreja Católica te dar essas coisas verdes horríveis, *oui*? — Ela cutucou com cautela a ponta de meu hábito de caça.

— Bem, sim, mas...

— Eu me recuso a perder para o Papa, *chère*. — Isabeau riu. — Especialmente quando o assunto é moda.

Não aceitei a ideia de Paris, embora Zelda provavelmente fosse me matar se soubesse.

Isabeau me arrastou por metade das lojas de Limoges. Compramos calças de lã e casacos de chuva com cintos, suéteres de casimira e blusas de seda, e um par novo de botas de trilha, que usaria para caçar. Compramos saias "para a escola" e botas até os joelhos em preto e marrom, com bolsas de couro combinando ("só compre as que têm espaço suficiente para sua faca de caça, *chère*") e luvas de couro sem as pontas dos dedos para o caso de eu ter de disparar em alguma coisa depois que o frio chegasse. Isabeau queria comprar roupas de festa, mas dei uma olhada em uma arara de vestidos decotados e sem mangas e recuei lentamente.

Mesmo na situação altamente improvável de eu ir a alguma espécie de evento formal, jamais usaria um traje que exibisse tão claramente minhas cicatrizes de caça.

— Que bobagem — dissera Isabeau. Ela colocou as mãos nos meus ombros no provador amplo de uma das lojas modernas que visitamos, e olhou para minhas costas nuas no espelho. — Suas cicatrizes são parte de você, Astrid. Marcam-na como uma sobrevivente.

A mão dela pairou, com os dedos bem abertos, por cima da cicatriz que se espalhava como uma estrela a partir do centro de minhas costas.

— Não nega que essas coisas aconteceram com você, nega? Lutou contra um unicórnio; saiu vitoriosa. Isso não aconteceu?

— Aconteceu. — Afastei o olhar de meu reflexo. — Mas é tão feio.

— Não. — Ela baixou a mão e se virou para mim. — O que aconteceu com você foi feio. Foi doloroso, horrível, apavorante. E é isso que vê quando olha para essas cicatrizes. Você sendo atacada. Mas o que deveria ver é a força de sua própria personalidade. Você sobreviveu a algo que quase mais ninguém sobreviveria. — Ela apontou para a cicatriz debaixo das minhas costelas. — Foi corajosa e forte, e perseverou quando muitas pessoas não fariam isso. — Os olhos dela se encontraram com os meus. — Suas cicatrizes são bonitas, Astrid, porque revelam a beleza da mulher que mora debaixo de sua pele. *Tu te sens bien dans ta peau.*

E então ela me fez comprar algumas camisolas novas, lingerie, um roupão de seda e um biquíni.

Depois das compras, paramos para tomar um café e lanchar, e Isabeau falou de meu horário de trabalho. Manter os unicórnios em paz seria o principal, e ela explicou como eles descobriram, com a última caçadora residente (cujo nome e origem familiar ela ainda se recusava a divulgar), que o comportamento mais selvagem dos einhorns tendia a coincidir com os períodos de ausência da caçadora no *château*.

Isso precisou de tempo para ser descoberto? Parecia incrivelmente óbvio para mim.

— Ainda assim — disse Isabeau —, não é prático nem aconselhável você ficar constantemente de serviço, nem mesmo no local. Como poderemos sair para fazer compras se for assim? — Ela sorriu para mim. — Como podemos matriculá-la em aulas na universidade? Não, não vai dar. Assim, aprendemos alguns truques que podem, por um curto espaço de tempo, enganar as criaturas para que pensem que você ainda está por perto.

Eu me inclinei para a frente, interessada.

— Uma enganação de caça a unicórnios?

— Exatamente — continuou ela. — Ou, mais corretamente, um espantalho. Roupas que você usou bastante, além de variar seus horários para que eles nunca saibam quando é você e quando é apenas sua essência, deixada para trás como lembrete.

— Mas unicórnios não usam cheiro nem noção de tempo pra sentir minha presença — respondi. — Fazem como eu faço, por magia.

Isabeau inclinou a cabeça para mim.

— É mesmo? Sempre achei que as caçadoras interagissem com os unicórnios usando todos os sentidos. Uma caçadora consegue ver e sentir cheiros de coisas que não conseguimos.

— Sim, mas essas são as...

Fiz uma pausa, buscando as palavras certas. As que me fariam parecer pelo menos *ligeiramente* sã. Havia uma distinção clara entre acreditar na magia, como Isabeau acreditava, e ouvir calmamente uma caçadora descrever como ela não realmente *olha* mais para os unicórnios em que dispara, apenas determina a localização deles no imenso radar mágico em sua mente.

— Esses são os poderes inatos com os quais todas as caçadoras nascem, independentemente de treinamento. Se trabalharmos neles, temos muito mais. É quase como se fizessem parte de nosso corpo. Sei onde os unicórnios estão e como se movem, assim como sei onde minha própria mão está.

— Humm. Então, atualmente, você nem se dá ao trabalho de usar os outros sentidos? Os "inatos"?

Suponho que não. No Claustro, o zumbido dos troféus e o sempre presente odor de unicórnios haviam se tornado muito comuns; onipresentes demais para, digamos, descobrir o paradeiro de Bonegrinder sem invadir os pensamentos dela.

— Meus sentidos de unicórnio são mais gerais. Eles estão aqui ou não? E não são tão perceptivos para o propósito da caçada quanto a magia que comecei a usar quando me sintonizei.

— Há máquinas — disse Isabeau — que podem captar uma mudança de temperatura em frações de graus. — Ela tomou um gole da xícara e fez uma careta. — Mas não preciso que me digam que meu café ficou frio.

Enquanto ela sinalizava para o garçom, fiquei maravilhada por Isabeau ser a primeira pessoa com quem eu falava em meses que não ficava nem um pouco impressionada com minhas descrições de magia.

— Os unicórnios na área cercada — falei. — Eles estão... saudáveis?

Isabeau assentiu com expressão séria.

— Mas você reparou nas alergias?

Alergias?

— Sim, e eles parecem... famintos.

— Os alimentamos bastante — respondeu ela. — Mas eles são predadores naturais. Não é a mesma coisa. Fazemos o melhor que podemos por eles, mas é impossível recriar as condições que vivenciariam na natureza. — Ela deu de ombros. — Conhece a lenda de que um unicórnio não pode ser capturado?

— É claro. — Bonegrinder era uma contradição a isso.

— O verdadeiro truque, Astrid, é manter um vivo em cativeiro.

Em seguida, visitamos a universidade, onde Isabeau me mostrou o prédio de botânica que fora batizado em homenagem à mãe dela e me apresentou ao chefe do departamento de química, um homem do Oriente Médio que estava tão claramente encantado por Isabeau que, por um momento, pensei que ofereceria dar-me aulas ele mesmo.

Mais tarde, quando estávamos voltando para o *château*, senti minha cabeça girar. Tudo estava acontecendo rápido demais. Vinte e quatro horas antes, eu era uma freira de fato e egressa da escola morando em uma igreja em ruínas feita de ossos de unicórnio. Agora, eu tinha sacolas e mais sacolas de roupas francesas da moda, estava matriculada em um seminário de química de recuperação, porém de nível universitário, e estava relaxando no banco de couro de uma BMW a caminho de minha linda suíte em um belo *château* na área rural da França.

Olhei pela janela para a tal área rural e ampliei meus sentidos o máximo que consegui, procurando qualquer sinal de unicórnios. Um toque dos monstros agora me ajudaria a me concentrar. Mas não senti nada ao passarmos a toda velocidade.

Uma das coisas que mais me frustrava (e também a Phil) no Claustro era como os Bartoli estavam dispostos a seguir a forma antiga ao pé da letra, apesar de nosso conhecimento limitado do que exatamente era essa forma antiga. Cory realmente acreditava na ideia das castas familiares: que diferentes famílias de caçadoras de unicórnios eram inerentemente mais equipadas para lidar com certas tarefas relacionadas à caça. Como uma Llewelyn, eu devia ser uma das melhores caçadoras, a despeito dos fatos contrários. E, sim, talvez soubéssemos o que era um Acteon ou quem era cada *don* do Claustro na época do fundamento da Ordem, mas tínhamos muita dificuldade em entender até mesmo o básico do comportamento de unicórnios, ou mesmo uma pequena parte de nosso treinamento. Por ser um mistério passado de caçadora a caçadora, era o tipo de coisa jamais documentada. Nunca saberíamos que as paredes incrustadas de unicórnios de nosso convento foram construídas para ajudar a nos sintonizar, que havia magia em nossas armas antigas que superava qualquer um dos avanços e conveniências oferecidos por arcos e flechas modernos.

Sequer conhecíamos os efeitos purificantes da camomila. Quantas noites fui dormir com dores de cabeça graças ao zumbido da parede de troféus que nenhuma quantidade de analgésicos parecia aliviar? Eu queria saber que outros conhecimentos sobre caçadoras Isabeau e a mãe possuíam. Quanto mais registros conseguíssemos encontrar sobre as caçadoras, mais poderíamos entender o estilo de vida que estávamos tentando reconstruir e, mais, do que realmente se tratava a magia.

A caçadora anterior da Gordian, a que ajudou a capturar os einhorns, não havia sido treinada no Claustro. Suas habilidades deviam ser só as que surgiam naturalmente para nós, a não ser que tenha encontrado uma forma de aprender sozinha.

Ou a não ser que ela tivesse algum tipo de registro antigo que a ensinou. Talvez tenha até ensinado alguma coisa que não sabíamos!

— A caçadora anterior — comecei. — Ela precisou matar algum dos unicórnios? — Antes de sintonizar nossa magia, caçar era uma atividade bem mais difícil e perigosa.

— Tivemos muita sorte — disse Isabeau. — Ela não se interessava em caçar, e foi por isso que acabou escolhendo se livrar dos poderes. Sua ocupação principal enquanto estava aqui era atrair os unicórnios para então colocar as coleiras de choque elétrico.

— Mas isso é tão perigoso! — falei. — E se eles a tivessem atacado?

Isabeau deu de ombros e manteve os olhos na estrada à frente.

— É a forma como tem sido feito neste país há séculos. — Ela me lançou um olhar rápido. — Você certamente viu as tapeçarias.

Eu balancei a cabeça.

— Nem mesmo uma foto? — Ela estalou a língua. — Talvez tenhamos que ir a Paris, afinal. O Musée Cluny tem algumas. Mas são as tapeçarias de Nova York as mais instrutivas. Elas contam uma história da caça ao unicórnio. Dizem que a virgem fica em um bosque e espera que o einhorn venha. Ele é atraído por ela, da forma como todos os unicórnios são, e, ao chegar, coloca a cabeça no seu colo. E então a virgem lhe coloca uma coleira no pescoço e o leva para o cativeiro. Com ela, o unicórnio é gentil e calmo.

— Os einhorns não pareciam calmos ontem.

— E por que você acha? — Isabeau sorriu para mim quando entramos no caminho que levava ao *château*. — Disse que estava ouvindo os pensamentos deles.

— O máximo que consegui — respondi. — Não estou acostumada com... esse tipo de unicórnio, e eram tantos ao mesmo tempo. Eles me pegaram de surpresa. Os pensamentos eram... estranhos para mim.

— Ficou com medo?

Baixei a cabeça.

— Um pouco.

Ela estacionou na frente do *château* e saiu do carro. Gog e Magog vieram correndo na direção dela do outro lado da casa. Fiquei surpresa em ver que Isabeau os deixava andarem por aí soltos com os unicórnios tão perto. Uma mordida em um cão de montanha dos Pirineus não era tão apetitosa quanto um bife? Eu a vi cumprimentar cada cachorro com um carinho no pelo do pescoço e uma coçadinha embaixo do queixo. Por um momento, esperei que Bonegrinder fizesse o mesmo, viesse correndo até mim, solicitando um carinho. Mas a zhi estava no Claustro, evitando Phil e tentando fazer com que as outras caçadoras passassem mais tempo com ela. Eu esperava que Rosamund penteasse o pelo dela. Esperava que Ilesha a deixasse dormir em sua cama.

— E então, Astrid — disse Isabeau, me entregando várias sacolas de compras —, por que você acha que os eventos na área cercada dos einhorns ontem se desenrolaram daquele jeito?

— Porque quando há unicórnios por perto nunca erro?

Ela riu.

— Não estou falando de suas habilidades consideráveis com a faca. Estou falando do comportamento dos animais.

Ah. Ela não estava me perguntando como caçadora. Estava me perguntando como cientista. Estava me pedindo para analisar minhas observações e compará-las aos fatos anteriores. De acordo com todas as evidências dela sobre einhorns, que eram bem mais que as minhas, a presença de uma caçadora acalmava os animais. Eu me perguntei se os einhorns eram como zhis nesse aspecto. Afinal, eu conseguia manter Bonegrinder sob controle.

E eu podia facilmente comparar a conduta de Bonegrinder com a atitude do zhi que Cory e eu caçamos no dia em que ela foi ferida. Aqueles unicórnios estavam apavorados, mas também sabiam que pretendíamos matá-los. Bonegrinder não tinha esses medos.

— Nós os irritamos, Brandt e eu — respondi. — Brandt porque não é caçador e os estava provocando, e eu porque... — pesei as palavras — porque eles nunca haviam visto uma caçadora que era realmente *caçadora*. — Eles se sentiram atraídos por mim como se sentiam por todas as mulheres com meu legado, mas quando sentiram meus pensamentos, se é que sentiram, viram que eu estava pronta para matá-los, que eu fora instruída para isso. Que eu havia matado muitas criaturas como eles antes e não achava isso nada de mais.

— Precisamente — disse Isabeau. — Se você estivesse sentada em silêncio, se não estivesse pensando em cortar suas gargantas, eles ficariam tão tranquilos quanto um de meus cachorros. Os einhorns são assim. Esse é um dos motivos de os termos escolhido para serem nossos prisioneiros. — Ela tirou o restante das sacolas do porta-malas e bateu a porta.

— Mas *estou* preparada pra matá-los — argumentei. — Pra manter as pessoas daqui em segurança. Não sei se consigo desligar isso. — Eu a segui até a porta da frente.

— Vai precisar tentar — disse Isabeau. — É importante você parar de pensar como predadora e começar a pensar como segurança de prisão.

11

Quando Astrid segue um novo caminho

Para uma segurança de prisão, logo descobri que meus deveres eram extraordinariamente leves. Todos os dias, ao alvorecer, eu fazia a ronda pela área cercada, verificava se as cercas e os controles eletrônicos estavam intactos, fazia uma contagem rápida dos unicórnios. Depois do infeliz incidente no primeiro dia, sobraram 18, e tentei encontrar todos antes de ir tomar café da manhã.

Embora na Itália minhas experiências indicassem que a maior parte dos unicórnios era ativa no alvorecer e no crepúsculo, os einhorns, ou pelo menos aqueles que estavam presos na Gordian, contrariavam essa evidência. Eu ocasionalmente encontrava alguns rondando as extremidades da área cercada, mas a maior parte ficava escondida no meio do bosque, e, quando eu me aventurava lá dentro para dar uma olhada, os pensamentos que captava tendiam a um estado onírico.

Depois da ronda matinal, eu tinha algumas aulas particulares. Isabeau havia contratado uma recém-formada de Connecticut para cobrir literatura inglesa e história com Brandt, e me disse para ficar à vontade para tirar proveito também da professora de francês, embora ele estivesse em um nível mais avançado que eu. Para minha surpresa, descobri que por causa da diferença em nossos currículos, Brandt e eu raramente teríamos aula ao mesmo tempo. Isabeau colocou isso como algo positivo, dizendo que eu aprenderia bem mais rápido em um ambiente exclusivo com uma pessoa do mesmo sexo.

— Estudos comprovam que a educação exclusivamente feminina ajuda a dar confiança e promove o aprendizado em mulheres jovens.

Cruzei os braços e senti os músculos contraídos debaixo do novo suéter. Considerando que eu conseguia correr mais rápido, atacar mais rápido e ultrapassar qualquer unicórnio, além de ter uma média de notas bem maior que as de Brandt, duvidava que meu ex-namorado oferecesse alguma ameaça a minha confiança.

Por outro lado, houve uma época em que quase dormi com ele para melhorar meu status social. Eu quase não me lembrava daquela garota.

— Vai ver Brandt com frequência, tenho certeza — argumentou Isabeau. — O horário escolar é para você aprender.

Eu gostava de minha professora, Lauren. Tinha cabelo muito encaracolado, falava alemão *e* francês, e estava tirando um ano para ganhar dinheiro antes da pós-graduação. Também estava fascinada por conhecer uma caçadora de unicórnios.

— Li sobre vocês no noticiário, é claro, mas... acho que estava esperando alguma coisa mais...

— Inocente? — perguntei. Eu ouvia muito isso. As pessoas esperavam que eu andasse por aí de vestido branco e véu. Afinal, nossa posição como caçadoras declarava nosso status sexual mais óbvia e dramaticamente que um anel de pureza.

— Eu ia dizer "super-heroína de quadrinhos".

— Lamento desapontar — falei. — A Igreja não aprovou nossos macacões de vinil e as capas.

— É verdade que vocês costumam usar hábitos?

— Recentemente. — Dei de ombros. — É mais pela imagem. Durante todo o verão, usei short cargo e camiseta.

— Selvagem. — Lauren balançou a cabeça. — Certo, vamos trabalhar. Pensei que, por estarmos na França, poderíamos começar pela era napoleônica...

Antes de minha chegada, a equipe da Gordian tinha o hábito de alimentar os unicórnios ao meio-dia, então, quando minhas aulas matinais terminaram, segui para a área cercada para ver os procedimentos. Basicamente, alguns funcionários levavam de carrinho enormes sacos de carne e jogavam por cima da divisa, depois corriam para trás da cerca. Fiquei dentro da área cercada, do outro lado da barreira eletrônica, e esperei que os unicórnios se aproximassem.

— Normalmente, a essa altura, eles já teriam vindo — disse um dos funcionários. — Acho que ainda estão com medo de você.

Mas eu conseguia senti-los desejando os sacos de carne, a vontade irradiando do esconderijo atrás das árvores. Observei com atenção, mas nenhum unicórnio surgiu da proteção do bosque naquele primeiro dia até eu ter saído da área cercada e voltado para o *château*.

Durante a tarde, fazia deveres de casa — um conceito estranho, considerando que meus estudos aconteciam na mesma biblioteca onde tive minhas aulas matinais. Jamais conheci crianças que estudavam em casa nos Estados Unidos, mas me perguntava se elas chamavam de dever de casa.

Se eu via Brandt, era um vislumbre rápido, ele jogando videogame no quarto ou indo lanchar na cozinha ou correndo porta afora para pegar a moto, com o capacete pendurado nos dedos. Ele acenava ou sorria para mim, mas nunca recebi nenhum convite para acompanhá-lo, e meu capacete listrado de kirin ficava sem uso em um armário perto da porta lateral. Brandt continuava a passar algumas noites em hotéis em Limoges. Ou era porque tinha uma aula que terminava muito tarde na universidade ou... outra coisa. Mas cada vez que eu perguntava a Isabeau, as respostas eram vagas.

— Garotos são assim.

Eu me perguntava às vezes se ele ficava constrangido por ter tentado me beijar, ou se Isabeau o tinha mandado ficar longe. Não que tivesse importância.

A ronda noturna era a minha favorita. Embora apreciasse os longos dias passados fora do alcance dos unicórnios, com uma xícara de chá de camomila emanando o aroma purificador pelos aposentos do *château*, ainda havia alguma coisa a ser dita a favor da magia. Quando o sol se punha, eu passava pela estufa, entrava na área cercada dos einhorns e alongava meus sentidos na direção dos unicórnios. Um a um, os sentia alertados de minha presença, e as preocupações do dia desapareciam. Fatos históricos, cálculos científicos, novas palavras em francês, até mesmo o velho e familiar inglês, tudo sumia ante o foco intenso da magia.

Eu percorria caminhos do bosque — com os braços livres de armas, embora mantivesse a faca de alicórnio em uma bolsa ao lado do corpo — e fazia a contagem dos unicórnios. Não demorei a diferenciar os padrões de pensamento deles, e, até mesmo, a esperá-los, quer ou não os einhorns desejassem mostrar os rostos.

Sempre escondidos por perto estavam três machos, jovens, constantemente famintos, divididos entre a curiosidade e o medo. O einhorn que matei era parte do bando solteiro. Os três que restaram acompanhavam minhas caminhadas e, dia a dia, ousavam chegar mais perto.

Eles eram diferentes dos outros unicórnios que eu conhecia. Silenciosos e graciosos como um kirin, flutuavam pela floresta vagando por caminhos de luz poente como fantasmas, pálidos e etéreos. Era só piscar para perdê-los de vista, mesmo *sendo* caçadora.

O pelo deles era curto e deixava à mostra os joelhos ossudos e as costelas por baixo da pele. A maioria tinha crinas esparsas na cabeça e no pescoço, começando no ponto em que o chifre surgia no crânio. A crina ficava achatada na base do pescoço, onde as coleiras eletrônicas roçavam a pele. Os olhos separados eram escuros e insondáveis, sem íris nem pupilas que eu pudesse perceber.

O primeiro a se aproximar foi o mais alto, com pernas poucos centímetros mais longas que os demais, centímetros extras com os quais até mesmo ele não sabia o que fazer. Uma vez, quando fiquei imóvel por alguns momentos, chegou perto o bastante para cheirar minha bolsa. Assim que respirei, ele recuou, mas na noite seguinte levei um pacote de salsichas e esperei para ver se ele faria de novo.

As salsichas provocaram resultados rápidos. Não só Comprido voltou, como trouxe junto os dois amigos. Um parecia estar sofrendo do mesmo problema de pele do einhorn que matei, pois seu pelo tinha manchas nuas e vermelhas. Eu as examinei de perto, pois nunca tinha visto a pelagem super-regenerativa de um unicórnio ser qualquer outra coisa além de impecável.

Pelo menos até eu a encher de flechas.

Essas deviam ser as alergias que Isabeau mencionou. Seria possível que a capacidade regenerativa deles enfraquecesse em cativeiro? Se sim, eles seriam úteis como fontes para o Remédio?

Pintado estava acompanhado do terceiro unicórnio, um arisco macho jovem para quem até a promessa de carne fresca não pareceu suficiente para que se aproximasse de mim. Joguei uma salsicha na vegetação, e ele pulou atrás, quicando nos arbustos com tanto entusiasmo e alegria que me lembrou uma Bonegrinder grande e elegante, e dei uma gargalhada.

Os einhorns se espalharam, e, embora eu tenha ficado imóvel no chão da floresta por mais meia hora, nenhum se aproximou de mim. Eu me perguntei quanto tempo demorou para a caçadora anterior capturar todos eles, ou se eles eram particularmente cautelosos perto de mim porque me apresentei matando um do bando.

Ou talvez soubessem que eu conseguia ler as mentes deles e estavam apavorados.

No dia seguinte, em vez de Comprido, Pintado e Saltitante, um novo einhorn começou a me seguir pelos caminhos da área cercada. Este, pelo tipo de pensamento, era fêmea e estava morrendo de fome. Nada a tiraria do esconderijo além do aroma da carne que eu carregava. Deixei um pouco de salsicha para trás e continuei a andar, lançando olhares rápidos e aprimorados pela magia para ver se algum einhorn vinha em seguida.

Ela veio. Era jovem também, mal tinha chegado à idade adulta, e trotou atrás de mim com pernas que pareciam finas demais para o corpo inchado. Eu me perguntei se ela também estava doente; certos tipos de subnutrição provocavam inchaço, principalmente se ela estivesse comendo o tanto de comida que conseguisse encontrar antes de outro unicórnio tirar dela. Também podia ter engolido alguma coisa que não devia, como um saco plástico, talvez. Ou podia até ser um tumor. Era impossível tantos outros unicórnios no local parecerem passar fome e ela estar tão gorda.

Alguns pedaços de salsicha depois, Gorducha estava praticamente no meu colo. Na limite de minha consciência, eu conseguia sentir os três machos ali perto, mantendo distância, mas atraídos pela comida. Também era capaz de sentir os outros unicórnios esperando, curiosos e cautelosos. No limite das consciências deles, senti arrependimento e raiva. Embora os pensamentos dos einhorns não fossem firmes nem se constituíssem da mesma forma humana como os de um karkadann, eu conseguia captar imagens das mentes deles. Lembranças e medos que se passavam, na minha consciência, em forma de pensamentos completamente formados.

Não só eles lembravam o que fiz com o outro einhorn, mas também lembravam o que a outra caçadora havia feito com eles. Ela os tinha atraído, colocado coleiras em seus pescoços e os capturado. Agora, estavam presos, e, quando a vida selvagem neste bosque acabou, todos os coelhos, as aves e raposas, eles passaram a depender completamente da benesse de seus captores.

Coloquei uma salsicha na mão aberta e estiquei-a para Gorducha. Ela chegou mais perto, e seu focinho tremeu ao captar o aroma mais intenso. Seus pensamentos se desviaram para o padrão agradecido estilo Bonegrinder. Mordi o lábio, sem ter percebido até agora o quanto sentia falta da pequena zhi. Senti os lábios dela na minha pele, o toque dos dentes ao farejar o alimento, e coloquei a outra mão de leve na sua cabeça, logo atrás do chifre em espiral.

Gorducha ficou paralisada quando passei os dedos pela crina e cocei as cicatrizes vermelhas e vivas que marcavam os pontos em que a coleira eletrônica machucava a pele. Em certos lugares, o pelo regenerativo até cresceu por cima da coleira, como eu já tinha visto a carne de Bonegrinder cicatrizar por cima de uma bala. Ficamos assim por alguns momentos, Gorducha com o pescoço esticado no meu colo enquanto eu coçava sua cabeça, até uma coisa assustá-la e ela sair correndo.

Não se parecia nem um pouco com Bonegrinder. Eu precisava manter isso em mente.

O comportamento deles me fascinava. Não eram como zhis domesticados, mas sua atração por caçadoras parecia ainda mais forte. Assim que entrei na área cercada, senti a atenção deles se desviar para mim, mesmo sentindo medo, mesmo cautelosos. Sabiam onde eu estava, e seus pensamentos tinham certa fascinação por cada movimento meu. Eles também não eram sorrateiros como os kirins; seus pensamentos permaneciam abertos e fáceis, com uma certa maleabilidade na mente, quase como se me convidassem a espiar lá dentro ou compartilhar meus sentimentos.

Era estranha essa magia. Eu estava acostumada ao estado alterado em que entrava quando caçava e ao zumbido baixo e inerte da sensação de alerta que sentia no Claustro, mas aquilo era muito estranho. Cada vez que eu entrava na área cercada, a magia tomava conta de mim com força total, mas não havia escape para minha energia. Eu não precisava correr atrás desses unicórnios; não precisava caçá-los. Meu corpo não sabia o que fazer consigo mesmo; eu ficava alerta durante horas depois de cada encontro.

Na manhã seguinte, Comprido estava lá me esperando na área limítrofe, com os amigos mais atrás na vegetação, todos me observando com olhos arregalados. Seus pensamentos mostravam que ele se ressentia por ter aberto mão da comida para a fêmea no dia anterior, e ele planejava ser o primeiro unicórnio a me encontrar nas minhas rondas.

— Oi — cumprimentei o einhorn, e isso não o deteve.

Virei de costas para o animal e entrei na floresta. Ele me seguiu e, quando não o recompensei imediatamente com uma salsicha, começou a cutucar minha bolsa com o focinho.

— Cuidado — falei, e, quando me virei de novo, ele recuou. Pintado e Saltitante estavam poucos metros atrás, na trilha. Gorducha estava escondida na vegetação mais distante, e havia um novo unicórnio farejando a área onde o grupo estava. Outro macho, não tão seguro quanto os três que passei a conhecer. Dividi minhas salsichas em cinco partes, joguei uma parte para Gorducha e estiquei a de Comprido para ele. Ele fez uma pausa de uma fração de segundo que pareceu bem mais longa em minha percepção de caçadora de unicórnios, depois a pegou de minha mão, recuando de novo antes de mastigar.

Pintado e Saltitante ainda estavam perto demais para que eu jogasse partes separadas para eles. Eu sabia que brigariam, o que não parecia condizente com minha diretriz principal de "manter os unicórnios em paz". Estalei a língua para eles e estiquei a mão com a salsicha, mas os einhorns mantiveram a posição mesmo quando Comprido se aproximou para pegar mais.

E, então, o novo unicórnio saiu de trás dos arbustos, o quinto. Sua boca estava aberta, sua língua estava pendurada para fora, entre os dentes. Comprido ergueu o olhar e rosnou contra a aproximação dele, e o outro rosnou em resposta, depois lambeu os beiços. Sua língua pendeu de novo, como se inchada demais para voltar para a boca.

Será que todos os unicórnios do local estavam sofrendo de alguma doença diferente?

Joguei uma salsicha para Linguarudo, depois andei até Pintado e Saltitante, com as mãos esticadas e cheias com as respectivas porções. Ambos recuaram quando me aproximei, e Comprido estava grudado atrás de mim.

— Vamos — chamei. — Está tudo bem, é pra vocês.

Os unicórnios se amontoaram ao meu redor, empurrando um ao outro para chegarem mais perto da comida que eu estava oferecendo. Focinhos aveludados empurravam minhas mãos, meus braços, meu pescoço, e me abaixei para fugir dos chifres.

— Cuidado, seus monstrinhos cruéis — pedi, rindo, lembrada mais do que nunca de nossa zhi. Eles chegaram mais perto e enfiaram o nariz na minha bolsa à procura de mais comida. A essa altura, Pintado e Gorducha estavam fazendo cabo de guerra com a embalagem de papel encerado das salsichas, enquanto Saltitante e Linguarudo esperavam para ver o que sobraria. Comprido ficou tomando conta de nós todos, a cara acima de meu ombro, a cabeça inclinada para trás e o chifre bem afastado, como se em resposta ao meu aviso.

Olhei para ele.

— Consegue me entender, rapaz?

Comprido olhou bem para a frente, sem piscar.

Acho que não.

Os outros só pareciam entender a língua da comida. Eu queria saber mais sobre as diferenças das espécies. Os kirins e re'ems com quem lutei nunca pareciam querer mais que me perfurar, mas Bonegrinder, uma zhi, era subserviente a mim e era famosa por só obedecer as ordens de uma caçadora ocasionalmente. Jamais considerei a ideia de que ela pudesse ler minha mente, nem os outros unicórnios. Mas, ainda assim, o karkadann considerou nossa ligação telepática tão parte de nossos poderes quanto nossa velocidade e mira.

E, se o karkadann não achava nada de mais ler minha mente, isso significava que os outros unicórnios também podiam fazê-lo? Será que estavam sempre lendo minha mente, como eu às deles, e compreendendo-a seja lá de que maneira eram capazes? Será que o motivo de Bonegrinder ter parado de amar Phil foi resultado da magia perdida, mas não da forma como pensamos? Será que foi apenas porque, pela primeira vez, Bonegrinder não conseguiu sentir telepaticamente o quanto Phil a adorava?

Será que, como Isabeau havia dito, nossa dependência da magia estava nos cegando para o que nossos sentidos naturais conseguiriam comunicar facilmente?

Com o fim das salsichas, os unicórnios começaram a me cutucar querendo mais. O odor de fogo e inundação encheu o ar ao meu redor, emanando dos unicórnios em ondas. Por baixo disso, eu conseguia sentir aromas de umidade e de animais, os pelos malcheirosos, suas fezes e ferimentos infeccionados. Seus pensamentos se dirigiam para mim: fome, dor, desespero e medo que ardiam quase tanto quanto a magia que nos unia. Minhas mãos estavam nos pelos deles, minha bochecha na crina, meu cabelo louro emaranhado com os fios brancos deles enquanto suas caudas balançavam ritmicamente na luz pálida. Eu conseguia ouvir seus barulhos, arfadas e grunhidos baixos que pareciam fruto do cruzamento de uma vaca com um gato e o zumbido dos ossos na Parede dos Primeiros Abates no Claustro.

Prendi a respiração e me entreguei à proximidade, faminta de repente pela sensação deles, pelo aroma, pelo estranho conforto que a proximidade me trazia. Eu queria isso.

Eu não sabia.

Devia ser isso que Alexandre sentia na companhia do karkadann. Aqui, sozinha, em comunhão com os unicórnios, a magia entre nós fluindo como as marés de um oceano, conseguia entender por que ele amara Bucéfalo, por que Bucéfalo ficou tanto tempo com ele. Essa força, esse poder, esses pensamentos que piscavam pelo meu cérebro na velocidade do encantamento... eu era capaz de qualquer coisa! Poderia dominar o mundo se quisesse, poderia guiar exércitos em batalha, poderia mudar o curso da história.

Ao longe, houve um som, um carro com escapamento estourando ou um estalo de trovão, e os unicórnios se espalharam. Em segundos, eu estava sozinha no bosque enquanto a magia se dissolvia no sol poente. Minhas mãos caíram ao longo do corpo, e o restante do mundo entrou em foco. Sim, devia ter sido um trovão. Agora, sem a atração dos unicórnios, eu conseguia sentir a queda na pressão atmosférica, o aroma de chuva na brisa e o céu que escurecia.

Saí do bosque, sentindo-me exausta pelo encontro, mas estranhamente viva. Afundada até o pescoço na magia combinada dessas belas criaturas, achei fácil esquecer a realidade por alguns momentos... mas precisava me lembrar de que um mundo ainda melhor esperava mais à frente. Desde que fui para a França, eu dormia melhor, estudava melhor, me *vestia* melhor. Tinha meu quarto, decidia *quase* todos os meus horários e, desde que nenhum humano fosse ferido por um einhorn fugitivo, eu não respondia a ninguém. Trabalhar para a Gordian era uma forma de direcionar minha caça para um caminho em que o futuro era desprovido de caçadas. Era como Giovanni havia dito: não tinha problema eu ser caçadora de unicórnios, mas precisava pensar em quem eu era quando era somente Astrid.

No Claustro, era apenas mais um membro da Ordem, independentemente de qualquer barulho que minha mãe fizesse sobre minha suposta "glória". Eu era apenas outra caçadora que seguia as regras da Igreja e as missões do *don*. Outra caçadora que esperava no convento, sobrevivendo a dias de tédio interminável pontuado por momentos do mais abjeto terror durante a caçada.

Mas aqui eu podia me concentrar na minha própria vida, uma vida sem magia. Podia tomar chá de camomila e fazer meus deveres e passar a maior parte do tempo sem ser lembrada de que logo além dos muros, imediatamente atrás da estufa, havia um bando de monstros de tirar o fôlego, magnéticos, que só eu tinha a habilidade de domar.

Com os quais só eu tinha a habilidade de falar.

Antes que percebesse, um mês se passou no *château*. O tempo ficou mais fresco, e os painéis de vidro arredondados da estufa ficavam embaçados com a condensação de manhã e à noite. Brandt trocou as camisetas por suéteres, jaquetas de marinheiro e cachecóis mauricinhos em um tom de azul que realçava a cor de seus olhos. As folhas no bosque ficaram douradas e começaram a se acumular no chão da floresta. Eu caminhava por elas nas minhas rondas, com um grupo de unicórnios logo atrás, em um número maior a cada dia conforme aprendiam lentamente que eu não pretendia feri-los. Ou talvez eles simplesmente fizessem qualquer coisa para aumentar a dose de comida. Sem dúvida apreciavam o acréscimo de salsichas na dieta e pareciam menos maltratados a cada dia.

Phil me mandava relatórios regulares de progresso, ou da falta dele, no Claustro. Ela estava dando pequenos passos para proteger os unicórnios. Neil não conseguiu encontrar nenhuma nova caçadora. As garotas mataram três kirins e dois zhis, e um novo relato tinha acabado de chegar avisando de um bando de einhorns na Polônia. Estavam enviando uma equipe na semana seguinte. Eu teria alguma dica sobre einhorns?

Os relatos de Cory eram parecidos. Mandaram Valerija para cuidar dela, pois a fugitiva podia ir para onde quisesse. Além disso, Valerija provavelmente seria a maior beneficiada com as aulas de inglês enquanto morasse no Reino Unido. As coisas estavam relativamente tranquilas para ela. Valerija sentira a presença de unicórnios na propriedade de campo dos Bartoli, mas eles mantiveram distância. Matara alguns em uma missão ali perto, e as pessoas pareceram felizes por terem caçadoras de unicórnios presentes, o que deixou Neil otimista quanto a seus futuros planos terem boa recepção.

Cory relatou que, durante tudo isso, ela não sentiu nada da presença dos unicórnios. E todos os exames médicos foram inconclusivos. Um disse que podia ser esclerose múltipla, outro sugeriu a hipótese de lúpus, e um terceiro sugeriu síndrome de fadiga crônica. Como o sintoma mais notável era a incapacidade de acessar a magia de unicórnios, não havia muita informação sobre o assunto.

Cinco semanas depois que cheguei à França, estava saindo para minhas rondas matinais na área de einhorns quando vi Isabeau no saguão, cercada pelos funcionários. Um dos cientistas da Gordian estava com ela, usando um jaleco branco e mostrando anotações em uma prancheta.

— Astrid — disse Isabeau, fazendo sinal para eu me aproximar. — Que bom que encontrei você.

O cientista entregou a ela uma seringa grande.

— Era voluntária no hospital da sua cidade, não?

— Era.

— Está familiarizada com a aplicação de injeções?

— Mais ou menos. — Nós não tínhamos permissão de fazer isso no hospital, mas observei muitas vezes. Em uma emergência, eu provavelmente conseguiria lidar com a situação.

— Na sua ronda de hoje — prosseguiu Isabeau —, leve isso e injete em um dos unicórnios. Gostaríamos que fosse um... — Ela olhou para o cientista como se querendo esclarecimento.

— *Un jeune masculin* — disse ele.

— Um jovem macho, se possível. Obrigada, *chère*. — Ela me entregou a seringa e se voltou para as anotações.

O cientista falou com Isabeau de novo em francês apressado.

— Ah, *oui*, sim. Astrid, tome cuidado de não injetar no animal até ter chegado bem perto do limite. Não gostaria que você fosse forçada a arrastá-lo como um peso morto, e obviamente não podemos levar nossos carrinhos para a área fechada.

Olhei para a agulha.

— É um sedativo?

Isabeau oscilou rapidamente a cabeça.

— Não, é um anestésico. Um eutanásico. Como posso dizer? Para sacrificar o unicórnio.

12

Quando Astrid mata

Isabeau me encontrou na estufa ainda recuperando o fôlego, o rosto afundado em um pé de camomila, embora eu duvidasse que qualquer coisa fosse apagar as imagens dos unicórnios lutando pelas salsichas enquanto eu ria no bosque.

— Astrid! Qual é o problema? — Ela veio andando pelo corredor, os passos largos e seguros apesar da estatura baixa e da grande altura dos saltos. Gog e Magog a seguiam com orelhas erguidas, os olhos escuros e penetrantes como os de um einhorn. — Por que fugiu de mim?

— Eu… eu fiquei surpresa, só isso.

— Com o quê?

— Não me dei conta de que você estava pedindo que eu matasse um deles.

Ela parou, e sua expressão era de confusão.

— *Je ne comprends pas.* Você precisa matar unicórnios regularmente. Matou um na sua primeira hora aqui. Por que esse pedido a faria fugir?

— Eu… — Isabeau tinha razão. — Fiquei surpresa. Não percebi… que isso seria parte de meus deveres.

A confusão dela deu lugar à perplexidade divertida.

— Mas você é uma caçadora de unicórnios. É a única capaz de matá-los.

— Sim, mas… — Não fazia sentido explicar. Sim, eu matava unicórnios. O tempo todo, geralmente sem nem pensar. Eu, que conseguia ver dentro de seus corações, que conseguia sentir o gosto de seu pavor quando minhas flechas lhes perfuravam o peito… eu havia matado dezenas.

Mas, talvez, minha parte favorita desse trabalho fosse que, até agora, não precisei matar nada.

— Por que você precisa dele? — perguntei.

— Para nossos experimentos. Usamos partes do unicórnio em nossas tentativas de recriar o Remédio. É por esse motivo que mantemos os animais aqui.

— Sim — assenti, com tristeza. Sabia disso também. Eles não eram cativos apenas para minha diversão. Eram cobaias. Eu precisava sair desse estado de choque.

— Essa forma, com o anestésico, é rápida. Humana. E indolor. Bem melhor que uma de nossas armas. — Isabeau me entregou a seringa que deixei cair no corredor. — É parte de seu trabalho, assim como seria matar um que fugisse.

Engoli em seco. Meu trabalho era ser caçadora, não executora. Jamais matara um unicórnio que não estivesse ativamente atacando ou prestes a investir em alguma coisa. Mas eu não podia discutir com Isabeau. Não podia ficar de frescura com uma eutanásia gentil quando parecia não ter problemas com a morte prolongada e dolorosa de uma flecha mal disparada.

Mas havia bastante tempo que eu não atingia um unicórnio em alguma parte que não trouxesse morte rápida.

— Preciso de salsichas ou de alguma outra carne. Para atraí-los até mim.

Isabeau apertou os olhos.

— Pensei que eles achassem sua sedução de caçadora atraente o bastante.

— Por favor — gemi, e me odiei por isso. — Posso dar a ele uma última refeição.

O rosto dela se suavizou.

— Sim, *chère*. É justo

Entrei na área cercada armada com minha faca, um pacote de carne, a seringa mortal e o maxilar repleto de dentes trincados. Esse era meu trabalho, meu dever. E por que dar uma morte pacífica e indolor a um unicórnio era pior que perfurar o pescoço de outro a 3 metros de distância?

Talvez tenha sido má ideia dar nomes aos unicórnios que me seguiam pela floresta todos os dias.

Passei pelo portão, depois segui pela terra de ninguém até a barreira eletrônica com o queixo erguido, dizendo a mim mesma para espetar o primeiro jovem unicórnio macho que passasse. Eu não ia brincar de favoritos com cobaias.

Por favor, que Comprido não apareça primeiro. Que Comprido não apareça primeiro.

A floresta estava parada e silenciosa naquela manhã, e os pensamentos dos einhorns tão fugazes e insubstanciais quanto a névoa que cobria o chão na base das árvores. Deviam estar dormindo, sonhando com comida ou liberdade, ou o que vivesse nos corações de monstros prisioneiros. Certo, eu esperaria. Era boa em esperar. Quantas noites sem dormir passei em uma plataforma apertada e alta em uma árvore? Pelo menos aqui eu podia ficar no chão.

Eu me sentei alguns metros bosque adentro, as costas apoiadas no tronco de uma árvore, e tirei a carne da bolsa. A combinação de caçadora e comida fresca deveria ser irresistível para qualquer unicórnio que estivesse próximo.

Não demorou. Em minutos, um se aproximou. Eu conseguia sentir-lhe os pensamentos. Motivado por uma fome que parecia consumir a criatura de dentro para fora, o unicórnio andou em minha direção. Fiquei tensa. Não era nenhum dos einhorns que eu conhecia. Era cauteloso, zangado, e não confiava em mim. A fúria ardia em sua barriga no lugar de comida, e, pela primeira vez desde minha ida à França, um einhorn me fez pensar menos em um zhi e mais em um kirin e sua fúria infinita. Ele me mataria se isso significasse conseguir mais comida.

Enfiei a mão na bolsa para pegar a seringa, e o unicórnio saiu correndo. Dei um salto para ficar de pé, a comida se espalhou, e eu já estava correndo na direção do unicórnio em fuga antes de lembrar que não estava caçando. Eu não precisava ir atrás desse unicórnio especificamente. Outro viria.

Mesmo sendo esse o único que conheci cuja vida eu não me importaria de encerrar.

Sentei-me no chão de volta e apoiei a base das mãos na testa. Não. Eu não ia brincar de favoritos. Qualquer um desses unicórnios serviria, os que eu conhecia, o zangado que quase me atacou, não importava. Suas vidas já estavam perdidas pelo bem das pessoas que a Gordian ajudaria quando conseguisse elaborar o Remédio. Eu havia matado dezenas de unicórnios para salvar a vida de pessoas e gado. Não era diferente matar mais alguns, mesmo se as pessoas que eu salvaria ainda não soubessem.

Lentamente, a presença de unicórnios machos tomou conta de meus sentidos. Ergui o olhar. Pintado e Saltitante estavam a poucas árvores de distância, observando-me.

Certo, rapazes, qual de vocês será?

Mas eles não conseguiam me entender e, se conseguissem, duvido que estivessem esperando aqui, babando por causa da carne que eu pretendia usar para atrair um deles para a morte.

Fiquei de pé e comecei a andar de volta na direção do limite eletrônico, deixando cair pedaços de carne enquanto andava. Meu plano era levar o unicórnio infeliz o mais perto possível do limite da área cercada antes de enfiar a agulha em sua veia. Eu sabia aplicar injeções, mas precisaria distrair o unicórnio por tempo o bastante para realizar o procedimento. Mesmo com minha velocidade aprimorada pela magia, poderia ser difícil manter o animal parado depois que eu enfiasse a agulha na pele grossa. Unicórnios também são muito rápidos.

Olhei para trás. Os dois unicórnios estavam me seguindo, rosnando um para o outro enquanto corriam de um pedaço de carne ao seguinte. Senti outros unicórnios surgindo ao redor, atraídos pelo cheiro de comida. Fiz uma careta. Que ótimo, uma plateia.

Saltitante percebeu que se deixasse Pintado ficar com as salsichas de trás e corresse direto para a seguinte, usando suas longas pernas, ele poderia pular a fila e pegar a maior parte da comida que eu deixava cair. Ele começou a se aproximar de mim.

Quem vence perde.

Saltitante chegou mais e mais perto. Esperei que se aproximasse do limite e, quando ele me alcançou, coloquei a seringa na palma de uma das mãos e estiquei um enorme pedaço de carne na outra.

— Aqui, rapaz — sussurrei, sufocando meu medo e projetando apenas conforto, diante da pouca chance de ele conseguir sentir parte do tormento em minha cabeça. Ele se inclinou para pegar a carne de minha mão, e fechei os dedos ao redor dela, torcendo para ele não simplesmente preferir vencer essa barreira arrancando-a com os dentes, e passei a outra mão por seu pescoço. Ele ficou tenso por um momento, mas permaneceu dedicado à carne.

Quando Saltitante pegou o último pedaço de carne dos meus dedos fechados, deslizei o dedo mindinho na pelagem dele em busca de uma veia no pescoço. Eu precisava fazer isso rápido. Pintado já estava nos alcançando, o focinho ainda afundado nas folhas, procurando qualquer pedaço esquecido de salsicha.

Pronto. A agulha deslizou, e apertei o unicórnio enquanto apertava o êmbolo.

O einhorn deu um salto, e eu o segurei, usando a força de seus pulos para chegar mais perto do limite. O unicórnio ofegou.

Falência respiratória seguida de parada cardíaca.

Eu sabia o que estava acontecendo agora. Saltitante caiu de joelhos, e eu fui junto, segurando-o com as duas mãos.

— Shhh... — sussurrei, enquanto ele se contorcia até ficar parado. Seu pavor desvaneceu como um eco em minha mente.

Respirei fundo e endireitei as costas. Pronto. Feito.

Na extremidade do bosque, uma fileira de unicórnios se reuniu e me observou, os olhos insondáveis tomados de reprovação.

— Precisei fazer isso — falei para eles, e comecei a arrastar o corpo pela divisa. Quando puxei Saltitante por ela, um choque percorreu nós dois, então soltei suas patas e caí no chão. — Ai!

Os outros unicórnios não se moveram, só me observaram com interesse.

Certo, na próxima vez eu precisaria pensar melhor. Luvas de borracha, talvez, ou simplesmente soltar a coleira antes de puxar o cadáver por cima da...

O peito de Saltitante começou a subir e descer.

Não. Era minha imaginação. Ou talvez alguma espécie de espasmo muscular tardio.

Ele ergueu a cabeça, depois se esforçou para ficar de pé.

— Ah, meu Deus — sussurrei, ainda deitada no chão.

Saltitante deu alguns passos cambaleantes, com barulhos horríveis de sufocamento saindo da boca. Os olhos estavam arregalados, revirando-se na cabeça, de forma que eu conseguia ver a base vermelha que prendia os globos oculares.

Mas a mente... ah, a mente! Dentro de sua cabeça não havia nada. Nada de medo, nada de dor, nada de pensamento, só um abismo negro enorme.

— Não! — gritei, cambaleando de horror.

Ele fixou o olhar sangrento em mim e, ofegante, caiu mais uma vez.

Como se fossem um, os unicórnios na extremidade do bosque se viraram do amigo caído para mim.

O que tinha acabado de acontecer? O unicórnio estava morto; eu poderia jurar. Eu o vi morrer; senti nossa ligação se romper. Será que foi o choque elétrico que de alguma forma reanimou seu coração e seus nervos?

No entanto, pela forma como ele olhou para mim...

Respirando com dificuldade, fui até o corpo e coloquei as mãos em seu pescoço, em busca de pulsação. Nada. Meus dedos na frente das narinas não encontraram respiração. E, mais que tudo, o abismo se fechou.

Meus ombros estremeceram, e baixei a cabeça.

A pata de Saltitante foi lançada à frente e me chutou na barriga. Voei para trás e minha cabeça bateu com força na terra. Inspirei com dificuldade e cobri a barriga com as mãos, apertando os olhos de dor.

Só uma reação de reflexo. Mais nada.

E, então, ouvi o pior som de todos, um grito de unicórnio. Perfurou meus ouvidos, agudo e desolado, depois penetrou meu cérebro, onde ecoou em um lugar além de minha memória, até virar um instinto que nenhuma célula no meu corpo podia ignorar. *Faça parar.*

Fiquei de pé, segurei a barriga dolorida com uma das mãos e peguei a faca com a outra.

Cambaleei na direção do corpo de Saltitante, que estava se debatendo e gemendo, tentando se colocar de pé. Ele estava morrendo. De novo.

— Sinto muito — falei, e cortei a garganta do unicórnio. Sangue jorrou do corte e encharcou as folhas aos nossos pés. O unicórnio então fixou novamente o olhar em mim, tão negro e profundo quanto o vazio que desaparecia em nossas mentes.

Saltitante ficou inerte. Ajoelhei-me perto de sua cabeça e afundei o rosto em mãos ensanguentadas.

Algum tempo depois, ouvi um motor, ergui o olhar e vi funcionários da Gordian entrando pelo portão com um pequeno caminhão. Eles olharam pela cerca apavorados, falando uns com os outros em francês.

Eu me levantei e deixei o cabelo deslizar sobre o rosto para que não pudessem ver as manchas de sangue, para não precisar olhar para eles. Meus olhos ardiam como sangue de alicórnio, mas nenhuma lágrima caiu. Os homens entraram pela parte externa da cerca, e os unicórnios sobreviventes correram de volta para o bosque.

Esperei, a cabeça inclinada sobre o cadáver, até atentar que a torrente furiosa de francês que vinha de um dos homens de jaleco branco era direcionada a mim.

— *Salope Américaine!* — Ele segurou meu braço, mas os unicórnios estavam próximos o bastante, de forma que, quando o empurrei, acabei derrubando-o no chão.

Seu maxilar ficou frouxo de choque quando ele levantou o olhar de onde estava, na terra, mas não mudei minha expressão. Só olhei para ele com raiva por baixo do cabelo, como a garota suja de sangue no fim de um filme de terror.

Ele resmungou, se levantou e começou a falar com o assistente.

— *Mademoiselle, pardon.*

Dirigi meu olhar de raiva para o assistente.

— Ele diz que o animal está arruinado. O sangue, era importante que ficasse dentro. Foi por isso que foi instruída a usar a seringa.

— Usei a seringa — respondi. — Não funcionou.

Enquanto o assistente traduzia, o cientista riu com deboche e tirou uma folha suja de sangue da perna.

— Não funcionou! — exclamei em francês, virando-me para ele. — Ele caiu, mas reviveu várias vezes.

O cientista revirou os olhos.

— Eles têm poderes cicatrizantes incríveis. Sabe disso — argumentei direto com o cientista principal. Eu sabia francês suficiente para fazê-lo. — Além disso, a famosa capacidade de purificação. Você não entende? Injetei o veneno nele. — Meu francês vacilou nesse ponto. — Ele o estava neutralizando.

O cientista gargalhou. Dessa vez, não usou o assistente, mas falou comigo em inglês.

— Não dou ouvidos a uma criança ignorante. Você não sabe nada de medicina. Só de magia.

O golpe foi mais forte que a pata do unicórnio. Engoli em seco, em busca de alguma espécie de resposta, à medida que o cientista prosseguia na conversa com o assistente.

O mais jovem traduziu:

— Vamos precisar de um novo animal.

Balancei a cabeça.

— Não sem uso de flecha ou faca. Não consigo se não for assim.

— Vamos trazer outra seringa para você.

Voltei para o francês.

— Não. Não funciona!

O cientista praticamente rosnou para mim.

— Você vai fazer o que eu mandar.

Ah, eu faria, é? Não nesse bosque. Balancei a cabeça de forma quase imperceptível; os unicórnios corriam por minhas veias, selvagens e livres mesmo nessa floresta deplorável e agonizante. Não falei nada. Não era necessário.

O cientista e eu nos entreolhamos enquanto o assistente torcia as mãos. Por fim, o cientista xingou e saiu andando, e o assistente começou a puxar o cadáver na direção do portão.

— Espere — pedi. — Vou ajudar. — Eu me inclinei, peguei minha faca de alicórnio na poça de sangue de einhorn e limpei na grama seca.

Eu estava despedida, sem dúvida.

Depois de colocar o einhorn morto na caçamba do carro, vi o assistente sair dirigindo, depois fui mancando até o *château*. O cientista já havia entrado, sem dúvida para tagarelar com Isabeau sobre a vadia intratável que eu era. *Salope*.

Não importava. Pelo menos no Claustro só matávamos unicórnios que eram ameaças imediatas para nós ou para os outros.

Com dificuldade, subi a escada até meu quarto; meus músculos abdominais gritavam de dor a cada passo. Agora que estava fora do alcance dos unicórnios, minha superforça desaparecera e eu conseguia sentir o poder total daquele chute. Sorte minha se não estivesse com uma hemorragia interna.

Era o meio da noite em Nova York, mas precisava falar com Giovanni imediatamente. Eu me sentia vazia e fraca, tomada de raiva, de dor e de outros sentimentos que tinha medo demais de identificar. Talvez eu o acordasse, mas ele já fizera o mesmo comigo, já tinha me ligado durante a noite, bem depois da hora de dormir aqui no interior tranquilo da França.

Mas Giovanni não estava deitado. Em vez de ouvir sua voz sonolenta do outro lado da linha, ouvi a batida de música eletrônica.

— Astrid! — Giovanni tentou gritar ao telefone.

— Você está em uma boate? — perguntei. Não era o estilo dele. No verão passado, Giovanni preferia museus a boates, e sorvete a álcool de qualquer tipo. Será que tinha perdido o rumo?

Fiz as contas. Deviam ser 3h da madrugada lá onde ele estava.

— Astrid! — gritou ele acima das batidas. — Agora não é uma boa hora!

— Estou ferida — solucei ao telefone. — Fui chutada por um unicórnio hoje. — E essa nem era a pior parte.

— Não consigo ouvi-la! — gritou ele. — Posso ligar de manhã?

Fechei o celular e apertei bem os olhos. Quem sabia onde eu estaria até lá?

Em meu elegante banheiro dourado, tirei as roupas e avaliei o dano. Um hematoma escuro já se espalhava por todo meu tórax. Talvez eu estivesse tendo sangramento. Talvez, quando Isabeau viesse me despedir, eu pudesse pedir que ela ligasse para o hospital. Enquanto isso, era melhor aproveitar o lugar quando ainda o tinha.

Lavei o sangue e coloquei um vestido frouxo que não roçaria na minha cintura, depois liguei para Lauren e cancelei nossas aulas do dia. Obviamente, se eu tinha perdido o emprego, não tiraria mais proveito do apoio educacional que a Gordian estava fornecendo. De qualquer forma, precisava me deitar um pouco.

Fui para a cama e puxei delicadamente a barra da seda cinza-azulada, para que o vestido não ficasse emaranhado debaixo de mim. Coloquei uma das mãos na barriga e a cabeça no travesseiro de penas com aroma de alfazema, e deixei os olhos se fecharem.

Não sei quanto tempo se passou até uma batida delicada soar na porta.

— Entre — falei, com voz rouca, sem me mover. Chegou a hora. Ouvi a voz de Isabeau, tentei me sentar e gritei quando meus músculos abdominais feridos se moveram.

— Você está ferida. — Ela correu até a cama. — O que houve?

— Levei um chute do einhorn...

— Me deixe ver. — Tirei a mão, e ela levantou a frente do meu vestido. Fiz uma careta enquanto ela apalpava delicadamente minha barriga. — Você precisa de uma compressa fria. E de analgésicos. E vou chamar um médico para olhar.

— O mesmo médico que vi hoje de manhã? — perguntei, com desconfiança.

Isabeau endireitou a postura.

— Aquele homem não é mais meu funcionário.

— O quê? — Eu me apoiei nos cotovelos. — Por quê?

Ela olhou nos meus olhos.

— Astrid, vou lhe dizer uma coisa, e você deve ouvir com atenção. Você *nunca* vai deixar um homem com raiva colocar a mão em você. Entendeu?

Mordi o lábio.

— Sim, recebi o relatório completo.

Mesmo com o nó na garganta, eu disse:

— Mas foi minha culpa. Fiz besteira. Estraguei o unicórnio...

— Mesmo que você tivesse estragado — disse Isabeau, com o rosto duro como pedra —, ainda não seria motivo para ele tocar em você. Nada dava a ele esse direito. Mas você não fez besteira. Tentou seguir nossas instruções. Aconteceram complicações que nenhum de nós poderia ter previsto, e você ficou cara a cara com um unicórnio solto, fora dos limites eletrônicos. Isso poderia ter colocado em perigo todas as pessoas do *château*, e você nos protegeu. Você fez seu *trabalho*, Astrid.

Engoli em seco, mas parecia haver um balão no meu peito, ficando cada vez maior a cada palavra de Isabeau.

— Mas, e sua pesquisa?

Ela deu de ombros.

— Tivemos um revés. Obviamente, não podemos arriscar perder mais unicórnios até termos aperfeiçoado a técnica da eutanásia. Então, esse experimento ficará suspenso por enquanto.

— Funcionou — avisei. — A princípio. Mas então parecia que ele tinha voltado à vida. Imaginei se isso não tinha algo a ver com a capacidade de rejuvenescimento. Como se talvez o sangue estivesse neutralizando o veneno, mesmo depois de o coração e os pulmões terem parado e... não sei, isso talvez tenha permitido que voltassem a funcionar... — Parei de falar, lembrando o que o cientista disse sobre minha ignorância.

— É possível — concordou Isabeau. — Na verdade, é bem provável que esteja correta. Temos de continuar a trabalhar no problema. Mas você não deve se culpar pelo que aconteceu hoje de manhã. Demos um equipamento defeituoso a você. O erro foi nosso, e não vai acontecer de novo. — Ela ajeitou a barra do meu vestido. — Não podemos correr o risco. Você é valiosa demais para nós.

Caí no choro, rolei para o lado com o máximo de cuidado possível e encolhi bem o corpo.

— Astrid. — A cama afundou, e senti a mão de Isabeau no meu braço, os cabelos macios dela em minha testa. — *Ne pleure pas, ma petite. Ma petite chère.*

Eu me virei e passei os braços em sua cintura, colocando a cabeça em seu colo.

— Shhhhh — disse ela, acariciando meu cabelo. — Não chore.

Mas eu queria chorar. Queria chorar e chorar pelo pobre Saltitante e por toda a dor em minha barriga, e pelo fato de que Isabeau acreditava em mim, por ter ficado ao meu lado e por achar que eu era mais importante que a pesquisa que podia deixá-la bilionária ou mesmo salvar o mundo.

Depois de alguns momentos, as lágrimas se foram, mas não me mexi, e Isabeau não parou de acariciar meu cabelo.

— Acho que você não deve ir para a aula hoje — disse ela.

— Já desmarquei. — Funguei.

— É mesmo? Bem. Vou buscar uma compressa fria, chá e talvez um pouco de sopa. Você quer que eu traga uns livros? Talvez uma revista? Tenho algumas em inglês. Acho que devia tentar descansar até sabermos a extensão do ferimento.

Concordei, e Isabeau saiu. Voltou pouco depois com uma compressa de gelo, uma pomada de ervas e chá de gengibre e urtiga. Eu tinha colocado um pijama folgado e entrado debaixo das cobertas.

— Vai gostar disto — afirmou ela, entregando-me a caneca. Tinha aprendido rapidamente que quando ela dizia isso, costumava significar que eu odiaria enfaticamente. A urtiga tinha o gosto que você deve imaginar, de terra e folhas fervidas, com o acréscimo do ardor do gengibre.

— Mel? — Engasguei.

Isabeau riu.

— Beba logo. Vai ajudar com os hematomas. Como está a compressa?

Bati nela.

— Fria. É bom.

— Apenas descanse. Olhe, trouxe uma coisa especial pra você. — Ela colocou um livro grande no meu colo.

— *Hildegard von Bingen: Selected Writings*. — Li. — O que aconteceu com a *Vogue* britânica?

— Vai gostar mais desse, Astrid. É sobre uma freira mediev…

— Caçadora? — Fiz uma expressão de mau humor.

— Não, cientista. E compositora e escritora. Hildegard von Bingen foi uma das mulheres mais inteligentes que já viveram, na verdade. Escreveu vários livros sobre diagnósticos e medicina, incluindo um que fala sobre unicórnios. Hildegard tinha seu próprio convento e era conselheira de papas e reis.

— Tinha visões arrebatadoras e o dom de línguas. — Li na quarta capa do livro.

Isabeau sorriu.

— Bem, não temos problema com magia aqui. Principalmente com freiras mágicas.

— Não sou freira — argumentei.

Houve outra batida na porta, e Brandt enfiou a cabeça para dentro do quarto. Carregava um console de videogame e controles.

— Ouvi que temos uma inválida?

Joguei *Hildegard* de lado quando ele entrou arrastando um carrinho com uma TV em cima.

— Só tenho uns dez jogos. — Ele me entregou um controle e uma pilha de jogos. — Mas quero ver se os unicórnios ajudaram você a melhorar em jogos de tiro.

— A boa notícia — comecei — é que não dava para ficar muito pior.

Em Washington, Brandt me provocava dizendo que eu só conseguia jogar os videogames não violentos, nos quais era preciso empilhar blocos, empurrar coisas ou pilotar carros de corrida. Mas é claro que isso foi antes de eu matar qualquer coisa. Os tempos mudaram.

Brandt ligou a televisão na tomada, montou o videogame e enfiou um jogo. Sentou-se ao meu lado, o que fez balançar a xícara e a compressa na minha barriga. Afofou um travesseiro extra para colocar nas costas e me deu o controle.

— Ok, caçadora. Quer apostar?

Eu me sentei mais ereta e arrumei meus travesseiros e minha compressa.

— Claro. Cinco euros?

— É tudo que tem? Isabeau, você está explorando esta pobre garota? Ela põe a vida em risco todos os dias.

Isabeau cruzou os braços.

— Não, certamente você não é freira, Astrid.

— Certo — falei. — Dez.

Quando Isabeau estava a caminho da porta, Brandt clicou no menu iniciar.

— Que tal encararmos zumbis primeiro?

Para mim estava ótimo. Afinal, já havia matado um mais cedo.

13

Quando Astrid pondera sobre o significado do amor

Naquela noite, Giovanni retornou a ligação.

— Me desculpe por ontem à noite — disse ele. — Estava uma loucura aqui.

— Foi o que pareceu. — Brandt já havia ido embora, e eu ainda estava descansando na cama depois de tomar várias xícaras dos remédios herbais de Isabeau, assim como uma tigela de picadinho de carne. — O que estava rolando?

— Foi incrível! Alguns amigos meus organizaram uma enorme caça ao tesouro. Percorremos toda a cidade. Durou a noite toda.

— É mesmo? — perguntei, com ceticismo.

Ele riu.

— Não foi como você imagina. A coisa mais forte que bebi foi um espresso.

— Bom saber.

— Meu Deus, está parecendo minha mãe. E aí, o que conta?

Hesitei, nada ansiosa para estragar a diversão dele com histórias de eutanásia e costelas machucadas.

— Nada. Estou com saudades. Fico feliz que tenha se divertido.

— Foi demais. Ou — corrigiu ele — teria sido se você estivesse aqui.

Revirei os olhos ao ouvir isso.

— Ah, tinha até uma pista de unicórnio. Minha equipe me encheu o saco por causa dela. Teríamos conseguido 500 pontos por um osso de unicórnio.

— Ah, que pena! Eu conseguiria um com tanta facilidade!

— É, eles ficaram furiosos de eu não ter trazido nenhum souvenir de Roma. Unicórnios *mortos* são raros por aqui, tanto que aparece no noticiário sempre que há um. — Ele limpou a garganta. — Nós, humm, precisamos muito de caçadoras por aqui.

— Tenho certeza de que Phil e Neil estão trabalhando nisso.

— E sua mãe. Ela apareceu na TV de novo outro dia. É tão estranho cada vez que surge o assunto na faculdade. Temos sorte aqui. Pra quase todos os alunos, os unicórnios são uma coisa acontecendo em outro lugar, com outras pessoas, mas não consigo esquecer aquele dia na van. Não conheço ninguém mais que tenha visto um.

— Você conhece muitas de nós — comentei.

— Ah, você sabe o que quero dizer. Pessoas normais.

Engoli em seco. Pessoas normais. Certo.

— Você está bem, Astrid? Por que me ligou no meio da noite? Aconteceu alguma coisa?

— Mais ou menos. Matei um unicórnio hoje, e foi... horrível. Tinha me acostumado tanto a *não* ter de fazer isso.

— E eu tinha me acostumado a não ter medo de receber uma ligação no meio da noite dizendo que você jorrou sangue.

— Não jorrei sangue — revelei. — Só levei um chute. Forte.

— Ah, não. Astrid... — Ele sussurrou um palavrão ao telefone. — E me deixou continuar com a história de caça ao tesouro idiota?

Brinquei com a renda na beirada do travesseiro.

— Não tem problema. Isabeau veio cuidar de mim. — *E Brandt*, quase acrescentei.

— Sinto muito — disse ele. — Que droga, você parecia gostar desse trabalho.

— Ainda gosto — respondi. — Mas fui mimada. Hoje foi um dia ruim, mas um dia ruim aqui é como todos os dias de caçada no Claustro — Minha voz falhou.

— Astrid... — disse Giovanni baixinho. — Shhh, está tudo bem. Queria poder abraçar você.

Nós dois queríamos.

— É só que... — comecei a falar. Como eu podia dizer isso a ele? Giovanni, que me chamava de Astrid Guerreira e dizia que eu era a pessoa mais corajosa que ele conhecia. O que mais essa confissão poderia ser além de covardia? — Só acho que não fui feita para matar coisas.

— Eu sei — disse Giovanni, a voz gentil, forte e sincera. — Não amaria você se fosse.

Virei o rosto para o travesseiro e gritei. Não foi nada em italiano dessa vez; foi a palavra que começava com A. Só que ele não falou de uma maneira que facilitaria a resposta. Eu não o amaria se... se o quê? Eu não conseguia imaginar o cenário.

Então, talvez, eu devesse simplesmente dizer. Pela primeira vez. Ao telefone.

Não. Não ao telefone.

— Astrid? — disse ele. Será que ele sabia o que tinha acabado de dizer? — Ainda está aí?

— Estou. — Minha voz pareceu sem fôlego. — Eu...

— Tenho de desligar.

— Ah. — Minha mente disparou. — Vou, hã, te mandar um alicórnio. Você sabe, pro caso de precisar pra outra caça ao tesouro.

Ele riu.

— Caçadoras de unicórnios dão os melhores presentes. Cuide-se, Astrid Guerreira. *Ti voglio bene.*

E então desligou.

Depois de vários dias dos cuidados de Isabeau por recomendação médica e dos videogames de Brandt (fico feliz em relatar que agora sou ótima atiradora), o hematoma praticamente havia parado de doer, e a marca na minha barriga tinha desbotado para um tom roxo-esverdeado doentio. Comemorei meu primeiro dia de volta ao trabalho com uma caminhada mais longa pela área dos einhorns e, apesar de sentir os unicórnios o bastante para fazer a contagem (dezessete), não vi nenhum.

A caminho da floresta, contornei a extremidade mais distante da área cercada, a que ficava no limite entre a propriedade Jaeger e as terras públicas. Os manifestantes ainda estavam lá, com barracas parecendo mais coloridas e alegres ao lado da paisagem verde que morria. Varais de roupas, bicicletas, cadeiras dobráveis, mesas e outros equipamentos de camping espalhavam-se pela área, e o aroma de carne queimada pairava no ar enevoado. Se eu conseguia sentir o cheiro daqui, fiquei impressionada de os unicórnios não arriscarem a vida para cruzar a cerca eletrônica e o arame farpado. Eu conseguia ver na traseira do caminhão de um dos manifestantes as pilhas de cartazes que eles seguravam todos os dias na porta do *château*. Apesar de as palavras estarem em francês, as imagens eram claras: fotos coloridas bem explícitas do que acontecia aos animais em laboratórios. No passado, elas talvez me fizessem encolher. Mas já vira sangue e dor suficiente a essa altura para que tais coisas não me incomodassem mais, e eu duvidava que incomodassem os cientistas que cometiam esses atos. Então, quem os cartazes deveriam afetar?

Talvez servissem como uma espécie de encorajamento perverso para os manifestantes que os carregavam. Certamente eram pessoas muito dedicadas por deixarem família, amigos e empregos para virem aqui acampar dias e dias por conta de suas crenças.

Quando me virei para ir embora, vi movimento em uma das barracas. Um homem negro e alto saiu e se empertigou, espreguiçando-se na luz cinzenta do amanhecer antes de me ver.

Eu me preparei para uma agressão de palavras que provavelmente não entenderia, mas o que ele fez foi levantar a mão e acenar, inclinando a cabeça para o lado como se estivesse curioso.

Acenei em resposta.

Como ele parecia não ter interesse em chegar mais perto nem gritar comigo do acampamento, depois de um momento me virei e voltei ao bosque.

Depois que as aulas daquela manhã acabaram, liguei para o Claustro.

— Astrid? — Phil atendeu no primeiro toque.

— Estou bem. — Esse tinha se tornado nosso cumprimento padrão desde que saí do Claustro. Não existiam argumentos suficientes sobre a gentileza relativa dos einhorns capazes de fazerem Phil acreditar que era seguro eu estar ali sozinha.

— Achei que fosse nossa advogada retornando a ligação. — O tom de Phil se alegrou. — Ontem foi um dia incrível. Uma das minhas cartas conseguiu chamar atenção!

— Temos dinheiro pra uma advogada?

— Os unicórnios têm! — disse Phil. — Ela trabalha no Centro de Diversidade Biológica. É uma fundação de meio ambiente dedicada a proteger espécies em extinção. É patrocinada por doações, acho. De qualquer forma, ela está interessada em incorporar os unicórnios.

— Ah — comentei. — Ótimo.

— *É* ótimo — disse Phil. — Essa mulher trabalhou com ursos-polares, com tigres; é uma das lobistas mais proeminentes a favor de predadores selvagens. E essa é a melhor coisa na nossa petição, fazer com que os unicórnios sejam reconhecidos como espécie em extinção! — Dava praticamente para ouvir Phil sorrindo lá em Roma. — Aparentemente, é impossível colocar um animal na lista de extinção sem anos e anos de pesquisa científica para mostrar que eles estão mesmo, principalmente se são uma coisa aleatória, como líquen de rochas ou um marisco. É bem mais fácil quando é um animal grande e bonito como um urso, um tigre... ou um unicórnio.

— Mesmo se esse animal puder comer você? — perguntei.

— Desde que dê pra colocar a foto dele em camisetas ou fazer bichos de pelúcia, você consegue colocar o público do seu lado. Ao menos é o que a advogada diz. E estamos com sorte, porque unicórnios sempre foram muito populares. Talvez até mais que os ursos!

— Isso é... ótimo. De verdade.

— Então, ela vai rascunhar uma petição que será enviada ao Departamento de Interior solicitando que acrescentem os unicórnios na lista de espécies em extinção nos Estados Unidos. As coisas estão bem ruins por lá, principalmente no oeste. Houve uma notícia semanas atrás sobre um governo estadual estar tão preocupado com um bando de kirins em um determinado cânion, que jogaram napalm neles. Dá pra acreditar?

Dava. Mas não ia dizer isso para Phil.

— E a coisa fica ainda melhor. Ela também vai me colocar em contato com pessoas que podem fazer a mesma coisa com a Convenção de Washington...

— Quem?

Phil suspirou.

— Desculpe, você não está mais aqui. Perdeu um monte de coisa. A Convenção de Washington, também conhecida como Convenção sobre o Comércio Internacional de Espécies da Flora e da Fauna Selvagens em Perigo de Extinção. Basicamente é um comitê que decide sobre o status mundial de risco de extinção de animais selvagens e plantas. Quero tornar a captura, venda e o tratamento cruel de unicórnios ilegal no mundo todo.

— Objetivo ambicioso — comentei.

Phil parou para tomar fôlego.

— E como você está?

— Ah, você sabe — falei. — Matando unicórnios para testes farmacêuticos.

Ela riu.

— Bem, não por muito tempo, se depender de mim. Enquanto isso, todas aqui estão envolvidas na mesma atividade, então não se sinta mal.

Fácil falar. Mas, onde, supostamente, eu deveria estabelecer o limite? Como poderia ser ok matar um bando inteiro de kirins, mas não a zhi que morava no Claustro? E talvez eu entendesse a questão que os manifestantes estavam tentando levantar. Por que não tinha problema aprisionar um bando de einhorns e fazê-los passar fome até estarmos prontos para matá-los em nome de testes científicos? Se Phil conseguisse o que queria, isso significava que não teríamos permissão de matar nenhum unicórnio, mesmo os que estivessem prestes a comer pessoas? Os que já *haviam* comido pessoas?

Por mais que Isabeau e eu gostássemos de imaginar que o lado mais nobre de ser caçadora de unicórnios envolvia a produção do Remédio, eu parecia não superar a inscrição na espada de Clothilde. Exterminar o selvagem unicórnio. Se Phil não mudasse as coisas logo, nós os exterminaríamos completamente, até o esquecimento.

Precisava parar de pensar nisso, então perguntei:

— E Neil? Como está?

Uma pausa.

— Bem. Ele não conseguiu aquela caçadora, sabe. A americana? E uma semana atrás, ele tentou fazer contato com algumas na Suécia e foi totalmente dispensado. Está um pouco deprimido com o recrutamento no momento.

É claro que não era isso que eu tinha perguntando, e Phil sabia.

— E como estão você e Neil? — perguntei mais claramente.

— Somos amigos e colegas — disse Phil. — Como sempre fomos.

— E isso é tudo?

— Na verdade é coisa à beça.

— Mas é o bastante?

— Chega, Astroturf. — Depois de um momento, o tom dela voltou ao normal. — Como estão suas aulas? Está aprendendo muito?

Conversamos sobre a escola por um tempo. Phil continuava indecisa se planejava voltar para a faculdade no próximo semestre ou se correria o risco de perder a bolsa ao tirar o ano para se dedicar à cruzada Salvem os Unicórnios. Ela também decidira mudar a carreira de Comunicação Social para Biologia e Ordem Pública.

— Se conseguir desencadear algum movimento relacionado a unicórnios, devo ganhar uma bolsa acadêmica ou crédito educativo, então papai não vai me matar por ser expulsa do time.

— Mas Phil — retruquei eu —, você não quer mais jogar vôlei?

— É claro que quero — respondeu ela. — Mas isso não quer dizer que não existam coisas mais importantes pra fazer agora. Vamos lá, Asterisco, você sabe disso melhor que ninguém.

Não disse nada.

— E como estão as coisas aí fora as aulas? Não é solitário?

— Bem, não preciso dividir o banheiro com dez garotas, se é o que você quer dizer.

— Só tem sete caçadoras aqui, Astrid. E isso quando nenhuma está machucada. Não é exatamente o elenco completo.

Ela estava me pedindo para voltar?

— Com quem você conversa aí? — perguntou ela. — Brandt Ellison?

— Às vezes — confessei. Na verdade, com bastante regularidade nos últimos dias.

— Ele está menos cretino do que era em Washington?

— Bem, jamais achei que ele fosse um cretino — respondi. — Lembra? Ele era meu namorado.

— Se lembro direito, você estava simultaneamente namorando ele e pensando que ele era um cretino. As duas coisas não são mutuamente exclusivas.

— Bem, ele é decididamente menos cretino quando nosso relacionamento é puramente platônico — expliquei. — Como no outro dia, eu me machuquei, e ele foi um doce, me trouxe videogames e...

— Espere. Asteroide, você se machucou? O que aconteceu? Por que não me ligou?

Expliquei o que aconteceu quando tentei fazer eutanásia no einhorn.

— Não gosto disso. Nem um pouco. Realmente me incomoda a ideia de não ter reforço aí. Eu jamais teria enviado uma caçadora sozinha.

— Sinceramente, fora esse único acontecimento, é o trabalho mais entediante do mundo.

— Um acontecimento que poderia ter custado sua vida. E se, em vez de chutar, o unicórnio tivesse mordido sua mão? Ou sua cabeça?

— Einhorns não são grandes o bastante pra arrancar minha cabeça.

— Não é essa a questão, Astroturf. — Phil ficou em silêncio por um momento. — Vou conversar com Neil. Talvez a gente tenha de ligar pra essa tal Jaeger e ver se podemos mandar outra caçadora pra lhe ajudar.

— Você estava agora mesmo reclamando que tinha poucas no Claustro! — exclamei. — E quer reduzir o número ainda mais?

— Quero manter você em segurança, isso sim. — Foi a única resposta de Phil. — Seja como for.

— *Estou* em segurança — argumentei. — O que aconteceu no outro dia foi uma anomalia, e Isabeau me garantiu que nada desse tipo vai voltar a acontecer. Phil, você não faz ideia de como é fácil trabalhar aqui. Não preciso de apoio. Esses unicórnios estão absolutamente presos. Com as coleiras eletrônicas e cercas, são praticamente domesticados. Na verdade, são patéticos em vários aspectos, pele e osso. Não parecem ter saúde suficiente pra fugir mesmo que não haja barreiras.

— É mesmo? — perguntou Phil. — Que terrível. Você acha que pode tirar umas fotos? Sei que a advogada adoraria ver exatamente que tipo de crueldade os unicórnios estão sofrendo.

Eu tinha certeza de que isso seria contra meu contrato com a Gordian.

— Eles não estão sendo cruéis! Tem bastante comida e a área é bem agradável. Unicórnios apenas não se adaptam bem ao cativeiro, só isso.

— Bonegrinder vai bem — disse Phil.

Fiz uma careta. Esse era meu argumento.

— Einhorns são diferentes.

— O que o veterinário diz?

— Veterinários são complicados com unicórnios, considerando o perigo e a resistência natural deles aos sedativos. Ainda assim, acho que posso ajudar um veterinário a diagnosticá-los e, se for preciso, aplicar injeções.

— Você ainda não ajudou? — exclamou Phil. — Onde está minha prima aspirante a médica? Asteroide, estou chocada.

E talvez ela estivesse certa em estar. A maior parte dos unicórnios que eu conhecia era selvagem, e, se algum sofria de problemas de saúde, nunca teve importância. Afinal, o objetivo era que eu os matasse. Bonegrinder parecia bem saudável. Jamais fora a um veterinário ou tomara vacinas, mas, por outro lado, não existiam leis regulamentando unicórnios de estimação.

Mas deveriam existir leis a respeito do bem-estar de animais usados em testagem científica. Os captores precisavam ser responsabilizados para que nenhuma das criaturas sob seus cuidados sofresse sem necessidade. Eu falaria sobre isso com Isabeau na próxima vez que a visse.

Só que o secretário dela, Jean-Jacques, informou que Isabeau estava viajando a negócios até a manhã seguinte. À tarde, fiz meu dever de casa, dei outra olhada nos unicórnios e, em um ataque completamente inesperado de saudades de Roma, fiz espaguete para o jantar.

Não, eu não sentia falta do Claustro. Mas sentia falta da comida de Lucia, sentia falta de Cory e muita, muita falta de Phil.

Sem Isabeau por perto e com Brandt em suas habituais excursões noturnas sabe-se Deus para onde, o *château* virava uma cidade fantasma, assombrada pelos dois espectros de brancura, Gog e Magog, que caminhavam, graciosos como einhorns, de aposento em aposento em busca da dona. Eu os vi tristes pelos cantos enquanto jantava. Algumas vezes me davam farejadas superficiais, como se para ter certeza de que eu não estava escondendo Isabeau debaixo da camisa junto aos unguentos de ervas para redução dos hematomas. Embora os cachorros jamais tenham sido abertamente hostis a mim, não ligavam para ninguém e para nada além de Isabeau. Não eram exatamente Bonegrinders sem chifres, apesar do pelo desgrenhado e branco e das longas pernas.

Eu também sentia falta de Bonegrinder. Provavelmente demoraria um tempo para os einhorns confiarem em mim depois do desastre da eutanásia. Se é que sequer se dignariam a se aproximar de mim novamente.

Depois do jantar, segui para o quarto e tentei decidir qual seria a melhor forma de me distrair naquela noite. Havia aquele livro de Hildegard, que eu já tinha aberto, lido a parte em que ela recomenda que você corra mais rápido com sapatos feitos de pele de unicórnio, e o joguei de lado. Brandt tinha deixado os videogames comigo, que poderiam ajudar a passar o tempo. Ou eu podia ligar para Giovanni. De novo.

Não tinha notícias desde quando ele acidentalmente usou a palavra que começa com A. Será que tinha se arrependido de dizer? Estava me evitando? Ele tinha largado o telefone rapidamente depois de fazê-lo, como se com medo de eu mencionar o assunto. Eu havia deixado dois recados nos últimos dois dias, e ele ainda não havia retornado; eu odiava a ideia de me tornar a namorada carente que deixa um monte de mensagens no celular.

Digitei seu número. Depois de alguns toques, foi para a caixa postal.

— Oi, Giovanni. Sou eu. As coisas estão silenciosas e chatas por aqui hoje e sinto sua falta. Me ligue se puder.

Pronto. Foi fácil e sem pressão. Não pareci desesperada, patética nem grudenta.

Mas talvez um pouco desinteressada demais? Como se eu só ligasse para ele quando estava entediada? Não queria que ele pensasse isso. Eu tinha certeza de que em Nova York havia dezenas de universitárias bonitas que o achavam absolutamente fascinante, que queriam que Giovanni sussurrasse qualquer bobagem em italiano em seus ouvidos, que nem por um segundo considerariam videogames ou os textos de uma freira medieval melhores que uma conversa casual com ele.

Garotas a quem ele não precisava dizer que amava pelo telefone, a 5 mil quilômetros de distância.

Será que ele falou sério? Saiu meio sem querer. Não foi um "Astrid, eu te amo", mas parte de outra coisa. É verdade que foi parte da coisa mais bonita que alguém já havia me dito. Que importância tinha se ele dissera as palavras ou não quando obviamente as sentia?

Ele as sentia, mas não me ligou por dias e dias.

Talvez eu devesse ligar de novo, deixar claro que realmente queria falar com ele. Mas foi isso que fiz no meu último recado na caixa postal.

E onde ele estava, afinal? Fazendo a conta eram... certo, cerca de 15h. Ele devia estar em aula com o celular no silencioso. Caí na cama. Relacionamentos a distância eram mesmo uma droga. Eu me perguntei se ele ficava sentado assim, contando as possíveis e apavorantes razões para eu não ter retornado as mensagens dele, ou se esse tipo de preocupação era unicamente feminino.

Naturalmente, porque eu *retornava* as ligações dele! Vivia por elas. Odiava voltar de uma visita com os unicórnios e descobrir que tinha perdido uma oportunidade de falar com Giovanni. Ele nunca precisava passar um minuto com medo de eu não ligar de volta, de eu estar ocupada com outro garoto, de eu estar fazendo alguma coisa realmente divertida sem ele e não me importar. Ele conhecia minha vida. Unicórnios, escola, cama. Que bom para ele que a namorada não estava do outro lado do mundo em uma cidade famosa por ser aquela que nunca dorme. Por ela estar trancada em um vilarejo francês sem graça, em um *château* remoto e solitário que, exceto pelas opções de vestimenta, podia muito bem ser um convento italiano.

Peguei o controle e coloquei o jogo de matar zumbis. Seria bom para passar o tempo. Além do mais, havia tanto prazer em matar coisas que explodiam em pequenos pixels vermelhos em vez de sangue de verdade. Era uma boa mudança.

Algum tempo depois, ouvi uma batida na porta, e Brandt colocou a cabeça para dentro. Ele observou minha pontuação indecentemente alta na tela e assobiou.

— Acho que criei um monstro.

Dei pausa no jogo.

— Ei, e aí?

— Nada demais. Ia nadar lá embaixo e queria saber se você quer vir.

Nadar. Era um pensamento novo, sem dúvida. Isabeau havia me mostrado a piscina coberta no subsolo no meu primeiro dia aqui, assim como insistido que eu escolhesse uma roupa de banho quando fomos às compras, mas eu ainda não tinha aproveitado nenhuma das duas coisas.

— Claro — respondi. — Vou pegar meu maiô.

Brandt sorriu.

— Te vejo lá embaixo.

Depois que ele saiu, coloquei o maiô que eu tinha comprado. Era azul-marinho com um viés branco no decote, tiras finas e costas baixas que só percebi que contornavam minha cicatriz enorme quando fiquei de pé em frente ao espelho do banheiro para pegar uma toalha.

A cicatriz brilhava, vermelho-escura e lustrosa, como se eu nunca tivesse cuidado dela. Não era verdade. Todas as caçadoras cuidavam de suas cicatrizes, passavam manteiga de cacau e vitamina E, e um tratamento ou outro para reduzir o surgimento de tecido de cicatrização. Nada funcionava. Minhas outras cicatrizes eram pequenas. A de minhas costas era de parar o trânsito.

Soltei o elástico do cabelo e desfiz a trança, deixando que cobrisse as costas como uma cortina. Pronto, isso ajudaria.

Vesti um roupão branco curto, amarrei a faixa na cintura, peguei uma toalha e coloquei um tênis sem cadarço. Talvez eu devesse comprar chinelos na próxima vez que saísse, isso se Brandt e eu fôssemos fazer reuniões na piscina regularmente.

Não, reuniões não. Encontros. Não, isso era ainda pior! *Idas* à piscina. Ou chegadas, uma vez que ela ficava no mesmo prédio em que estávamos.

Saí em direção à porta, mas parei quando ouvi o toque do celular. Tirei-o do meio das cobertas e olhei o visor. Uma chamada perdida de Giovanni. Ele deve ter ligado quando estava me trocando, e do banheiro não ouvi o telefone.

Hesitei, ali de pé, de maiô e roupão, com a toalha sobre o braço. Se eu ligasse para ele agora, começaríamos uma longa conversa e eu perderia a piscina. No entanto, eu poderia ligar para ele depois de nadar. Era bem mais cedo nos Estados Unidos. Haveria tempo suficiente, e eu ainda conseguiria me divertir um pouco esta noite.

Deixei o telefone sobre a cama. Que fosse Giovanni a esperar e se questionar dessa vez.

14

Quando Astrid cruza os limites

O ambiente da piscina no *château* era azulejado e estava enevoado com um ar cheirando a cloro. Brandt tinha deixado as lâmpadas do teto desligadas, então a sala toda estava iluminada pelo brilho azul-claro das luzes da piscina reluzindo por baixo da água. Alguma espécie de música *dance* pulsava no ar, competindo com o som da água batendo nos degraus. Brandt estava nadando de um lado para o outro, os braços musculosos se movimentavam em braçadas rápidas e fortes. Quando namorávamos, cheguei a ir a alguns de seus eventos de natação. Eu me sentava na arquibancada durante horas para vê-lo nadar por 5 minutos e 54,91 segundos, durante os quais eu via ocasionalmente braço e perna e muita água espalhada. De acordo com os jornais e com o programa de esportes de nossa escola, Brandt era muito bom. Mas isso não tornou o espetáculo mais divertido.

Ele chegou perto da beirada e sorriu para mim.

— Oi!

Coloquei a toalha em um banco e comecei a soltar a faixa do roupão. Ele saiu da piscina e foi abaixar o volume do som. Gotas de água caíram-lhe pelos ombros e costas nuas. Olhei para a perna, onde a cicatriz de alicórnio se destacava sobre a pele.

Ele me pegou olhando.

— É. Minha pretensão à fama. — Ele apontou para meu braço. — Vejo que você também tem algumas.

Coloquei as mãos nas costas e mexi nos cabelos para garantir que minha maior cicatriz ficasse coberta.

— Riscos da profissão.

Ele deu um risinho debochado.

— Um de muitos?

Corei e esperei que ele mergulhasse na piscina para ir atrás.

— E então — disse ele, batendo os braços preguiçosamente —, me conte de verdade, o quanto você está gostando de trabalhar pra Isabeau?

Nadei atrás dele.

— Como assim? Eu adoro.

Ele pareceu cético.

— Adoro mesmo! — Nadei ao lado dele. — Não faz ideia de como era pra mim antes de eu vir pra cá. Não saber se sobreviveria de um dia pro outro, não saber se eu terminaria o ensino médio! Me sinto como se estivesse em uma guerra e tivesse sido tirada da zona de tiro pra fazer trabalho burocrático. Adoro.

Chegamos ao outro lado da piscina e Brandt se segurou na beirada, empurrou-a com os pés, e se aprontou para continuar.

— Acho que nunca encarei dessa forma — disse ele, e saiu nadando.

Terminei minha volta e fui atrás dele.

— Acho que é relaxante em comparação — disse Brandt.

— E luxuoso — acrescentei. — Tenho meu próprio quarto, meu próprio banheiro, meus próprios professores!

Brandt riu quando chegou do outro lado, muitas braçadas à minha frente.

— Você é a única garota que conheço, Astrid, que considera o fato de ter mais atenção dos professores um luxo. — Ele puxou meu cabelo de leve ao passar por mim. — Certinha.

Não terminei a volta nem saí atrás dele, apenas coloquei os pés no fundo da piscina e balancei as mãos na água, vendo-o continuar sem esforço, volta após volta.

— Gosto da escola — confessei, dando de ombros. — É bem melhor que matar coisas. Sempre gostei de ciências, lembra? Você tinha a natação. Phil tinha o vôlei. Eu tinha a escola.

— Não mais. — Ele parou a poucos metros e fingiu apontar um arco para mim. — Você é dez vezes mais atlética do que eu sou agora, Astrid.

Afastei o olhar.

— É diferente. É magia.

— Seja como for, você não treina? — Ele esticou a mão e apertou um dos meus bíceps. — Estes músculos são magia?

Eu me afastei, cruzei os braços sobre o peito e me virei na água até não mais encará-lo.

— Estes músculos são nojentos.

— Bem, sinto inveja deles. Eu precisaria de um personal trainer... Ah, meu Deus.

As pontas de meus cabelos flutuavam na minha frente na superfície da água. Minhas costas estavam completamente expostas. Ops.

— Astrid — sussurrou ele, e senti a palma da mão dele sobre a cicatriz.

Uma sensação similar a um choque elétrico disparou pelas marcas retorcidas em todos os pontos em que a pele dele tocou na minha, mas não me afastei. Havia mais alguma coisa ali, alguma coisa familiar.

— O que aconteceu?

— O que você acha? — murmurei.

— Nunca vi uma cicatriz de alicórnio assim.

Virei a cabeça para olhar para ele por cima do ombro.

— Sim, bem, isso é o que acontece quando se é perfurada de um lado a outro. Quando um kirin decide fazê-la de espetinho humano e carregá-la como um troféu. É isso o que acontece quando se deveria estar morta, independentemente da imunidade ao veneno de alicórnio. — Empurrei com meus pés o fundo e nadei para longe de Brandt, para longe de seu toque, para longe do olhar de pena.

— Astrid, espere! — E como ele era muito mais rápido, eu mal tinha chegado à parede quando seus braços me cercaram pelos dois lados. — Eu não sabia que isso tinha acontecido com você. Sinto muito se fui superficial quanto a esse negócio todo de caçadoras. Você está certa. Quando se passa por isso, imagino que a vida aqui seja realmente tranquila. E quanto à cicatriz, não queria te deixar com vergonha.

Ele sustentou meu olhar, com olhos tão azuis e intensos quanto a água da piscina brilhando ao nosso redor.

— Tudo bem. — Estiquei a mão até a parede para me firmar, esperando que ele saísse nadando para mais uma volta. Mas ele não se moveu.

— É difícil — sussurrou ele, tão baixo que quase não o ouvi acima das ondas batendo na beirada. — Estar tão perto, vislumbrar assim o que é ser caçadora, mas nunca entender realmente...

Engoli em seco.

— O que quer dizer?

— As coisas que você vê, a forma como as sente. Quase consigo tocar nelas. Sinto uma pontada às vezes, na perna, quando eles estão perto.

— É mesmo? — Nossas pernas se chocaram debaixo da água, mas ele não recuou.

— Mais ou menos. É feito um *déjà vu*, quase. Como uma lembrança que você não consegue alcançar. Um som que não consegue ouvir muito bem.

Era difícil para mim ouvir qualquer coisa naquele momento, da forma como meu sangue parecia estar pulsando dentro de meus ouvidos. Brandt *sabia*? Ele sabia o que eu sentia lá no bosque às vezes?

Seus olhos, azuis e intensos, não deixaram de encarar meu rosto.

— Jamais contei a eles — disse ele. — Não imaginei que fossem entender. Não como você.

— Ah — respondi, porque foi a única coisa que pareceu adequada.

— Porque passamos por tanta coisa juntos — disse ele. — Em Washington, com o ataque e a forma como você salvou minha vida. A forma como *mudou* minha vida. E agora, aqui na França.

Não falei nada, porque naquela noite, no bosque de nossa cidade, as vidas de nós dois tinham mudado. A dele, para melhor; a minha, para pior.

— As coisas são tão estranhas agora. Estamos tão longe de casa. E no outro dia, quando joguei videogame com você... era como nos velhos tempos. Pareceu que eu estava *em casa*.

Dei um sorriso fraco.

— É, pareceu.

— Apesar de estarmos os dois envolvidos na busca pelo Remédio. Na busca pra mudar o mundo.

Quando ele colocou as coisas nesses termos, minhas dúvidas quanto aos unicórnios em cativeiro desapareceram. Estávamos trabalhando para o bem maior. Se os einhorns estivessem livres, não seriam nada além de alvo para as minhas flechas. Aqui no *château*, o sofrimento deles poderia levar a uma grande descoberta médica. A salvar as vidas de milhares de pessoas.

— E eu me pergunto — prosseguiu ele. — Se seu namorado...

Eu me preparei para o que ele estava prestes a dizer.

— O que tem ele? — perguntei.

— Nada. — Ele olhou para baixo, e os cílios cobriram seus belos olhos.

— Mentiroso. — A palavra saiu como um desafio.

Um desafio que Brandt estava mais que disposto a aceitar. Seus cotovelos se dobraram e ele se inclinou para a frente, pressionando-me entre o corpo dele e a parede da piscina.

— Eu me pergunto — sussurrou ele no meu ouvido — se ele consegue entender você como eu entendo.

Prendi a respiração, encurralada ali por ele, a sensação de sua carne contra a minha, como o toque de um marcador em brasa.

— Ele sabe... como é? — sussurrou ele.

Sim. Eu conto para ele. Pelo menos, tento. Assenti levemente.

— Ele não tem como saber. Como ele poderia saber como é ter aquele veneno nas veias? Sentir o gosto de morte na boca, chegar tão perto, e então o Remédio, a magia vem e entra com toda a força, e tudo — ele ergueu a cabeça e me olhou nos olhos —, tudo fica completamente claro.

Estremeci.

— Astrid — murmurou ele, fechando as mãos na borda da piscina, atrás da minha cabeça. — Por favor. — Ele apoiou a bochecha na minha, a respiração no meu pescoço.

Só que "por favor" também era o que eu queria dizer. *Por favor, se afaste. Por favor, isso me confunde muito. Por favor, me toque mais.*

Sensações fluíram por mim: o som da água ao redor, o movimento da água juntando nossas pernas, o maxilar de Brandt deslizando contra meu rosto, o fluxo de sangue em meus ouvidos, o batimento do coração dele contra meu esterno e, acima de tudo, o aroma forte de cloro, mais forte que o de camomila, uma nuvem tão densa que nenhum unicórnio conseguiria penetrar.

Mas uma sirene, sim. Alarmes soaram de todos os cantos da sala, ecoando nos azulejos e tremendo na superfície da água.

— O que é isso? — perguntei.

— Uma falha. — O rosto de Brandt ficou sério. — A barreira eletrônica ao redor dos einhorns está fora do ar.

Passei por baixo de seu braço e me ergui pela beirada. Água correu pelo meu corpo como um riacho quando saí apressada para pegar o tênis. O roupão branco e curto se agarrou ao meu corpo quando o vesti e segui para a porta.

Brandt veio correndo atrás de mim, mas ele não o fazia tão bem de chinelo. Subi a escada e saí pela porta dos fundos, parando apenas por um momento para pegar a faca de alicórnio na bainha perto da porta.

— Tome cuidado! — bufou ele.

— Fique onde está! — gritei, e bati a porta em sua cara. Imune ou não, eu não precisava dele lá fora se havia unicórnios soltos.

Os alarmes estavam ainda mais altos quando saí, como uma sirene de aviso de ataque aéreo funcionando a toda. Enquanto corria ao redor da estufa, com os pés molhados deslizando nos tênis, pude sentir os einhorns. As sirenes os assustaram, e eles estavam correndo no bosque, ainda contidos pela cerca. Mas por quanto tempo ainda?

A lua cheia brilhou intensamente sobre a grama enevoada, que estava escorregadia e prateada com um princípio de orvalho. Na extremidade do gramado estava a cerca e, conforme meus sentidos de unicórnio se expandiam, consegui identificar cada pedaço dela, com as partes em formato de diamante fragmentando o bosque atrás. Parei ao lado do portão arfando. Alguém tinha destruído a caixa da tranca elétrica e arrancado os fios. Os limites eletrônicos tinham mesmo sido destruídos, assim como a tranca do portão.

Brandt chegou correndo, e, atrás dele, ofegando e arrastando uma caixa de ferramentas, estava o secretário de Isabeau, Jean-Jacques.

Eu me virei para olhar para eles, e a magia dos unicórnios os fez parecer muito lentos. Vi que seus queixos caíram em câmera lenta quando repararam em minha velocidade. Brandt ainda estava usando a sunga molhada, mas tinha colocado uma camiseta e a jaqueta de couro para protegê-lo do ar frio da noite. Eu nem conseguia sentir a temperatura por causa do fogo tomando minhas veias de assalto.

— Mandei você ficar lá dentro!

Jean-Jacques colocou a caixa de ferramentas no chão e abriu a tampa. Tirou dali uma lanterna enorme e falou com Brandt.

— Ele está aqui pra consertar a cerca eletrônica — traduziu Brandt.

— Ele está arriscando a vida — avisei. — E você também. Agora me ajudem a pular a cerca.

— A cerca? — Brandt ergueu as sobrancelhas. — A que tem arame farpado no alto? — Ele olhou para meu roupão, que acabava no meio da coxa. — Tem certeza?

— Tenho. — Puxei a manga da jaqueta dele. — Tire isso. Vou jogar por cima do arame farpado.

Ele olhou para o alto da cerca, quase 4,5 metros acima de nossas cabeças.

— E se você errar?

Olhei para ele com irritação.

— Certo. Superpoderes. — Ele tirou a jaqueta e a entregou para mim. — Tente não deixá-la com buracos demais.

— No momento — comecei, jogando a jaqueta por cima da cerca, onde caiu com perfeição —, estou tentando não deixar você com buracos demais. Me ajude a subir.

— Até lá em cima? — Brandt balançou a cabeça. — Impossível.

— Me ajude — repeti. — Depois, saia daqui.

Ele deu de ombros.

— Tá. — Ele entrelaçou os dedos e se ajoelhou, depois esticou as mãos para mim.

Eu subi em suas mãos e, quando ele ficou de pé e me jogou para o alto, pulei.

No fim das contas, não precisávamos da jaqueta. As solas dos meus tênis tocaram de leve no couro quando saltei por cima da cerca e caí graciosamente na grama do outro lado.

Com a sensação dos unicórnios rugindo pelas minhas veias, olhei para os dois homens. Jean-Jacques tinha feito uma pausa no trabalho para me observar, assombrado. Brandt estava com expressão similar.

— *É* diferente com uma caçadora treinada. — Eu o ouvi sussurrar quando saí correndo.

Os unicórnios sentiram minha presença e começaram a ziguezaguear pela floresta, pulando e correndo sobre raízes e galhos, apenas parcialmente cientes de que o mundo deles tinha acabado de ficar ligeiramente maior. Se ousassem testar os limites, era meu fim. Se eu conseguia pular por cima da cerca, esta nunca seguraria um unicórnio.

Corri pelo contorno do bosque, acompanhando as pequenas bandeiras de plástico que marcavam o limite eletrônico e procurando qualquer sinal de que um unicórnio o tinha ultrapassado. Dentro do bosque, eles se moviam rápido demais para eu conseguir contar. Aqui e ali, senti os pensamentos familiares dos que eu conhecia (Gorducha e Comprido, Linguarudo e Pintado), cada um correndo, despertado pelas sirenes e sem saber o que elas queriam dizer. Minha presença não estava ajudando os unicórnios a se acalmarem.

Meu roupão batia no alto das coxas enquanto eu corria pelo contorno do bosque, pulando sobre galhos caídos e me abaixando para passar por baixo de árvores. Meu cabelo molhado batia no rosto, e eu me perguntava se era essa a sensação de ser uma verdadeira caçadora de Diana, correndo pela floresta sob a luz do luar com uma toga branca e curta, arma na mão, as presas soltas na floresta.

Embora duvidasse de que os antigos grupos mitológicos de caçadoras usassem tênis.

Do outro lado da cerca, surgiu o acampamento dos manifestantes. Com meus sentidos de caçadora de unicórnio a pleno vapor, as pessoas correndo de barraca em barraca com lanternas nas mãos pareciam sonâmbulas, ridiculamente lentas e desastradas.

Deve ter sido uma delas quem entrou na propriedade e destruiu o controle eletrônico.

— Seus idiotas! — gritei, apesar de duvidar que algum deles falasse inglês. — Vão acabar morrendo!

Um dos homens se virou, e o reconheci daquela manhã. Ele me encarou e, ao contrário dos outros, não pareceu assombrado com minha velocidade, com a magia que percorria meu corpo. Ele me observou com firmeza, sem curiosidade, sem surpresa. Foi esse idiota quem quebrou a caixa de controle?

— Você me ouviu? — gritei.

— Atrás de você — respondeu ele calmamente.

Eu me virei e vi um unicórnio disparando do bosque direto para cima de mim, os movimentos mascarados pelas emoções apavoradas dos outros. Os pés dele voavam em câmera lenta, um passo, dois, galopando na direção da fronteira sem medo e sem hesitação. Sabia que não haveria resistência, não haveria choque. Ele pularia por cima da cerca para a liberdade, para a doce liberdade...

Puxei a faca. *Pare*, ordenei em pensamento.

Ele continuou a correr.

Posicionei o braço para atirar. *Pare!*

Ele baixou a cabeça, o chifre apontado para mim, ainda correndo.

A faca voou das minhas mãos.

O unicórnio empinou em duas patas gritando, e a faca bateu com força na perna dianteira daquela que agora eu sabia ser uma fêmea.

— Shhh — pedi, correndo para me encontrar com o animal ferido. Não foi um golpe fatal, mas uma incisão com faca de alicórnio não cicatrizaria da mesma forma que um ferimento qualquer. *Shhh*, repeti na mente dela.

Milagre dos milagres, o unicórnio se acalmou e parou de se debater. Ela mancou alguns metros na minha direção, resmungando baixinho, e coloquei a mão em seu pescoço, batendo de leve para distraí-la enquanto tirava a faca da carne.

A dor se espalhou por nós duas, e cambaleamos juntas. Coloquei a mão sobre o ferimento para controlar o fluxo de sangue. Será que foi um erro retirar a faca? Será que morreria de hemorragia? Procurei evitar propositalmente as partes vitais.

Houve um baque suave atrás de mim, e eu me virei. O manifestante estava do outro lado da cerca, apontando para um ponto na grama. Olhei para baixo.

Um pequeno estojo de plástico com uma cruz vermelha em cima. Um kit de primeiros socorros. Ergui os olhos para o manifestante, que levou os dedos à testa, depois se virou e saiu andando.

Peguei o kit e voltei para o einhorn, que estava mancando com a perna ferida.

— Fique parada — ordenei, e peguei algodão e uma atadura elástica. Agora eu estava fazendo curativo em um unicórnio!

O unicórnio parou de andar e ficou calmo.

— Ah, agora você escuta como um zhi, é? É isso que preciso fazer, te ameaçar de morte?

O unicórnio me observou com olhos tomados de pavor, mas não se encolheu quando lhe toquei a perna. Seus pensamentos irradiavam medo, dor e uma espécie de perplexidade porque, apesar de ter acabado de esfaqueá-la, eu não pretendia realmente feri-la.

— É isso que acontece quando você tenta fugir — expliquei para minha pequena amiga comedora de gente.

Fujona me cutucou com o focinho.

Apliquei pressão ao ferimento até o fluxo de sangue diminuir, depois peguei gaze e amontoei em cima do corte, para depois amarrar a atadura com força ao redor da pata. Era o melhor que eu podia fazer, pois não podia dar pontos. Apertei a atadura com clipes de metal, depois coloquei as mãos de leve na perna do unicórnio, dobrando-a e movendo-a para ter certeza de que a atadura não se soltaria quando o animal corresse.

Naquele momento, eu os senti. Assombro, crescendo como uma bolha gigante, crescendo e afastando todas as outras emoções: toda a dor e o medo, e a curiosidade e a agitação gerada pelos alarmes. Levantei a cabeça e vi que estávamos cercadas por um grupo de unicórnios. Ali estavam Comprido, Pintado, Linguarudo e Gorducha, o zangado que vi no dia em que matei Saltitante e alguns outros que havia vislumbrado: velhos, jovens, saudáveis, famintos, de pé ao meu redor como fantasmas pálidos à luz da lua, olhando para mim com os insondáveis olhos negros, os corpos brilhosos e sólidos exceto pelas coleiras escuras e mortíferas em cada pescoço. O sangue de Fujona estava grudento entre meus dedos, e fechei as mãos na lateral do corpo. Os unicórnios não se mexeram, só me olharam em grupo, como se fossem um só. Senti pequenos pontos de pressão nas extremidades da mente, como se estivessem se inclinando por cima dela, sem realmente serem capazes de me ouvir, sem poderem se comunicar comigo, separados por uma membrana finíssima de mal-entendidos e desconfiança.

Respirei fundo e pensei em tudo de tranquilizador. Barrigas cheias e florestas silenciosas, grama fria com o orvalho da noite e abrigos grandes e escuros debaixo de raízes de árvores enormes. Uma lua que iluminava o céu e carne ainda quente com o sangue de um coração ainda batendo.

Os unicórnios se aproximaram. Eles *ouviram*.

O pelo de uma mãe, o aroma de fogo e inundação, uma carícia da mão de uma caçadora cujos pensamentos levemente preocupados afastavam todo o medo do cérebro deles...

Como se fossem um, os unicórnios se abaixaram à minha frente e tocaram a terra com os chifres. Então soltei as mãos. Eu era uma deusa. Era Diana, a Caçadora, a Senhora dos Animais.

Uma a uma, as luzes nas coleiras deles piscaram novamente.

15

Quando Astrid testa os limites

Passei a noite na área cercada somente para ter certeza de que não haveriam ocorrências inesperadas. Brandt levou roupas secas e cobertores, e me encolhi dentro deles, com os joelhos puxados contra o peito, olhando pelo limite eletrônico para o *château* e me perguntando que diabos tinha acontecido naquela noite.

Quem eu era? Era uma caçadora de unicórnios? Era uma espécie de sinal mágico que atraía unicórnios? Era uma garota horrível e infiel que estava prestes a beijar o ex-namorado enquanto o atual deixava mensagens na caixa postal? E se eu era essa última coisa, como então planejava voltar rastejando? Será que deveria contar a Giovanni tudo o que tinha acontecido, embora nada tivesse realmente acontecido? Será que deveria apenas tirar da cabeça? Será que deveria nunca mais chegar perto de Brandt? Eram os tipos de coisas que eu provavelmente saberia se tivesse experiência real com garotos; se não tivesse morado em um convento; se meus dois únicos relacionamentos não tivessem sido com garotos cujas vidas salvei dos cruéis unicórnios assassinos que *eu* era responsável por atrair.

Na noite anterior, Brandt quase fez sentido para mim. Estar com ele no meu quarto, na piscina, quase pareceu como antes. Nenhum de nós jamais poderia voltar à vida antiga, mas ele me conhecia bem, uma Astrid que nunca tinha sido guerreira, e ele gostara dela o bastante para namorarem quando ambos moravam na mesma cidade. E agora que ele me conhecia de outra forma, parecia gostar ainda assim de mim. Brandt também estava envolvido até o pescoço com meu mundo, tinha as mesmas cicatrizes, trabalhava em busca do mesmo objetivo, de qualquer forma estranha que a Gordian conseguisse encontrar para usá-lo. Sempre que tinha a sorte de falar com Giovanni ao telefone, eu o ouvia falar sobre a vida dele em Nova York: as aulas e os amigos e as caças ao tesouro que duravam a noite toda. Parecia tão distante de meu mundo. E como eu poderia trazer à tona o assunto de unicórnios nesse contexto?

Como poderia fazê-lo entender como era morar aqui, entre eles? Como poderia dizer a ele que tinha passado a desejar o aroma de fogo e inundação, como eu tinha passado a alcançar os unicórnios, a penetrar nas mentes deles somente para ter um gosto daquele elemento selvagem que nada, nem mesmo limites eletrônicos e cercas com arame farpado no alto, poderia macular?

Eu poderia ficar de pé ao luar e fazer um bando inteiro de monstros venenosos se curvarem à minha frente. Como explicar isso a Giovanni? Na melhor das hipóteses, ele responderia vagamente com um "legal", ou diria que sentia orgulho de mim, mas não entenderia o que eu quis dizer. Na pior...

Sabia o que seria na pior das hipóteses, porque eu também sentia. Na pior das hipóteses, ele perguntaria em que tipo de indivíduo infeliz e doentio tinha me transformado para manipular um bando de unicórnios fracos e cativos assim. Eu estava apenas um passo à frente de um domador de leões com um chicote e uma cadeira. Eles não eram meus bichinhos de estimação, não eram zhis; eram selvagens. Mesmo em cativeiro, eram os animais mais selvagens que já conheci, mas eu os estava fazendo representar para mim como cachorrinhos de coleiras.

Porque podia.

Eu me encolhi ainda mais.

No sonho, Bucéfalo me chamou com a voz de Giovanni. De alguma forma, com o tipo de lógica que somente fazia sentido num sonho, eu sabia que era Bucéfalo quem estava falando, embora se parecesse com meu namorado. Ele estava zangado, furioso por eu ter rompido nossa parte do acordo.

Eu não sabia bem de que acordo ele estava falando.

Sua raiva pulsava por minha mente, me atraindo como a luz piscante de um farol. Eu o estava procurando, cambaleando por um emaranhado de madeira, e meus pés se prendiam em raízes e vinhas determinadas a permanecerem no caminho. Aqui e ali, eu tinha vislumbres de einhorns desaparecendo no bosque. Até eles corriam da ira do karkadann. Ainda assim, eu me aproximava.

Onde você está?, gritei para ele. *Por onde andou?*

Mas ele estava zangado demais para responder.

O bosque do sonho de repente virou uma clareira banhada de luar, e parei quando o reconheci. Era o jardim em frente ao museu à Galleria Borghese, o local onde beijei Giovanni pela primeira vez. O lugar onde conheci o karkadann.

Bucéfalo estava lá, tão enorme e mortal como sempre. Com a voz de Giovanni, falou.

Era isso que você queria.

Não, não era. Tentei dizer a ele, mas ele não entendia justiça em termos humanos. Não sabia como fazíamos as coisas hoje em dia. Monstros gigantescos de 3 mil anos de idade podiam fazer o que quisessem.

O karkadann deu um passo para o lado, e ali, no chão bem junto aos seus cascos, estava o corpo de um jovem com o rosto banhado em sangue.

Era Brandt.

A próxima coisa da qual me lembro foi a sensação de orvalho no rosto e a voz de Isabeau no ouvido.

— Astrid, acorde. Amanheceu, e todos os unicórnios estão em segurança.

Pisquei para abrir os olhos e me levantei do chão com o apoio do cotovelo. Houve um estalo no meu pescoço, e senti terra na bochecha. Isabeau parecia revigorada e descansada em um terno engomado, pérolas no pescoço e o cabelo caindo em uma onda negra brilhante.

— Bom dia, minha caçadora de unicórnios! — Isabeau riu. — Você é uma funcionária dedicada, *chère*, mas não há motivo para dormir no chão como um cachorro.

Fiquei de pé e fiz uma careta por causa da rigidez do corpo.

— Houve uma sabotagem...

Isabeau estalou a língua.

— Ouvi tudo que aconteceu e vou resolver. E agradeço por seu serviço, muito além do que obriga seu dever. Agora precisa entrar e se limpar. Você tem aula na cidade hoje, não?

Eu tinha, mas nossa, como estava dolorida. Tudo que queria era um banho de banheira e talvez uma soneca em uma cama de verdade. Eu me espreguicei.

Ela me viu tentando alongar os ombros e balançou a cabeça, como se lendo meus pensamentos.

— Astrid, você *tem* aulas na cidade hoje. Precisarei insistir nisso. Seu ferimento já atrasou seus estudos. Este emprego é importante, mas os estudos também.

O emprego era o único motivo de eu estar estudando. Se os unicórnios tivessem escapado na noite de ontem, se tivessem matado alguém, então minha permanência aqui teria se mostrado totalmente inútil e eu precisaria deixar tudo para trás. Deixar minha professora e minha bela suíte, deixar o laboratório de química em Limoges e o bando de unicórnios que estava passando a conhecer bem. Deixar Isabeau. Deixar Brandt.

Essa última parte talvez não fosse má ideia.

— Obrigada — falei. — Você tem sido absurdamente boa para mim.

— A única coisa absurda — respondeu ela — é você achar que isso é qualquer coisa além de decência humana. Quero encontrar o Remédio, mas não à custa da sua segurança e do seu futuro. Você vai ter uma vida depois que seus dias de caça aos unicórnios acabarem, Astrid. Também insisto nisso.

Olhei para baixo, sem saber como responder.

— Vamos, venha se limpar e se vestir. Um café, um doce, e você vai se sentir bem melhor.

Ela passou o braço a minha volta e me levou para fora da área cercada e em direção a casa. Nos separamos na escada, mas continuei sem falar nada e, ao voltar para o quarto e entrar na linda banheira de mármore, não conseguia afastar a sensação de que tinha sido repreendida pela minha mãe.

Ainda assim, ela estava certa. Eu tinha faltado algumas aulas depois que o unicórnio me chutou. Era hora de voltar a lidar com isso seriamente.

O motorista de Isabeau me levou até Limoges, esperou enquanto eu assistia a aula de laboratório, e me levou para casa quando terminei, deixando-me na porta do *château*.

Comecei a subir a escada para trocar de roupa quando Jean-Jacques me impediu.

— *Mademoiselle*, Madame Jaeger gostaria de vê-la no jardim.

— Algum outro problema com a cerca? — Será que havia faltado energia enquanto eu estava fora? Dei meia-volta e comecei a descer a escada.

— Não, não. Ela gostaria de mostrar uma coisa pra você. Além disso, quanto a ontem à noite... Quero dizer, hã, *merci, Mademoiselle. Je n'ai pas peur quand vous êtes ici. — Não tenho medo de unicórnios quando você está aqui.*

Sorri.

— *Merci*, Jean-Jacques.

Atrás da casa, no gramado verde que ocupava o espaço entre a estufa e a área dos unicórnios, Isabeau estava com um arco nas mãos.

— Astrid! — chamou ela, com alegria, acenando para mim. Havia um alvo grande montado perto da beirada do gramado e um feixe de flechas em uma aljava novinha. — Surpresa!

Desci os degraus do pátio até a grama, e os saltos de minhas botas afundaram no gramado.

— Sei que não é um dos arcos antigos com os quais está acostumada — disse ela —, mas olhe!

Ela me entregou a aljava. Peguei uma das flechas de carbono, mas em vez de ter uma ponta de treino ou mesmo de liga metálica, vi o cinza típico de um pedaço de osso. Grace babaria por essas flechas. Elas eram bem melhores que suas toscas tentativas caseiras.

— Mandei fazer com o alicórnio de um dos einhorns mortos — exclamou Isabeau. — Em um fabricante de armas em Orléans. Não são lindas?

— Maravilhosas — concordei, batendo de leve com o dedo na ponta. Afiada. — Quer que eu as use? Quer que eu mate o bando todo?

— Não! — Isabeau pareceu chocada. — Quero que você tenha prática. Não usa um arco desde que chegou aqui. Achei que devia estar com saudade. Tem pontas de treino também, está vendo? — Ela apontou para uma caixa com pontas adicionais e penas. — E, se você precisar usar o arco de verdade alguma hora, temos isso aqui. Você não vai ficar limitada a sua faca como ontem à noite.

— Obrigada — falei.

Isabeau franziu a testa.

— Você não gostou.

— Gostei — confirmei. — E está certa, sinto saudade de usar o arco.

Isabeau deu um passo para trás.

— Experimente! Adoraria ver você disparar.

Dei de ombros e tirei as pontas de alicórnios de várias flechas, substituindo-as pelas de treino. Em seguida, coloquei o arco no ombro e segui pelo gramado até chegar à extremidade. Mirei e disparei. Uma, duas, três flechas, diretamente no centro do alvo. Disparei mais quatro nos pontos cardeais dentro das linhas finas do círculo externo. Logo depois, voltei-me para Isabeau.

— Talvez — disse ela ironicamente — você não precise de prática, afinal.

— Os unicórnios estão bem aqui — expliquei. — Sou capaz de disparar no que você quiser.

— Tenho certeza de que qualquer universidade gostaria de tê-la na equipe de arco e flecha.

— Sim, desde que não se importem de manter um zhi por perto como mascote da equipe. — Só que isso não era completamente verdade. Com toda minha experiência, eu era boa nos disparos mesmo sem magia. — Mas obrigada pelo presente. São lindas. — Passei o dedo pela caixa de pontas de alicórnio. — Na verdade, sabe onde elas seriam bem úteis?

— *Bien sûr*, Astrid. Já mandei um kit para o Claustro.

Eu sorri.

— Caraca, Astrid! — Brandt veio correndo pelo pátio. — Vi você do meu quarto. Foi demais! Faz de novo.

A boca de Isabeau formou uma linha fina.

— Ela não é uma artista de circo que veio fazer um show pra você, Brandt.

Ele a ignorou.

— Vamos, Astrid. — Ele tirou as flechas do alvo. — Faz uma forma de estrela. Ou um B. Você consegue escrever meu nome com flechas? — Com os olhos azuis brilhando de expectativa, ele me entregou as flechas.

— Chega, Brandt! — Ao som da censura de Isabeau, Brandt baixou a mão e o sorriso murchou.

— Que saco — sussurrou ele, e piscou. Ele se virou para olhar para Isabeau. — Você é uma estraga-prazeres, sabia?

— E você é um funcionário desobediente e uma criança teimosa.

— Criança, é? É isso que pensa de mim, chefa? Interessante. Jamais teria imaginado.

— Chega — repetiu ela friamente.

— Ou será que você pensa *nela* como uma criança? — Brandt me indicou com o polegar. — *Sua* filha.

Segurei a bela aljava, dividida entre sair em defesa de Isabeau e me perguntando se Brandt tinha razão.

— Falei que *chega*. — A voz de Isabeau tinha adquirido um tom perigoso, tão frio quanto a vez em que ela me disse para nunca deixar um homem bater em mim.

— Brandt — pedi —, pare com isso. Isabeau cuida bem de nós dois. Você sabe que sim. E é claro que ainda somos crianças. Ela está ciente disso. É por esse motivo que faz questão de que frequentemos a escola e... — Estiquei a mão e toquei no ombro dele, que se virou para olhar para mim sorrindo novamente com olhos quase selvagens.

Por um segundo, achei que ele fosse me agarrar, mas ele não o fez. Apenas olhou para mim de uma maneira que me fez corar até as pontas das botas novas.

— Ei, Astrid — disse ele, em tom de falsa casualidade. — Quer nadar de novo mais tarde?

Corei ainda mais, e então, sem esperar resposta, ele saiu andando.

Alguns momentos de silêncio vieram em seguida, aumentados pela proximidade dos einhorns na área cercada. Eu conseguia sentir a forma como o vento fazia girar cada folha nas árvores, conseguia ouvir a aceleração nos batimentos de Isabeau. Ela estava com medo.

Engoli em seco.

— Não sei direito o que acabou de acontecer.

Ela balançou a cabeça e sorriu.

— Não é nada. Uma velha briga entre nós. Ele não gosta de minhas restrições como condição da permanência dele no emprego. Quando discutimos sobre isso, nós dois ficamos mal-humorados.

— Que restrições? — Eu ri. — Ele também disse isso, mas pra mim, morar aqui é moleza.

— Isso é porque você é uma boa aluna, Astrid. Gosta de trabalhar; tem um forte senso de responsabilidade em relação ao trabalho e aos estudos. Não está aqui para desperdiçar o tempo de ninguém.

— E Brandt está? — indaguei. O francês dele havia melhorado muito. Cada vez que eu o via com os professores, parecia tão envolvido no estudo quanto eu.

— Brandt... — Ela hesitou. — Eu não devia falar assim. Basta dizer que ele nem sempre facilita as coisas pra mim. Sabe que a posição dele é especial o bastante pra poder tirar vantagem dela.

E a minha, não. Caçadoras de unicórnios eram raras, é claro, mas, se eu não fosse muito boa, ela sempre podia pedir outra ao Claustro. Não existia mais Remédio, e, se eles estavam usando Brandt para ajudar a sintetizá-lo, precisavam que ele estivesse disposto a fazer seu jogo.

Eu me perguntei o quanto ele ganhava para ficar no *château* doando tubinhos de sangue. Na verdade, em todo tempo que passei aqui, acho que nunca o vira com um *band-aid* no braço. Por outro lado, com o tempo ficando mais frio, ele andava quase sempre de mangas compridas.

Menos na piscina ontem à noite. Corei de novo, e Isabeau ergueu as sobrancelhas.

Alguns dias depois, saí do laboratório de química e encontrei Brandt nos degraus do prédio Landry.

— Que coincidência encontrá-lo aqui — falei, batendo com a ponta da bota na pedra.

— Não é tão surpreendente — respondeu ele. — Estava esperando você.

Ergui as sobrancelhas.

— Achei que seria divertido se ficássemos na cidade esta noite. Uma fugidinha.

Como éramos diferentes. A Gordian *era* minha fuga.

— Não sei. Tenho trabalho…

— Pare com isso, Astrid! — disse ele. — Estou entediado. Não consigo passar mais uma noite no campo.

— Então saia em uma das suas viagens misteriosas — rebati. — Pra onde foi da última vez? Islândia? Ibiza? — De acordo com Isabeau, Brandt gostava de gastar o dinheiro da Gordian e pulava de uma capital europeia festeira para outra.

— Sozinho? Também não é divertido.

— Arrume uma namorada.

— Boa ideia. — Os olhos azuis disseram bem mais.

— Não estou disponível.

— Ah, eu sei, acredite em mim. — Ele ficou de pé lentamente, como se examinando cada centímetro de pele visível acima do cano de minhas botas até a barra da saia. — E como esse é o caso, qual é o problema se você sair comigo hoje? Só como amigos.

A questão era a piscina, e ele sabia.

— Por quê?

— Já falei — disse ele. — Estou solitário. Estou… com saudades de casa. — Ele afastou o olhar. — Sinto muito, mas você me faz lembrar de casa. E às vezes só quero…

— Que as coisas sejam como eram antes? — perguntei baixinho.

Ele assentiu, sem olhar nos meus olhos.

Prendi a respiração. Bem, isso eu conseguia entender.

— Certo — falei. — Vamos jantar. Alguma coisa americana.

Ele sorriu.

Fomos a um fast-food e comemos hambúrguer e batata frita. Paramos em uma loja de roupas e compramos calças jeans à custa da Gordian. Deixamos o café de lado e tomamos Coca, lamentamos a falta que sentíamos do Halloween e discutimos a possibilidade de organizarmos um jantar de Ação de Graças.

— Tem peru na França, né? — perguntou Brandt, enquanto andávamos pela rua juntos. Eu ri.

Roma era uma cidade maravilhosa, e eu adorava explorá-la com Giovanni. Adorava as massas, o sorvete, a quantidade sem fim de obras de arte famosas. Mas nunca saímos para comer hambúrguer. E, às vezes, de tempos em tempos, por mais maravilhosa que fosse a comida na Itália, por mais espetacular que fosse a comida na França, eu só queria um hambúrguer gorduroso de fast-food. Queria uma pizza comum. Queria sanduíche de manteiga de amendoim, leite achocolatado, uma vista para o oceano Pacífico e um pouco do que tinha em casa.

Assim como Brandt.

Passamos por um bar com jovens e *dance music* se espalhando igualmente pela rua.

— Vamos dar uma olhada — sugeriu Brandt.

Não me mexi.

— Vamos — disse ele, que inclinou a cabeça para ouvir a música. — É Madonna. Ela é americana.

— Mais ou menos — argumentei, mas ele me puxou para dentro.

Acabou sendo muito divertido. As pessoas eram estudantes em sua maioria, e pude praticar meu francês cada vez melhor. Eu não dançava havia séculos, e o pessoal ali estava realmente com vontade de dançar. Brandt desaparecia e reaparecia ao longo da noite, nunca na minha cola, mas sempre verificando se estava me divertindo.

Então, fiquei chocada quando senti meu telefone vibrando na bolsa e reparei no visor que já passava da meia-noite. Logo em seguida, senti cons ternação ao reconhecer o número.

Giovanni.

Corri para fora da casa, mas a música foi atrás quando atendi.

— Astrid? Onde você está?

— Eu saí.

— Pra uma boate? — perguntou ele. — Que... estranho.

Franzi os lábios. O quê? Será que ele estava tão acostumado a me encontrar na cama na hora que ligava?

— *Eu* nunca tive nada contra festas, *G*.

Ele preferiu não responder ao meu comentário.

— Você não está sozinha, está?

Hesitei.

— Astrid? Você não deve ir a uma boate sem ninguém.

— Não seja condescendente comigo! — respondi. — Você é dois anos mais velho que eu, não vinte. Sei o que estou fazendo!

— Você *está* sozinha? Astrid, pare com isso, não é seguro.

— Não estou sozinha — respondi. — Estou com Brandt.

Me arrependi no momento em que falei. Lembrando onde estava na última vez que ele ligou. Na piscina, com Brandt. E agora, eu estava em uma boate com Brandt.

Silêncio. E então:

— Você me disse que quase nunca o vê.

— Disse? — falei em tom leve. — Bem, acho que essa é uma das vezes.

Ele não disse nada, e meus olhos começaram a arder.

E, então, horrivelmente:

— Bem, não vou te interromper.

— Giovanni, espere! — gritei. — Não tem nada... Eu só queria uma noite de folga. Estou em Limoges, Brandt também está aqui, mas não tem nada acontecendo. Estamos numa festa com um pessoal da faculdade. É totalmente inocente.

Consegui ouvi-lo suspirar.

— Eu... confio em você, Astrid.

Mas não devia, pensei.

— E, sim, você tem mais é que sair e se divertir. Apenas é bem mais difícil pra mim imaginar você tendo vida social quando sei que não está com Phil nem com as garotas do Claustro, mas sim saindo com um cara que já foi seu namorado. Principalmente porque ele não está a 5 mil quilômetros como eu.

— Não é por proximidade que escolho os caras — expliquei. Não era, não *era*.

Mas esse não era o único argumento de Brandt. Ele achava que Giovanni e eu não tínhamos nada em comum. Ele ficaria mais que feliz em observar que Giovanni evitaria essa boate como se fosse uma doença, e eu queria dançar a noite toda. Ficaria feliz em observar o quanto Giovanni não entendia nada sobre unicórnios e sobre o Remédio, coisas que tinham se tornado a vida de Brandt, e a minha também.

— Olhe — disse eu. — Não posso falar agora. Ligo depois, tá?

— Tudo bem — respondeu ele, e, em duas palavras, senti a mesma frustração que sentia sempre que ele me dispensava.

Enfiei o celular na bolsa e me virei para a boate. Odiava pensar que Brandt estava certo.

Só chegamos ao *château* quando estava quase amanhecendo. Brandt queria ficar em Limoges, talvez em um hotel, como tantas vezes no passado, mas fui contra. Apesar do uso do plural quando sugeriu que reservássemos os quartos, eu não achava que passar a noite em um hotel com Brandt fosse deixar meu namorado feliz. Nem Isabeau.

Todas as luzes estavam acesas no *château* quando paramos do lado de fora, e comecei a pensar que, com ou sem hotel, Isabeau já estava zangada.

Ela se encontrou conosco no saguão de entrada, uma expressão fechada no rosto.

— No futuro — disse ela —, quero ser avisada antes de qualquer saída noturna.

— Relaxe, Madame Jaeger — reagiu Brandt.

— Não — respondeu ela. — Astrid, e se tivéssemos uma emergência aqui ontem à noite?

— Seria a mesma coisa se houvesse uma durante minhas aulas na cidade — respondi. — Você liga pro meu celular.

A expressão dela não se suavizou.

— Você disse que variar meus horários não era problema. — Bati o pé. — Preciso ter permissão de sair.

— A noite toda? — perguntou ela. — Duvido que sua mãe deixasse você fazer uma coisa assim.

— Só se envolvesse me colocar em uma situação em que minha vida corresse risco — retruquei.

— Por que está zangada? — perguntou Brandt, com um sorriso dançando nos lábios. — Decida. Por ela ter deixado você aqui sozinha com os unicórnios maus ou por ter saído comigo sem implorar sua permissão primeiro?

Isabeau se virou para ele.

— Não estou zangada — disse ela. — Estou apenas informando a vocês dois que, se minhas vontades forem desobedecidas mais uma vez, haverá consequências. Entendeu, *Monsieur*?

O sorriso de Brandt desapareceu.

— Você quem sabe — disse ele, e saiu andando.

Ela olhou para mim e balançou a cabeça.

— É uma pena que tenha escolhido a noite passada para exercitar sua liberdade, Astrid. Eu tinha uma surpresa para você.

— O quê?

Ela olhou para minha roupa, que ainda estava fedendo a fumaça de cigarro e suor.

— Vá tomar um banho — disse ela. — Talvez você veja quando voltar.

Fui para o quarto, tomei um banho rápido e troquei de roupa. Quando voltei para o térreo, o sol já aparecia no horizonte, e Isabeau estava saindo do escritório, o rosto cheio de linhas sérias.

— Astrid, não preciso dizer que estou decepcionada. Em relação a Brandt já passei a aceitar comportamentos assim. Mas esperava mais de você.

— Mais do quê? — perguntei.

— Você tem um senso forte de qual é seu dever — afirmou ela —, mas sente necessidade contínua de se testar. Passar a noite toda fora com um rapaz?

— Não aconteceu nada! — respondi. — Você sabe que sair com um cara não quer dizer dormir com ele, não é?

— Sei que Brandt aproveitaria todas as oportunidades que pudesse para fazer com que acontecesse exatamente assim. — Ela meneou a cabeça. — Você namorou ele, então também sabe disso.

De repente, mesmo em meio ao cheiro das ervas do saguão, senti os unicórnios despertarem para uma nova presença. Enrijeci.

— Tem alguma coisa... acontecendo. Na área cercada.

— Ah, sim — disse Isabeau. — É sua surpresa.

16

Quando Astrid vê uma coisa nova

Eu as encontrei de pé ao lado do portão que levava para além da cerca e para a área dos einhorns. Estavam de casacos longos e chapéus para se protegerem do frio da manhã, mas as reconheci imediatamente.

— Cory! — gritei. — Valerija!

Cory deu um gritinho e veio correndo em minha direção.

— Aí está você! — Ela jogou os braços ao meu redor. — Oi! Oi, oi, oi! Desculpe, a gente não conseguia esperar mais. Bem, Val não conseguia, na verdade. Ela está morrendo de vontade de ver esses einhorns.

Val? Balancei a cabeça.

— O que vocês duas estão fazendo aqui?

— Viemos visitar você, é claro. Pra ver a operação.

— Sabe o código? — perguntou Valerija, ainda no portão. Os unicórnios lá dentro chegaram até a beirada da floresta, curiosos com as recém-chegadas.

— Vocês podiam ter me avisado, sabe — comentei.

— E estragar a inspeção surpresa? — perguntou Cory. — Claro que, quando viemos, achamos que pegaríamos de surpresa os cientistas malvados da Gordian Pharmaceuticals, não você em uma noitada com um cara que não é seu namorado. — Cory cruzou os braços. — Devemos avisar Giovanni?

— Ele sabe — murmurei. E não gostou nem um pouco. Espere aí: nada de sermão sobre os males de caçadoras de unicórnios namorarem? Não que Brandt e eu estivéssemos *namorando.*

— Tem mais uma coisa — disse Cory. — O Claustro recebeu um relato de aparecimento de unicórnios perto de Bordeaux alguns dias atrás.

— *Aparecimento*? — perguntei. Bordeaux ficava a três horas de carro dali. — Não foi um ataque?

— Não houve interação — disse Cory. — Nenhuma morte.

Isso era incomum.

— Por que eu não soube disso?

— Pra ser sincera, achamos que haveria uma chance de você já saber.

Sem contar para elas? Cory observou minha perplexidade.

— Astrid, pela descrição... parecia um karkadann.

Um karkadann! Será que Bucéfalo estava por perto? Eu me lembrei do sonho que tive na noite em que o limite eletrônico foi desarmado. Não tinha aquele sonho havia meses. Não podia ser coincidência.

— Phil acha que... bem, talvez ele estivesse vindo ver você.

— E mesmo se não for isso — acrescentou Valerija —, que você não devia ir lá sozinha.

— Há várias preocupações — disse Cory. — Não há registro de caçadoras que tenham matado um karkadann, exceto Clothilde. E aquela história nem é verdade. Então, se ele não for Bucéfalo, é extremamente perigoso.

— Se for Bucéfalo, ainda assim é extremamente perigoso — falei, irritada. — Eu o vi matar um homem a sangue-frio, lembram?

— Mais motivos ainda para pensar que mesmo duas caçadoras não são o bastante — disse Cory.

— Devemos deixar que ele devaste o interior do país, então? — perguntei.

Val virou de costas para o bosque.

— Mas ele não está fazendo isso — disse ela. — Não há relato de ataque a humanos. Nem mesmo a animais. Só tem uma pessoa dizendo que o viu.

— Talvez seja um boato — sugeri. — Como alguém que diz ter visto o monstro do lago Ness.

— Talvez — disse Cory, ainda cética.

Eu precisava concordar. Isso não era matéria de jornal, senão eu teria ouvido. Foi um relato particular para a Ordem da Leoa. E o fato de que esse suposto karkadann não tinha atacado ninguém tornava mais provável que fosse Bucéfalo. Ele sabia que a maneira mais rápida de atrair a ira das caçadoras de unicórnios sobre si era ferindo um humano. Eu não tivera contato com ele durante todo o verão. Isso me fez pensar que estava escondido nas profundezas selvagens.

Mas por que ele apareceria a poucas horas de distância? Será que precisava de minha ajuda de novo? Ou, como no verão passado, estava querendo *me* ajudar? Isso era besteira. A única coisa com a qual eu precisava de ajuda agora era cuidar para não estragar meu relacionamento com Giovanni.

Mais uma vez, lembrei-me do sonho e da imagem de Brandt morto em uma poça de sangue.

Esse tipo de ajuda eu estava dispensando.

Estremeci.

— O que vocês querem fazer, então? Um passeio até Bordeaux pra dar uma olhada?

Cory hesitou.

— Estava torcendo para você dizer que você e o unicórnio se encontraram rapidamente e pronto. Acho que vamos precisar chamar mais caçadoras.

— Ou — completei —, eis uma ideia: por que não deixamos pra lá?

Cory não disse nada. Valerija pareceu confusa.

— É como Valerija falou. Ele não fez nada. Não está incomodando ninguém. Que direito temos de matá-lo?

— É perigoso — disse Cory. — Ele poderia matar dezenas de pessoas...

— Mas não matou!

Ela franziu a testa.

— Você quer esperar até que mate?

Olhei para baixo e respirei fundo.

— Não — respondi. — Mas também não quero assassinar um ser. — Eu estava cansada disso.

Cory não respondeu, e Valerija pigarreou.

— Vamos, deixe a gente entrar — disse ela, esfregando as mãos. — Chega de papo. Quero ver os einhorns.

— Acho que não é uma boa ideia — falei. — E o... problema de Cory?

— Ah, não tem problema — respondeu Cory. — Val vai cuidar deles se ficarem briguentos. Ela é meu cavaleiro em armadura brilhante.

— E eles não vão ficar, como dizer... violentos — acrescentou Valerija. — Fizemos alguns testes. Unicórnios ainda a sentem como caçadora. O contrário é que não funciona.

Uau, o inglês dela tinha *melhorado*.

Abri o portão e entramos na área fechada, e, assim que passamos pelo limite eletrônico, os einhorns vieram até nós. O grupo de sempre me cercou, farejando em busca de comida; quando a busca se mostrou infrutífera, começaram a farejar Valerija e Cory.

— Que maravilha! — exclamou Valerija. — São extraordinários.

— São lindos — concordou Cory. — Mas um pouco magros.

— Consegue senti-los? — perguntei.

Ela tocou no flanco de um.

— Sim, bem macios.

— Você sabe o que quero dizer.

A expressão dela mudou.

— Não, nadinha. — Ela e Valerija trocaram longos olhares. — Só piora. E os médicos não conseguem descobrir um motivo médico.

— Não consigo acreditar que estou dizendo isso, mas que tal um motivo não médico? — Examinei minha amiga. Estava mais pálida que o habitual, mas não era mais verão na Itália. Além do mais, tinha emagrecido. Falta de massa nas refeições ou alguma coisa mais sinistra? — Tem mais alguma coisa que poderia estar causando isso? Tipo, você não tem namorado, certo?

Outro olhar rápido e inescrutável entre Valerija e Cory.

— Não — disse Cory. — Nada de namorados. Os médicos estão questionando se está relacionado com a caça. Uma reação alérgica, talvez, ou uma doença de algum tipo que afeta caçadoras e é passada por unicórnios.

— Mas com que unicórnios você teve contato, e nós não? — indaguei. — Bonegrinder pegaria qualquer doença que os unicórnios da Inglaterra tivessem.

— Ou — prosseguiu ela —, talvez tenha sido alguma coisa que a Gordian fez comigo quando ainda estávamos tentando entender isso tudo. Quando estávamos testando tanto Bonegrinder quanto eu, antes do Claustro abrir.

— Queremos perguntar a Isabeau — disse Valerija, se aproximando. Ela segurou a mão de Cory e apertou. — Porque eles também podem ter feito comigo. Pode ser que eu também perca meus poderes a qualquer momento.

Cory lançou um olhar sério para Valerija e colocou a mão livre em cima das mãos unidas delas.

— Você não vai. Juro.

Olhei para elas, mais confusa que nunca.

— Quer saber? — disse Valerija imediatamente. — Acho que vou dar uma caminhada rápida no bosque. Tchau! — Ela saiu andando, apressada, e os einhorns foram atrás dela.

— Cory… — comecei a falar.

— Ela está indo tão bem, não acha? — alegou Cory.

— Ela não é a única — falei lentamente. O que eram aquelas mãos dadas e os olhares misteriosos?

— Astrid, você não faz ideia de como era a vida dela antes de vir até nós. Ela também perdeu a mãe. Você sabe. Como eu.

— Ah.

Olhei para o ponto onde Valerija desapareceu no bosque. Jamais dedicara muito tempo a conhecer a fugitiva quando ela foi morar conosco. Na verdade, ela havia me assustado, e com bons motivos, pois acabou se revelando uma espiã da Gordian. Embora Phil tenha até sido sua colega de quarto por um tempo, nunca tive a sensação de que elas conversavam muito. Apenas Cory fora simpática desde o começo. Não surpreende Valerija ter se voluntariado para o trabalho de cuidar dela.

— Mas não exatamente como eu — prosseguiu Cory. — A mãe dela era… perturbada. Alcoólatra, usava outras drogas. E, quando morreu, Valerija ficou morando com o antigo namorado da mãe. Ele, humm, tentou machucá-la, e foi aí que ela fugiu.

— Isso é horrível. Ela nunca nos contou.

— É difícil pra ela. Não só a barreira da língua, mas tudo. Você sabe como foi difícil pra ela nos contar sobre a Gordian e tudo mais no verão passado. Mas ficamos bem próximas, então…

— O quão próximas? — exigi.

Ela apertou os lábios.

— Temos muito em comum.

Ah, sim. Valerija, a fugitiva drogada, e Cory, a rica princesa mimada. Mas talvez o que éramos antes de nos tornarmos caçadoras não importasse tanto assim.

— Temos mesmo! — insistiu ela. — E ela está bem melhor agora. Mal posso esperar pra que a vejam lá no Claustro.

— Sem mais comprimidos? — perguntei.

— Há meses — declarou Cory, com os olhos brilhando de orgulho. — Ela diz que a magia dos unicórnios é a única viagem da qual precisa.

— Isso é... legal, acho. — Era assim a sensação de ficar doidona? Magia? Era por isso que eu desejava ficar perto de unicórnios?

— Eu sei. É estranho, né? — Cory deu de ombros, e dei uma risadinha para encobrir minha confusão. — Mas é o que ela diz. E isso me deixa ainda mais receosa de que ela pegue esse negócio de mim. — Ela se inclinou para a frente. — Porque, pra falar a verdade, não sei se me importo muito com as outras desvantagens. Descobri que não sinto falta de caçar.

— Entendo perfeitamente — falei.

— E tenho certeza de que estarei em segurança no Claustro. Eu e ela vamos voltar. Não preciso tirar uma das poucas caçadoras da Ordem pra ser minha guarda-costas.

— Que magnânimo de sua parte — brinquei.

— Foi ideia de Val. — Cory procurou a outra garota no bosque, mas ela estava muito longe, no meio das árvores. Pelos ecos nos pensamentos dos unicórnios ao redor, Valerija parecia estar no sétimo céu. Se eu fechasse os olhos, sem dúvida conseguiria senti-la, com o ponto central vibrando até mim por uma cadeia de consciências de unicórnios.

Se eu não tomasse cuidado, Valerija poderia roubar meu emprego.

E então, como Cory ficaria?

— Ela interage tão pouco com unicórnios em Londres que está com medo de perder os poderes e não saber.

— Acho que ela saberia — afirmei baixinho para Cory. Se eu fechasse os olhos, sentiria Cory também. Perceberia todo mundo, porque os unicórnios percebiam. Eles conheciam cada uma de nós aqui no bosque. Conheciam os manifestantes atrás da cerca, preparando suas comidas, lavando roupas e pintando cartazes. — Mas, agora, estou mais preocupada com você.

Ela olhou bem dentro dos meus olhos, e o que mais vi ali foi preocupação comigo. Eu, sozinha aqui sem o apoio das outras caçadoras. Sozinha aqui com Brandt. Isolada para ponderar sobre a ética de matar unicórnios que nunca haviam machucado ninguém.

Mas ela não falou nada disso. O que disse foi:

— Acredite se quiser, jamais estive tão feliz.

Respirei fundo.

— Por causa de Valerija.

Ela assentiu.

— Por causa da Val, sim.

Muito bem, então.

— Astrid? — Cory pareceu apreensiva. Ela juntou as duas mãos. — No que você está pensando?

O canto de minha boca se elevou.

— Que não sou a única com uma queda por namorar ex-espiões da Gordian.

Cory corou até as raízes do cabelo e me abraçou.

— Obrigada.

— Pelo quê? — perguntei alegremente.

— Você é a única que sabe. Neil teria um ataque.

— O que seria muita intolerância da parte dele.

— Não, boba! — Ela deu uma gargalhada, coisa que vinha fazendo com muita frequência atualmente. — Porque somos caçadoras. Você sabe o que ele pensa sobre pessoas do Claustro ficarem juntas.

Revirei os olhos. Claro que sabia.

— E como Val é... bem, ele não consegue deixar de pensar nela do jeito que era quando chegou a nós.

Ela não usava mais drogas, as facas acabaram sendo uma vantagem, e definitivamente saiu do casulo.

— Tenho certeza de que ele vai ver que ela mudou — declarei. Eu tinha certeza de que ele veria todo o resto também. Ah, queria ser uma mosquinha na parede do Claustro quando elas aparecessem por lá!

— Você não tem problema com isso, não é, Astrid? — perguntou Cory. — Sei que não fui justa com você e Giovanni, mas agora me dou conta de que estava... meio que com inveja. — Ela parecia que ia começar a chorar.

— De mim? — perguntei, chocada.

Ela apertou as mãos.

— Humm... de Giovanni.

Valerija apareceu de novo, bem na hora.

— Muito bem, chega de unicórnios. Vamos tomar café da manhã.

Passei o resto do dia em uma espécie de névoa enquanto Isabeau fazia o *grand tour* com Valerija e Cory. Acompanhei o grupo nas visitas do *château* e do laboratório, e dei respostas curtas às perguntas que as três dirigiam a mim.

Era coisa demais para processar depois de virar a noite. Bucéfalo, aqui? Cory e Valerija, aqui? Cory e Valerija... juntas? Como nunca captei o fato de que a reprovação de Cory em relação a meu namoro estava misturada com outros sentimentos? Nós dividíamos o quarto na Itália, e jamais percebi. Era oficial: eu podia ser capaz de ler a mente de um unicórnio, mas, quando se tratava de meus entes queridos, eu ficava completamente perdida.

Se Cory e Valerija estavam juntas, o que isso representava para a magia delas? Será que podiam realmente ficar juntas ou estavam presas sob as mesmas restrições que eu? Duvidava que fosse uma brecha que as freiras católicas tivessem considerado. Eu me perguntava se a deusa tinha.

E, se elas podiam ficar juntas, que injustiça era essa? Magia idiota.

A única pessoa que não vimos ao longo de todo o dia foi Brandt, e, quando as outras garotas perguntaram sobre ele, Isabeau simplesmente acenou com a mão e disse que ele viajara.

— Já? — perguntei. — Mas ele ficou acordado a noite toda.

— Você parece estar com bastante energia, Astrid. — Foi tudo que Isabeau se dignou a responder.

— Bem, não estamos particularmente interessadas nele — disse Cory. — Mas se você tiver qualquer informação sobre outro ex-namorado de uma das nossas Llewelyn...

— Suponho que esteja falando de Seth Gavriel — disse Isabeau.

— Qualquer coisa — pediu Cory, com intensidade. — Último paradeiro conhecido, se você lhe comprou roupas ou veículos antes de ele ir embora...

— Se você sabe de alguma alergia fatal... — acrescentou Valerija, e finalmente conheci o sorriso dela.

— Veneno de alicórnio — respondeu Isabeau, retribuindo o sorriso de Valerija. — E, se os caminhos legais falharem por algum motivo qualquer, posso recomendar a aplicação dele. Acredite, gostaria de ver aquele jovem ser levado perante a justiça tanto quanto vocês. Não conheço sua amiga Philippa, mas sei que Astrid a ama muito, então também a amo. Antes de tudo, acredito na lei. Mas admito que consigo entender seu desejo real por vingança. Não se esqueçam de que também sou uma Llewelyn.

Cory se inclinou e sussurrou ao meu ouvido:

— Retiro minha impressão anterior. Gosto mesmo desta mulher.

O restante do dia se passou com o tipo de discussão que eu geralmente adorava. Isabeau mostrou todos os arquivos que tinha sobre Cory e Valerija, e ajudou-as a verificar os exames que sofreram no laboratório de Marten numa tentativa de descobrir se alguma coisa que Cory vivera ali poderia ter despertado a condição atual.

— Você foi exposta a veneno de alicórnio aqui — explicou Isabeau, segurando uma folha de papel —, mas não foi pela primeira nem pela última vez. Não consigo imaginar como o efeito poderia mudar.

— E isso foi só uma retirada de sangue comum — acrescentei, apontando para outra folha.

Os exames de Valerija foram comuns da mesma forma, e, como Marten a usou como cobaia depois que terminou com Cory, nenhum dos exames se sobrepôs.

— Vou fazer cópias desses arquivos pra vocês levarem — disse Isabeau a Cory. — E, se houver alguma outra informação que eu possa fornecer, ou exames com os quais possa ajudar, é só me falar. Você está certa; sua situação é bastante curiosa.

Valerija olhou para ela com olhos arregalados, tão descrente quanto eu quando cheguei aqui. Sorri. Nem todos os Jaeger eram farinha do mesmo saco. Por outro lado, Isabeau era na verdade uma Llewelyn.

Elas também falaram sem parar sobre as pesquisas de cada uma, Cory sobre a história das caçadoras, Isabeau sobre a história da medicina que as mesmas praticavam. Trocaram informações e prometeram mandar uma para a outra fontes que poderiam achar úteis. Fiquei surpresa pela familiaridade que Isabeau demonstrou quando o assunto foi genealogia das caçadoras. Talvez *ela* pudesse me ajudar a encontrar a família de meu pai.

E aparentemente Isabeau encontrou uma alma gêmea em Cory.

— Andei lendo o trabalho de Hildegard von Bingen — disse Cory durante o chá. — Você a conhece?

— Se conheço! — exclamou Isabeau. — Estou tentando fazer com que Astrid leia o livro dela há semanas.

— O quê? — Levantei o olhar do arquivo contendo as informações médicas de Cory. — Ah, certo, a freira alemã. Não é muito meu tipo de leitura.

— É mesmo? — disse Cory. — Apesar de toda medicina antiga?

— Tem muita coisa ali que é simplesmente ridícula. Nada científico.

— Bastante científico para a época — argumentou Isabeau. — E sim, parte daquilo é besteira, mas muitas coisas foram baseadas em observações reais de remédios à base de ervas. Coisas que ainda são usadas hoje. Devia tentar ler de novo, Astrid. Ela acreditava no casamento entre ciência e misticismo. Não há exemplo mais verdadeiro disso do que você e eu.

Sorri com indulgência.

— Certo, vou tentar. — Se Phil já não exercesse a função, eu diria que Isabeau daria uma excelente *donna* do Claustro.

— Fiquei fascinada com a ideia de *viriditas* — disse Cory. Ela se virou para mim. — Hildegard era obcecada por isso. Significa o poder da criação de Deus, mas também frescor, vitalidade, a vida seguindo adiante e tudo isso.

— Tudo isso — repeti, com uma gargalhada.

— Bem, gostei muito de ela ter dito que a criação pode ser qualquer tipo de vida. Pode ser um jardim de ervas, pode ser um bebê, pode ser uma obra de arte ou uma descoberta médica...

— Ou uma organização de mulheres construída do nada, Cory? — interrompeu Valerija.

Cory ficou vermelha.

— Mas ela estava falando com colegas freiras, que talvez achassem que, como passariam a vida em conventos em vez de se casarem e terem filhos, não teriam nada a contribuir para o mundo.

— Ela era uma pioneira do feminismo — concordou Isabeau.

— Mas também — disse Cory, realmente empolgada — era como se nós, freiras, nós, virgens, sei lá, tivéssemos *viriditas* extra. Tínhamos mais *viriditas* que qualquer pessoa no mundo.

Isabeau se empertigou.

— Que forma interessante de encarar. — Ela pegou outro livro. — Cornelia, te mostrei isto? É uma árvore genealógica do ramo Saint Marie que mora na Alsácia-Lorena.

Não tive muita chance de falar com Cory em particular, embora tenha trocado algumas palavras com Valerija.

— Ela contou pra você, não é? — perguntou Valerija, quando a levei para ver as pontas de flechas de unicórnio. Havia prometido dar a ela metade do que eu tinha.

— Contou — confirmei. O alvo ainda estava montado no gramado. Entreguei meu arco a ela. — Experimente.

— Eu... — Ela hesitou. — Estou feliz, Astrid. E acho, espero, que ela também esteja. — Ela pegou meu arco, mirou e disparou. Na mosca. — Quando comecei a caçar unicórnios, me senti muito útil. Me senti útil pela primeira vez na vida. E eu não queria tomar nada.

— Por causa da magia? — perguntei.

— Achei que sim — admitiu ela, colocando o arco no chão. Ela não ergueu o olhar. — Mas então fui enviada para ficar com Cory, e fui útil lá também. E não havia magia.

Ela olhou para mim e sorriu.

— Certo, teve um pouco de magia sim.

Eu revirei os olhos e sorri.

— Mas o que isso significa? Você sabe, para as regras.

— Não sei — disse Valerija. — E não quero arriscar nada. É perigoso demais para todas nós não sermos caçadoras nesse momento. Além do mais — disse ela, e tocou nas pontas de flechas com reverência —, isso ainda é o que me torna útil.

Cory e Valerija ficaram até o fim da tarde, depois foram embora para pegar um voo noturno para Roma. Desejei que elas pudessem ao menos passar a noite, mas Cory estava ansiosa para ver Neil e fazer um cruzamento das árvores genealógicas que Isabeau tinha fornecido com os registros no Claustro. Esperava poder apavorar mais algumas caçadoras.

Fiz outro apelo para Cory adiar a reunião de uma equipe de caçadoras em resposta ao suposto relato de visão do karkadann, e ela concordou com relutância, embora tenha soltado várias insinuações sombrias de que, se alguém fosse morto pelo unicórnio, seria culpa minha.

Resisti à vontade de lembrar a ela que mesmo que enviássemos todas as caçadoras do Claustro atrás do karkadann, era quase certo que teríamos mortes.

— Faremos nosso relatório pra Phil e Neil — disse Cory. — Acho que vão ficar satisfeitos com seu trabalho aqui.

— Mande beijos pra eles também — pedi. — E, se for possível, não conte para Phil sobre a história da boate com Brandt.

— Certo. — Cory sorriu. — Acho que teremos bastante assunto antes de precisar falar sobre isso.

Depois que elas saíram, fiz minha ronda pela área cercada dos einhorns, depois voltei ao quarto para estudar, mas sem muito sucesso. Havia pensamentos demais girando em minha cabeça. O karkadann, Cory e Valerija, o significado de nossa magia, a doença misteriosa de Cory, minha briga com Giovanni... Por fim, desisti e desci a escada, e acabei encontrando Isabeau na biblioteca, lendo.

Ela ergueu o olhar do livro quando eu entrei.

— Estava torcendo pra te ver de novo esta noite. Acho que passei a impressão errada hoje de manhã. Acho você muito responsável, Astrid. Espero que saiba disso.

— Obrigada — falei, resoluta.

— E sei que coisas que parecem impróprias nem sempre são, como você mesma falou. Você não é uma garota burra. E não espero que faça escolhas burras.

— Brandt é uma escolha burra? — Não que eu estivesse *escolhendo* Brandt.

Ela me lançou um olhar incrédulo.

— Sei que Brandt é muito bonito. — Quando não falei nada, ela continuou. — Mas e quanto a esse seu namorado nos Estados Unidos?

— Giovanni — respondi. — Ele é ótimo. Não há nada entre mim e Brandt, sabe. Ele é meu ex. Somos apenas amigos.

Isabeau fechou o livro e olhou para mim.

— Seu Giovanni. Ele respeita seus deveres como caçadora de unicórnios?

— É claro! — falei. — Eu não estaria com ele se não fosse assim.

— Humm. — Isabeau inclinou a cabeça para o lado. — Ele parece um ótimo rapaz. Tenho certeza de que não é fácil para ele.

Afastei o olhar.

— Mais fácil com ele morando do outro lado do oceano.

— É verdade. Mas ele é fiel a você?

— Não sei. Acho que é. Ele disse que seria.

— É difícil ter um namorado a distância. Principalmente com vocês dois sendo tão jovens. E o fato de ele respeitar seu papel... Ele parece bem especial, Astrid.

Boa forma de me fazer sentir ainda mais culpada.

— Obrigada.

— Brandt não respeitaria — comentou ela, e voltou para o livro.

Meu queixo caiu.

— Eu...

Ela não ergueu os olhos das páginas quando falou.

— Falo isso não como aviso, Astrid, mas como lembrete. Se em algum momento você desejar deixar sua vida de caçadora para trás...

— Não quero — rebati. — Eu... assumi um compromisso.

— Você é jovem demais pra assumir um compromisso que vai durar o resto de sua vida.

— Mas não é isso o que estou fazendo? — perguntei, a voz incapaz de esconder a amargura. — Se eu morrer, se me ferir... isso também não vai durar o resto de minha vida?

Ela assentiu.

— Isso é verdade. E você *pode* ir embora. Muitas foram. Mas, se tomar essa decisão, não procure Brandt. Procure seu namorado, porque ele deve amar você. E você, *ma petite chère*, merece ser amada.

Eu não sabia como responder, então, depois de um tempo razoável de silêncio constrangedor, perguntei o que ela estava lendo.

— Um livro antigo e engraçado sobre curas médicas — disse ela. — Não muito diferente do livro de Hildegard. Como falei antes, acho bem divertido o fato de esses médicos antigos estarem errados com a mesma frequência com que estavam certos.

— As coisas mudaram muito? — perguntei. — Parece que ainda estamos descobrindo que o que pensávamos fazer bem na verdade fazem mal, e vice-versa. — Como margarina e manteiga.

— Verdade, Astrid. — Ela sorriu. — Mas eu estava lendo uma passagem horrível. Irônica, considerando nossa discussão. Estava lendo sobre uma lenda que dizia que um homem podia se curar de uma doença venérea dormindo com uma virgem. — Ela estremeceu. — Dá para imaginar?

Infelizmente, dava. As pessoas podiam ser doentias. Phil podia confirmar isso.

— A pureza da virgem era considerada tão forte que limparia o amante da doença. — Isabeau estalou a língua. — Mas tudo que o ato conseguiria seria passar para ela o mesmo sofrimento.

Fiz uma careta.

— Isso é tão nojento. Fico feliz por as pessoas não pensarem mais assim.

Isabeau baixou os olhos para a página.

— De fato. *Si près et pourtant si loin.*

Tão perto, mas tão longe.

Acordei ao som de gritos de angústia e demorei vários momentos depois de me sentar na cama para perceber que os sons estavam apenas em minha cabeça. Meu corpo vibrava de magia; um unicórnio na área cercada estava gritando de dor. Me vesti depressa e saí correndo.

A lua estava coberta por algumas nuvens, deixando o bosque banhado de escuridão. Se não fosse pela magia, eu provavelmente não conseguiria ver a mão com a faca na frente de meu rosto. O grito mental continuou enquanto eu corria na direção da área cercada e digitava a nova combinação no teclado do portão. Depois da sabotagem, a polícia foi interrogar os manifestantes sobre o envolvimento deles, mas eu não sabia se haviam prendido alguém. Por outro lado, se estivessem tentando invadir de novo, certamente não seria um unicórnio a acabar sentindo dor. Estavam tentando salvar os animais, não machucá-los. Eu me lembrava do homem que tinha me jogado o kit de primeiros socorros quando machuquei Fujona.

Depois que cruzei a barreira eletrônica, consegui sentir os einhorns com mais clareza. Muitos estavam acordados, os pensamentos concentrados naquela que sofria: Gorducha.

Será que ela tinha caído? Tinha sido atacada por um dos outros? Será que a doença tinha se manifestado de forma aguda?

Outro grito rasgou o ar noturno, um que existia no mundo físico. Foi seguido por urros e gemidos, então dobrei para a direita e corri até o centro do bosque, na direção da origem dos sons.

Quando cheguei, tudo já tinha terminado. Gorducha estava encolhida e ofegante debaixo das folhas amareladas de um arbusto, e, aninhado entre as pernas dela, estava um pequeno einhorn sem chifre, a pele delicada e macia ainda escorregadia e brilhosa.

Fiquei paralisada, e a faca caiu de minha mão.

Os olhos do bebê estavam fechados, e películas finíssimas fechavam-se sobre os globos oculares, órbitas incrivelmente grandes que se projetavam em ambas as laterais da cabeça. O filhote choramingou, fuçando a barriga da mãe até encontrar as tetas. Gorducha lambeu todo o corpo dele, empurrando-o suavemente com o focinho até que o filhote estivesse totalmente aninhado no calor do corpo dela.

Caí de joelhos sobre as folhas, lágrimas escapando dos olhos.

Gorducha ergueu a cabeça e me encarou, piscando lentamente e sustentando meu olhar enquanto eu lutava para falar. Uma magia maior que a dos unicórnios sufocou meus sentidos, queimou tudo exceto a visão do bebê, afogou tudo exceto a onda de proteção emanando de Gorducha e fluindo diretamente para mim.

Engatinhei até a mãe e o bebê com membros trêmulos, sentindo-me tão fraca quanto na primeira vez em que fui envenenada pelo karkadann. Não havia mais nada no mundo além deste bosque e destes einhorns. O momento na piscina se dissolveu; minha conversa estranha e irritante com Giovanni desapareceu; o som das flechas no coração do alvo sumiu; as bombas de Cory viraram nada. Eu jamais havia existido antes deste momento; não havia nada mais importante que este unicórnio.

Somente em uma parte pequena, distante e humana de meu cérebro percebi que esses pensamentos não eram meus. Eram de Gorducha. Ela estava me *fazendo* senti-los. O filho dela, o amor dela, o instinto fundamental de proteger o bebê a qualquer custo.

Respirei fundo e estiquei a mão para tocar no filhote.

Sim. Ele era tão macio quanto pensei, e tão quente, e tão sagrado. Gorducha curvou o pescoço sobre o filho, as luzes piscantes da coleira formando uma barreira cruel quando ela se aconchegava contra a pele dele. Ela se virou para me olhar de novo, a poucos centímetros desta vez.

— Sim — falei em voz alta, embora não fosse nada parecido com falar com o karkadann. Não havia palavras em meu cérebro para traduzir, apenas uma necessidade vital. — Vou ajudar você. Vou protegê-lo.

Gorducha suspirou e baixou a cabeça, exausta pelo esforço. Montei guarda para proteger mãe e bebê durante toda a noite, vendo o bebê se remexer e se aconchegar na mãe, assistindo até os primeiros raios da aurora penetrarem as árvores e fazerem a pele branca e nua do pequeno unicórnio brilhar como se iluminada por dentro. Foi então que o batizei.

Anjo.

17

Quando Astrid vira nativa

É claro que Anjo era um nome péssimo para um monstro comedor de gente, mas, de alguma forma, isso não importou conforme os dias passaram e mantive minhas vigílias secretas. Eu via o bebê pelos olhos de Gorducha: era pequeno, e não terrível. Era doce, não selvagem. Os dias curtos e noites longas do inverno tornaram fácil para mim ficar de olho na mãe e no bebê, e comecei a passar regularmente minhas noites na área cercada. Com Brandt ainda fora da cidade e Isabeau cada vez mais envolvida em pesquisas, não havia ninguém com quem conversar depois que as aulas acabavam, e ninguém para vigiar se eu estava dormindo em minha cama ou não.

Os perigos para Anjo e Gorducha eram dobrados. Com a constante falta de comida entre os einhorns, era difícil qualquer unicórnio conseguir o bastante para se nutrir, e menos ainda para sustentar uma mãe que amamentava. Apesar de Isabeau ter aumentado a quantidade de comida dos unicórnios duas vezes a pedido meu, parecia que quantidade nenhuma era capaz de deixar os animais satisfeitos. Já haviam consumido todas as criaturas (coelhos, texugos e arminhos) que moravam na floresta. Precisavam de território maior onde caçar e sobreviver.

Essa dificuldade era um produto da espécie. Tradicionalmente, era sabido que unicórnios não podiam ser capturados, só mortos. Bucéfalo até me contou sobre o sofrimento pelo qual passara quando viajava com Alexandre. A verdade é que eles definhariam em cativeiro, mesmo recebendo toda a carne fresca do mundo.

E o que seria de Anjo, nascido em uma prisão?

Acima de tudo, era vital que ninguém no *château* soubesse que havia um unicórnio novo ali. Eu não sabia se conseguiria suportar colocar uma coleira eletrônica no pescoço do potro, mas tinha certeza de que jamais conseguiria injetar no corpo de Anjo qualquer fluido novo que eu sabia que os cientistas da Gordian logo estariam prontos para tentar outra vez. Anjo podia viver nas terras deles, mas eu hesitava diante da ideia de que o unicórnio era propriedade da Gordian.

Havia também o perigo que ele enfrentava vindo dos outros einhorns. Mais de uma vez reparei em algum outro unicórnio espreitando enquanto eu montava guarda perto da mãe e do filho. Alguns pareciam apenas curiosos, como Fujona, Comprido e Linguarudo, mas havia outros, como Zangado, cujos pensamentos tendiam a ser violentos. Tinha medo do que podia acontecer se Zangado partisse para cima deles e eu não estivesse lá. Gorducha estava fraca, perdendo peso rapidamente e constantemente exausta por amamentar o bebê. Anjo era completamente indefeso, sem chifre. Indefeso, gordo e provavelmente com uma carne muito macia.

Pedi a Isabeau para dar ainda mais comida aos animais.

— Com o tempo mais frio agora, eles precisam ganhar peso e se proteger da natureza — argumentei. — Além do mais, ficaria feliz em levar eu mesma. — Talvez uma proposta de paz com enormes quantidades de carne mantivesse longe os einhorns mais ameaçadores.

Isabeau concordou, e a estratégia pareceu funcionar, ao menos por um tempo. Os einhorns ignoraram Anjo em favor dos pedaços de carne que eu jogava para eles, e consegui dar a Gorducha uma porção grande de comida que era somente dela e não exigia que houvesse briga para arrancar das mandíbulas dos outros unicórnios. Ela começou a perder aquela aparência faminta que tinha transformado seu nome em ironia, e descansei melhor durante as poucas horas de sono que tinha todas as manhãs entre a aurora e minhas primeiras aulas com Lauren.

Anjo cresceu rapidamente, com pelos brancos sedosos e pernas finas tão longas que comecei a me divertir tentando descobrir a paternidade. *Comprido, seu levado.* Depois de algumas semanas amamentando, o bebê começou a comer carne regurgitada na boca da mãe, o que era bem mais difícil de testemunhar, mas ainda fascinante de um ponto de vista científico.

Acho que depois que a gente vê as entranhas do unicórnio, o vômito não é tão perturbador.

Enquanto isso, havia longos períodos de devaneio, sozinha no bosque sem nada além dos pensamentos delicados de Gorducha e do tremor quase silencioso das impressões do bebê em minha mente. Fiquei imersa nos dois, maravilhada com a forma como caminhavam juntos, a ligação entre eles bem mais forte que a minha, induzida pela magia. Meu dom não era nada perto da habilidade natural de Gorducha. O menor estalo da consciência de Anjo era registrado por ela, mesmo que não estivessem juntos, mesmo se ela tivesse saído para buscar uma comida que jamais encontraria, deixando Anjo sozinho em meio à vegetação sem nada além de uma caçadora de unicórnios embasbacada como proteção.

Apesar de reconhecer a influência que os instintos maternais de Gorducha exerciam sobre minhas emoções, permiti que a coisa prosseguisse assim. Afinal, era meu trabalho. Eu devia ficar sintonizada com o estado dos unicórnios. Quando estavam assustados ou ansiosos, eu ficava alerta. Quando estavam calmos e passivos, podia relaxar e dedicar minha mente a outras coisas. Eu trabalhava como guardiã de unicórnios e, ao proteger o bebê, estava protegendo-os da melhor maneira que podia.

O fato de guardar segredo da existência desse filhote para minha empregadora? Bem, vamos deixar isso de lado por enquanto.

— Você parece cansada — disse Isabeau uma certa manhã em meados de dezembro, ao me encontrar com olhos vidrados na direção da moedora de café.

Bocejei.

— É o inverno. O tempo cinzento deixa qualquer pessoa cansada. Acredite, fui criada em Washington.

— Como estão suas aulas? — perguntou ela.

— Bem. — Tomei uma xícara de café forte e amargo demais e segui para a porta. Ela entrou na minha frente.

— Tenho certeza de que os unicórnios estão bem. Converse comigo um pouco.

Curvei os ombros. Fazia horas que eu não via Anjo, e o cheiro de camomila e café estavam fortes no ar, mascarando minha magia. Será que o bebê estava bem? Será que estava precisando de mim?

— Você anda muito retraída ultimamente. Desde que suas amigas vieram visitá-la. Estou com medo de estar com saudade delas.

— Não, eu... — Tentei passar por ela, mas para uma mulher tão pequena, Isabeau sabia preencher bem um espaço. Muito bem, então. — Bem, talvez um pouco, com a chegada das festas de fim de ano. — Talvez agora ela me deixasse em paz.

Aparentemente, não.

— E você passa tanto tempo com os unicórnios. A noite inteira, todas as noites? Astrid, falei que não há motivos pra que durma lá.

— Como sabe...?

Ela pareceu achar engraçado.

— A tranca eletrônica do portão, Astrid. Ela mantém um registro de todas as vezes que o código é digitado. De que outra forma poderíamos cuidar da segurança da área?

Contraí os lábios.

— E que outros movimentos meus você está monitorando?

Isabeau deu meio passo atrás, parecendo surpresa.

— Nenhum. Por quê? Deveria estar espionando você, *ma chère*? Tem alguma coisa que está fazendo que eu não aprovaria? — Como não respondi, ela prosseguiu: — É claro que ficamos de olho na tranca eletrônica, Astrid. Depois da sabotagem... Não é por isso que você tem ido lá à noite? Do mesmo jeito que fez quando a barreira eletrônica foi desligada?

— Sim — menti. — Não confio nos manifestantes.

Mas eu não tinha medo deles nem *por* eles. As coisas tinham ficado esparsas no acampamento desde a noite da invasão, parcialmente por causa do interrogatório policial que se seguiu à situação, e também porque o tempo estava ruim demais para qualquer pessoa, exceto os amantes mais radicais dos animais, ficar ao ar livre a noite toda.

Suponho que até mesmo eu me encaixava nesse grupo agora.

— Há outras formas de lidar com isso sem colocar sua saúde em risco — disse Isabeau. — Aprecio sua dedicação, mas não com um risco pessoal tão grande.

— Tudo que faço tem um risco pessoal grande — resmunguei ao passar por ela. Mesmo sem botar minha vida em perigo, cada vez que tentava controlar um unicórnio faminto, eu arriscava meu futuro ao esconder a presença de Anjo de Isabeau e da Gordian. Se eu fosse demitida e enviada de volta ao Claustro, o que aconteceria com meus estudos?

E ela achava que eu teria medo de pegar um resfriado?

Fiz rapidamente a ronda daquela manhã, contando os unicórnios na área enquanto projetava meus sensores mentais para o bosque a fim de captar Gorducha e Anjo, que estavam juntos e dormindo. Quando cheguei na parte da área cercada que ficava perto do acampamento dos manifestantes, fiz uma pausa. De pé, perto da cerca, estava o mesmo homem alto e negro, e, como sempre, me observava.

Continuei andando.

— Oi — disse ele, e colocou as mãos na cerca. — Oi, você. Você é americana?

— *Oui*. — Continuei andando.

— Sei o que você é — disse ele. — *Vous êtes une chasseuse de licornes.* — *Você é caçadora de unicórnios.*

Um prêmio para o sujeito.

— Você anda entre eles. Manda neles.

E o cara ficava lá, olhando.

— Então, pergunto — disse ele, erguendo a voz quando minha rota começou a me afastar dele —, como suporta vê-los assim? Eles são criaturas selvagens! Você deve saber que é uma tortura para eles. Uma tortura bem maior do que eles conseguem suportar, mesmo dentro dos laboratórios terríveis! Por favor! Me escute!

Parei e me virei para olhar para ele, mas não falei nada. Como eu podia? Sim, os einhorns estavam sofrendo aqui na área cercada; eu sabia disso melhor que ninguém, como ele supunha. Mas, se conseguíssemos descobrir o segredo do Remédio por meio de sua dor e cativeiro, então não valeria a pena? Não estávamos fazendo cosméticos. Estávamos tentando salvar o mundo.

Além do mais, qual era a alternativa? Deixar que eles fossem embora? Dificilmente.

— Qual é seu nome? — perguntou ele, com delicadeza.

— Astrid — respondi. — *Comment vous appellez-vous?*

— René. É um prazer conhecê-la, Astrid.

— Você não me conhece — repliquei.

— Conheço sim. Observei você durante muitos dias e noites. Vi você curar aquele unicórnio que feriu, e logo na perna. Você é uma péssima caçadora, acho.

Apertei os olhos.

— Ah, é isso que pensa? Será que devo começar a listar minhas habilidades mais impressionantes?

— Não, também vi sua habilidade com o arco. Sei como é talentosa. Você é péssima caçadora — repetiu ele — porque seu coração não está no abate.

— É moleza — respondi, aproximando-me dele. Quem era ele para observar uma coisa assim? Isso era apenas da minha conta. — Não fui colocada aqui pra matar nenhum destes animais. Acredite em mim, quando preciso matar, eu mato. — Cruzei o limite eletrônico e cheguei perto da cerca.

— E se o que você devesse fazer fosse outra coisa? — De perto, ele era mais jovem do que eu pensava, talvez poucos anos mais velho que Neil. Fazia sentido. Uma pessoa com idade suficiente para ter responsabilidades não poderia tirar alguns meses de folga do trabalho para acampar em um terreno e ver um bando de unicórnios em cativeiro. Disso eu tinha certeza.

René era bem bonito, com feições fortes e bem definidas, pele escura, olhos ainda mais escuros e cabeça raspada. Vestia uma calça preta, tênis de caminhada e um suéter verde-escuro por baixo de uma capa preta. Ele não parecia ser do tipo ambientalista militante, dos que não tomavam banho nem se lavavam, que se amarravam a árvores, destruíam portões eletrônicos ou cometiam atos de ecoterrorismo. Parecia mais um universitário de férias.

— Eu me afastaria da cerca se fosse você — avisei. — Os monstros conseguem sentir o cheiro de seu sangue lá de dentro da floresta.

Os olhos dele se arregalaram, mas as mãos soltaram a cerca, e ele deu um passo para trás.

— Sua presença aqui os coloca em estado constante de agitação, sabia? — falei.

— Mas você está aqui para tranquilizá-los.

— Eles pertencem à Gordian.

— Eles pertencem a eles mesmos e à Terra — respondeu ele. — Você sabe disso, senão não dormiria aqui com eles.

Será que todas as pessoas no mundo sabiam onde eu passava minhas noites? Trinquei os dentes.

— Não vê o quanto este trabalho é importante? Sabe quantas pessoas podemos curar se continuarmos a fazer experimentos nestes animais?

— Sim — disse ele. — Mas mesmo que fosse um milhão, ou dez milhões, vale a destruição desta espécie? Existem um milhão de unicórnios? Existem mil? Você sabe?

— Não — respondi sem pensar.

René me encarou.

— Sabe quantos já matou?

Sussurrei:

— Não.

Ele assentiu lentamente e deu de ombros.

— Talvez você devesse saber.

— Talvez eu devesse ter contado quantas vidas salvei com os unicórnios que matei — argumentei. Eu podia começar com todas as caçadoras do Claustro. — Talvez eu devesse contar as vidas de todas as pessoas no seu acampamento.

— René! — Ele se virou e olhou para um homem no acampamento. O segundo homem fez uma expressão de desprezo. Ele era branco, mais velho, maior, e usava uma jaqueta de couro surrada. Algum ativista dos direitos dos animais. — O que você está fazendo falando com ela? — gritou o homem, em francês. — Ela é um deles.

Revirei os olhos.

René se virou de volta para mim com um sorriso brincando nos lábios.

— Você não é um deles — ele disse para mim em francês. — É? Acho, Astrid, que você é uma de nós.

O grito de um unicórnio quebrou a tranquilidade matinal. Imediatamente, todos os outros animais da área cercada estavam despertos e alertas. Dei meia-volta e corri para o bosque, esquecendo completamente minha conversa com René. A desordem reinava nas mentes dos monstros, com uma onda de violência se espalhando como uma doença. Apertei o passo, indo diretamente para o epicentro do tumulto.

Quando cheguei, encontrei Comprido e Zangado de frente um para o outro, com pernas afastadas, as cabeças baixas, os chifres golpeando para que cada einhorn testasse seu limite contra o outro. Ali perto estava o corpo de um terceiro unicórnio, morto.

Nenhum dos dois einhorns reparou quando me aproximei, me esforçando para projetar pensamentos tranquilizadores. Eles se chocaram e se afastaram, mas sempre que um deles tentava se aproximar do cadáver, o outro atacava de novo. Eu queria ter me lembrado de levar o arco; não havia como segurar dois unicórnios com apenas uma faquinha de alicórnio.

Zangado atacou Comprido, fazendo com que ele galopasse para o meio de uns arbustos. E então, antes que eu pudesse impedi-lo, ele correu de volta até o cadáver e enfiou os dentes em uma perna fina, arrastando o corpo para longe. Ao observar melhor, consegui ver que o unicórnio morto era Linguarudo. Corri com a faca na mão.

— Solte! — gritei. O unicórnio olhou para mim e rosnou, com os dentes ainda apertados com firmeza no cadáver.

Eu conseguia sentir Comprido voltando. De repente, ele estava em cima de nós e pegou outra perna de Linguarudo. Seguiu-se um cabo de guerra no qual as mentes dos dois unicórnios estavam tão fixamente grudadas no prêmio que nem todos os pensamentos tranquilizadores do mundo fariam efeito. Eu me senti como uma criança batendo o pé de frustração. Mas mantive a faca na lateral do corpo. Eles não estavam ameaçando pessoas, nem Anjo, apenas um ao outro. Estavam agindo como animais selvagens, lutando por comida. Comida horrível e macabra, sim, mas comida. Havia muitos animais que recorriam ao canibalismo em situações de fome. Tinha lido histórias de ursos-polares que atacavam filhotes.

Não detectei ferimentos no cadáver de Linguarudo, o que me acalmou e me preocupou ao mesmo tempo. Era bom saber que os unicórnios não estavam matando uns aos outros, mas, se Linguarudo tinha morrido de algum tipo de doença, eu provavelmente não devia deixar que aqueles dois comessem o corpo, para que não ficassem doentes também. Sempre me perguntei se Linguarudo estava doente, mas não pensei muito no assunto depois do parto de Gorducha. Afinal, eu tinha pensado que ela estava doente, e errei feio no caso dela.

O rosnado aumentou em volume e intensidade.

— Solte! — gritei. — Solte, solte, solte!

Eles não me deram atenção. E o que eu podia fazer? Matar os dois? Não conseguiria tirar o corpo de Linguarudo do bosque sozinha, mesmo que não precisasse conter unicórnios famintos ao mesmo tempo, unicórnios estes acostumados a receberem carne de mim. E, com os einhorns em um estado tão agitado, eu não podia correr o risco de levar algum não caçador lá para dentro para pegar o corpo.

Seria improvável conseguir um argumento melhor para me defender.

Em vez disso, simplesmente fiquei parada assistindo aos dois partirem Linguarudo em pedaços.

Mais tarde, recolhi o pouco do cadáver que consegui encontrar, tirei sangue dos dois unicórnios, e o laboratório fez exames para todas as doenças conhecidas, mas não encontramos nada. Ainda assim, era possível que houvesse doenças, pragas e parasitas específicos de unicórnios. Quem sabia quantas outras espécies as criaturas tinham trazido consigo no Ressurgimento? Pelo que Phil me contou de sua pesquisa, todos os animais tinham o potencial de ser seu próprio miniecossistema. Salvar espécies bandeira, fosse o popular urso-polar ou o mico-leão brasileiro ou o unicórnio assassino, trazia a possibilidade de proteger uma dezena de espécies menos adoráveis, mas não menos valiosas, que dependiam daquele outro para a sobrevivência

Incluindo parasitas. O potencial era impressionante, pois o que afligira Linguarudo era *resistente* às propriedades naturais de cura dos unicórnios. Tinha de ser uma doença e tanto. Talvez até tivesse alguma coisa a ver com o problema de Cory, como os médicos sugeriram. Talvez o motivo pelo qual não conseguiam identificá-la fosse o fato de ser um vírus surgido em unicórnios. Eu me perguntei se Phil levaria isso em conta nas propostas que faria aos vários grupos de preservação. Se os unicórnios tivessem trazido superinsetos do local onde ficaram ao desaparecer, duvido que a sociedade fosse querer qualquer coisa além de erradicá-los do planeta juntamente com possíveis pandemias, e, dessa vez, para sempre.

O mais perturbador era que a possibilidade de uma doença específica de unicórnios levava a todos os tipos de especulação sobre quem exatamente era suscetível. Talvez Cory estivesse certa e fosse uma doença direcionada apenas a caçadoras.

Isabeau confirmou esses medos.

— Lembra-se da varíola bovina e da leiteira, que levou à vacina da varíola? — perguntou ela. — Primeiro foi preciso que a moça pegasse varíola bovina. Ela pegou da vaca. — Pedimos que Cory enviasse mais amostras de tecido para os laboratórios da Gordian compararem com os de Linguarudo.

Também convenci Isabeau a acrescentar antibióticos na alimentação dos einhorns, por medo de que aquilo que matou Linguarudo se espalhasse pelo restante da população de unicórnios. Oficialmente, havia 16 animais na área cercada. Dezesseis... e Anjo.

Se devido a um mal em desenvolvimento, um efeito colateral dos antibióticos ou a aproximação do inverno, os unicórnios pareceram se acalmar. Com bastante frequência, eu os encontrava dormindo em abrigos feitos nas raízes das árvores. Desejei de novo que alguma das caçadoras antigas tivesse feito um estudo comportamental dos animais. Os einhorns hibernavam como ursos? Quanto tempo Anjo demoraria para virar adulto? Quando é que Phil e seus aliados ambientalistas poderiam fazer um estudo assim?

Embora não chegasse a ficar frio o bastante para nevar, as noites eram quase congelantes e acabei desistindo de minha vigília do bebê unicórnio. Mais e mais manifestantes sumiram do acampamento, provavelmente desencorajados como eu pelo clima soturno de inverno. Até René pareceu ter desistido. Pelo menos, nunca mais falei com ele.

E Brandt continuou sem dar as caras. Jamais me dei ao trabalho de anotar seu celular e, depois dos avisos de Isabeau, não podia pedir isso a ela. Mas não falava com ele desde a noite que passamos em Limoges e, conforme sua ausência ficava mais longa e Isabeau continuava a deixá-lo de fora de nossas conversas, comecei a temer que ela o tivesse mandado embora de vez.

Em contraste com o bosque silencioso, o *château* fervilhava de atividade. Isabeau explicou que, durante toda a sua vida, a mãe dava uma grande festa no solstício, e ela mantivera a tradição ao longo dos anos, transformando a festa de fim de ano da Gordian em um grande evento; e a noite, em uma das festas de gala mais chiques da região.

Nunca havia ido a nada que pudesse ser chamado de festa de gala. Festas de aniversário, sim. Até fui à festa de Natal do trabalho de tio John uma vez, para a qual ele alugou o aposento dos fundos de um bom restaurante italiano lá em Washington. Mas ver os preparativos para a festa de solstício de Isabeau era testemunhar um planejamento de eventos em um nível completamente diferente. O *château* estava repleto de empregados, floristas, iluminadores, banqueteiros, *sommeliers*, decoradores e todo tipo de funcionários.

Eu tinha me recolhido do burburinho e estava estudando no quarto quando Isabeau bateu à porta. Ela entrou carregando uma caixa preta, grande e brilhosa, amarrada com uma fita branca de seda.

— Está uma completa loucura lá fora. É sábia em evitar tudo isso, Astrid. — Ela colocou a caixa na cama. — Como está hoje? Parece bem melhor de uma semana pra cá.

Era incrível o que algumas noites de sono na minha própria cama podiam fazer.

— Estou ótima. O que tem na caixa?

Isabeau sorriu largamente.

— É um presente antecipado de Natal meu pra você. É um vestido para o baile.

Coloquei o lápis sobre a mesa.

— Pensei que a festa fosse só para os adultos.

Ela riu.

— Adultos? Isso me faz sentir velha! Astrid, você não é criança, e não penso em você dessa forma. Não leve a sério as besteiras de Brandt. Além do mais, é uma festa pra todos os meus funcionários, e você também é funcionária. — Ela bateu na tampa da caixa. — Não quer experimentar seu novo vestido de festa?

Dei um pulo da cadeira. A tampa da caixa exibia um logotipo francês desconhecido, mas eu não conhecia nada fora os estilistas mais famosos.

Desamarrei a fita e levantei a tampa. Dentro, embalado em camadas de papel de seda, estava uma pilha de tecido cintilante da cor da névoa sob o luar. Tirei o vestido da caixa. A seda fluiu como água fria sobre minhas mãos. Era sem manga, com gola canoa, e caía em linhas finas e pregueadas até o chão. O corpete era simples e liso, com cintura baixa acentuada por cristais que pareciam gotas de orvalho. Mais cristais se espalhavam perto da gola, e tiras cintilantes de organza no mesmo tom azul-acinzentado caíam de cada ombro.

Era facilmente a peça mais bonita de roupa que eu já segurara.

— Não exatamente um hábito camuflado, hein, Astrid? — perguntou Isabeau.

Deixei o vestido na cama e joguei os braços ao redor do corpo dela.

— Obrigada! É lindo!

Isabeau também me abraçou e colocou a cabeça escura no meu ombro.

— Fico feliz que tenha gostado. Agora vamos ver se cabe.

Percebi o problema assim que entrei no banheiro. Embora a frente do vestido tivesse um decote que só exporia minha omoplata, as costas tinham um drapeado que caía três-quartos do caminho até a cintura. Ficaria lindo, mas em outra garota.

Abri a porta.

— É decotado nas costas.

— *Très chic*, não? — Isabeau hesitou. — Ah. Sua cicatriz.

Minha cicatriz. Olhei com decepção para o vestido nas mãos. Não havia jeito. O decote drapeado, sem mencionar as tiras que caíam nas costas, me impediria de usar qualquer tipo de xale ou cardigã por cima do vestido.

— *Chère* — veio a voz de Isabeau do outro lado da porta —, você não vai nem experimentar pra mim?

Mas eu não queria. Não queria colocar esse vestido magnífico sabendo que jamais poderia usá-lo. Não queria ter o gosto da sensação de ser outra garota, que por sua vez era bem bonita.

— Por favor, Astrid? Por mim?

Olhei para o reflexo no espelho e mordi o lábio. Só de segurar o vestido, percebi que a cor era perfeita para mim. Fazia meu cabelo parecer luminoso e perolado, e iluminava meus olhos. Coloquei o vestido na beirada da banheira, depois soltei o elástico que prendia minha trança. Sacudi o cabelo, mexi-o até que caísse em ondas até a cintura, e tirei a blusa.

Caiu uma tempestade na noite da festa. O vento soprava nas paredes do *château*, assoviando como uma coisa selvagem e ferida. A lua estava completamente obscurecida por nuvens carregadas, isso se houvesse lua. Mas o tempo não impediu nenhum convidado de comparecer. O *château* estava lotado de pessoas, música, barulho e cheiros: de comida e vinho, de flores e cera de vela, dos perfumes das pessoas e dos odores humanos que os perfumes tentavam mascarar.

Eu não conseguia sentir fogo e inundação. Não conseguia sentir os unicórnios. Fiquei de pé ao lado de uma larga janela próximo ao patamar do lado de fora do salão de baile, olhando para a área dos fundos e para a área cercada dos einhorns. A última vez que vi Anjo foi naquela manhã, antes de Isabeau me levar para o salão e me aprontar para a festa. Eu tinha feito as unhas das mãos e dos pés (a manicure entrou em desespero com minhas unhas curtas e irregulares), depois uma massagem seguida de tratamento facial, que deixou minha pele formigando e repuxando. Pintaram meus cílios e arrumaram meu cabelo, resmungando de novo quando insisti que não queria um penteado elaborado. Para que eu pudesse usar o vestido lindo de Isabeau, meu cabelo tinha de ficar solto e comprido. Ponto.

Estava tarde demais para ir dar uma olhada no bebê. Eu estava usando meu vestido e sandálias altas prateadas, e uma chuva gelada maltratava a área. Eu torcia para tudo estar bem na área cercada. Por mais que tentasse, não conseguia sentir os einhorns.

Pelo menos aqui, no patamar da escada, havia tranquilidade e silêncio, pois a luz, a agitação e o barulho estavam na festa no salão ao lado. Isabeau me apresentou a muitas pessoas naquela noite, mas os nomes e rostos se misturaram, e eu rapidamente me cansei das exclamações de prazer e surpresa ao conhecerem uma verdadeira *chasseuse de licornes*. Eu odiava a forma como os olhos percorriam as cicatrizes nos meus braços e mãos, os calos que até a manicure mais eficiente não conseguiu apagar. Cruzei os braços nas costas e escondi as cicatrizes nas tiras de organza.

Estava sozinha novamente, longe de conversas rápidas demais em francês e sussurros, e olhares que eu sabia serem sobre mim, sobre magia, sobre todos os boatos que as pessoas ouviram sobre caçadoras. Minha mãe provavelmente se sentiria em casa. Eu só queria fugir para o quarto... ou para o bosque.

— Você está parecendo uma deusa — disse uma voz familiar às minhas costas. Eu me virei, e ali estava Brandt, usando um smoking como se tivesse nascido com ele e me entregando uma taça de champanhe. — Mas acho que esse era o objetivo.

Ergui o queixo e senti as pontas dos cabelos roçarem na base da minha coluna, no limite da cicatriz. Eu não esperava vê-lo naquela noite, nem considerei o que Brandt pensaria de mim com o vestido.

Também não pensei em Giovanni. O vestido era para mim. Eu *era* uma deusa.

— Quando voltou? — Peguei a taça, e ele bateu a dele na minha.

Ele sorriu.

— Hoje à tarde enquanto você estava fora se embelezando. Surpresa! — Ele se inclinou. — Sentiu saudades?

Senti e me arrependia de cada momento. Mas jamais admitiria.

— Você passou praticamente um mês fora. O que andou fazendo?

Brandt tomou um gole de champanhe.

— Isso, *mon petit chou*, é segredo.

Estalei a língua.

— Meu francês está melhorando, sabe. Não sou um repolho.

— Não, você é uma deusa, como falei. Como Diana. Imagino que Isabeau tenha escolhido o vestido pra você.

Passei a mão pela seda no quadril do vestido, dolorosamente ciente de que Brandt percebia cada curva no tecido.

— Sim.

Ele assentiu.

— Faz sentido. Ela precisa vestir os bichinhos de estimação com fantasias adequadas, não? Afinal, são poucas as pessoas que podem se gabar de ter uma caçadora de unicórnios em sua equipe.

Tomei um gole de champanhe em vez de responder. Não era uma fantasia. Era eu, a pessoa que nunca pude ser, sempre enrolada em hábitos ou roupas de caça. Isabeau tinha reparado, e ali estava eu. Mais bonita que em qualquer outro momento de minha vida.

Pelo menos, Brandt reconhecia isso. Eu não era aquela garota com quem ele dera uns amassos em um cobertor xadrez velho em Washington. Não era a garota que ele se sentira livre para chutar depois que ela salvou sua vida. Eu era algo mais. Algo incrível.

— Queria que você parasse de falar assim sobre Isabeau — pedi. — Ela tem sido maravilhosa conosco. Quem pagou suas férias de um mês, onde quer que tenha sido?

— As boas pessoas da Gordian Pharmaceuticals. — Ele ergueu a taça para elas. — E acredite, se Isabeau pudesse me tirar da folha de pagamentos, ela tiraria.

— Não sei por que você ainda está nela, pra ser sincera — falei. — Quero dizer, além de alguns frascos de sangue, para o que mais eles podem precisar de você?

— Por que você iria querer se livrar de mim? — Ele franziu a testa de maneira adorável.

— Qual é a diferença? — falei, da maneira mais suave que consegui. — Você nunca está aqui.

— A-rá! Então você *sentiu* saudades.

— Eu... — Eu afastei o olhar e apertei o pé da taça de champanhe. Tomei outro gole, bem grande, para compensar meu silêncio.

— Tudo bem — disse ele. — Também senti saudades. Sempre sinto sua falta, Astrid.

Eu me virei e prendi a respiração ao ver desejo nos intensos olhos azuis de Brandt. Ele estava muito perto de mim. Mas não havia para onde ir, com a janela bem atrás de mim.

A voz dele perdeu um pouco da intensidade.

— E olhe para nós agora, tão arrumados. Parece o baile que nunca tivemos.

— Você foi ao baile? — perguntei, com a boca seca. — Depois que fui embora?

— Fui — disse ele. — Mas nem me lembro com quem.

— Mentiroso. — Ele lembrava. E provavelmente tinha dormido com a menina. Eu tinha de manter isso em mente. Ele era Brandt.

Só que aquele *também* era o velho Brandt. O que não tinha visto a vida piscar na frente dos olhos depois de ser perfurado por um unicórnio. O que não tinha fugido para a França para ser parte de um experimento científico que poderia mudar o mundo. O que não tinha tomado uma dose do Remédio, que não fazia a menor ideia de como era ter magia correndo nas veias.

Eu tinha mudado muito este ano. Era tão difícil assim acreditar que Brandt também tinha?

Ele balançou a cabeça uma única vez.

— Juro. Não consigo me lembrar de nenhuma outra garota além de você.

Revirei os olhos e dei meia-volta para olhar a noite.

— Agora sei que você está mentindo.

Houve um clique baixo atrás de mim, e senti a mão dele em minha nuca, tirando meu cabelo das costas.

— Juro que não estou.

Um segundo depois, os dedos dele, frios por causa da taça de champanhe, começaram a seguir as curvas da cicatriz em minhas costas.

Fiz uma careta, mas não me afastei conforme os contornos da cicatriz pegavam fogo sob o toque. As pontas dos dedos vibravam sobre minha pele. Eu não devia deixá-lo fazer isso.

— Brandt...

— Estou apaixonado por você, Astrid — sussurrou ele em meu ouvido. — Não percebe?

Eu me virei para olhar para ele, o que provavelmente foi um erro, porque ele não recuou nem um centímetro e fiquei encostada na janela gelada, espremida entre a tempestade de inverno e Brandt, que a cada momento ficava mais quente.

— Não. Você não pode estar.

— Estou — insistiu ele, as palavras me prendendo com mais firmeza do que o toque seria capaz. — Fui para longe achando que podia acabar com isso, mas não funcionou. Viajei achando que talvez fosse a ideia de você, de sua magia, de sua força, o fato de que você salvou minha vida. O fato de que você, Astrid, é a garota que escapou porque eu era burro demais para perceber o que tinha. Mas não era nada disso. Não era. Eu te amo, Astrid.

— Pare de dizer isso — consegui falar. — Eu tenho namorado.

— Um namorado do outro lado do oceano. Eu não suportaria colocar um oceano entre nós. Voltei porque não consegui suportar deixar nem umas cidadezinhas miseráveis entre nós. Preciso de você, Astrid.

O vidro gelado chiou contra minha cicatriz, e Brandt chegou impossivelmente perto, até que a seda do meu vestido estivesse raspando no corpo dele.

— Por favor — implorei. — Pare de falar assim. Isso me confunde.

— É a verdade — argumentou ele. — Como pode confundir você? Você preferiria que eu mentisse, que dissesse coisas que não sinto? *Isso sim* seria confuso. — Ele apoiou a cabeça no meu ombro nu por um momento, respirando com a mesma intensidade que eu, depois se inclinou na direção de meu ouvido. As palavras saíram em um fluxo de hálito quente. — Se você também não me quisesse, não estaria aqui de pé.

Foi a oportunidade para eu me mover. Mas não me movi. Uma tempestade chicoteava dentro de mim, quente e frio se misturando, roubando meu fôlego e todos os meus pensamentos mais racionais. Brandt derreteu contra mim, com o peso me empurrando contra o vidro, a coxa esquerda deslizando entre minhas pernas envoltas na seda. Ofeguei.

— Quem está confundindo quem agora — disse Brandt, e me beijou.

Meus lábios não se abriram, minhas mãos permaneceram fechadas ao lado do corpo, mas não o empurrei. Não inclinei a cabeça para o lado. Deixei que ele me beijasse. Deixei que ele gemesse em minha boca, que pontuasse cada pressão dos lábios com uma promessa murmurada, com um juramento sussurrado.

— Você é tão linda... — Ele tirou a taça de champanhe dos meus dedos e colocou no parapeito da janela. — Tão poderosa... — As mãos dele subiram pelas laterais do meu corpo e penetraram em meus cabelos. — Tão incrível...

E então, de alguma forma, ele estava de pé entre minhas pernas, me prendendo em um emaranhado de seda. De alguma forma minhas mãos tinham ido até os ombros dele, segurando-o como se estivesse me afogando no vestido e no terremoto de Brandt. De alguma forma, meus lábios se abriram, a língua dele estava em minha boca, e eu não me importei nem um pouco. Eu conhecia isso, me lembrava disso e, dessa vez, não estava pensando em tudo que queria dizer. Brandt tinha cheiro de lar, tinha o gosto de minha antiga vida, e o beijo fez meus nervos vibrarem em um acorde que eu conhecia bem. Era magia de unicórnios e de alguma forma, *de alguma forma*, ele conseguiu se conectar a ela.

— Uau — murmurou ele. — Está sentindo?

— Estou — sussurrei.

— Será que posso, por favor, por favor, *por favor*, tocar em você? Posso estar com você? Astrid, por favor, não me rejeite... — Ele me beijou de novo, e senti em todas as células de meu corpo. — Eu faria qualquer coisa... faria qualquer coisa pra ficar com você... pra sentir por pelo menos um momento o que você sente o tempo todo...

E, de repente, ele foi arrancado de mim. Deslizei pela vidraça, sem fôlego, e olhei. Os olhos de Brandt estavam loucos; seus braços se esticavam em minha direção em vão. Mas Isabeau Jaeger, uma visão em veludo preto, com o rosto mais sombrio que a tempestade lá fora, o segurava pelo colarinho do paletó.

— Chega — disse ela.

18

Quando Astrid toma uma posição

Fui mandada para meu quarto. Não sei o que aconteceu com Brandt. Depois de 20 minutos, Isabeau foi até minha porta.

— Não preciso dizer — disse ela, encarando um ponto acima de minha cama — que estou decepcionada com seu comportamento. Não estamos em uma boate onde se ignora atividades tão grosseiras em cantos escuros.

Baixei a cabeça.

— Espero mais de meus convidados, e mais de meus funcionários. — Agora ela me olhou nos olhos. — E, além disso tudo, Astrid, o que achou que estava fazendo? Não conversei com você sobre Brandt?

Abri a boca para falar.

— E seu Giovanni? Não gosta dele?

Minhas palavras viraram um soluço. *Giovanni.* Isso era bem pior do que aquela vez na piscina. Eu realmente o traí. Beijei meu ex-namorado. Deixei que Brandt me enchesse de champanhe, me dissesse que me amava e tecesse um feitiço tão lindo que esqueci tudo que Giovanni e eu passamos juntos. Fui horrível.

O rosto de Isabeau se anuviou.

— Ah, *ma petite*. Você não é a primeira mulher no mundo a ser enganada, a ouvir belas mentiras de um homem.

— Ele não estava mentindo — murmurei.

— Ele disse que te amava? — Ela cruzou os braços. — Acredite em mim, ele está mentindo. Brandt é como um viciado. Ele sentiu o gosto do poder e sempre quer mais. Agradeço por ter encontrado vocês antes de algum dano ter acontecido.

— *Dano?* — falei. — Dano como eu dar minha virgindade a ele, você quer dizer? Isso não podia acontecer, certamente! É isso que realmente te incomoda quando estou com ele? Posso ter um namorado, mas somente se ele estiver na segurança do outro lado do mundo? Talvez Brandt esteja certo e eu seja seu animal de estimação, Isabeau. E você não pode deixar que *danifiquem* sua preciosa caçadora de unicórnios!

Isabeau sustentou meu olhar por mais um momento e andou até a escrivaninha. Ela pegou um dos meus livros e leu a lombada.

— Odeio esse termo — disse ela. — A linguagem é toda errada.

— O quê?

— Um homem *tira* a virgindade de uma mulher. Uma mulher *dá* para ele. É impreciso. A verdade é que não há nada a ser possuído, seja presente ou roubo. O ato destrói o item.

— A virgindade não significa nada — argumentei. — A não ser que alguém faça com que signifique. A não ser que uma deusa idiota tenha decidido que sim há milhares de anos, ou seja lá o que nos faz funcionar dessa forma. — Funguei, depois limpei a garganta, forçando os soluços de volta ao peito. — A não ser que você seja caçadora e, então sim, perder a virgindade destrói a magia.

— E você quer isso, Astrid?

Pensei em Anjo encolhido perto do corpo de Gorducha para se proteger da tempestade.

— Não — respondi. — Não no momento.

— Boa resposta. — Ela colocou o livro sobre a mesa. — Vocês, caçadoras, têm uma palavra pra esses homens, não?

Assenti.

— Acteon.

— Sim. O homem que observou a deusa tomando banho. Os homens que arriscam as vidas para roubar o bem mais precioso das caçadoras.

Engoli em seco.

— Eles não roubaram — falei. — Aquelas caçadoras, as que usaram um Acteon, queriam deixar a atividade. Como aquela que trabalhava pra você antes. Ela encontrou um, não foi? Eles não são mais chamados assim, mas foi o que ela fez. Deu a virgindade pra um cara. Pulou fora.

— Não, eles não são mais chamados assim — concordou Isabeau. — Mas essa não é a questão. E não há nada pra dar. Um Acteon pode querer possuir o poder de uma caçadora, mas jamais vai conseguir. Tudo que ele pode fazer é apagá-lo.

Dei uma risada debochada.

— Um minuto atrás, você chamou de roubo. Então o que é, Isabeau? O que eles estão roubando, e de quem estão roubando? De você?

Ela olhou nos meus olhos com um leve sorriso nos lábios.

— Não, Astrid. Ninguém nunca rouba de mim.

No dia seguinte, fui instruída a levar Anjo para o laboratório da Gordian. Em vez disso, entreguei meu pedido de demissão.

— Como você sabia? — perguntei a ela, enquanto fazia as malas. Isabeau estava sentada à minha escrivaninha, com Gog e Magog ao lado, e fez carinho no pelo atrás das orelhas dos cães. Eu supunha que agora que não era mais funcionária, não podia reclamar por ela levar os dois para meu quarto.

— O que, *chère*? Ah, uma pessoa viu o bebê unicórnio. Uma coisinha tão meiga. Eu queria que você tivesse me contado antes. — Ela balançou a cabeça com tristeza. — Não vai reconsiderar? Já liguei para o Claustro para pedir outra caçadora, mas eles disseram que querem falar com você primeiro. Alguma coisa sobre você ir embora sob "circunstâncias misteriosas". Tentei falar que era besteira, mas...

Besteira! Phil ficou ao meu lado desde o começo. Proteger cobaias era uma coisa, entregar um bebê unicórnio para sabe-se lá Deus qual tipo de experiência... era outra coisa.

O que mais me enfurecia era a forma como Isabeau estava tão calma. Eu estava fervendo de raiva, e ela agia como se essa coisa toda, minha vida de cabeça para baixo, meu futuro incerto não passassem de uma pequena inconveniência.

— E não vamos poder mover o potro até termos uma nova caçadora aqui. Quem sabe o que pode acontecer com ele sozinho lá fora?

Ergui o olhar da mala, o maxilar firme. Isabeau estava jogando sujo.

— É por esse tipo de coisa que estou me demitindo, não é? Para que você *não possa* movê-lo?

Isabeau pareceu confusa.

— Mas é um gesto tão vazio. O potro, Anjo, como você o chama, é nosso e podemos fazer o que quisermos, assim como todos os outros animais da área cercada. Achei que tivesse aceitado isso.

— Bem, eu *desaceitei*.

— Isso não importa — disse ela, com a voz controlada. — Ele é nosso quer você esteja aqui, quer não. Não há outra opção pra ele. Você sabe que ele não pode ser solto na natureza e que nunca sobreviveria sem a mãe. O que você está fazendo com essa postura que assumiu é adiar o momento em que colocaremos as mãos nessa criatura, e possivelmente colocando-a em extremo perigo ao abandoná-la com os outros sem uma caçadora guardiã. É muita tolice. — Ela me viu mexendo no guarda-roupa. — Leve o lenço de seda, Astrid. Fica lindo com seu casaco pesado.

Suspirei. Eu não precisaria de metade dessas roupas no Claustro, mas odiava deixá-las para trás.

— Isso seria bem mais fácil se você *agisse* como se estivesse com raiva de mim.

— Mas não estou com raiva de você, *ma chère*! — exclamou Isabeau. Os cachorros olharam para mim, ecoando o divertimento dela. — Temos uma diferença de opiniões, só isso. Não quero que vá embora por causa disso, mas respeito sua decisão. E espero — acrescentou ela — que com o tempo mude de ideia. Odeio ver você desistir dos estudos.

— Tem professores no Claustro agora — revelei.

— Não professores *particulares* — argumentou ela. — Nem aulas de laboratório em uma universidade.

Trinquei os dentes e continuei a fazer a mala.

— De verdade, você não vai encontrar emprego melhor que este!

— Se é tão bom — falei, dobrando meu último suéter e enfiando na mala lotada —, tenho certeza de que logo terá uma dezena de caçadoras em fila pra tomar meu lugar. — Eu apostava que Grace ou Melissende viriam em um instante. Elas não teriam problema algum em entregar Anjo para ser aberto e examinado, ou qualquer outra coisa nojenta que os cientistas tivessem em mente.

E eu não estava convencida de que essa coisa toda não era uma punição por eu ter beijado Brandt. Será que Isabeau sabia o tempo todo sobre Anjo e estava me deixando fazer as coisas do meu jeito até eu desobedecê-la? Eu tinha certeza de que Brandt concordaria com essa hipótese, por mais louca que parecesse, mas não o via desde que ele foi arrancado de meus braços, e não sabia o celular dele nem como fazer para entrar em contato.

Falando em pessoas com quem eu não tinha feito contato, havia Giovanni. Quando ligasse para ele, teria de contar sobre minha infidelidade, e eu só conseguia suportar um grande aborrecimento de cada vez na vida, muito obrigada.

Esforcei-me para fechar a mala e precisei me sentar em cima para juntar as duas partes.

Isabeau suspirou e foi até meu armário, onde o vestido azul ainda estava pendurado em um cabide na parte de trás da porta.

— Não vai levar isto? — perguntou ela, passando a mão pelo tecido lindo e cintilante.

— Não tem espaço — murmurei. — Ele ficaria esmagado se eu tentasse enfiá-lo na mala, e pra que vou precisar de um vestido de festa em um convento?

Ela me lançou um olhar por cima do ombro.

— Por favor, mude de ideia. Você não vai fazer nada além de nos obrigar a esperar alguns dias. Não está ajudando o unicórnio.

— Eu sei. — Engoli em seco até conseguir respirar de novo. — Mas vou dormir melhor à noite sabendo que não fui eu quem o entregou.

Outro suspiro e ela voltou para a cama. Gog e Magog seguiam cada movimento de Isabeau com as cabeças enormes.

— Considere isso, então. Aqui as coisas são fáceis, meses e meses sem que precise matar um unicórnio. Não é o que acontece no Claustro. Fique aqui, Astrid. Você parece ter perdido o prazer em caçar unicórnios.

Eu me irritei porque ela estava certa. Assim como René. Eles estavam certos. Mas pelo menos no Claustro, ninguém ia me pedir para matar um unicórnio indefeso. Os que eu abatia eram uma fonte de perigo iminente.

— Então talvez eu saia de atividade de vez.

— Você não vai — disse Isabeau, com bastante confiança.

Não, eu não iria. Droga. Por um momento, poderia até ter confundido o tom arrogante dela com o de minha mãe.

— Bem, acho que acabei. Imagino que você não vai me deixar entrar na área cercada para dizer adeus a eles, vai?

A voz dela foi brusca e profissional, como sempre.

— Sabe perfeitamente bem por que não posso fazer isso. Mas eu ficaria feliz em levá-la de carro até Limoges. — Ela colocou a mão no meu ombro. — Pela última vez, *ma chère*. Não faça isso. Sim, posso ter outra caçadora aqui, e sim, o atraso é uma pequena chateação, mas não é nada em comparação à ideia de perder você. Fomos tão felizes aqui. E parece tão certo tê-la como funcionária em vez de qualquer outra caçadora. Somos Llewelyn, lembra?

Eu *fui* feliz ali. Olhei para meu quartinho lindo, com todos os luxos. Minha escrivaninha larga, minhas anotações escolares. Meu banheiro de mármore dourado, meu belo armário. O buquê de camomila na minha mesa de cabeceira, os livros que Isabeau me emprestou. Pensei no quanto passei a conhecer bem os einhorns; em minha agenda simples e organizada por mim mesma, nas noites que passei conversando com Isabeau sobre ciência e medicina, e a história que compartilhávamos.

E, então, pensei em Anjo, no milagre que testemunhei na noite de seu nascimento. Pensei no que fiz com Saltitante, no horror que senti quando ele não morreu. Pensei na forma como os einhorns fizeram um círculo e se abaixaram para me reverenciar, no quanto estavam sempre com fome, um desejo que nenhuma quantidade de carne de açougue conseguia aplacar.

Pensei em Clothilde, em como ela não conseguiu viver com o destino escolhido para ela e no que estava disposta a sacrificar para seguir suas convicções e escapar.

— Sim — falei, erguendo o queixo —, somos Llewelyn. Então, você sabe perfeitamente bem por que não posso me permitir mais fazer isso.

Fogo e inundação invadiram meu cérebro no instante em que passei pela porta da frente do Claustro, arrastando a mala. Tudo parecia idêntico: os paralelepípedos quebrados no pátio externo, as gastas portas de bronze com os entalhes de caçadoras e unicórnios, a rotunda pouco iluminada com estátuas poeirentas e o enorme painel de Clothilde e Bucéfalo, e eu puxando a bagagem. Podia muito bem ser oito meses antes, em minha primeira ida ao Claustro.

Exceto por Phil, ali parado, com aparência séria e triste em uma conservadora saia azul-marinho e uma blusa branca de gola alta, o cabelo preso em um coque e um grande anel de ouro com uma pedra vermelho-rubi pendurada em uma corrente no pescoço. Bonegrinder estava obedientemente ao seu lado e fez uma reverência quando me aproximei.

— Asteroide! — gritou Phil, e se aproximou correndo. — É tão bom receber você em casa!

Casa. Supostamente isso era o mais próximo que eu teria de uma casa. Não tinha mais lar em Washington, porque meses antes minha mãe havia abandonado o apartamento em cima da garagem de tio John e se mudado para um loft mais sofisticado em Los Angeles, mais conveniente para o agente literário dela. E meu quarto no *château* também não era mais meu. Tudo que eu tinha era este convento.

Mas aqui, dentro do abraço de Phil, as coisas não pareciam tão ruins.

Ela não me levou para o alojamento como eu esperava, mas para os aposentos do *don.* Bonegrinder veio trotando atrás de nós e mordendo as rodinhas de minha mala.

— Houve uma dança das cadeiras na divisão de quartos — disse ela. — Obviamente, ninguém quis mais continuar dividindo quartos depois que você, Cory e Valerija deixaram dois quartos vazios, então elas se espalharam um pouco. Sua escolha agora é ficar comigo ou ir para o quarto de Melissende.

— Você, por favor — pedi.

— Foi o que pensei. — Ela sorriu. — É claro que isso poderia ser um arranjo temporário. Zelda vai embora, sabe, e você pode ficar com…

— Zelda vai embora? — repeti. — Como assim? Ela também está doente?

Phil piscou para mim.

— Não, ela só… desistiu. Você sabe.

— Ela arrumou um Acteon?

Phil riu.

— Zelda tem um namorado. Um cara que a conhece há anos aparentemente percebeu o quanto estava apaixonado quando ficou claro que ela arriscava a vida por aqui. Ela vai voltar pra França…

— Pra ser modelo?

— Não — disse Phil. — Pra universidade. Estou feliz por ela, na verdade, mesmo significando que perdemos mais uma caçadora. — Ela começou a contar nos dedos. — Ilesha não pode caçar até os pontos estarem cicatrizados, e Ursula está fora até tirar o gesso. Cory ainda está sem as habilidades de caçadora, o que a torna mais um fardo que qualquer outra coisa, mas isso não importa, porque ela, Valerija e Grace um dia desses enfiaram nas cabecinhas geniais que queriam fazer um banquete de vísceras…

— O quê?

— Miolos. Tripas. Coisas nojentas das quais ninguém deveria nunca precisar sentir o cheiro, muito menos colocar na boca. De qualquer modo, elas ainda estão de cama com intoxicação alimentar. Que é tudo de que precisamos agora! Você voltou na hora certa, sem dúvida.

Fiz as contas. Isso nos deixava com… quatro caçadoras? Incluindo eu? Que horror.

— Como está indo o recrutamento?

A expressão de Phil ficou sombria.

— Assunto chato. Não comente com Neil quando encontrá-lo, certo? Estamos tendo muito azar ultimamente.

— Por que, o que está acontecendo? — Eu me sentei na beirada da cama dela. Bonegrinder pulou ao meu lado e enfiou o focinho em mim até eu coçar a base do chifre. — Sei que ele não conseguiu aquela garota dos Estados Unidos alguns meses atrás…

— A família não estava interessada — disse Phil. — Por causa de uma teoria maluca de que os unicórnios são demônios ou coisa assim. De qualquer modo, isso é de se esperar. Ultimamente, tem sido mais estranho. Recebemos informação de uma possível caçadora, ou investigamos uma linhagem familiar, mas quando fazemos contato, já decidiram abrir mão da qualificação.

— O quê? — exclamei.

— Exatamente. — Phil deu de ombros. — Quem pode culpá-las? Principalmente com todas as histórias que sua mãe vem fornecendo à imprensa sobre como nosso estilo de vida é perigoso, que botamos a vida em risco todos os dias. Sim, é tudo muito glorioso, como ela quer que seja, mas a ideia de "soldados em guerra" não é uma boa propaganda para garotas comuns de 15 anos.

Isso era certo. Poucos meses antes, eu também estava tentando minar a qualificação que me permitia estar ali.

— Teve uma na Irlanda semana passada, uma na Grécia dois meses atrás... É desmoralizante para ele — disse Phil. — Principalmente com Cory não melhorando.

— E você se preparando pra voltar pra faculdade e nos deixar — acrescentei.

Ela afastou o olhar.

Eu a segurei pelos ombros.

— Phil. Você *vai* voltar pra faculdade, não vai?

Ela não disse nada.

— Você prometeu! — gritei. — Sua bolsa de estudos! — Pelo menos alguém nesta família tinha de seguir na faculdade.

Ela se afastou.

— O vôlei não parece mais tão importante pra mim — disse ela. — Não como continuar com a proteção aos unicórnios. Venho dedicando todos os esforços a isso ultimamente. Mesmo se retornasse, não estou em condições de treinar. Seria um acréscimo patético ao time. Então, em vez de voltar e desperdiçar o tempo de todo mundo, vou me dedicar a isto aqui. Minha contribuição para tornar o mundo um lugar melhor. Vou salvar os unicórnios, Astrid. Isso vai mesmo acontecer. Não vamos precisar de caçadoras, toda essa história de recrutamento não vai importar, e todo mundo ficará em segurança.

Essa fantasia de novo. Ah, Neil e Phil eram perfeitos um para o outro, com certeza. Os dois viam um fim para esta vida. Os dois achavam que se deixassem seus futuros de lado por alguns meses, por alguns anos, poderiam alcançar uma solução permanente para todas nós. Mas era uma ilusão. Eu sabia disso agora.

— Como? — perguntei, levantando as mãos. — Como nos impedir de caçar os perigosos vai nos deixar em segurança? Acredite em mim, Phil, não estou aqui em busca de glória. Estou fazendo porque, se não o fizer, pessoas vão morrer. Pessoas *já* morreram. Pessoas estão morrendo em ataques de unicórnios em todo o mundo. Você vem e salva os unicórnios. Mas como vai salvar os humanos?

— Do mesmo jeito que Clothilde salvou — disse Phil, com confiança. — Vamos criar um refúgio para os unicórnios, um local onde vão ficar em segurança. Uma área de preservação...

— Cativeiro — falei. Bonegrinder olhou curiosamente de mim para Phil. — Já vi unicórnios em cativeiro. Não é uma visão bonita.

— Você viu unicórnios em uma área pequena sem recursos, como um zoológico. Estou falando de uma vasta área ou vastas áreas de terra, separadas da humanidade, onde eles possam viver ao ar livre e...

— Tentamos isso — argumentei. — Clothilde e Bucéfalo tentaram. Não funcionou.

— Funcionou — disse Phil. — Por 160 anos.

— Bucéfalo me contou no verão passado que o local de esconderijo não existe mais. Eles ressurgiram porque a última área de preservação foi destruída. — A Gordian era preservação minha, mas também a perdi. Nada durava.

— Porque não havia proteção. Mas podemos fazer de novo. Podemos encontrar outro lugar. Podemos convencê-los...

— Os unicórnios ou os governantes? — perguntei. — Você acha mesmo que pode entrar em uma dessas grandes reuniões de governo que marcou e dizer pra eles que temos a capacidade mágica de conversar com unicórnios e de convencê-los a se esconderem em uma gigantesca área natural de preservação?

— Não — disse Phil. — *Nós* não temos essa capacidade mágica. Mas você tem.

A imagem dos einhorns em reverência ao meu redor surgiu na minha mente, mas a afastei.

— Bucéfalo está mantendo distância há meses, Phil. Ele é o único que poderia conseguir uma coisa assim. E não sei se funcionaria de novo.

Pelo que entendo, os kirins ainda estão ressentidos por causa do exílio. Duvido que se afastem voluntariamente da humanidade.

Ela manteve firme o ponto de vista.

— É a única opção, Asteroide. Ou encontramos um local para eles, ou os caçamos até a extinção. Não vê que é o único fim possível para isso?

Ri com amargura.

— Você vê um fim pra isso. Que graça. O único fim que vejo é dando o fora, como Zelda, como todas as candidatas desaparecidas. Como você.

Phil balançou a cabeça, parecendo quase à beira das lágrimas.

— Eu não *saí*, Astrid. Ainda tenho um dever com este lugar, com ou sem magia. E odeio vê-la assim. Sei que este ano não foi fácil, e sei que uma pessoa menos nobre *teria* fugido, *teria* pulado fora. *Temos* de acreditar que há uma solução; você não entende?

Não. Eu não entendia. Minha solução tinha sido fugir das caçadas e me tornar uma carcereira, mas, de alguma forma, isso foi ainda pior. Naquele exato momento Anjo devia estar preso em uma jaula estéril no interior dos laboratórios da Gordian, esperando um destino científico horrível. Não consegui salvar aquele unicórnio. Não era capaz de proteger nenhum deles. Não fui capaz no *château* e não era capaz aqui. E Phil, independentemente do que quisesse acreditar, também não seria.

Talvez Cory estivesse certa e a única solução fosse matar todos. Só que as caçadoras estavam sumindo do mapa. Quatro caçadoras de unicórnios. René não precisava se preocupar com o destino dos unicórnios. Era a humanidade que estava perdida.

Bonegrinder choramingou e lambeu minha mão.

19

QUANDO ASTRID CHEGA AO CUME

DOIS DIAS DEPOIS DE minha chegada, as integrantes remanescentes da Ordem da Leoa se reuniram na rotunda para se despedir de Zelda Deschamps. Ela estava com as malas ao redor de si, uma das mãos apoiada casualmente na cintura do namorado, David. Eles iam viajar para Fiji para uns dias de férias e... enfim.

— Vai ser um bom descanso desse tempo — disse Phil, com coragem. Eu a tinha visto chorando pela manhã. Ela e Zelda tinham ficado amigas desde que fui para a França. Fazia sentido. Com 18 anos, Zelda era mais próxima da idade de Phil, e elas deviam ter mais em comum do que teriam com qualquer outra pessoa. Eu me lembrava de quando Zelda chegara, de como Phil, Cory e eu ficamos maravilhadas de a linda modelo negra parisiense ser candidata a caçadora de unicórnio.

— Vai ser um bom descanso de um monte de coisas — brincou Zelda.

Rosamund estava inconsolável desde o jantar do dia anterior. De manhã, seus olhos estavam tão vermelhos quanto o cabelo quando ela abraçou a antiga colega de quarto e choramingou:

— Precisa mesmo ir? Não é tarde demais.

Zelda olhou com amor para David, a afeição e o desejo brilhando nas profundezas dos olhos escuros.

— É tarde mais do que demais. — Ele sorriu em resposta, tão apaixonado quanto ela.

Engoli em seco, pensando na forma como Giovanni olhava para mim. Ainda não tinha ligado para ele, nem para contar que estava em Roma. Peguei o telefone cinco vezes, em diferentes ocasiões. Cheguei até a digitar o número em algumas, mas não consegui apertar o botão para completar a ligação. Assim que ouvisse a voz dele, precisaria contar o que fiz.

E depois, eu jamais voltaria a ouvir a voz dele.

Cory, Valerija e Grace estavam com olhos turvos e obviamente desejando voltar para a cama. O pior da intoxicação alimentar tinha passado, mas todas pareciam precisar de mais alguns dias para recuperar as energias.

Levei sopa e um refrigerante de limão para Cory na minha primeira noite de volta e confessei a ela o que fiz com Brandt.

— Não se preocupe — respondeu ela. — Todas fazemos burrices. Como aquela vez que comi *terrine* e... ah, mas isso foi ontem. — Ela gemeu e colocou a mão sobre a barriga. Com ou sem intoxicação alimentar, eu não gostava da aparência dela. Estava mais magra e pálida do que nunca e reclamava de febres ocasionais e dores nas articulações.

— Giovanni não precisa te perdoar por isso.

Cory me olhou com atenção.

— Odeio dizer isso, Astrid, mas deve estar preparada para o fato de que talvez Giovanni não perdoe você.

Fomos interrompidas por Grace, voltando de uma de suas muitas idas ao banheiro. Ela resmungou ao ver a tigela de sopa e a lata de refrigerante que levei, depois caiu na cama e cobriu o rosto com um travesseiro. Pelo que Cory me contou, ela estava meio aborrecida por dividirem o quarto, mas depois de Neil e Phil ficarem sabendo sobre o relacionamento de Cory com Valerija, decidiram que assim funcionaria melhor.

Grace Bo como acompanhante. Tenho certeza de que ela estava adorando.

David tinha chegado na cidade na noite anterior, e todos ouvimos a história deles, romântica o bastante para impressionar seis adolescentes presas em um convento. Ele e Zelda eram amigos havia anos. Assim como ela, ele foi modelo, mas se cansou da indústria e largou tudo para fazer a École Polytechnique, que, pelo que eu sabia, era o equivalente francês do Instituto de Tecnologia de Massachusetts, ao qual David sempre chamava de "X", por algum motivo que eu não entendia. Sujeito esperto. Durante as férias de outono, ele foi a uma festa com alguns amigos modelos e deu de cara com Zelda, que estava de férias dos deveres de caçadora.

— Conversamos a noite toda — disse Zelda, derretida.

Conversaram sobre o mundo deles depois da vida de modelos e como aquele estilo de vida nunca foi bom para nenhum dos dois.

— Motivo pelo qual ambos estávamos nos escondendo da festa, se me lembro bem — disse David.

Ele contou a ela o quanto estava gostando de X, e ela falou sobre o medo constante que sentia por sua segurança nas caçadas a unicórnios. Ela mostrou as cicatrizes para ele.

— Ele as achou bonitas.

Fiz uma careta ao ouvir isso, lembrando-me de Brandt.

De manhã, estavam namorando e continuaram assim quando Zelda voltou para o arco, para o hábito e para a vida no Claustro. Eles trocavam e-mails e mensagens de texto constantemente.

— É meio estranho se apaixonar pela internet — disse Zelda.

— Já estávamos apaixonados — respondeu David. — Apenas descobrimos pela internet.

Daí até Zelda decidir que não podia mais ficar na Ordem da Leoa foi um pulo. Não só por causa de David, ela rapidamente observou. Mas porque David lembrara a ela que havia um mundo lá fora do qual estava abrindo mão.

— Quero estudar — afirmou ela. — História clássica.

— Pra quê? — perguntou Melissende. — Já estamos vivendo a vida de virgens vestais.

E agora, Zelda estava indo embora. Para uma viagem romântica e tropical com o lindo namorado e uma nova vida de estudante de *classes préparatoires*, que eram uma espécie de curso especial que os alunos franceses tinham de fazer antes dos exames de admissão para uma das *grandes écoles*.

Senti tanta inveja que poderia vomitar. Aparentemente, para ter a vida com a qual sempre sonhara, tudo que você precisava fazer era esperar a hora certa e ter sorte o bastante para conhecer um namorado fantástico, que apoiasse você e que desejasse vê-la na faculdade, assim como ele, e depois ser inteligente o bastante para não traí-lo.

Ah, e também estar disposta a deixar tudo para trás: a magia dos unicórnios e seu direito nato a ela, a culpa enorme que sentia não só pelas pessoas que você poderia ter salvado com suas capacidades especiais, como também pelos unicórnios que você deixaria de ajudar quando precisassem.

Zelda se aproximou de Phil e a abraçou com força.

— Vou sentir saudade de você, *amie*.

— Eu também — ouvi Phil murmurar no ouvido de Zelda.

— Está na hora de você partir também. A Ordem não tem lugar no mundo moderno.

— Você está certa — disse ela. — Mas *eu* tenho lugar com os unicórnios.

Eu gostava de falar sobre a ideia de abrir mão de meus poderes, mas jamais conseguiria ir em frente. E agora, sabendo o que eu sabia sobre os einhorns sofrendo na Gordian, sobre as dificuldades do Claustro e o círculo de caçadoras cada vez menor? Agora que sabia exatamente o que Phil estava sacrificando, mesmo sem magia? É claro que jamais a abandonaria. Assim como, no verão passado, antes de Phil encontrar uma causa pela qual viver, ela prometera não me abandonar.

— O que você quer dizer é que tem um lugar com Neil. — Zelda se afastou e olhou nos olhos de minha prima.

Phil não disse nada, e eu mordi o lábio, a garganta ardendo com ainda mais inveja. O que Phil tinha contado a Zelda que não queria me contar?

E então, ao sentir Phil procurando minha mão, abri o punho e permiti que a segurasse. Ela apertou com força, e, de alguma forma, isso bastou. Relaxei. Neil podia ser real, ou poderia nunca ser, mas Phil e eu éramos para sempre.

Zelda se ajoelhou perto de Bonegrinder, que olhou para ela com olhos azuis repletos de mais adoração até do que David.

— *Adieu, malodorant monstre* — disse ela, com uma gargalhada. — Não achei que gostasse de animais, mas você é legal.

Bonegrinder bateu a cauda no chão de mosaico.

— Acho que nunca mais vamos nos ver — disse ela. — Mas, se acontecer, por favor, me conceda a honra de não me matar.

Bonegrinder lambeu o rosto dela, e Zelda torceu o nariz. Eu não sabia se essa era a versão zhi de fazer uma promessa ou apenas um teste de sabor.

Naquela tarde, Phil recebeu um relato de ataque de re'em no parque Monti Simbruini, fora de Roma, e reuniu as tropas. Durante minha ausência, ela e Neil tinham adquirido uma van para ajudar a nos transportar de e para locais de caçadas, e as quatro caçadoras ativas (Dorcas, Melissende, Rosamund e eu) carregaram as armas.

— Isso vai ser horrível — disse Melissende, entrando na van. — Todas as caçadoras realmente boas estão doentes.

Phil a ignorou, eu não falei nada, e Rosamund pegou o terço e ficou olhando para a frente. Phil tinha me contado que a pianista austríaca raramente participava de caçadas ultimamente. Tenho certeza de que, se ela fosse menos religiosa, também estaria procurando uma forma de sair de cena, e, se fosse menos honesta, provavelmente fingiria ferimentos para garantir a permanência no banco de reservas.

— Odeio re'ems — declarou ela baixinho, quando pegamos a estrada. — Não vejo um desde que fomos atacadas fora do Claustro, lembra?

Eu tremi. É claro que lembrava. Aquele re'em foi meu primeiro abate.

— Não se preocupe — disse Dorcas. — Astrid e Melissende já os enfrentaram antes. Se for só um, não devemos ter problemas.

Rosamund olhou pela janela e não disse nada.

A cidade cedeu lugar aos subúrbios e depois ao campo, e então a terreno mais íngreme conforme viajávamos para a cordilheira dos Apeninos. O chão estava sujo de neve derretida, misturada com lama, e o vento balançava a van enquanto Phil se concentrava em permanecer na estrada sinuosa da montanha. Ravinas profundas e picos pontiagudos se encontravam a cada curva, pontuados por áreas de mata densa. Apesar de ficar a apenas 65 quilômetros de Roma, a área era um esconderijo perfeito para um re'em, ou mesmo para um bando inteiro, pois o parque tinha áreas repletas de cervos selvagens e javalis, ursos-pardos e até mesmo alguns lobos.

O céu estava turvo e cinza, apesar de ser pouco mais de meio-dia quando Phil parou a van no início de uma trilha de caminhada.

— Foi aqui que as testemunhas encontraram os corpos — assegurou ela, distribuindo walkie-talkies enquanto pegávamos o equipamento. Reparei que todas as nossas flechas estavam com as pontas de alicórnio que Isabeau tinha doado.

— Como essas pessoas sabiam que era um re'em? — perguntou Rosamund, farejando o ar. Não havia cheiro de fogo e inundação aqui, só o frescor do verde e neve e pedra.

— Tiveram um vislumbre pelo binóculo — disse Phil. — Foi quase no alto desta trilha, perto do pico.

— Pelo menos ele estava mantendo distância da cidade — comentei. — Como os ursos e lobos que vivem aqui.

— Eu sei. — Phil franziu a testa. — Está ensinando o padre a rezar missa, Astrid. Eu também diria viva e deixe viver, mas ele está matando pessoas que vêm aqui fazer trilha. Há resorts de esqui nos arredores, e não podemos correr o risco de mais ataques. Principalmente estando tão perto de conseguir proteção.

Então era matar um unicórnio para salvar um bando de outros? Eu me perguntava qual seria a política se fosse um urso a atacar pessoas. O quanto era preciso penetrar na natureza antes que os direitos das pessoas dessem lugar ao direito dos animais selvagens? Haveria um momento em que os animais seriam mais importantes?

O ponto de vista de Phil soava estranhamente parecido com o de Isabeau. Ela estava disposta a matar unicórnios para desenvolver o Remédio, que poderia salvar vidas humanas, e não fazia muita distinção entre o que fazíamos e o que ela estava fazendo, embora caçadoras matassem apenas unicórnios que estivessem ativamente ameaçando pessoas. O resultado final era o mesmo: você podia matar unicórnios para salvar pessoas.

Essa era a regra, certo?

— Vamos nos dividir em duas duplas — disse Melissende. — Podemos seguir por cada lado da trilha e fazer contato se sentirmos alguma coisa. — Ela balançou o walkie-talkie, um dos outros bônus do patrocínio da Gordian.

— Boa ideia.

— Vou com Dorcas — acrescentou ela, olhando com irritação para Rosamund, cujas mãos tremiam tanto que ela derramou todo o conteúdo da aljava na neve derretida.

Dorcas e Melissende saíram pelo lado esquerdo, e eu esperei Rosamund recolher as flechas de ponta de osso.

— Se cuide, Asterisco — disse Phil.

— Você também — falei. — Lembre-se de ficar escondida na van.

Ela fez uma reverência.

— Não se preocupe. Não quero chegar nem perto de um re'em.

Rosamund e eu começamos a subir a trilha, escorregando um pouco nas pedras cobertas de líquen espalhadas pela área e mantendo os sentidos alertas, em busca de qualquer sinal de unicórnio. Concluí que os meses passados no pequeno bosque plano atrás do *château*, quando eu não carregava nada além da minha faca e um ocasional pedaço de carne para dar aos einhorns, me estragaram. Escalar uma montanha com um arco, uma aljava cheia, meu montante, a faca de alicórnio e um kit inteiro de primeiros socorros era uma perspectiva completamente diferente. Nosso progresso foi lento, árduo e acompanhado de bufadas de cansaço.

— Está vendo alguma coisa? — Soou a voz de Melissende no rádio.

Inspirei o bastante para dar um não em resposta. Ela não pareceu nem um pouco sem fôlego. Talvez elas tivessem seguido pelo lado plano da trilha. Muita injustiça.

Havia poucos ruídos ali, exceto pelo sopro do vento e o estalar dos galhos e uma árvore ou outra. Subimos regularmente por mais 49 minutos, sem falar muito, ouvindo o ruído do cascalho abaixo de nossos tênis de caminhada e os estalos de nossos equipamentos enquanto andávamos.

Era difícil acreditar que eu estava a menos de 80 quilômetros de uma das cidades mais antigas do mundo. Depois da beirada da trilha, não parecia haver nada que tolerasse o toque do homem. Eu me peguei perguntando se meus einhorns gostariam deste lugar, se Anjo apreciaria brincar na neve ou caçar porcos-espinhos e martas pelas pedras.

É claro que gostariam. Gostariam de qualquer vida fora do confinamento de seu bosquezinho deprimente, presos, incapazes de caçar, de perseguir e de ficar em segurança. Eu os conheci por muito tempo e muito bem. Vi os sonhos deles e compreendi seus desejos. Isso era tudo que queriam. Eu os abandonei porque me dei conta do quanto desejava que pudessem ter isso. Aqui, em um lugar assim, era mais fácil imaginar o sonho de Phil virando realidade. Era mais fácil acreditar que poderia haver um lugar selvagem onde os unicórnios vivessem livres e felizes.

Mas lembrei que estávamos ali para matar um deles por tentar fazer exatamente isso.

— Disseram ter encontrado cadáveres. — Minhas palavras saíram de repente.

— O quê? — disse Rosamund, compreensivelmente.

— Cadáveres — repeti. — O unicórnio que atacou aquelas pessoas... ele não as comeu depois de matar.

— E daí?

— É meio estranho, não acha?

Rosamund deu de ombros.

— Não sei. Talvez ele tivesse comida suficiente guardada para o inverno. Talvez tenha se assustado com alguma coisa. Um urso, talvez.

— Unicórnios não têm medo de ursos.

— Um leão, então.

— Não há leões aqui. Quem sabe um gato-montês. Mas um re'em não teria medo deles. Além do mais — acrescentei —, outros animais não podem comer carne contaminada com veneno de alicórnio. É venenoso para eles também.

— Bem, então não sei — disse Rosamund, envolvendo os ombros com os braços. — Estou com frio, molhada e cansada. Você está sentindo alguma coisa?

Balancei a cabeça.

— Você?

— Não. — Continuamos a andar, e Rosamund começou a murmurar baixinho, uma melodia lenta que eu me lembrava de ouvi-la tocar ao piano na casa capitular.

— Me diz uma coisa — falei, enquanto andávamos bufando. — A música tem encantos para acalmar a fera mais selvagem?

— O quê?

— Humm, é um ditado.

— Ah. Não sei. Bonegrinder parece gostar quando canto, mas ela gosta de tudo que fazemos. Não sei se funcionaria com outro tipo de unicórnio. Não seria legal?

— Seria.

Ficamos em silêncio por mais alguns metros, depois Rosamund falou de novo.

— Astrid?

— Humm?

— Você ama Giovanni?

Parei de andar. Meu instinto era responder sim, mas, se eu amasse Giovanni, teria beijado Brandt? Teria deixado meu ex-namorado colocar as mãos em meu corpo? Não teria feito contato com Giovanni assim que a coisa aconteceu para confessar a verdade? Se eu amasse Giovanni, não teria falado com ele nos últimos dias?

— Por quê? — Foi tudo que eu disse.

— Porque eu estava pensando em Zelda. Ela ama David e foi embora por ele. Você está com Giovanni, mas não vai embora.

— Não é simples assim — confessei. — Achei que você acreditasse nisso também. Disse que não queria fazer sexo antes da noite de núpcias.

— Não quero — disse Rosamund. — Mas eu também gostaria de ter uma noite de núpcias.

Touché.

— Nunca me apaixonei — disse Rosamund. — Tive um namorado, mas durou só uma semana, no acampamento de música. Fomos a um baile, e ele me beijou debaixo do céu estrelado.

— Que legal — comentei. Ainda nenhum sinal do re'em.

— Eu provavelmente teria tido mais namorados se não estivesse tão ocupada com a música.

Eu me virei para olhar para Rosamund, para o cabelo ruivo e ondulado e para o rosto de elfo.

— Sem dúvida.

O walkie-talkie estalou de novo.

— Estamos vendo. É uma re'em. Bem grande.

— Vocês estão perto? — perguntei.

— Não, nós...

Ouvi alguém gritar um palavrão, e o rádio ficou mudo. Olhei para a esquerda sobre a ravina que nos separava da parte mais baixa da trilha, me perguntando qual seria a rota mais rápida até a outra equipe. Rosamund observou o local em busca de movimento.

— Está vendo elas? — gritei.

— Não. — Ela fechou os olhos e ergueu o rosto na direção do vento, enviando ondas de magia. Inspirei, na esperança de sentir o aroma de fogo e inundação, mas não senti nada.

— Estou ouvindo! — gritou ela. — Os acordes. Aqui! — Ela saiu correndo pelo caminho que contornava um enorme rochedo e seguia para a direita.

— Espere! — gritei. — Rosamund, este é o caminho errado!

Mas ela continuou a correr e eu fui atrás. Afinal, quem era eu para dizer que Melissende e Dorcas ainda não tinham passado da ravina? O caminho delas parecia ser mais plano. Talvez tivessem conseguido ir mais rápido que nós.

E, do outro lado do rochedo, o caminho seguia mesmo uma série de curvas que Rosamund ignorava em favor de ir reto para a lateral da montanha. Ofeguei atrás dela por alguns metros até conseguir sentir, de repente, uma pontada de magia de unicórnio. Ela floresceu dentro de mim, e eu respirei livremente de novo, com passadas aumentando conforme o mundo parecia diminuir e encolher ao meu redor. Havia unicórnios nesta montanha. Vários deles.

A voz de Melissende soou no rádio.

— Está indo na direção de vocês! Se preparem!

— Eu sei! — falei. — Consigo sentir. Vocês estão bem?

— Estamos. — Agora Melissende pareceu meio ofegante. — Ah, ele acertou Dorcas no braço, mas ela vai sobreviver. Está esperando o ferimento fechar. Atingi ele no flanco com uma flecha, mas não pareceu afetá-lo em nada.

— Bom saber.

— Vou encontrar vocês. Ainda estão na trilha?

— Mais ou menos. Estamos cortando caminho pelas curvas, ainda montanha acima. Consigo senti-lo agora. — Misturado com o aroma de fogo e inundação havia um enorme terror, fome e uma coisa que parecia... solidão? Não, abandono.

As curvas terminaram de repente em uma área de árvores densas. Passei por ela em segundos e saí do outro lado, onde um campo de rochedos parecia oferecer certo abrigo dos elementos da montanha para que as árvores crescessem. Um labirinto de pedras e pequenos montes surgiu ao meu redor, tornando impossível a identificação da trilha. Rosamund não estava por perto, mas eu sentia como se o unicórnio estivesse em todos os lados ao mesmo tempo.

Corri mais rápido.

— Rosamund! — gritei. — Flecha no arco!

As palavras foram arrancadas de mim pelo vento, quanto então tropecei em uma pedra e caí estatelada, o impulso da magia me fazendo voar vários metros mais antes de parar.

Foi nessa hora que ouvi. Um grito altíssimo. E então, por cima do cume de uma ravina à esquerda da trilha, o re'em apareceu, rosnando e bufando, os cascos batendo na terra, levantando enormes quantidades de poeira, cascalho e neve. Esse unicórnio era ainda maior que o que matei em Roma. Devia pesar pelo menos 700 quilos. Ele balançava a cabeça larga como a de um boi e o chifre em espiral de um lado para o outro enquanto corria. O cabo verde da flecha de Melissende ainda estava espetado na lateral do corpo, e sangue vermelho-escuro escorria do ferimento pelo flanco marrom.

Fiquei de pé, tirei o arco do ombro e uma flecha da aljava. Com o tempo parado pela velocidade de minha magia de caça, observei a trilha à frente em busca de sinais de Rosamund ou Melissende, mas não vi nenhuma das duas.

— Rosamund! — sibilei. Ela devia ter se escondido quando tropecei.

Subi em uma rocha para poder ver meu alvo melhor. O re'em galopou em direção ao campo de pedra, dando um rugido gutural, alto e longo. Fiz uma pausa com o arco preparado. Senti mais de um unicórnio. Vários, na verdade. Graças a minha prática em contagem de cabeças na Gordian, conseguia detectar pelo menos três na área próxima. Será que esse unicórnio no qual eu estava prestes a disparar era o responsável pelas mortes daquelas pessoas, ou será que era outro? Não existia área mais remota e selvagem. Será que Melissende tinha ferido um unicórnio que só estava tentando fugir da humanidade?

Ele não comeu os corpos...

E no meio do inverno, ainda por cima. A comida devia ser rara por ali, mas o unicórnio comedor de carne humana deixou a presa para trás. Por quê?

Por que outro motivo um animal mata? Por comida, por defesa, para proteger seu território... e como alguém poderia negar que essa área montanhosa e inóspita, o lar de lobos e ursos, era o território perfeito para um monstro?

Ouvi o som de uma flecha, e o re'em cambaleou, com uma segunda haste verde espetada na pata traseira. Melissende desceu pela ravina, mancando ligeiramente enquanto corria, e pegou uma terceira flecha. Àquela altura, o re'em estava mais perto do campo de pedras, galopando em minha direção. Eu poderia atingi-lo bem no coração. Se quisesse.

Você parece ter perdido o prazer em caçar unicórnios...

Procurei o unicórnio com as extensões que se projetavam de minha mente, lembrando como tinha dobrado os einhorns de acordo com minha vontade. *Acalme-se. Pare de correr.* Talvez ainda houvesse jeito. Outra solução. Como naquela vez com Fujona, quando a cerca parou de funcionar. Talvez pudesse fazê-lo escutar.

O re'em estava cambaleando agora, fazendo o melhor para correr com o sangue escorrendo dos dois ferimentos de flecha. Eu não sabia se ele estava prestando atenção ou apenas morrendo. Deslizei pela lateral da pedra, de volta ao chão, e me projetei na mente dele.

Medo, desespero, sacrifício. Não havia abertura nessa armadura de terror, nenhuma forma de entrar e falar com ele.

Melissende tropeçou, caiu e acabou soltando o arco antes de poder dar outro disparo. Era minha última chance. Fechei os olhos e respirei fundo. Eu era uma flecha, reta e verdadeira. Era uma flecha determinada a penetrar a mente do unicórnio selvagem.

O acorde começou a soar em minha cabeça, o que Rosamund sempre escutava quando caçava unicórnios. Eu a sentia, encolhida atrás de uma pedra a poucos metros. Senti a irritação de Melissende na metade do campo. E o unicórnio, zumbindo, brilhando, morrendo. Eu o senti gritando, procurando a energia tão familiar dos outros unicórnios. Eles estavam reunidos ali perto. Muito, muito perto... tão pequenos... tão inofensivos... tão sozinhos...

Ah, meu Deus.

Meus olhos se abriram quando Rosamund pulou do esconderijo com a flecha no arco. Ela disparou no unicórnio, e o disparo o atingiu no ombro. Corri na direção dela quando o unicórnio baixou a cabeça para atacar.

— Não! — gritei, passando por pedra após pedra. — Não, espere! Ela é mãe! Só está protegendo os filhotes.

Os passos do unicórnio em disparada hesitaram quando revelei seu segredo em voz alta. Ela levantou a cabeça e olhou para mim com olhos inflamados e furiosos.

É a última coisa da qual me lembro.

20

Quando Astrid perde a cabeça

Bonegrinder subiu na minha cama. Senti o colchão afundando debaixo de cada uma de suas patas, senti-a cheirar meu rosto, depois se mexer e se deitar ao lado de minha coxa direita. Os sulcos do alicórnio em espiral encostavam em minha panturrilha.

— Bom dia! — disse Phil. Senti luz atrás das pálpebras e apertei os olhos.

— Claridade.

— Realmente. Costuma acompanhar as manhãs. Como está se sentindo hoje?

— Nada mal — respondi, abrindo os olhos e me sentando na cama. — Mas ainda estou com sono.

Phil parou e franziu a testa de leve. Estava com uma bandeja nas mãos.

— Uau. Certo. Está com vontade de comer ovos hoje?

— Claro — falei.

— Claro — repetiu ela, como se nunca tivesse ouvido a palavra antes. Ela colocou a bandeja no meu colo. Olhei para o prato ao mesmo tempo que Bonegrinder levantou a cabeça para farejar, depois bufar pela falta óbvia de carne. Havia ovos mexidos, um pedaço do que parecia ser polenta, ou alguma coisa parecida, e purê de maçã. Mas nada de talheres.

Ergui o olhar. Phil estava sentada ao meu lado com uma colher na mão.

— Pode me dar isso?

Phil piscou, olhou para a colher e para mim.

— Humm, claro.

Bem, pelo menos agora ela conhecia a palavra. Peguei a colher da mão dela e comi os ovos (que por sinal não são muito fáceis de cortar com colher) e depois o purê de maçã. Tentei a polenta, mas estava sem gosto e arenosa na boca, então larguei o talher.

Houve um som no corredor. Bonegrinder pulou da cama e foi investigar. Senti minhas pálpebras fecharem.

Fogo e inundação em minhas narinas. Bonegrinder tinha voltado.

— Astrid?

Nossa, eu estava com sono. Rolei para o lado.

— Astrid? Está me ouvindo? — A voz de Phil.

— Queria não estar — respondi. — Estamos no meio da noite.

— Ah, meu Deus — disse ela.

— O quê? — falei. — Seu relógio quebrou ou você perdeu toda a noção dos ciclos circadianos?

— Circadianos — repetiu Phil sem emoção.

Eu me sentei e olhei para ela na escuridão.

— Sim, ciclos circadianos. São o relógio biológico do corpo.

— Sei o que são — disse ela. — É só que... — A voz virou um soluço, e ela me abraçou com tanta força que não consegui respirar. Bonegrinder rosnou até Phil me soltar.

Ela se virou para o unicórnio.

— Fique quieta, ouviu? *Fique quieta.* — Ela saiu correndo do quarto.

Estranho. Bonegrinder se encolheu ao meu lado, e eu adormeci com as mãos afundadas no pelo perfumado.

Sonhei.

— Veja isso — ouvi em meio à névoa.

Algum tempo depois, ali estava Bonegrinder, esfregando o focinho na mão que deixei pendendo na beirada da cama. Cocei atrás de suas orelhas até ela balir.

— Oi, Docinho.

— Não acredito. — A voz de Neil.

Eu me sentei.

— Humm, privacidade, Neil? Este é meu *quarto*.

— Foi o que eu te disse, está vendo? — disse Phil. — Temos de deixá-la aqui.

— Sim, seria o ideal — falei, e cobri o peito com as mãos. — Ou, sabe, vocês podiam pelo menos bater primeiro.

Ouvi Neil soprar o apito.

— Bonegrinder, venha. — A zhi saiu trotando.

Quando acordei de novo, Bonegrinder estava sentada aos meus pés e Phil estava ao lado de meu quadril esquerdo.

— Bom dia. — Ela me deu um sorriso nervoso.

— Bom dia — cumprimentei, me sentando na cama. Foi quando vi as outras pessoas no quarto. O padre Guillermo. Um homem de terno. Neil. E Ilesha, prendendo a atenção de Bonegrinder com um pedaço de bacon balançado no ar.

— Como se sente esta manhã?

Dei de ombros.

— Bem. Por que você pergunta?

— Só curiosidade.

— Certo. Eis uma curiosidade minha. Por que essa gente toda está no meu quarto?

O padre Guillermo e o homem de terno fizeram um ruído de surpresa.

Ilesha arregalou os olhos, mas estava concentrada em Bonegrinder. Eu conseguia senti-la domando o animal, mantendo a zhi no lugar e calma.

— É uma boa pergunta, Astrid. Talvez você consiga descobrir. Conhece este homem? — Phil apontou para o cara de terno.

Balancei a cabeça.

— Deveria?

— É o Dr. Sachetti.

— É um prazer conhecê-lo.

— *Signorina*. — Ele assentiu.

— Ele é neurologista — disse Phil.

Neurologista? Apertei o lençol com as mãos.

— Por que ele está aqui? — perguntei, com medo de repente. — Cory está com tumor no cérebro?

— Astrid — disse o padre Guillermo. — Qual é a última coisa de que se lembra?

— Neil e Phil invadindo meu quarto mais cedo — respondi, olhando de cara feia para Neil.

— Antes disso — disse Phil.

— Você me acordando no meio da...

— *Antes* disso — insistiu ela. — Antes deste quarto.

Olhei para cada um deles. O que estava acontecendo? Eles pareciam insinuar que eu tinha amnésia ou alguma coisa parecida. Que ridículo. Eu *queria* sofrer de amnésia e esquecer todas as porcarias por que passei. Esquecer a confusão com Giovanni. Esquecer a saudade de Anjo. Esquecer ter matado Saltitante.

— A caçada ontem — revelei, dando de ombros. — O re'em na montanha.

Phil caiu no choro. Neil andou até ela e colocou as mãos em seus ombros.

— Phil, qual é o problema? — perguntei. Eu me inclinei para a frente juntando minha mão à dela.

— Isso foi há mais de um mês — disse ela, ou melhor, gritou.

Caí de novo sobre o travesseiro.

— Eu fui ferida? — perguntei. — No ataque?

Phil assentiu, com tristeza.

— Por que... Por que não me curei?

— O unicórnio não perfurou você, Astrid — disse Neil, quando ficou claro que Phil tinha perdido a capacidade de falar. — Jogou você contra uma pedra. Abriu sua cabeça.

Levei a mão rapidamente à cabeça, onde consegui sentir com os dedos os cabelos raspados e a beirada irregular de uma cicatriz. Meu maxilar ficou frouxo.

— Você estava em coma... — disse ele.

— Me deixem ver.

O rosto de Ilesha se contorceu com desconforto, o que só me deu mais determinação. Joguei os lençóis longe, tirei Bonegrinder do lugar e coloquei os pés no chão. Eu estava de ceroulas, mas não me importei.

— Astrid, espere...

Fiquei de pé, embora minhas pernas estivessem fracas e minha cabeça estivesse leve.

Cabeça oca. Era uma piada engraçada. Eu me perguntava o quanto de meu cérebro ficou na montanha.

— Em coma — repetiu Neil. — Por uma semana. Achamos que você não ia acordar. Mas o inchaço diminuiu...

Na parede oposta, havia um espelho por cima da penteadeira. E ali, de pé no reflexo, usando ceroulas cor-de-rosa e uma expressão horrorizada, estava Clothilde Llewelyn.

Não a Clothilde do painel na rotunda, com o rosto de porcelana e cabelo louro comprido. Não, a verdadeira Clothilde. A caçadora, a que tinha cabelo curto e o corpo maltratado por uma vida lutando contra unicórnios. Uma cicatriz nova descia da têmpora até o pescoço. Marcas escuras como hematomas encimavam suas bochechas, que se destacavam como facas no rosto pálido e esquelético. Mas isso não era tudo.

Havia alguma coisa errada com os olhos. Eu não conhecia aqueles olhos, estranhos, alienígenas. Eram escuros, quase pretos, com um anel crescente azul-claro brilhando em cada íris. Eu pisquei, e ela também. Estiquei a mão para o espelho, e nossos dedos se tocaram. Atrás dela estava Phil, com lágrimas escorrendo pelo rosto. Ela colocou a mão no ombro de Clothilde.

— Astrid.

Senti o toque e me virei.

— Você disse um mês atrás — disse para Phil. E então, para Neil: — E você disse que fiquei em coma por apenas uma semana.

— Você andou doente — disse Neil, com cautela.

— Tipo, gripada? — perguntei, embora parecesse besteira até para mim.

Ilesha estava mordendo o lábio com tanta força que eu esperava ver sangue a qualquer momento, embora não soubesse dizer se ela estava prestes a rir ou chorar. Bonegrinder estava no pé da minha cama, olhando, mexendo o rabo na coberta. O cheiro de fogo e inundação dominava o quarto.

— *Signorina* — disse o Dr. Sachetti. — Sente-se, por favor.

Eu me virei para ele.

— Pelo visto, estou sentada há um mês! Agora me contem.

Ele se encolheu.

— É uma coisa muito curiosa o cérebro humano. Você não sabe sempre o que vai voltar.

— Depois de uma semana — disse Phil em meio às lágrimas — você acordou. Mas Asteroide, você não era *você*.

Cobri a boca com as mãos, torcendo para conseguir manter o café da manhã lá dentro.

— Você não era você até aquele dia dos ovos.

Eu não estava com amnésia.

Estava com dano cerebral.

— Ei, Astrid. — A voz de Phil. Eu estava me olhando no espelho. Estava com um moletom grande demais e uma calça de ioga que não me lembrava de ter vestido. Contaram-me que isso acontecia muito.

— O que há de errado com meus olhos? — perguntei, sentindo o unicórnio atrás de mim. Não era Bonegrinder.

— Chama-se heterocromia — disse Phil, quando me virei. Havia um certo cansaço na voz, do tipo que aprendi significar que ela já me explicara sobre isso. — Pode desaparecer, mas de qualquer forma, não vai fazer mal. Não é tão incomum após ferimentos… traumáticos… na cabeça… ou em algumas raças de cachorro.

Eu me virei, e ela se encolheu quando me viu direito.

— Raças de *cachorro*? — repeti. Uma caçadora de unicórnios que eu não conhecia estava ali com um zhi ao lado. O zhi era um pouco menor que Bonegrinder quando a conheci, com pelos mais prateados que brancos. A caçadora parecia nervosa. Eu não podia culpá-la.

— Ou pessoas! — disse Phil. — Pessoas também têm. Alexandre, o Grande.

Ótimo, mais uma coisa que tínhamos em comum. Dirigi meu olhar para a garota. Jovem, com cabelo curto, liso e preto, e olhos cautelosos. Ela estava de calça jeans, blusa de manga cavada e tinha uma cruz de ouro no pescoço.

— Quem é ela? — murmurei. Meus olhos estavam estragados. Meu cérebro estava estragado. *Eu* estava estragada.

— Vamos fazer uma experiência.

Não queria fazer uma experiência. Queria voltar para a cama. Queria que o unicórnio fosse embora para eu poder me afundar na névoa de novo e esquecer o que tinha acontecido comigo. O zhi balançou o rabo, e eu tentei afastar a magia da mente.

— Astrid, esta é Wen.

Wen acenou. Foi meio engraçado.

— Wen é nova aqui, e você ainda não a conhece. Ela é dos Estados Unidos. Você lembra que tentamos convencê-la a se juntar a nós no outono, pouco antes de você ir pra França?

Dei de ombros. Tentamos convencer muitas caçadoras.

Phil prosseguiu.

— E esse é o zhi de estimação dela, Flayer.

Olhei para o zhi. O zhi amava Wen. O zhi amava Wen mais do que Bonegrinder amava qualquer caçadora do Claustro. Ele era lindo. Eu odiava olhar para ele. Odiava que a magia fosse a única coisa que funcionasse em minha cabeça. No momento, eu só conseguia ver o amor deles. Pensei em Anjo e senti vontade de chorar. Anjo já devia estar morto, e eu não pude impedir.

— Astrid. — O rosto de Phil se encheu de preocupação. — Qual é o problema?

— Só estou pensando no einhorn bebê que deixei na Gordian — contei. — Nunca deveria tê-lo deixado. Me sinto péssima.

Os olhos de Wen se arregalaram. Aparentemente, eu era assustadora agora que meu cérebro estava partido.

— E os bebês re'em. Sabemos o que aconteceu com eles? — perguntei. — Rosamund e Melissende os encontraram?

— Quem é Rosamund? — perguntou Wen.

Phil franziu a testa. Alguma coisa começou a doer dentro de mim, mas era difícil prestar atenção em tudo ao mesmo tempo. A dor de Anjo, a tristeza de Phil, o amor de Flayer, a raiva de Astrid... Havia mais alguma coisa, mas como eu podia me lembrar de tudo? Do que elas estavam falando?

— Como assim? — perguntei a Wen.

Minha prima entrou entre nós. O anel de *don* balançou no cordão do pescoço.

— Sabe de uma coisa? Talvez possamos falar disso depois — disse ela. — Vou trazer Bonegrinder, e podemos ter uma conversinha.

Meus olhos se tornaram fendas assustadoras em meu rosto assustador.

— Onde está Rosamund? — perguntei. A dor aumentou. — Rosamund também devia conhecer Wen. Tenho certeza de que elas teriam muito em comum. — Estiquei a mão ao redor de Phil e cutuquei Wen na cruz.

Wen deu um passo para trás e colocou a mão no pescoço. O zhi prateado rosnou.

Isso mesmo, pequeno unicórnio. Tenha medo de mim. Vê como sou assustadora, com cabelo esquisito e olhos esquisitos e cicatrizes muito feias?

A boca de Phil tinha se tornado uma linha fina.

— Agora você está fazendo de propósito, Astrid — disse ela, com tom de raiva. — Pare e pense por um segundo.

Eu parei. Pensei. A dor atingiu meu coração e apertou com força, arranhando cada centímetro com garras em seu caminho: meus olhos, minha garganta, meus pulmões. Eu não conseguia respirar, não conseguia falar, e lágrimas escorreram pelos crescentes pálidos flutuando no meu crânio. Agora eu lembrava.

Rosamund estava morta.

Morreu tentando me salvar. O re'em perfurou seu coração. Ela nunca teria uma noite de núpcias.

Eu me sentei no chão e cobri o rosto com as mãos.

— Sinto muito — disse eu, chorando entre os dedos. — Sinto muito. Sinto muito.

Mesmo com meus gemidos, consegui ouvir Phil suspirar. Eu a estava decepcionando. Olhei para Wen, que não merecia isso.

— Peço desculpas. Esqueço coisas às vezes. Estou com dano cerebral, sabe.

— Agora você não está — disse a garota Wen.

— O quê? — falei, surpresa.

— Agora não — repetiu ela. — Foi o que me disseram, pelo menos. Se você está perto de um unicórnio, tudo funciona bem.

Pisquei para ela. Eles também me disseram isso. Nossa, será que estavam contando para todo mundo?

— E ela está melhorando sozinha — disse Phil. — Ela só gosta de fingir o contrário às vezes.

— Por que eu faria isso? — perguntei do chão.

Phil suspirou.

— Não sei, Asteroide. Porque você é uma pestinha?

Franzi a testa.

— Sinto muito. Sinto muito por Rosamund. Sinto muito... — Comecei a chorar de novo. Phil se ajoelhou ao meu lado. Wen se ajoelhou do outro. As duas me abraçaram.

— É sempre assim? — Wen perguntou a Phil.

— É a terceira vez que ela se lembra sozinha — respondeu Phil. — Melhora a cada vez.

— Bem, isso é boa notícia — argumentei, com um soluço. Sequei os olhos. — Gosto de seu zhi, Wen. Ele é meio grande pra idade, né?

— Como você sabe disso? — perguntou ela.

Dei de ombros e estiquei a mão para Flayer lamber. Eu sabia muitas coisas quando os unicórnios estavam por perto.

Era a única ocasião em que eu sabia.

Cory tinha uma aparência melhor do que a minha, embora isso não dissesse muito. Apesar de ainda insistir que a doença era relacionada apenas à capacidade de acessar a magia de caçadora, todo mundo sabia que ela estava ficando mais fraca a cada dia. Cory tinha dores de estômago que ninguém conseguia diagnosticar. Alergias cuja origem não se podia identificar.

— Irônico — comentei um dia, enquanto escovava Bonegrinder. — A única coisa que tenho agora é minha magia de unicórnio.

— Juntas — disse Cory, com voz rouca — seríamos a pessoa perfeita.

Valerija pediu licença para sair do quarto. Mais tarde, descobri que ela havia limpado metade das estátuas na rotunda com uma escova até esgotar a raiva frustrada.

Wen perdoou nosso primeiro encontro desagradável. Comecei a lhe dar aulas de arco e flecha. Enquanto Bonegrinder estava por perto, eu ainda era ótima com o arco. Ela também me deixava cuidando de Flayer enquanto estava nas aulas. Phil achava que eu não estava pronta para voltar às aulas e queria que eu passasse o máximo de tempo possível com os unicórnios.

O Dr. Sachetti disse que, apesar de não haver base científica, as mudanças em minhas funções cognitivas deviam ser atribuídas ao foco aprimorado que alegávamos receber de nossa magia de caçadoras. Quando nossa magia estava ativa, nosso foco aumentava. Ele levantou a hipótese de que esse aumento, que não era capaz de explicar, desencadeava minhas reações naturais e consertava as quebradas.

Em palavras simples, ficar perto de unicórnios estava curando meu cérebro.

Não que pudéssemos testar. Ninguém nos deixaria levar Bonegrinder para uma sala com um aparelho de tomografia computadorizada.

Phil disse que não ligava para a forma como funcionava desde que funcionasse, linha de pensamento que eu e o Dr. Sachetti concordávamos ser muito limitada. Eu não me importo em dizer que o Dr. Sachetti ficou bem impressionado com minha opinião sobre o assunto. Porque, se não soubéssemos como funcionava, como poderíamos garantir que continuaria funcionando? Eu queria voltar completamente ao normal.

Assim que soubesse o que eu era.

Mesmo na presença do zhi, eu ainda esquecia coisas. Por exemplo, vi Zelda três vezes até me dar conta de que ela não devia estar ali.

— E David? — perguntei a Phil em um cochicho que acabou saindo alto demais.

— Zelda soube de você e Rosamund quando pousou em Fiji — explicou Phil. — Grace ligou. Todas nós estávamos arrasadas demais para isso. Só queríamos contar a ela, sabe? Foram colegas de quarto. Mas ela voltou mesmo assim.

— Ela terminou com David? — perguntei. Zelda, polindo uma espada do outro lado do pátio do Claustro, me lançou um olhar intenso.

Phil suspirou e me disse que poderíamos falar sobre isso depois. Só que não falamos. Ou, se falamos, eu não lembro.

A morte de Rosamund afetou demais as caçadoras. Dorcas raramente saía do quarto, pelo que diziam. Ursula aparentemente foi barrada de participar de caçadas.

— Pelos pais dela? — perguntei a Cory.

— Não — respondeu ela. — Pela irmã.

Alguns dias depois, surpreendi Melissende no meio do treino com o alvo. Eu não a via desde o acidente. Pelo menos, eu achava.

— Oi — cumprimentei do portão do pátio. Ela me lançou um olhar rápido e furtivo, depois correu até o alvo para pegar os dardos.

— Você acabou? — Peguei a besta dela.

Em duas longas passadas, ela chegou até mim e o arrancou de minha mão.

— Não toque nisso!

Levantei as mãos.

— Desculpe!

— Você vai... — Ela resmungou e se virou.

— Vou o quê? — perguntei. — Quebrá-lo com minhas mãos desajeitadas? Disparar em você por acidente?

Ela ficou paralisada, virada de costas para mim. O cabelo preto estava preso em um rabo de cavalo bagunçado, caindo sobre os ombros do suéter preto.

— Disparar em mim de propósito — disse ela sem se virar. — Que diferença faz?

Franzi a testa.

— A diferença seria que você estaria morta?

Ela encolheu os ombros e ouvi-a respirar fundo intensamente. E então, ela saiu correndo.

Acho que não voltei a vê-la por alguns dias, mas era difícil controlar o tempo com meus horários estranhos de dormir e a forma como os eventos às vezes ficavam confusos em minha cabeça. Sei que um dia Phil veio me levar para dar uma volta do lado de fora da rede de segurança mágica do Claustro. A ideia era irmos tomar sorvete.

Não me lembro muito do sorvete. Mas me lembro de voltar a mim em frente às estátuas de Clothilde e Bucéfalo na rotunda. Phil estava limpando meu rosto com um guardanapo, e meus dedos estavam grudentos de gosma molhada.

Melissende estava de pé na porta da casa capitular, o rosto convertido em uma máscara de nojo.

— Você não acha que isso é uma perda de tempo? — perguntou ela a Phil. — Tranque-a e jogue fora a chave.

— Ei, estou bem aqui — avisei.

— Não, não está — disse ela em tom monótono. — Você ainda está no alto daquela montanha. Deixei você lá espalhada em uma rocha.

Phil se enrijeceu, e o guardanapo parou de ser passado em minha bochecha.

— Matei aquele re'em e verifiquei que ao menos — a voz dela tremeu, mas ela prosseguiu — você ainda tinha batimentos. Eu precisava escolher, embora soubesse que havia outros unicórnios por perto. E sabia que eles podiam...

— Pare — sussurrou Phil.

Mas Melissende não tinha a intenção de parar.

— *Comê-la* — disse ela de repente. — Mas o que eu podia fazer? Você estava morrendo. Carreguei você pela trilha... mas não importava.

— Eu mandei parar! — gritou Phil para ela.

— Você está se enganando, Phil. *Sua* Astrid já era. Rosamund está morta, o cérebro de Astrid está morto, e Cory está praticamente morta. Vamos todas acabar assim se isso for adiante. É por isso que não deixo Ursula caçar.

Phil se virou para mim e voltou a atenção para meus dedos.

— Então vá embora. Se sente isso, simplesmente vá embora. Livre-se de sua qualificação para estar aqui.

— De jeito nenhum. — Melissende deu uma risada amarga. — Ir embora para que um dia um unicórnio possa se esgueirar até Ursula e conseguir matá-la? Para mim morrer não é um problema, desde que eu possa garantir que isso nunca aconteça com ela.

Phil tinha se colocado entre mim e Melissende. Eu a empurrei para o lado, ignorando o grude do sorvete ainda nos dedos.

— Obrigada por salvar minha vida, Melissende. Agradeço imensamente, e prometo que um dia estarei bem o bastante para retribuir o favor.

Ela riu com deboche.

— Você? Caçar de novo? Não conte com isso, gênio. — Ela saiu andando.

Olhei para Phil.

— Não se preocupe com ela. Ela está enganada. Em pouco tempo estarei boa o bastante pra voltar a ajudar.

Phil não respondeu.

Mas as coisas estavam melhorando. Houve o tempo em que eu não conseguia me lembrar de nada que acontecia quando não estava perto de um unicórnio. Houve o tempo, Phil me disse, em que eu não conseguia nem estruturar uma frase se Bonegrinder não estivesse sentada em cima de mim. Mas eu já conseguia ler agora. Primeiro no Claustro, com o zumbido da rede de artefatos, e depois, durante minhas sessões de terapia no hospital, sem nada remotamente relacionado a unicórnios por perto.

Eu estava melhorando. Qualquer dia voltaria às aulas. Qualquer dia me tornaria médica.

Mas talvez só se me deixassem levar Bonegrinder para a faculdade de medicina.

Semanas se passaram, e me joguei no treinamento. Foi fácil. Na verdade, caçar unicórnios era a única coisa que ainda era fácil. Tentei pegar o livro de cálculo um dia, mas os números só se embaralharam. A mesma coisa aconteceu quando Phil me deu sua última apresentação ambiental para ler. Tentei me concentrar na leitura por 45 minutos, depois joguei os papéis no chão, saí e acertei 57 flechas seguidas na mosca.

A cicatriz em minha cabeça tinha murchado um tanto, e o médico me disse que quando meu cabelo crescesse, ninguém repararia nela. Pedi para visitar o túmulo de Rosamund, mas Phil me disse que os pais levaram o corpo de volta a Viena.

— Então vamos a Viena — decidi.

Mas Phil simplesmente balançou a cabeça e me ignorou.

Naquela noite, disparei 63 flechas seguidas na mosca.

Essa era a parte que eu realmente odiava nisso. Só porque eu às vezes ficava confusa ou dizia coisas absurdas, todo mundo simplesmente descartava sugestões completamente racionais como sendo totalmente ilógicas. Por que eu não devia ir a Viena? Eu não tinha viajado de um lado a outro do oceano sozinha um ano antes? Não tinha ido à França sozinha? Agora eu não podia ir a Viena acompanhada? Era ridículo. Não estava nem planejando sair da União Europeia. Não podia visitar o túmulo da garota que morreu tentando salvar minha vida?

Rosamund também teria achado ridículo. Eu sabia que sim.

Sentia falta de sua música na casa capitular. Às vezes descia até lá, colocava a mão na parede de troféus, fechava os olhos e respirava até conseguir ouvir o acorde. Não era a mesma coisa que Rosamund ao piano, mas ainda assim era bom.

Phil e Neil também não me deixavam caçar, como se tivessem medo de eu ficar "desorientada" no meio da ação e, sei lá, disparar em Grace por engano. Mais uma vez, era ridículo. Como eles podiam, por um lado, argumentar que eu melhorava constantemente e, por outro, que eu não era capaz de ver a diferença entre Grace Bo e um unicórnio?

— Pra começar — murmurei, quando disparei minha 75ª flecha na mosca —, Grace é uma vaca que anda em duas patas.

Depois de minha 82ª flecha na mosca, larguei o arco no chão. Qual era o sentido de todo esse treinamento se não tinha permissão para caçar? Qual era o sentido de ensinar minha mente a calcular de novo se eu não poderia ser médica? Qual era o sentido de deixar meu cabelo crescer para cobrir a cicatriz se ninguém me deixaria passar da porta do Claustro?

Chutei as pilastras em forma de alicórnio. Flayer e Bonegrinder pararam a brincadeira de cabo de guerra por um osso de presunto e olharam para mim com curiosidade.

Gritei para o céu.

— *Señorita?*

Ops. O padre Guillermo estava na entrada da rotunda, as mãos cruzadas à frente do corpo. Ótimo. Agora eu parecia louca aos olhos do padre.

— Você está bem?

— É claro que não — respondi. — Estou com dano cerebral, você não soube?

— Humm...

O padre Guillermo começou um circuito preguiçoso pela beirada do pátio, mantendo um espaço amplo entre ele e os dois zhi. Eu precisava admitir, Wen conseguiu uma coisa milagrosa com Flayer. Ele parecia entender que os humanos não eram para comer, e, desde que ele chegou, Bonegrinder, como se por solidariedade, também estava mais tranquila perto de não caçadores.

— Imagino que deva ser muito frustrante para você — disse o padre Guillermo.

— Isso é simplificar a questão.

— *Cogito, ergo sum* — disse ele. — Sabe o que significa?

— Não.

— É mais latim. Descartes, na verdade. Um filósofo. Significa "Penso, logo existo". Significa que nossas mentes são a única coisa em que podemos confiar. Todo o restante do mundo poderia ser mentira, exceto pelo fato de que somos capazes de pensar. Nós pensamos, portanto, existimos.

— E se eu não puder confiar na minha própria mente... — comecei a falar.

O padre Guillermo assentiu.

— Então não tem como saber quem você é.

Eu ri. Era bem mais fácil para mim rir esses dias. Tudo parecia tão engraçado. Engraçado ou verdadeiramente trágico.

Ou as duas coisas.

— Nem sabia quem eu era *antes* de isso acontecer comigo, *padre*. Queria ser médica, mas tinha abandonado o ensino médio. Devia ser caçadora de unicórnios, mas não queria mais matá-los. Pensei que estivesse apaixonada pelo meu namorado, mas beijei outro cara. E eu pensava o tempo todo. Era a pessoa mais pensadora que eu conhecia.

Ele me observou por um momento.

— Então talvez você esteja precisando de um trecho diferente de filosofia, Astrid. *Cognosce te ipsum.*

— E o que isso quer dizer? — perguntei, enquanto ele terminava a volta ao redor do pátio e chegava mais perto de mim.

Ele colocou a mão na minha testa como se me abençoando.

— Conheça-te.

Por algum estranho motivo, meu cérebro machucado achou bem mais fácil aprender latim que lutar com derivadas, tangentes e secantes, então, quando finalmente tive permissão de voltar a estudar, larguei o cálculo para aprender línguas antigas. Racionalizei a mudança com o argumento de que, se eu melhorasse o bastante para começar a pensar em medicina de novo, o latim seria útil nas aulas de anatomia.

E então, ri pela ideia de estar *racionalizando* sobre qualquer coisa. Devia estar melhorando se cheguei tão longe.

Armada com uma gramática e um dicionário, andei pelo Claustro em busca de inscrições e rabiscos que traduzi com alegria, para a diversão de Phil e a satisfação de padre Guillermo, que me tomou como pupila. A inscrição na base do chafariz do pátio dizia: "Para homenagear o sacrifício de uma irmã da Ordem da Leoa", e era da época do Terror na França. Havia um rabisco rudimentar do fim da escadaria da casa capitular que dizia "Morte ou flatulência a Dona Maria Therese", que todas nós achamos hilário.

Agora eu estava no pátio do Claustro trabalhando em uma página que o padre Guillermo me deu para traduzir. Com a primavera em força total, eu tentava passar o máximo de tempo possível ao ar livre. O clima deixava o ambiente lindo, fresco e ensolarado, e havia flores se abrindo por todo o pátio.

A tradução estava particularmente difícil, pois eu a estava fazendo sem o auxílio de nenhum dos dois zhis da casa. A ausência sempre fazia tudo parecer mais enevoado, mas o Dr. Sachetti e Phil acreditavam que era importante eu me livrar da necessidade da magia dos unicórnios para me concentrar e conseguir pensar.

— *Et diliges Dominum Deum tuum ex tota corde tuo, et ex tota anima tua, et ex tota mente tua, et ex tota virtute tua* — li em voz alta. Gostava de ler em voz alta. Ajudava-me a sentir que estava em uma sala de aula de verdade em vez de completamente sozinha dentro de meu cérebro danificado.

Certo, então era alguma coisa da Bíblia, com aquela coisa de *Dominum Deum*. O padre Guillermo era tão previsível às vezes.

— E *alguma coisa* o Senhor vosso Deus com todo seu coração, e de *alguma coisa alguma coisa alguma coisa*...

Certo, não fazia sentido. Se *ex tota corde tuo* fosse "com todo seu coração", o que eu tinha praticamente certeza de que era, e *ex tota mente tua* fosse "com toda sua mente", e o trecho com o *virtute* fosse "com toda a sua força"...

— *Ex tota anima tua?* — li de novo. — Com todos os seus animais?

— Alma — disse uma voz atrás de mim. — *Anima* significa "alma". *Animalis* significa "animal".

Congelei, e meu coração pareceu parar no peito, o que era bem ruim, pois meu cérebro precisava de todo o oxigênio que pudesse.

Eu me virei lentamente, e ali estava ele. Giovanni.

Giovanni.

Giovanni.

21

Quando Astrid aprende qual é seu lugar

Giovanni olhou para mim com aqueles olhos castanhos firmes que sorriam por todo o rosto. Phil deu-lhe um tapinha no ombro.

— Estarei no escritório se precisar de alguma coisa.

Ele assentiu, mas não tirou aqueles olhos de cima de mim.

Giovanni estava diferente, mas quem era eu para falar? Ele tinha emagrecido desde o verão e tinha deixado o cabelo crescer em dreadlocks com vários centímetros de comprimento. Alguns estavam pintados de cores bem doidas. Era isso o que acontecia na faculdade de arte?

— Oi, Astrid — disse ele.

— Seu cabelo está mais comprido que o meu. — Passei a mão pelo couro cabeludo que espetava. Phil disse que parecia de elfo. Eu dizia que parecia de vítima da peste.

Giovanni riu.

— É. Estranho, né?

— Estranho — repeti. Ele ainda estava no meio do pátio. — O que você está fazendo aqui? — perguntei.

— Estou de férias — disse ele. — Pensei em vir ver minha garota.

Fechei os olhos, desejando que a névoa viesse me levar embora. *Sua garota?*

Os braços de Giovanni me envolveram.

— Astrid — sussurrou ele. — Está tudo bem.

— Não, não está — falei, rígida dentro do abraço. — Não falo com você há meses.

— É, bem... a pessoa fica livre de seus deveres telefônicos quando entra em coma. É uma regra.

— Não fiquei meses em coma.

— Quero dizer... com... tudo com que você teve de lidar.

Sim, o dano cerebral. Será que Phil o tinha avisado sobre o que esperar? Quando Phil disse que ele podia procurá-la se precisasse de alguma coisa, será que alguma dessas coisas seriam dicas de como lidar com a namorada com dano cerebral?

Eu era namorada dele? Você pode ter uma namorada com quem não fala durante três meses?

Melissende estava certa. Astrid, a Astrid dele, aquela de quem gostava, aquela que o traiu, tinha morrido na montanha.

Era incrível que ele ainda não tivesse percebido isso.

— Quis vir assim que soube o que tinha acontecido com você — disse ele, baixando os braços para a lateral do corpo. — Phil me falou pra não vir.

— Você não ligou.

— Liguei — disse ele. — Liguei uma vez. Acho que você não lembra. Foi... no começo. Phil disse para esperar um pouco. Então, esperei. Mas eu sabia que viria nas férias de primavera. Estava determinado a ver você.

Não falei nada, só olhei para as mãos, acompanhando a cicatriz de alicórnio de uma das mãos com a outra.

— Eu... vim assim que pude — disse ele. — Juro que vim.

— É claro que veio — falei por fim. — Como está a faculdade?

Giovanni obviamente não queria falar da faculdade. Tinha vindo a Roma para ver se eu estava normal ou se tinha ficado idiota. Tinha vindo a Roma para ver se eu estava bonita ou monstruosa. Para ver o que faria em relação a mim.

Eu não sabia ao certo o que ele estava decidindo.

Assim, ele me contou histórias vagas sobre aulas e atividades e colegas de quarto, e fiz meu melhor para acompanhar e não agir de maneira idiota, nem confusa nem absurda, mas meio que desejei que Bonegrinder estivesse por perto. Tornaria tudo muito mais fácil. Tornaria mais óbvio para ele que a velha Astrid ainda estava em algum lugar de minha cabeça e que eu estava reconstruindo mais sinapses para que ela saísse a cada dia.

Mas então lembrei o que a velha Astrid tinha feito com ele, e que ela nunca contou, porque rachou a cabeça em uma montanha antes de ter coragem de confessar.

Eu o observei com atenção em busca de sinais. Observei a surpresa quando ele olhou nos meus olhos, que nunca voltaram ao normal. Eram assustadores se você não os estivesse esperando. Eles me assustavam sempre que eu olhava no espelho, e eu sabia o que eles eram.

Vi a forma como a testa dele se franzia de preocupação cada vez que ele dava uma boa olhada na cicatriz na lateral de minha cabeça. Ouvi as risadas nervosas cada vez que ele fazia uma piada que eu não entendia, cada vez que eu ria de alguma coisa que no fim não era piada.

— E o que você tem feito? — perguntou ele. — Além de... você sabe.

— Sutil — comentei. — Além de reconstruir meu cérebro, você quer dizer?

Ele assentiu, meio aliviado de eu conseguir fazer piada, meio preocupado de eu não estar realmente fazendo piada. Eu me perguntei como foi a conversa dele com os colegas de quarto. *Ei, sabem minha namorada, a freira mágica? Bem, agora ela é uma freira mágica retardada. Uma freira mágica careca, feia e retardada. Saiam com as lindas e divertidas modelos que vemos todos os dias nas ruas de Nova York. Só tenho olhos pra minha freira careca e burra. A que mora do outro lado do oceano.*

E diziam que *eu* era a irracional? O que Giovanni estava *fazendo* aqui?

— Bem, deve ter ouvido que temos uma nova caçadora — falei, mantendo as aparências que faziam todo mundo se sentir mais à vontade perto de mim atualmente. — Uma. No singular. Ela veio com um zhi. Não quis vir sem ele, na verdade. Tiveram de mandá-lo pra cá em uma espécie de esquema fenomenal de transporte. Ninguém nunca tentou transportar um unicórnio de um continente a outro assim.

Sobraram oito caçadoras no Claustro: Melissende, Grace, Ilesha, Dorcas, Valerija, Zelda e agora Wen. Eu ainda contava com Ursula, trancada no quarto. Mas Cory e eu estávamos em hiato permanente.

Era irônico, considerando que agora eu provavelmente *poderia* ser a melhor caçadora. Era a única coisa em que ainda era boa.

— E Phil está dando duro pra tornar isso ilegal! — exclamou Giovanni, e balançou a cabeça. — Sabe, é incrível o que ela conseguiu em tão pouco tempo. Sei que não tenho direito de sentir nada, mas fico orgulhoso mesmo assim. Toda vez que o assunto de unicórnios surge no noticiário, penso em como sua prima deu o pontapé inicial nisso tudo.

— Ela é incrível mesmo — concordei. Todo esse trabalho pelos unicórnios, e Phil ainda tinha tempo de me dar sorvete de colherzinha sempre que eu ficava confusa.

Ele ficou de pé e esticou as mãos para mim, então me puxou para eu ficar de pé.

— E ela concordou em me deixar passear com você esta noite. O que faremos, minha dama? A Praça de Espanha para ver pessoas? Jantar e arte da melhor qualidade? Uma caminhada ao redor do Coliseu e uma foto com um gladiador brega?

A velha Astrid teria adorado tudo isso. Cada uma dessas coisas. Mesmo se não merecesse nada vindo dele. Recuei.

— Nada disso.

Giovanni franziu a testa.

— Pare com isso, Astrid. Phil disse que você está morrendo de vontade de sair daqui.

— Não posso. — Cruzei os braços e abracei meu corpo para me impedir de mudar de ideia. Não sabia se ainda gostava de arte. Afinal, não gostava mais de matemática.

— Foi demais? — perguntou ele. — Tudo bem, podemos começar devagar. Vamos dar uma caminhada pela rua e tomar sorvete. Vai ser legal.

— Não — falei. — Não posso. Não quero sair sozinha. — Se Giovanni não conseguia entender, eu teria de explicar. A garota que ele amava não existia mais. Já não existia antes mesmo de o cérebro dela ser esmagado.

Ele forçou uma risada.

— Mas você não vai estar sozinha. Vai estar comigo. — E ele sorriu, coisa que Giovanni *nunca* fazia, e eu, que tinha passado o último ano olhando para pilhas de ossos e entranhas de unicórnio, achei aquilo a coisa mais macabra que já vi.

Precisava acabar.

— Bem, ou você vai me largar para que eu encontre o caminho de casa sozinha, o que é uma perspectiva realmente assustadora, ou vamos fazer uma caminhada incrivelmente constrangedora de volta depois de nossa briga. Não quero lidar com isso também.

— Nossa briga? — Giovanni ergueu as sobrancelhas. — Por que brigaríamos?

— Porque traí você — confessei, antes que perdesse a coragem. A máscara condescendente que Giovanni estava usando o tempo todo caiu. — Quando eu estava na França.

Ele me olhou em estado de choque.

— Ah, não traí tanto assim — falei. — Ainda estou aqui, não é? Ainda sou caçadora. Mas é, traí.

Eu o ouvi inspirar e expirar. Vi-o sufocar uma vontade enorme de gritar. Vi-o ficar zangado, com o tipo de raiva que eu sabia que ele podia sentir, o tipo de raiva que o fez ser expulso da faculdade, mas não senti medo. Era a coisa certa a fazer.

— Beijei Brandt. Quase na piscina. Quase na boate. E beijei mesmo na noite da festa, quando ele me deu champanhe e disse que me amava. — As palavras saíram mais rápido agora, em uma onda tão forte que rompeu a névoa que sempre existia nos cantos de minha mente quando os unicórnios não estavam por perto.

Giovanni fez um som de engasgo na garganta.

— Me sinto péssima — revelei. — Logo em seguida, me senti péssima. Não soube o que fazer. Senti medo de te contar. E então, *isso* aconteceu e não tive chance de contar.

Naquele momento, vi a coisa mais horrível de todas: vi Giovanni afastar a raiva. Afinal, eu agora estava destruída. Ele não podia *me* culpar pelo que a outra Astrid fez. Mas precisava. Ela por trair, eu por não ser ela.

Meus olhos arderam, e minha garganta se fechou, e a parte microscópica de mim que ainda tinha esperanças por minha antiga vida não pôde deixar de se manifestar, de oferecer essa elegia por uma coisa que jamais poderia acontecer.

— Se eu ligasse pra você naquela época — falei, desolada —, teria implorado seu perdão. Teria dito que beijar outro cara foi o pior erro que já cometi, que sempre amei você e que faria qualquer coisa pra compensar.

Pronto. Prendi a respiração. Meu coração estava disparado como se eu tivesse acabado de caçar. Mas minha mente estava totalmente vazia.

Disse a ele que o amava. Falei agora, quando não tinha valor algum. Todos esses meses despejando minha saudade pelo telefone, e nunca falei, porque estava guardando para o momento em que pudesse olhar nos olhos dele.

Eu não conseguia ler esses olhos agora.

— Mas e agora? — perguntou Giovanni baixinho. Perigosamente. Por um longo momento, ficamos nos encarando, e me perguntei se ele me via. Será que via além dos crescentes, da bizarra heterocromia que me marcava como descendente de Alexandre de forma bem mais nítida que minha magia invisível? Será que conseguia ver que agora eu *era* Astrid? Astrid Guerreira. Astrid Traidora. Astrid, a Boneca Quebrada. E independentemente de qual eu fosse, jamais poderia tê-lo.

— Agora — respondi, inclinando a cabeça para observá-lo — acho que significa que você não precisa se sentir culpado quando for embora.

Vou dar crédito a Giovanni: depois disso, ele não foi embora. Praticamente correu. Sem outra palavra, outro olhar, ele se virou e saiu pelo pátio. Eu não precisava de ligação telepática para perceber que ele estava nadando em fúria.

Que bom. Eu precisava que ele afogasse a piedade que sentia.

Esperava que ele não estivesse sozinho. Não queria que meu erro, que minha burrice, lhe causasse algum problema. Quanto a mim, fiquei sentada e remexi meu cérebro em busca de cada lembrança que conseguisse dele. Lembrei-me de nosso primeiro beijo no museu e da forma como ele me abraçou depois que decidimos não dormir juntos. Lembrei-me de como ele me salvou depois que o kirin me perfurou, que ele colocou a mão em minha cicatriz e me chamou de guerreira. Saboreei a lembrança de Giovanni correndo até mim na cidade dos mortos e me tomando nos braços. Pensei no dia que ele me encontrou ao amanhecer e disse que nenhuma distância nos afastaria.

Bem, ele estava errado. Era o fim.

Ele ligou algumas vezes, mas eu não quis atender nem retornei os recados, e desafiei Phil a agir como se estivesse decepcionada. Por sorte, ela decidiu que tinha coisa melhor a fazer que reconstruir minha cabeça.

Depois que Giovanni foi embora, a vida no Claustro ficou mais insuportável que nunca. Sempre me sentia como se estivesse do lado de fora, olhando para dentro. Olhando as caçadas, olhando as aulas, olhando as atividades aceleradas de Phil, olhando suas conversas secretas com Neil. Senti inveja até da ligação entre Wen e Flayer, da ligação entre Flayer e Bonegrinder.

A névoa em minha mente se dissipava mais a cada dia, mas eu era a única que parecia perceber e acreditar nisso. Era como se Phil tivesse me encorajado a um certo nível de competência, mas se recusasse a acreditar que eu podia ir mais longe. Depois de dispensar Giovanni, nunca recebi outra proposta de passeio. Até perguntei ao padre Guillermo se ele me levaria para tomar sorvete, e ele murmurou alguma coisa sobre falar com Phil primeiro. Eu ainda não tinha permissão para caçar. Phil não me dava mais rascunhos para decifrar.

E cada vez que eu reclamava, ela só dizia que eu estava tendo mudanças de humor e que o neurologista a tinha avisado que eu ficaria frustrada quando minha recuperação atingisse um platô.

Eu *não* estava em um platô, exceto em termos de ter permissão de sair dessa prisão. Além do mais, se ela queria ver como me comportava longe da magia de unicórnio, devia me deixar sair do Claustro. A construção toda era uma muleta, com paredes de ossos cantantes.

Era alguma surpresa Lilith achar que esse momento era perfeito para minha estreia na televisão?

22

Quando Astrid faz sua estreia

Lilith chegou ao Claustro com um caminhão cheio de câmeras, jornalistas e figurinistas.

— Ela está bem melhor que da última vez. — Foi a primeira coisa que minha mãe disse quando me viu.

— *Ela* também está feliz em ver você — respondi.

— Ah. — Lilith juntou as mãos. — Vejo que o dano cerebral não afetou sua boca atrevida. Excelente.

Lilith foi me ver quando eu estava em coma. Eu sabia porque ela me contava ao telefone cada vez que falamos desde o acidente. Tive a prova quando ela e o agente me mostraram imagens que fizeram dela, sentada ao meu lado, acariciando minha pobre mão inerte.

Minha mãe estava certa. Eu estava bem melhor agora.

Eles assumiram o controle do Claustro, rearrumaram o pátio para que ficasse mais bonito e "mais clássico", em suas exatas palavras. Até onde conseguíamos ver, envolvia a retirada de nossos alvos e a inclusão de várias colunas quebradas em locais estratégicos.

— Ótimo — disse Cory, vendo-os montar o "set". — Passei grande parte de um ano tentando fazer este lugar não parecer uma ruína, e eles estão espalhando pedras talhadas por todo o jardim.

— Calma, calma — disse Valerija, colocando a mão no ombro de Cory. Ela se virou para Phil. — O dinheiro faz mesmo valer a pena?

Phil franziu a testa.

— É melhor valer. Ninguém me disse que perderíamos o espaço de treino.

Em seguida, vieram os ajustes. Fui enfiada em um hábito de caça e recebi uma peruca longa e loura.

— A questão do lenço é *cobrir* o cabelo — disse Phil da porta. Ela deu um aceno de cabeça solidário para mim.

— Humm — disse Lilith, dando de ombros. — Assim vai ficar melhor na TV.

— É uma ideia ruim, tia Lilith. Acho que Astrid não está em condições de falar na televisão.

— Ela não precisa falar. É minha visita a um antigo lugar favorito, minha viagem de emergência para cuidar de minha pobre filha caçadora de unicórnios ferida. — A equipe estalou a língua. Eu já tinha aprendido que era uma resposta automática, feita em uníssono. O coral grego de minha mãe.

Phil revirou os olhos. Também teria feito a mesma coisa, mas a maquiadora estava passando delineador em mim. Que grande emergência. Minha mãe demorou três meses para voltar aqui.

— Esses olhos vão ficar meio perturbadores no vídeo — disse ela para um dos produtores. — Lentes de contato, talvez?

— Se a questão é que estou ferida — falei —, não seria melhor eu estar na cama, quem sabe de pijama?

Lilith pensou nisso.

— Não, acho que isso não vende a ideia de *caçadora* visualmente. Além do mais, já temos cenas da cama. Confie nessas pessoas, Astrid. São especialistas.

Neil se juntou a nós na porta para ver a movimentação.

— Isso é uma desgraça.

Phil pareceu aliviada de ele ter aparecido e dito isso. *Donna* ou não, Lilith ainda era tia de Phil.

Lilith se virou para ele.

— Bem, sempre podemos ir embora se você acha que não quer nosso dinheiro. Mas, se formos, vou me certificar para que sua campanhazinha não seja mencionada no programa. Tenho certeza de que 8,5 milhões de espectadores não precisam aprender sobre o drama dos unicórnios em extinção, não precisam ver nenhum outro lado da história além da que eles são monstros assassinando pessoas inocentes.

Neil balançou a cabeça com desprezo.

— E apresentar a história trágica de uma caçadora ferida vai convencer o mundo a ser misericordioso com os animais?

Lilith deu de ombros e se virou para mim.

— Este problema é seu, não meu. Acho que ela precisa de mais blush. Astrid, você está tão pálida.

— Desculpe, mãe — murmurei, lançando um olhar acusatório para Phil. — Não saio muito.

Phil mostrou a língua para mim. Eu ri.

Lá embaixo, no pátio, dois câmeras estavam tentando provocar Bonegrinder e Flayer para brigarem. Wen e Ilesha montavam guarda, os braços cruzados sobre o peito, não achando nada divertido.

— Eles só ficam aí deitados — disse um dos câmeras. — Vocês não podem fazer com que briguem?

— É — disse outro. — Temos tão poucas imagens de unicórnios assassinos de perto. É uma oportunidade incrível, e estes dois parecem gatinhos.

Ilesha olhou para ele boquiaberta.

Grace entrou na conversa.

— Vocês estão loucos? Sabem o quanto fizemos pra garantir que essas criaturas não estejam arrancando as gargantas de vocês agorinha?

Como se para pontuar a declaração, alguma coisa atraiu a atençao de Bonegrinder, e ela começou a rosnar.

— Não! — disse Grace, com intensidade, e o unicórnio se acalmou. — No dia que cheguei aqui — disse ela —, esta zhi quase matou minha mãe e minha irmã mais nova. Passamos meses para que ela chegasse ao ponto de ficar calma na presença de pessoas, com grande risco pessoal para cada não caçador que entrou neste local.

Os câmeras deram um passo para trás, mais controlados. E então, um disse:

— Você tem imagens desse ataque a sua família?

Por sorte, Grace não estava armada. Ilesha acabou tendo que segurar Bonegrinder, que ficou excitada pela ira repentina de Grace.

Quando Phil soube do incidente, tirou os zhi do ambiente público.

— Isto aqui não é uma rinha de galo — explicou ela, quando os produtores reclamaram. Lilith aparentemente tinha garantido acesso integral ao Claustro. — Estamos tentando treinar os zhis de estimação e garantir que não sejam perigosos para o público. Mas deve se lembrar de que são animais selvagens.

— Isso me ofende — disse Wen. — Flayer é um doce, alimentado a mamadeira.

— Mas você é capaz de ordenar que ele rosne? — perguntou o câmera.

As caçadoras votaram a favor de soltar um zhi em cima deles. Phil nos proibiu.

Eu soube que o suposto enredo do programa revolveria ao redor da vida de Lilith em casa, como era advogar em prol das caçadoras de unicórnios enquanto a filha estava do outro lado do oceano arriscando o pescoço para abatê-los.

— Abater? — perguntei, sem entender. — Isso me faz parecer uma açougueira.

Lilith repetiu uma frase que eu já conhecia bem àquela altura.

— Fica bem na televisão. Confie nos especialistas.

— É violento demais — observou Phil. — Estamos tentando chegar a um ponto em que nossas caçadas sejam eliminações específicas de unicórnios causando problemas...

— Como o que vocês fizeram em Cerveteri? — respondeu Lilith. — Quando dizimaram um bando inteiro? Várias dezenas de unicórnios de uma vez só? O que foi aquilo se não um massacre?

Phil e eu fechamos a boca. Cerveteri foi uma exceção que sem dúvida *também* não "ficaria bem" na televisão.

E então a estrela chegou. O rosto me pareceu familiar, assim como o cabelo cor de mel perfeito, mas os nomes de âncoras de noticiário americanos tinha desaparecido de minha mente fazia tempo, com meu cérebro abrindo espaço para técnicas de caça e métodos de limpeza de espadas.

Ela entrou em uma nuvem de pó e perfume excessivo, e passou direto pela mão esticada de Lilith.

— Philippa Llewelyn, certo? — disse ela, aproximando-se de Phil. — A que escreve aquelas adoráveis cartas para o Congresso. É você quem manda aqui?

— Sim — disse Phil. — Junto a...

— Sou Marianna Matheson, a âncora da história. Lilith não me disse que você era tão jovem — disse ela.

— Ela é minha tia — respondeu Phil secamente.

— Tão *jovem* — repetiu Marianna Matheson, lançando olhares significativos para os produtores. — E tão *encantadora*. Como você acabou no comando desta operação toda na sua idade?

— Ah, esta é fácil — começou Phil, mas calou a boca ao ver a expressão no rosto de minha mãe. — Sou a sucessora de tia Lilith. — Foi o que ela acabou falando.

Caí na gargalhada e assustei as três pessoas mais próximas da equipe. Acho que a verdade teria deixado Lilith muito irritada. *Depois que a mãe de Astrid ficou pirada, ela fechou o Claustro e se trancou no salão de armas, culpando-se pela suposta morte de Astrid, todas as caçadoras adolescentes se uniram, obrigaram-na a sair e decidiram assumir o comando.*

O sorriso de Marianna Matheson parecia pronto para o horário nobre quando ela olhou para Phil.

— Vamos levá-la pra maquiagem. Adoraria entrevistar você também.

— Mas... — começou Lilith.

— Ah, vai ser excelente! — Marianna Matheson bateu palmas. — Todas as três Llewelyn!

Grace e Melissende, de pé nas sombras na extremidade do pátio, reviraram os olhos.

Fomos levadas para o set e colocadas em poltronas inexplicavelmente espalhadas sobre as pedras. Eu estava com um hábito completo de caça, a longa peruca loura cuidadosamente arrumada debaixo do lenço para deixar o cabelo tão cheio e lustroso quando possível. Tanto Flayer quanto Bonegrinder, contra os protestos de Neil e Phil, foram acorrentados à perna de minha poltrona e ordenados a ficarem ali como estátuas de pedra de unicórnios. Wen ficou de pé, fora da imagem, com um saco de guloseimas e a atenção total dos unicórnios. Ilesha estava no parapeito com um arco pronto, em caso de necessidade.

Minha mãe se sentou em uma poltrona ao lado da minha e segurou a minha mão como se verdadeiramente se importasse. Phil, que tinha conseguido se espremer em um dos velhos hábitos de caça de Zelda, se sentou do outro lado de Lilith.

Marianna Matheson se aproximou do set, olhando as anotações. Flayer levantou a cabeça quando ela se aproximou, e a mulher ficou paralisada.

— Eles vão se comportar? Me disseram que não fazem nada na presença de caçadoras.

— Eles estão acorrentados. — Foi tudo que Phil disse. Eu ri com deboche. Se quisesse, eles conseguiriam arrancar a poltrona abaixo de mim em um segundo.

Marianna Matheson olhou para mim e para Phil.

— Mas você não é caçadora, certo? — perguntou ela para Phil.

Phil pegou o anel de *don*.

— Tome, coloque isso se está preocupada. Vai mantê-los longe de você se atacarem.

Vi Neil enrijecer a coluna nas sombras do Claustro. Mesmo agora, considerando o quão longe tínhamos ido, ele odiava quando Phil tirava aquele anel.

Marianna Matheson pegou o anel, e, pelos resmungos da equipe amontoada ao nosso redor, eu me perguntei se ela teria de lutar por ele.

A filmagem começou.

— Boa noite — disse Marianna Matheson. — Sou Marianna Matheson, falando direto do Convento de Ctésias, em Roma, Itália, o único campo de treinamento de caçadoras de unicórnios. Conforme a ameaça dos unicórnios se espalha pelo planeta, muitas pessoas se perguntam como deter esses monstros cruéis e mortais. Bem, esta noite conversaremos com pessoas cujas vidas são dedicadas a isso. Um grupo de mulheres, todas da mesma família, que tem um poderoso direito de nascença, uma capacidade inata de encontrar e controlar essas perigosas criaturas.

Com o canto do olho, vi a câmera percorrendo nosso pequeno grupo.

— As Llewelyn são as únicas pessoas no mundo com a capacidade de ficarem em segurança na presença de unicórnios...

Oh-oh. As outras caçadoras iam se fazer com essa declaração. Era Grace quem estava rindo de deboche nas sombras?

— ... e é por isso que estou usando este anel. — Marianna Matheson mostrou o anel de *don* para as câmeras. — É o único que existe e é capaz de repelir um ataque de unicórnios.

Phil crispou os lábios, provavelmente já calculando quanto tempo levaria para o Claustro ser atacado por uma multidão em busca do anel. Havia quatro pessoas na tela. Só uma era caçadora de verdade.

— Lilith Llewelyn, que muitos de vocês conhecem. Ela abriu mão da carreira de forma altruísta para viajar para Roma e treinar a filha, a sobrinha e outras caçadoras no serviço à humanidade.

A mão de Lilith apertou a minha. Ela deve ter me ouvido engolir em seco sem acreditar. Ouvi Lilith desfiar seu rosário sobre as glórias da caça e sua dedicação à causa durante muitos anos antes do Ressurgimento, lidando com a ridicularização da sociedade, preparando-se para o dia em que poderia retribuir à humanidade.

A merda de sempre.

— Desde que partiu para ajudar a educar o público sobre a ameaça dos unicórnios, os deveres de Lilith Llewelyn foram assumidos pela sobrinha dela, Philippa. — Marianna Matheson sorriu para Phil. — Mas Philippa tem uma nova causa além daquela que envolve salvar as pessoas dos unicórnios. — Ela fez uma pausa e assentiu para Phil.

Phil sorriu docemente.

— Sim. Estamos procurando, com os governos do mundo, classificar os unicórnios como uma espécie em extinção. Com proteção, nós, caçadoras de unicórnios, podemos trabalhar para levá-los a locais remotos e desertos, lugares onde não serão um perigo para a humanidade, mas onde poderão viver suas vidas como as belas criaturas selvagens que nasceram para ser.

— Esplêndido — disse Marianna Matheson, sorrindo largamente como uma criança que acabou de ver um enorme sundae. — Vamos falar mais sobre isso depois. — Ela voltou a atenção para a câmera. — Como podem ver, há muito mais envolvido na caçada de unicórnios do que imaginávamos. Mas a vida de uma caçadora não deve ser invejada. A qualquer momento elas podem ser mortas enquanto trabalham para proteger a humanidade dos unicórnios. E hoje temos um momento especial. O reencontro de uma mãe com a filha. Esta corajosa adolescente dedicou a vida e a saúde à segurança dos outros. Freira já aos 16 anos...

Dezessete. Freira, não. Mas na verdade, no contexto de todas as coisas que essa moça estava entendendo errado...

— ... Astrid Llewelyn está permanentemente inválida por culpa do trabalho.

Ouvi Phil prender a respiração. O aperto de Lilith ficou sufocante. Será que eu estava reagindo? Eu não conseguia perceber. Não conseguia perceber nada além da névoa que cobriu minhas lentes "normais", da enorme bola de fúria que explodiu em minha garganta.

— Seus sonhos para o futuro foram destruídos, suas esperanças de terminar a escola e se tornar médica, seu sonho de infância, foram arrancados para sempre. Astrid, como você se sente?

Fechei os olhos por um longo momento, depois pisquei e os abri. Meus olhos falsos, tão falsos quando a estátua de Clothilde na rotunda. Meu cabelo, falso. Meu vestido, falso. Como eu me sentia?

Falsa.

Eu me virei para minha mãe e olhei com intensidade e por bastante tempo. Permanentemente inválida? Sonhos arrancados para sempre? Ela havia planejado isso. Eu precisava que essas palavras fossem jogadas na minha cara em rede nacional? Elas já ecoavam dentro de meu crânio vazio dia após dia.

A magia de Flayer e Bonegrinder fluiu pelo meu corpo e arranquei a mão da de Lilith.

— Estou reorganizando minha vida. — Meus lábios disseram. — É difícil, é claro.

— É claro — repetiu Marianna Matheson. Lilith parecia preocupada, mas não com a expressão de amor maternal que havia cultivado com cuidado para o programa. Ah, ela me amava, claro que amava. Principalmente se conseguisse boas cenas.

Naquele momento, ela estava muito, muito preocupada com o rumo daquela filmagem.

Mas ainda não tinha visto nada.

— Principalmente porque o acidente tirou a vida de uma de minhas amigas mais queridas.

Marianna Matheson assentiu em solidariedade. Por baixo do plano da câmera, ela balançava a mão furiosamente para a produtora, que procurava freneticamente nas anotações alguma menção a Rosamund.

Ela não encontraria, é claro. Lilith preferiria ser ela mesma entrevistada a abrir mão dos holofotes em prol de pais realmente em sofrimento, como os Belanger.

— E principalmente porque acordo todos os dias de manhã e dou de cara com isto. — Arranquei a peruca e o hábito.

A produtora largou a pasta.

— Esperem, cortem. Não vamos fazer uma revelação; vamos fazer um antes e depois progressivo...

— De jeito nenhum — disse Marianna Matheson. — Continue filmando. Assim é melhor. Podemos editar depois. — Ela se virou para mim. — É difícil para você ver o que sacrificou e ainda assim voltar ao trabalho todos os dias?

— Ah, não estou caçando agora — expliquei. — É perigoso demais colocar uma arma em minhas mãos com o dano cerebral que sofri.

Lilith se inclinou na frente de minha poltrona.

— A terapia de Astrid está progredindo em ritmo regular — disse ela. — Temos esperança de que esteja em condições de caçar em pouco tempo. Ela mal pode esperar para voltar ao trabalho de abater unicórnios pelo bem de toda a humanidade.

Já chega. Fiquei de pé e andei até perto das câmeras.

— Vocês querem ver o resto de minhas cicatrizes? — perguntei a eles. — Eu teria de tirar a blusa.

— Astrid! — gritou Lilith.

Marianna Matheson gesticulou para o câmera continuar filmando.

Phil foi até mim e passou o braço ao redor de meus ombros.

— Venha, Astrid.

Olhei para ela.

— O quê? Lilith queria que eu aparecesse na TV. Você deixou que isso acontecesse. Está surpresa de eu não conseguir seguir o roteiro? Você não a ouviu? Minha vida está arruinada. O que tenho a perder?

Marianna Matheson sorriu enquanto a entrevista se encaminhava para o caos.

— Isto é incrível.

As coisas desmoronaram depois disso. Neil e Phil me tiraram rapidamente do set enquanto Lilith tinha um ataque de gritos com os produtores e com Marianna Matheson. A última coisa que ouvi foi ela ameaçando Neil e Phil por sabotarem seu grande momento.

— Asteroide — disse Phil ao me soltar na casa capitular com uma ordem severa para que eu permanecesse ali —, isso foi loucura, mas uma loucura incrível.

— Já sua mãe... — começou Neil.

Apoiei a cabeça nas mãos.

— A maçã não cai muito longe da árvore, né?

Mas assim que saíram, eu me dei conta de que, quando isso tudo fosse esquecido, eu jamais seria capaz de encará-los. Nem as outras caçadoras, que levaram um tapa na cara dado pelas Llewelyn em massa, graças à campanha feita pela minha mãe. Nem Phil, pois eu provavelmente tinha estragado para sempre as oportunidades de boa publicidade para o Salvem os Unicórnios. E certamente não minha mãe.

Como Lilith podia ter feito isso comigo? Eu sempre soube que ela era maluca, sempre soube que era cruel, mas isso? Era minha vida. Como ela podia me fazer sentir tão pequena? Tão destruída?

Pensei na França. Lembrei que Isabeau sempre me dava livros e me encorajava a ter aulas mais desafiadoras na faculdade. Lembrei que lá eu tinha liberdade de ir e vir como quisesse, de relaxar na magia ou evitá-la. Lembrei que lá eu não era especial por ser Llewelyn. Talvez lá eu não fosse tão o contrário de especial por estar destruída.

Lembrei que Brandt disse que me amava, uma coisa que Giovanni, depois de ir voando até Roma para visitar a inválida, jamais disse. Lembrei o quanto Brandt estava obcecado por minhas cicatrizes, que eram um espelho das que ele mesmo tinha. Perguntei-me o que ele acharia daquela que agora havia em minha cabeça.

Perguntei-me o que ele acharia de mim agora.

Para uma pessoa com dano cerebral, passar a perna em todo mundo foi incrivelmente fácil. Ninguém me trancava à noite. Ninguém escondeu meu celular. Ninguém remexeu minhas gavetas para tirar meu passaporte nem os euros que não usei desde que saí do *château* da Gordian. Então, naquela noite, enquanto o caos ainda estava instalado, simplesmente pedi um táxi; roubei minha faca de alicórnio e o montante de Clothilde Llewelyn da parede de armas na casa capitular; abracei Bonegrinder e inspirei profundamente sua magia, torcendo para ser o bastante para me manter esclarecida. E saí andando pela porta.

A magia ou a adrenalina me manteve concentrada no caminho todo para o aeroporto e após o balcão de passagens. Esperar meu avião foi a pior parte, pois o sol estava subindo no céu e percebi que Phil e o restante das pessoas deviam estar acordados e me procurando. Mas mesmo se desconfiassem do aeroporto, eu estava com uma boa vantagem. Desde que o avião não atrasasse, ficaria bem.

Desde que o avião não atrasasse, eu teria lucidez suficiente para chegar até lá.

Quando cheguei a Limoges, a névoa estava de volta. Só consegui entregar ao motorista instruções para chegar ao *château*. Tinha deixado tudo escrito desde Roma, só por garantia. Vi o taxista guardar minha mala e o estojo longo e fino que podia ser uma vara de pescar, mas na verdade era minha espada. Eu achava que era tudo que tinha levado. Eu torcia para não ter esquecido outras armas antigas e valiosíssimas pelo caminho.

E ali estava o *château*. O motorista tirou minha mala do carro, e dei a ele um monte de dinheiro, que o deixou bem feliz. Andei até a porta da frente e bati. Já era de tarde, e raios de sol brilhavam em tons de vermelho e violeta nas pedras claras da parede.

Depois de uma eternidade, Isabeau abriu a porta.

— Oi — cumprimentei. — Mudei de ideia.

* * *

Isabeau me contou que Phil já tinha ligado e pedido que ela ficasse atenta para uma possível aparição minha, mas me prometeu que não ia me entregar.

— Não precisa voltar se não quiser, Astrid.

Ela começou a chorar quando me viu, depois me abraçou apertado. Depois disso, perguntei se podíamos ir até a área dos unicórnios imediatamente, porque eu achava que não conseguiria falar com ela sem unicórnios por perto.

O primeiro toque da magia deles foi como uma brisa fresca em meio a uma onda de calor. Inspirei e relaxei. Certo, eu tinha conseguido. Deu certo.

— Arrumou uma substituta pra mim? — perguntei.

— Nunca conseguiríamos achar uma substituta pra você, Astrid. E o Claustro disse que não podia ceder nenhuma caçadora depois do acidente.

— Então como tem feito? — Olhei para a área cercada. Os unicórnios estavam dormindo. Só havia dez agora. Eu achava que não seria educado perguntar sobre Anjo. O bosque ficava diferente na primavera, cheio de folhas verdes e novas, e flores pequenas na grama. À esquerda, vi que as barracas dos manifestantes tinham voltado como faziam tantas espécies de cogumelos na primavera.

— Nos viramos. — Ela deu de ombros. — Encontramos uma garota. Não é treinada, é claro. Ela nos ajudou quando precisamos.

— Ah. — Eu olhei para baixo. — Ela ainda está aqui?

Isabeau sorriu.

— Não, ela abandonou a atividade.

Era uma opção bem popular, sem dúvida. Mas jamais seria opção para mim. Eu não podia me dar ao luxo de perder a magia. Era a única coisa que me prendia à realidade.

— Como você está se sentindo? — perguntou Isabeau. — Bem o bastante pra entrar e jantar, ou prefere comer aqui fora?

— Acho... acho que estou bem. — Apertei bem as mãos. Eu era capaz disso. Precisava aprender.

Nós jantamos, e contei a Isabeau tudo que passei e o quanto os últimos meses foram difíceis. Ela ouviu, assentindo e dizendo palavras de conforto nos momentos apropriados. Fiz o melhor que pude para não chorar, mas não posso dizer que fui bem-sucedida.

Quando terminamos, ela ficou de pé.

— Astrid, quero te mostrar uma coisa. Venha comigo.

Eu a segui pelo corredor, escada abaixo e por mais corredores até chegarmos à passagem que levava ao laboratório. No momento que entramos, consegui sentir.

Anjo.

Minha respiração ficou presa na garganta, e Isabeau se virou.

— Por favor, não se aborreça, Astrid. Seu einhorn está bem. Ele aceitou muito bem o cativeiro, e estamos aprendendo muito com ele.

Sondei-lhe delicadamente a mente, mas ele estava dormindo, em um sono tão profundo que nem a presença incomum de uma caçadora parecia perturbar.

— E é bom que ele esteja aqui — acrescentou Isabeau. — Eu gostaria que você se sentisse o mais confortável e lúcida que pudesse agora.

Ela foi até uma escrivaninha e se sentou. Não se parecia em nada com a linda antiguidade em seu escritório. Essa escrivaninha era feita de metal simples, com bandejas de plástico para empilhar papéis, uma caneca com o logo da Gordian cheia de lápis e um computador volumoso. Atrás da cadeira de Isabeau havia um arquivo e uma prateleira com uma pilha enorme de arquivos ao lado de uma pequena geladeira. Eu me sentei na cadeira dobrável à frente dela.

— Como você sabe — disse Isabeau —, seu propósito aqui era proteger nossos einhorns. O propósito dos einhorns tem sido nos ajudar a descobrir formas de recriar o Remédio, que também é o motivo de mantermos Brandt aqui.

— Eu me lembro disso tudo — falei. — Não estou com amnésia.

— Mas o que você não sabe, o que nunca soube, é que *sabemos* como fazer o Remédio. Podemos fazê-lo em quantidades bem pequenas. Tão pequenas que são funcionalmente inúteis. Não podemos vendê-las. Nossa tarefa, desde antes de você e eu nos conhecermos, é descobrir como resolver esse problema, como sintetizar o Remédio em larga escala.

Encarei-a com olhos arregalados.

— Então Marten estava falando a verdade — falei. — Ele sabia mesmo o segredo do Remédio.

Ela assentiu.

— Sim. Ele descobriu no verão passado. Mas não nos ajudou em nada. Obtivemos uma única dose do composto, talvez, mas não tínhamos como reproduzi-la. Nenhuma tentativa de sintetizá-lo deu certo. Nada que tentássemos fazia diferença.

— Mas sabem como fazer! — sussurrei impressionada.

— Sim. — Ela cruzou as mãos na frente do corpo. — Possuímos mais de dez doses do Remédio.

— Por que você não me contou? — Todos esses meses eles já sabiam?

— Saber como fazer uma dose? Isso não é conhecimento. Você como cientista entende que o coração de qualquer experimento é sua possibilidade de ser reproduzido. Não teremos feito nenhuma verdadeira descoberta até esse momento. Assim, estávamos esperando para fazer um comunicado quando tivéssemos alguma coisa pela qual comemorar. Isso nunca aconteceu. Tivemos de continuar a fazer experimentos para tentar descobrir essa parte.

Isso fez algum sentido.

— Como vocês fazem?

Ela franziu os lábios.

— É complicado. E difícil, e muito, muito delicado. Eu tinha esperança de que fosse uma coisa que poderíamos produzir em larga escala. Tinha esperança de que o Remédio fosse uma cura para as massas. — Ela sorriu em autorrecriminação. — Mais do que isso, tinha esperança de fazer uma droga de luxo. Mesmo que tivéssemos que cobrar um preço exorbitante pela dose, valeria a pena, para salvar as pessoas que pudéssemos.

— Mas você não pode?

Isabeau deu de ombros.

— Não. É impossível, tão raro agora quanto era ao longo da história. Nesse caso, os antigos não eram prejudicados pela tecnologia inferior. O Remédio, assim como os unicórnios, assim como as caçadoras, não é produto da ciência. É resultado de magia.

— Por quê? — perguntei. — É preciso um grande número de unicórnios pra fazer uma dose? — Quantos devem ter morrido para criar o que minha mãe deu para Brandt?

— Não — disse ela. — Mesmo assim, os ingredientes são incrivelmente raros. Agora entendo por que falavam dele com tanta reverência. — Isabeau parou e olhou para mim. — Gostaria de dá-lo a você.

23

Quando Astrid avalia a possibilidade de cura

A onda de choque que se seguiu à declaração foi o bastante para acordar Anjo. Ouvi a movimentação em uma jaula no aposento ao lado, o balir baixo de um unicórnio.

— Você não pode estar falando sério — argumentei.

— Sem dúvida que estou.

— Você acabou de me dizer o quanto é raro!

— E exatamente por isso você deve sentir que não estou fazendo uma oferta leviana. Minha empresa já investiu milhões de euros no desenvolvimento dessa droga. Não temos nada para mostrar além de um punhado de doses. Não podemos recuperar os gastos, mesmo se as vendêssemos para as pessoas mais ricas do planeta. Então, por que não dar para uma pessoa que amo?

Anjo começou a chorar. Eu também, logo depois.

— Por favor, se acalme, *ma chère* — disse Isabeau. — Você está perturbando o unicórnio, e fizemos um grande esforço para mantê-lo sedado.

— Por quê? — perguntei chorando. — Por que você faria isso?

— Já falei — respondeu ela. — Amo você e detestaria ver uma jovem com sua inteligência, com seu potencial, prejudicada por esse acidente. Sabe que não pode contar com a magia dos unicórnios para sempre, e não há como prever se você vai progredir para um estado melhor.

Chorei ainda mais, sem me importar se perturbava o einhorn. Sim, era isso o que eu precisava ouvir. Não a condescendência e a proteção de Phil.

A verdade. Eu ficaria presa para sempre no Claustro, presa para sempre, sozinha e ignorante. Sem os unicórnios, sem a magia, sem ser caçadora, eu estava fadada à névoa eterna.

Isabeau me entregou um lenço.

— Não posso fazer promessa nenhuma de que o Remédio vá curar você dessa condição. Pode ser que não tenha efeito em caçadoras. Pode ser que não tenha efeito em um problema que não seja ferimento nem envenenamento. Nunca tivemos o bastante para testar de forma apropriada. Seria uma cobaia, Astrid, e pode ser que desperdicemos uma de nossas poucas e preciosas doses do Remédio com você.

Engasguei.

— Mas — acrescentou ela — estou disposta a tentar.

Não falei nada, só fiquei ali chorando até não ter mais lágrimas. Ao meu redor, ouvi o zumbir estéril de máquinas, o murmúrio agudo das luzes fluorescentes, senti o aroma de desinfetante, de remédios e de sangue. Se fechasse os olhos, poderia senti-los pelo ponto de vista de Anjo.

Aquela era a vida dele. Tinha sido assim desde que fui embora. Cada dia de sua existência foi passado dentro de uma jaula, em um aposento com mãos cobertas de luvas de látex e agulhas, e luzes brancas e intensas. Ele não conseguia se lembrar nem da área ampla em que nasceu. Não conhecia o cheiro de terra e de folhas. Mal se lembrava da sensação da mãe.

E me dei conta do quanto fui hipócrita. Porque não liguei. Eu queria o Remédio. Queria para mim. A existência de Anjo era um sacrifício que valia a pena se significasse que eu podia ser curada da névoa que circulava meu cérebro como uma corrente. Queria minha própria liberdade bem mais do que queria a dele.

Odiei isso em mim mesma, mas não podia negar.

— Você lembra o que Brandt dizia sobre mim, Astrid? — perguntou Isabeau. — Dizia que eu te tratava como criança. Como minha filha.

Assenti.

— A verdade é que tive uma filha, muitos anos atrás. Ela morreu quando tinha sua idade. Morreu de câncer, e não havia nada que eu pudesse fazer para salvá-la. Em seu pior momento, ela se parecia com você agora: cabelo raspado, rosto pálido, um desespero que a invadia quando ela não via nada além de dor e sofrimento pelo resto de sua curta vida.

Sim. Como ela sabia? Como acertava cada sensação? Como fazia isso enquanto exibia para mim a ideia de unicórnios escravizados?

— Se eu tivesse essa chance com minha filha, teria aproveitado. Mas não tive. Não me deixe perder desta vez. Me deixe tentar ajudar você.

Sim! Meu cérebro estava gritando. Sim, sim, vamos fazer isso agora! Agora agora agora agora agora agora agora.

Mas... não havia outras pessoas que mereciam mais do que eu? E Cory, que estava ficando mais fraca a cada dia com alguma doença que nenhum médico foi capaz de diagnosticar? E as pessoas no mundo que estavam morrendo, morrendo de verdade, e que o Remédio poderia salvar? Eu tinha algum direito de usá-lo no que poderia ser uma tentativa vã de curar um pequeno dano cerebral?

Porque, se eu tomasse o Remédio que Isabeau ofereceu e ele não fizesse diferença, como eu me sentiria? Como me sentiria sabendo que ele poderia ter sido usado para *salvar a vida de outra pessoa*?

Abri a boca.

— Obrigada — respondi, com voz robótica. — É uma honra. Mas preciso pensar.

Isabeau pareceu entender. Ela me levou até meu antigo quarto e me deixou sozinha. Não desarrumei a mala; só fiquei sentada absorvendo tudo. Meus livros ainda estavam na prateleira acima da escrivaninha. As roupas que deixei ainda estavam penduradas no armário. O vestido lindo parecia ainda mais lindo agora, as dobras de seda como a lembrança de uma época na qual eu acreditava ainda ter algum traço da garota normal que já tinha sido. Antigamente, eu podia colocar vestidos bonitos e, se deixasse o cabelo solto, podia quase fingir que não era caçadora de unicórnios. Olhei para meu reflexo no espelho. Não dava para negar isso agora. Eu parecia um monstro. Entendia então por que Clothilde preferia manter a cabeça raspada. Ela não queria esconder as cicatrizes, queria um lembrete constante da pessoa que aqueles ferimentos tinham criado.

Tirei a roupa e coloquei o vestido. Sem o véu formado pelo cabelo, cada cicatriz exibia-se orgulhosamente: nas costas, nos braços, nas mãos, na cabeça.

Fui até o estojo e peguei o montante. *Domitare unicorne indomitum.* Exterminar o selvagem unicórnio. Levantei a espada e apontei, imitando a pose da estátua na rotunda do Claustro.

Agora eu estava idêntica a Clothilde. Agora parecíamos a mesma pessoa.

Houve uma batida na porta.

— Astrid?

Soltei a espada. *Brandt.* Procurei um roupão, alguma coisa para jogar por cima do vestido longo e formal. Pensei em enrolar a cabeça em uma toalha. O que ele estava fazendo aqui? Isabeau não falou nada sobre ele! Supus que tivesse ido embora.

— Astrid, abra a porta. Preciso ver você. Preciso conversar com você.

— Humm...

— Sei como você está e não ligo.

Abri a porta, mais por curiosidade do que por qualquer outra coisa.

— Como você sabe?

Ele olhou fixamente para meus olhos (todos olhavam), mas se recuperou rapidamente. Observou minha roupa e levantou as sobrancelhas.

— Nos avisaram quando você se machucou — disse ele. — Disseram que teria de raspar a cabeça no hospital. Mas não disseram nada sobre seus olhos. — Ele me examinou. — Seu cabelo está uma graça. Meio punk.

— Obrigada — falei. — Agora vá embora.

— Por quê?

Porque não havia unicórnios no quarto, e a presença de Brandt sempre foi confusa para mim, mesmo antes de eu sofrer dano cerebral.

— Porque estou pedindo e você sempre foi cavalheiro para fazer o que uma garota pede.

— É — disse ele. — Essas são as regras. — Ele estava olhando com atenção para mim. — Mas acho que passei desse estágio em minha vida. — Ele entrou e fechou a porta.

Recuei para dentro do quarto e arregalei os olhos.

— Brandt... foi uma brincadeira.

— Eu te amo, Astrid. Já falei tantas vezes. — Seus olhos estavam loucos, e ele continuava a avançar, continuava vindo na minha direção até a parte de trás de minhas pernas bater na cama.

Minha espada estava do outro lado do quarto. Eu provavelmente conseguiria chegar a ela antes de ele conseguir me impedir, mas e aí? Afastar *Brandt* com uma espada? *Brandt Ellison?*

Eu me perguntei se era nisso que Phil estava pensando naquela noite com Seth. Que não havia possibilidade de um cara que conhecia ameaçá-la assim. Mas eu era forte, com ou sem unicórnio. E tinha muito mais a perder.

— Fique longe de mim, Brandt. Vou... — Gritar? Sim, eu gritaria, mas o mais importante, eu pegaria minha espada e lhe cortaria a cabeça se ele tentasse tocar em mim.

— Não gosto desse emprego, Astrid. Quero sair. E acho que você pode me ajudar. Acho que, com você... seria diferente...

Por um segundo, uma confusão, confusão *de verdade*, dominou o medo.

— Emprego?

— Aqui, na Gordian.

Olhei para ele estupefata.

— Brandt, há maneiras bem mais fáceis de largar esse emprego do que me estuprando. Mas garanto que, se você tentasse, seria mais do que demitido. Seria morto.

Ele parou e olhou para mim.

— *Estuprar* você? Do que está falando? Eu jamais faria uma coisa assim. Nunca. Amo você, Astrid. Sei de tudo que você passou. Sei sobre Phil... Meu Deus, que tipo de monstro pensa que eu sou?

Levantei as mãos.

— Você está me forçando na direção de uma cama depois de eu pedir pra você sair. O que mais eu podia pensar?

Ele se virou e saiu andando, enfiando as duas mãos no cabelo.

— Foi isso que ela te falou? Que não consigo me controlar? Que sou algum tipo de animal selvagem? — Ele se virou para olhar para mim. — Bem, não é assim que funciona, sabe! — Ele me olhou com uma raiva que o estava deixando de rosto vermelho.

Onde estava o unicórnio quando você realmente precisava dele? Eu me sentei na cama e fechei os olhos, tentando acalmar a mente para entender tudo. Maldito cérebro danificado. Respirei várias vezes, depois voltei a abrir os olhos. Brandt ainda estava do outro lado do quarto, respirando pesadamente, o cabelo em pé na cabeça.

— Não sei do que está falando, Brandt — avisei. — Como é que *o que* funciona?

Agora foi a vez de Brandt de parecer confuso.

— Pensei que ela tivesse te contado — disse ele. — Pensei que tivesse falado tudo sobre o Remédio.

— Ela me ofereceu uma dose — falei. — Mas ainda não entendi...

Ele riu amargamente.

— Mas ela não te contou dos efeitos colaterais?

Efeitos colaterais?

— É claro que não! — disse ele, com energia. — Porque eles não afetariam você de verdade, não é? Ao menos é o que ela pensa. Acha que é por causa da preciosa filha morta. Ela se recusa a pensar no assunto.

— Brandt — falei lentamente, em um tom de voz que Phil gostava de usar comigo quando eu ficava particularmente "exagerada". — Sente-se e me conte, devagar e com muitos detalhes, do que você está falando. Não sei se é o dano cerebral ou o que, mas não estou entendendo nada.

Seus lábios formaram uma linha fina e raivosa, e ele me olhou por um minuto, as mãos fechadas na lateral corpo. Mas correu para a frente de repente e caiu de joelhos aos meus pés.

— Por favor, Astrid, só diga que me ama. Diga que me ama e nada mais vai importar.

— O quê? Não! — Eu o empurrei para longe da saia.

— É Giovanni, não é? Você pensa que *ele* é o cara.

— Pare Brandt! — Respirei fundo de novo. — E não, para sua informação, não acho isso. Mas você também não é, então...

— Não é verdade! — disse Brandt. — Sei que não pode ser. Não é como com as outras. Você é diferente. Com você é amor, amor de verdade. Ah, Astrid... — Ele levou o rosto até o meu e me beijou.

Eu o empurrei e me afastei.

— Falei pra parar. — Andei até o canto do quarto, deixando a cama e minha mala entre nós, e peguei a espada. — Agora fique aí — gesticulei com o montante —, e eu vou ficar aqui, e você vai me contar do que diabos está falando. Que outras?

Ele se ajoelhou ao lado da cama, as mãos no lençol como se estivesse rezando, depois se curvou.

— As outras caçadoras — disse ele, derrotado.

Baixei a ponta da espada até o chão.

— Outras caçadoras?

— É isso que estou fazendo aqui, Astrid. Não sou uma leiteira; sou um cão farejador.

— Como?

— Sou um Acteon.

Eles não são mais chamados assim. Como eu me lembrava bem de Isabeau dizendo isso.

Estamos tendo muito azar ultimamente, Phil tinha me dito. *Recebemos informação de uma possível caçadora... mas quando fazemos contato, já decidiram abrir mão da virgindade.*

Estiquei a mão para me equilibrar na escrivaninha.

— O quê? Como? — perguntei.

— É um efeito colateral do Remédio — disse ele. — A forma como me curo. A forma como consigo quase... quase tocar na magia. Também consigo sentir vocês. Consigo sentir vocês como vocês conseguem sentir os unicórnios.

Tremi. Que horror. E ele estava dormindo no mesmo corredor que eu havia meses?

— E quero você. Ah, Astrid, quando chego perto de uma caçadora, só consigo pensar nela. É a única coisa no mundo.

— Então você *não me ama* — sussurrei. — Você tem um fetiche. Tem um fetiche e está — a percepção me atingiu com a força de um re'em em uma montanha —, está viajando pela Europa deflorando todas as garotas que poderiam ser caçadoras de unicórnios antes que o Claustro possa chegar a elas! Você é nojento!

— Não — disse ele. — Eu *ajudo*. Essas garotas não querem a vida que você está levando, Astrid. Não querem o perigo. Você as culpa?

Não podia culpá-las, mas essa não era a questão. O motivo de estarmos tão em perigo era por termos tão poucas caçadoras. Lutamos contra um re'em com apenas quatro de nós. Quase morri, e Rosamund perdeu a vida. Estávamos carregando a maior parte do peso porque essas outras garotas escolhiam fugir do dever...

— Então você é um estuprador.

— Não! — Ele ficou de pé. — Jamais faria qualquer coisa contra a vontade de uma garota. Nunca. Marten entendeu errado. Marten estava desesperado demais. Seth era um monstro. Isabeau e eu... não somos assim. Abordamos as garotas e explicamos a situação, o perigo que estão correndo e o que podemos fazer para ajudá-las. São elas quem escolhem o caminho depois disso.

— E você recebe pra isso? — perguntei, estupefata. — Você é o que, um prostituto?

— Nem sempre elas me procuram. Algumas têm namorados... — Ele suspirou de forma lamentável.

Engasguei.

— A Gordian te paga pra dormir com caçadoras de unicórnios. Esta é a definição de uma prostituta. Não importa quão bela é a embalagem, nem de que você as está *salvando*.

Ele baixou a cabeça.

Agora a verdade estava na minha cara como um banquete podre.

— E a regra que tanto o incomodou de morar aqui, da qual você sempre reclamava... era eu. *Eu* era a regra. Você não podia tocar em mim.

Era por isso que Isabeau tinha sempre tanto medo de ele passar tempo comigo. Foi por isso que tomou o cuidado de mantê-lo longe quando Cory e Valerija vieram visitar. Três caçadoras talvez fosse demais para ele suportar.

Ele assentiu sem erguer o olhar.

— Mas você não vê, Astrid? É assim que sei que te amo. — E agora ele levantou os olhos até os meus e começou a se aproximar de novo. — Não é o Remédio quando se trata de você. Eu gostava de você antes, ainda gosto, e gosto mesmo sabendo que não posso nunca ter você. Mesmo sabendo que até estar curada de seu dano cerebral, jamais poderei estar com você, porque temos que protegê-la...

Voltei a levantar a espada.

— Eu *não* sou uma flor delicada. *Não* preciso de sua proteção. *Nunca*! Está ouvindo?

Ele recuou, levantando as mãos em rendição.

— Não, é claro que não. É isso que amo em você! Você sempre foi tão corajosa, tão forte. Salvou minha vida. Mas é que a magia... sua mente... — Ele fez uma pausa. — Meu Deus, seus olhos. Eles são hipnóticos, Astrid...

— Cale a boca! — gritei. Tudo que saía dos lábios dele era mentira. Isabeau me contou a verdade. Tudo que ele queria era um gostinho do poder. Só não do jeito que eu pensava.

O silêncio reinou no quarto enquanto refletia sobre tudo isso em meu cérebro sofrido. Pobre Neil. O tempo todo ele saía atrás de caçadoras, e Brandt as procurava primeiro usando magia de unicórnio e as seduzia pelas nossas costas. E, por mais doentio que isso fosse, o que nós podíamos dizer? Essas garotas tinham permissão de fazer as próprias escolhas. Não podíamos nos ressentir de elas abrirem mão da magia, quer fizessem com alguém que realmente amavam, como Zelda planejava, ou com um Acteon qualquer que se oferecia para tirar o peso delas...

Espere. Mas por quê? Por que Isabeau estava tentando sabotar o recrutamento do Claustro? Marten tinha feito um acordo com um bando de kirins: tirar as caçadoras Llewelyn da Ordem, e eles o ajudariam em sua busca de poder. Mas Isabeau *era* uma Llewelyn e tinha me protegido dos avanços de Brandt. Além do mais, eu conhecia os einhorns. Eles não eram nada como os kirins. Não fazia sentido.

— Não estou entendendo — falei, por fim. — Por que você faria isso? O que ganha com isso além de sexo ocasional?

— Já falei — disse ele —, sou um Acteon.

— Sei o que é um Acteon. Só não entendo por que é um emprego.

Ele sorriu.

— Então não, Astrid. Não faz ideia do que é um Acteon.

Apoiei-me no cabo da espada e coloquei a mão no quadril.

— Como? Estou na Ordem da Leoa. Nós bolamos o nome. Éramos nós que os matávamos com nossos zhi sempre que os pegávamos no ato.

Ele suspirou.

— Você acha que isso era tudo que eles faziam? Apenas defloravam suas caçadoras? Acha que eles arriscavam a vida e os membros apenas por sexo? Não, Astrid. Isso é muito ingênuo. Eles eram ladrões.

Revirei os olhos.

— De virgindade?

— Do Remédio.

Soltei a espada no chão.

Ele prosseguiu.

— Não tem nada de mágico na virgindade. Não tem nada de especial em dormir com uma virgem. *Normalmente.* Mas pessoas como você... Você é diferente. Sabe disso. A virgindade de uma caçadora de unicórnios *é* mágica. Assim como tirá-la.

Eu me encostei na parede quando o quarto começou a girar ao meu redor. Quase desejei que a neblina voltasse, mas minha mente estava límpida como água.

Phil, de pé no centro da casa capitular do Claustro na noite seguinte ao estupro, cercada de ossos que jamais cantariam para ela de novo. *Mas foi o suficiente. Para quem quer que decida essas coisas.*

Seth desaparecendo de repente.

E então, poucas semanas depois, Marten Jaeger, acovardado na frente do karkadann no pátio, implorando pela vida. *Sei o segredo do Remédio.*

No inverno anterior, Isabeau no escritório, me contando histórias loucas dos homens que costumavam dormir com virgens para curarem suas doenças.

E então, o pior de tudo, esta noite: Isabeau no laboratório, olhando nos meus olhos e me dizendo o quanto os ingredientes do Remédio eram raros.

Brandt ainda estava me observando.

— Você tira isso de nós — falei. — O segredo do Remédio não está nos unicórnios.

— Não — disse ele. — Está nas caçadoras.

24

Quando Astrid observa os efeitos

Unicórnios eram baratos, explicou Brandt. Mil doses do Remédio podiam ser feitas a partir dos materiais obtidos com um único unicórnio. Claudia, a mãe de Isabeau, descobriu a fórmula básica ao juntar as anotações médicas das ancestrais caçadoras. Não que importasse muito para ela, considerando que não havia unicórnios naquela época. Mas ninguém conseguiu interpretar o *significado* de alguns elementos da fórmula, principalmente o místico *viriditas*.

E talvez não significasse nada. Afinal, tantas velhas curas medievais eram baboseira, e às vezes passos ditos importantes na alquimia medieval não passavam de perda de tempo.

Eu me lembrava da conversa de Cory e Isabeau sobre Hildegard von Bingen e a obsessão dela por *viriditas*, que literalmente quer dizer "verdume". E agora, só agora, me lembrava do quão rapidamente Isabeau mudou de assunto.

Para Hildegard, *viriditas* significava o poder de Deus, o poder da vida, o frescor, a vitalidade. Por muito tempo depois do Ressurgimento, explicou Brandt, os cientistas da Gordian temeram que a incapacidade de criar o Remédio fosse produto do *frescor* dos materiais advindos de unicórnios usados. Talvez os unicórnios precisassem estar vivos. Ou talvez só pudessem ser colhidos em uma estação em especial, ou, talvez, precisassem de alguma erva específica para misturar no composto.

Nada funcionou.

E então, nove meses antes, Isabeau teve uma inspiração. Que ela compartilhou com o marido. Antigamente, existia uma doença chamada "doença verde", ou clorose, que, na verdade, era um tipo de anemia que afetava mais mulheres jovens. Outro nome dessa doença era "doença das virgens", e acreditavam que a cura era, esperem só, a defloração. Porque, naturalmente, a causa da doença era o peso da virgindade.

Talvez, pensou Isabeau, o *viriditas* de Hildegard não fosse a mesma coisa listada na fórmula da Ordem da Leoa. Talvez a criação do Remédio precisasse de uma alquimia mística envolvendo as próprias caçadoras virgens.

Marten ouviu a ideia e levou-a consigo. Aí entram Seth e Phil. Isabeau ficou horrorizada com os métodos do marido, mas não podia argumentar contra os resultados. Descobriram o segredo do Remédio.

Apesar de jamais fazer nenhum bem a eles.

A magia não podia ser sintetizada. Jamais conseguiriam fazer mais que alguns poucos frascos do Remédio. Só havia uma dose por caçadora de unicórnio.

Era meia-noite na França, e eu estava de pé ao lado da cerca da área dos unicórnios. Tinha expulsado Brandt de meu quarto e colocado roupas mais apropriadas para uma invasão. Precisava estar com os unicórnios naquela noite. Precisava pensar direito.

Mas a senha de entrada tinha sido mudada. Eu estava presa do lado de fora. Comecei a circular a área, encostando o rosto no arame e desejando que os unicórnios se aproximassem. Eles jamais conseguiriam cruzar o limite, claro, eu jamais poderia tocar neles, mas ali, com a magia, as coisas já pareciam mais claras.

Eu nunca aceitaria o Remédio.

Como poderia? Brandt estava certo. Acteons eram ladrões. Eles roubavam... a *essência* da virgindade da caçadora e guardavam o Remédio resultante para si. Era por isso que as caçadoras, como grupo, odiavam os Acteons. Se uma caçadora escolhesse ir embora, se escolhesse se casar e se fixar, o Remédio *dela* era dela, e ela podia guardar, vender ou usar como quisesse. O Remédio que usamos em Brandt era o que pertencia a Clothilde Llewelyn.

Essas garotas, essas caçadoras que Brandt procurou, não sabiam nada do Remédio. Só sabiam que Brandt era doce, limpo e discreto. Ele tiraria delas o peso dos poderes e desapareceria na noite.

Levando com ele uma coisa que talvez um dia pudesse salvar a vida delas.

Isabeau mentiu para mim. Ela não guardou o segredo do Remédio por causa do detalhe de não ser capaz de reproduzi-lo. Escondeu-o porque sabia que eu não aprovaria suas ações.

Eu não podia usá-lo. O Remédio não pertencia a Isabeau para que ela pudesse dá-lo aos amigos. Pertencia a cada pessoa que tinha ajudado a tornar possível sua criação.

Não, a única opção era eu mesma tentar. Podia pedir a Isabeau para fazer para mim. Eu dormiria com alguém, Brandt talvez, depois faria o Remédio, depois o tomaria e... veria o que aconteceria.

Mas e se não funcionasse? Isabeau já me avisara que não tinha prova de que o Remédio era potente contra dano cerebral. E, se eu perdesse a virgindade, também perderia a magia. Se o Remédio não funcionasse, ficaria presa em minha névoa para sempre.

Era um risco que estava disposta a correr? Mesmo se significasse que a única alternativa era roubar a cura pessoal de outra pessoa?

Sacrificar Anjo era ruim o bastante. Eu não podia sacrificar uma irmã de ofício.

— Quem está aí? — disse uma voz. Eu me virei e, com a claridade da magia de unicórnio, vi René a uns vinte passos da cerca.

— Astrid — respondi, e parei.

Ele se aproximou, com o feixe de luz da lanterna cortando a noite. O brilho atingiu meus olhos.

— Astrid, *le chasseuse des licornes*. Você está com aparência péssima.

— Um unicórnio selvagem — expliquei. Passei o dedo ao redor do rosto maltratado. — Está vendo, é por isso que você não devia ficar tão ansioso pra que esses monstros fossem libertados.

— Isso não me desanima — respondeu ele. — Se você entrasse e os visse, veria que eles não têm mais muito tempo. Não podem sobreviver mais em cativeiro. Precisa nos ajudar.

— Não *preciso* fazer nada.

Ele chegou mais perto e me examinou, a cabeça raspada, a longa cicatriz.

— Eu me informei sobre você, Astrid Llewelyn. Vi sua mãe na televisão.

— Isso deveria ser sua resposta.

— E falei com sua prima. Sou amigo de Philippa.

Apertei os olhos para ele. Com a ajuda da magia, conseguia vê-lo claramente no escuro. Ele não parecia estar mentindo.

— Sou a favor da preservação, assim como ela. Ajudei-a na batalha para proteger os unicórnios. Li os textos dela. Ouvi-a gritar quando ela achou que a prima, a melhor amiga, não ia mais acordar.

Meus olhos começaram a arder, e não pude mais confiar em mim mesma para falar.

— Sei que você consegue pular esta cerca com minha ajuda. Vi você fazer isso na noite em que ela ficou sem eletricidade. Quero que entre e veja os einhorns. Você *vai* nos ajudar — disse ele. — Sei que vai.

A poeira subiu em torno dos meus pés quando caí com força no chão do outro lado.

Virei-me para René.

— Como vou sair daqui quando terminar?

A expressão dele mudou.

— Não pensei nisso.

Revirei os olhos. Que ótimo.

— Deixe pra lá. Vou dizer pra Isabeau que senti vontade de passar a noite com os unicórnios. — Ela entenderia isso. Vou dizer que ajudou a manter minha mente lúcida enquanto pensava na oferta dela.

Uma oferta que eu desejava, mais do que tudo, ser o tipo de pessoa que pudesse aceitar. Mas eu jamais poderia viver comigo mesma se desperdiçasse uma dose do Remédio quando havia outras pessoas por aí precisando. Outras pessoas a quem elas realmente pertenciam.

Atravessei o limite elétrico e segui para o bosque. Ao meu redor, os unicórnios dormiam e não se mexeram conforme me aproximei. Isso era estranho, como a sedação que senti no laboratório, em Anjo. Será que descobriram uma forma de administrar sua química corporal de rejuvenescimento?

Quando cheguei nas árvores externas, senti um novo cheiro, mais forte que o de unicórnios. Carne apodrecendo. Depois de mais alguns passos, praticamente tropecei em um saco de aniagem cheio de pedaços de carne mofados. Havia outro saco perto, todo rasgado, com pedaços de carne estragando espalhados pelo chão.

Olhei para a comida com crescente desconforto. Era impossível a Gordian ter passado a alimentá-los *demais*. Então por que essa carne estava aqui estragando?

Alguns metros à frente, o cheiro ficou ainda mais forte, e dei de cara com o cadáver de um einhorn. Morto há vários dias, pelo que parecia. O intestino tinha sido arrancado, e o interior estava vazio e úmido. O pelo estava falhado, a pele, vermelha em algumas partes, mas eu não sabia se isso tinha acontecido antes ou depois da morte. O focinho estava coberto de sangue coagulado. Eu não conseguia reconhecê-lo... ou não queria.

Desviei da sujeira e continuei a andar, tentando não vomitar por causa do fedor. Será que ninguém na Gordian sabia o que estava acontecendo aqui? Comida apodrecendo enquanto os unicórnios partiam uns para cima dos outros? Senti uma presença consciente à esquerda e me virei. Os arbustos tremeram, e vi alguma coisa branca. Mais do que isso, senti pensamentos familiares.

Gorducha. Chamei-a em pensamento, mas ela se escondeu mais na vegetação. Eu me perguntei pelo que ela havia passado nos últimos meses, se sentia saudade do bebê, se tinha lutado quando o levaram da mesma forma que a re'em lutou conosco quando achou que estávamos ameaçando sua ninhada.

— Gorducha — chamei, e estiquei os braços.

Nada. A mente dela só irradiava desconfiança. Cheguei mais perto, e ela saltou, rosnando e balançando a cabeça, depois saiu correndo. Vi o traseiro branco desaparecer na floresta, o rabo longo como o de um leão agora substituído por um cotoco enrolado.

Conforme continuei explorando o bosque, encontrei mais dois cadáveres em estados diferentes de decomposição e mais três unicórnios, sendo que cada um desapareceu assim que me aproximei, cada um com rabos mastigados até não ter sobrado nada, e feridas abertas como se tivessem brigado.

Por fim cheguei ao centro da área cercada, as raízes da grande árvore que já tinham sido o ninho de Gorducha e Anjo. Fechei os olhos e aguccei os sentidos. Dez pequenos pontinhos de luz, dez vidas de fome, terror, tédio e desespero. E, por baixo de todas essas emoções, outra coisa, uma coisa que conflitava com meus sentidos como a sensação errada que a carne apodrecendo causava. Loucura. Esses unicórnios não estavam apenas definhando aqui. Estavam enlouquecendo.

Isso não podia continuar. O Remédio era uma fraude, assim como esse experimento de unicórnios em cativeiro. Talvez em algum momento, tivesse valido a pena sacrificar esses animais pelo bem da humanidade, mas não mais.

Mas o que eu devia fazer? Podia matá-los todos agora mesmo, tirá-los do sofrimento. Estavam todos doentes, fracos, violentos. Eles podiam não sobreviver mesmo se eu os libertasse. Seriam um perigo para as pessoas das redondezas. Eu podia caçá-los, matar até o último antes de amanhecer.

Virei o rosto para o céu, sentindo a brisa da primavera e os rastros de unicórnio no vento.

Cognosce te ipsum. Conheça-se.

Eu *podia* matar todos eles. Mas não faria isso.

Voltei para a cerca e acenei para René.

— Você estava certo — falei, quando ele se aproximou. — Vou ajudá-lo.

Fizemos nosso planejamento com a cerca entre nós. René levou outro homem: baixo, com uma jaqueta de couro maltratada e um rosto igualmente maltratado. Não que eu pudesse falar dele.

Eu me lembrava dele de antes. Foi ele quem avisou René para não falar comigo. Parecia menos desconfiado agora. Embora tenha se apresentado como Thierry, o hábito de não me olhar nos olhos me fez duvidar. Eles explicaram o plano para mim e me passaram pelos buracos na cerca em folhas de papel enroladas. Li cada plano com o benefício da magia de unicórnio e do brilho de uma lanterna.

E então, ri.

Enrolei as folhas de novo e devolvi pelos buracos.

— Este — falei, empurrando-o — vai fazer vocês todos serem mortos pelos unicórnios. — Empurrei o segundo. — Mortos pelos unicórnios. — O terceiro. — E ah, sim, mortos pelos unicórnios.

Eles olharam para os planos amassados.

— Vocês dizem que os vêm observando. — Cruzei os braços. — Não viram como são cruéis? Não podem deixá-los correndo livres pelo campo. A primeira coisa que vão fazer é comer todo mundo de seu acampamento. Esta cerca não está aqui para a proteção *deles*.

— O que você recomenda? — perguntou René.

— Eu, é claro. Foi por isso que me procurou, não foi?

— Viemos até você pra pedir ajuda pra quebrar esta cerca.

Não era isso. Um trator podia fazer tal coisa.

— Vocês vão precisar de bem mais que isso se esperam sobreviver a esta pequena empreitada.

— Temos pessoas que já lidaram com animais selvagens antes. — Thierry balançou a cabeça. — Já conseguimos no passado.

Fiquei em silêncio por vários segundos e disse:

— Não vou ajudar vocês enquanto não tiver certeza de que isso não vai botar em risco as pessoas no seu acampamento, nesta propriedade e nas áreas das redondezas. Sou caçadora de unicórnios, o que quer dizer que é meu trabalho proteger as pessoas deles, da forma que for necessária.

Thierry apertou os olhos. René estava cada vez mais nervoso. Me mantive firme.

— Acredito — disse René por fim — que Astrid sabe do que está falando quando este é o assunto.

— Não vamos fazer com que ela liberte os unicórnios só pra matá-los.

— E vou matá-los em um segundo se tiver a menor sugestão de que eles vão causar problema depois de soltos. — Minha voz estava firme, minha expressão estava equilibrada, mas minha própria presença era muito assustadora para Thierry saber que eu falava sério. Uma coisa boa de ter dano cerebral é que as pessoas tendem a acreditar que você pode perder a linha a qualquer momento. E eu estava armada.

— Agradecemos sua preocupação conosco — disse René.

— Não é apenas preocupação com vocês — expliquei. — Se vocês fizerem isso, precisam prometer que nada vai ser feito contra as pessoas do *château*.

René piscou. Thierry se mexeu. E, no ápice da magia de unicórnio, reparei em tudo.

— Os unicórnios são libertados — falei. — A Gordian segue intocada E no momento que eu achar que um unicórnio pode se tornar um perigo para nós, eu o mato. Estes são os termos.

Depois de uma longa hesitação, Thierry assentiu brevemente.

— Agora — continuei —, a parte difícil. O que podemos fazer com os einhorns depois que os libertarmos?

Pela manhã, quando os técnicos da Gordian foram me tirar da área cercada, já tínhamos elaborado uma estratégia, e meus cúmplices tinham voltado para as barracas. Outra coisa boa de ter dano cerebral é que as pessoas não dão nada por você. Então, quando dei um tapinha brincalhão na mão do técnico que estava digitando no teclado e fingi não entender nada do que dizia, ele simplesmente revirou os olhos e digitou de novo, murmurando o código para si mesmo.

Primeiro passo.

Quando Isabeau me perguntou se tornei uma decisão, respondi que ainda estava dividida. Em seguida, contei a verdade, ou a maior parte da verdade. Outra coisa boa do dano cerebral é que ninguém espera que você minta. Contei a ela que Brandt tinha ido me procurar na noite anterior, mas não contei que ele revelou o segredo do Remédio. Preferi me concentrar nas aspirações românticas dele. Contei que saí para estar com os unicórnios e fiquei horrorizada com o estado em que os encontrei. Perguntei por que precisavam ficar com os animais se não havia mais necessidade dos einhorns para fazer o Remédio, e se a mudança nas condições deles tinha alguma coisa a ver com uma alteração no tratamento agora que não eram mais prioridade.

Em outras palavras, dei uma última chance. Não era o que eu devia a ela depois de tudo que fez por mim? Isabeau tinha me dado um lar, educação, belas roupas, uma oportunidade verdadeira de futuro. Tinha me dado mais carinho que minha própria mãe e me ensinado que havia um lugar verdadeiro para minha magia.

E, sabendo de tudo isso, percebi que minha única chance era salvar os unicórnios. Traí-la.

Isabeau reagiu como esperado. Estourou para cima de Brandt e depois o mandou embora. (Segundo passo.) Depois, fingiu ficar chocada e consternada com o estado dos unicórnios. Em seguida, pediu desculpas profusamente pelas duas situações e começou a me explicar que tipo de novos experimentos estavam fazendo com os animais. Só porque o Remédio tinha se mostrado um fracasso, não significava que a capacidade de rejuvenescimento dos unicórnios não podia fornecer à empresa uma revolução científica. Isabeau até me levou ao laboratório de novo para me mostrar alguns dos dados mais recentes.

Terceiro passo.

Na verdade, era bem interessante. Pena que era o fim. Eu não podia aprovar o sofrimento dos einhorns por causa de creme anti-idade. Salvar vidas humanas era uma coisa, cosmetologia era outra.

Mais tarde, quando Isabeau estava ocupada, botei uma muda de roupa na mochila, com meu dinheiro e meus documentos importantes. Escondi a mochila e o estojo da espada perto da área cercada. Outra coisa boa de ter dano cerebral é que, quando o secretário de sua chefe a flagra andando pela casa com uma bolsa e pergunta se vai a algum lugar, você pode agir com desorientação e dizer alguma coisa sem sentido como "Vou fazer um piquenique, quer ir?", e ele não presta mais atenção.

Eu *quero* melhorar, mas ao mesmo tempo, acho que não me importo de as pessoas suporem que sou burra.

Depois disso, não havia nada a fazer além de esperar. Eu tinha sido caçadora de unicórnios durante um ano. Passei noites em árvores, dias observando campos, semanas presa em um monastério com apenas meu arco, flechas e um alvo por companhia. Passei horas após horas sozinha em uma floresta, aguçando meus sentidos em busca do menor traço de um monstro.

Eu era realmente muito boa em esperar.

25

Quando Astrid comete um crime

Naquela noite, esperei uma mensagem de texto de René dizendo que estava tudo pronto. Em seguida, entrei na área cercada dos einhorns usando a senha eletrônica e desativei o limite elétrico. Infelizmente, essa foi a parte fácil.

Cinco minutos sentada no chão, meditando e projetando pensamentos calmantes e atraentes para os unicórnios não levou a nada. Nenhum se aproximou de mim, e minha visão de liderá-los no estilo flautista de Hamelin, em fila única em direção à liberdade, começou a evaporar na noite sem luar.

Onde estavam os unicórnios que tinham me cercado em submissão? Será que perdi a confiança deles quando os deixei aqui sozinhos para matarem uns aos outros? Será que estavam fora de alcance?

Fechei os olhos com força e tentei identificar cada animal no bosque, identificar a mente deles, as luzes piscantes nas coleiras que até tão recentemente marcavam suas localizações. Dez pequenos unicórnios morrendo de medo. Dez pequenos unicórnios, com medo… de mim.

Houve uma época em que conseguia que fizessem o que eu queria, e apenas com meu pensamento. Quando conheci Wen no Claustro, aprendi que o controle de Flayer funcionava por um princípio semelhante. A ligação deles era tão forte que ele sabia como ela queria exatamente que se comportasse, e obedecia.

Os re'ems conseguiam ler nossos pensamentos, como fez aquele que quase me matou. Esses einhorns conseguiam ler o meu se eu quisesse. E, se eu quisesse muito que eles fizessem alguma coisa, podia colocar a compulsão bem dentro de suas mentes. Eu conseguia fazê-los virem a mim.

Respirei fundo e os chamei. Mostrei a eles liberdade, misericórdia e montanhas amplas e infinitas. Segurança e fim da dor. Noites sem sono químico, dias sem a loucura do cativeiro.

Venham até mim.

Ah, aqui estavam eles, aproximando-se enfim. Minha mão apertou o cabo da faca.

Dez, nove, oito unicórnios...

Esses eram tranquilos. Gorducha e Fujona e uma fêmea jovem da qual eu me lembrava vagamente. Estavam apavoradas, mas não senti violência emanando delas.

Sete, seis, cinco unicórnios...

Esses novos já eram diferentes. Comprido estava no grupo, e o fluxo de pensamentos dele fazia os cabelos de minha nuca se eriçarem. O que tinha acontecido com meu amigo brincalhão, aquele que salvei da morte? Ele me observou cauteloso, mas com olhos que brilhavam de sede de sangue. Prendi a respiração. Eu não queria matar Comprido, independentemente do que ele tinha se tornado. Mas, se ele estivesse perigoso demais, enlouquecido demais... Eu não podia arriscar.

Os outros dois estavam com Comprido. Esperaram que ele agisse. Ambos valentões, mas, se eu matasse Comprido, entrariam nos eixos.

Quatro, três, dois unicórnios...

Mais einhorns à beira da loucura. Alguns deles tinham matado outros, comido outros. Gorducha e a garotinha se encolheram. Trinquei os dentes e me concentrei mais. Pensamentos tranquilizadores, pensamentos de aviso, pensamentos de contenção acima de tudo. *Apenas fiquem aqui e fiquem parados...*

Um unicórnio menino.

Ali estava ele, o último dos einhorns. O Zangado. O que tinha espalhado o veneno da ira entre os outros. Era a Gordian a culpada por essa loucura cativa, mas isso não mudava os fatos. Um cachorro de rua era feroz por causa do abuso e da negligência que sofreu, mas ainda assim precisava ser sacrificado.

Fiquem parados, pensei para os unicórnios enquanto lançava a faca entre os olhos do Zangado.

Ele se encolheu no chão, e a pulsação irada dos pensamentos dele sumiu com um estalo. Os unicórnios ficaram paralisados, alguns encolhidos de medo, preparados para desaparecer.

Parados.

Correr correr sair correndo fugir atacar correr correr correr atacar pular não morte correr.

Parados. Calma. Pronto.

E, em pensamentos, vi Bucéfalo matando o chefe dos kirins rebeldes. Eu destruí o unicórnio louco do bando. Esperava que fosse o bastante.

Alguns poucos batimentos enquanto retirava minha faca e a limpava na grama. Os unicórnios me esperavam.

Certo. Venham. Calma.

Um a um, eu os levei pelo portão duplo na cerca. Eles tropeçavam uns nos outros, farejando e resmungando. Um até gritou quando o outro cutucou seu traseiro com o chifre.

Calma. Devagar.

Emoções simples funcionavam melhor com os einhorns. Eles não tinham a capacidade de comunicação de, digamos, Bucéfalo. Eu os levei pela lateral da área cercada, passando perto da cerca, apesar de não fazer muito sentido tentar nos esconder; os pelos brancos deles se destacavam como um farol na noite. Passamos pelos restos do acampamento (a maior parte dos manifestantes tinha feito a mala e ido embora) e entramos em terras públicas, onde Thierry e René deveriam estar esperando com o caminhão.

Mas, quando cheguei, com nove unicórnios sob meu domínio, só encontrei Thierry, o rosto tenso.

— Onde está René? — perguntei.

— Ocupado. — Seco. — Mantenha-os longe enquanto abro a traseira.

Hesitei.

— O que aconteceu com ele? — Onde René estaria ocupado a essa altura? Foi ele quem me mandou uma mensagem de texto minutos antes. Não foi?

— Não importa — resmungou Thierry. — Nós apenas seguimos em frente.

O caminhão era do tipo que normalmente transportava gado. Planejamos uma rota sem pedágios até os Alpes franceses. Se a re'em que me atacou na Itália conseguia sobreviver na montanha com as crias, talvez um pequeno bando de einhorns também conseguisse. Desde que o local onde os deixássemos fosse bastante remoto para mantê-los longe de vilarejos, poderia funcionar.

Thierry foi abrir a traseira do caminhão. Os pensamentos dos unicórnios ficaram vorazes. Os meus ficaram violentos até eles sossegarem. Quando Thierry sumiu de vista, comecei a levá-los da forma mais tranquila possível para dentro do caminhão.

Só que de forma tranquila não foi possível.

O cativeiro em alguns acres de bosque foi bem difícil para essas criaturas. Entrar cegamente em uma jaula escura? Não era viável. Os unicórnios saltaram e recuaram, saíram da rampa e correram em círculos apavorados ali perto, com medo demais de mim e de minhas ameaças mentais para fugirem, mas não chegando nem perto do espaço escuro e cavernoso com cheiro de animais de fazenda e abatedouros.

Thierry se enfiou debaixo do chassi. Sim, e eles estavam planejando simplesmente soltar os unicórnios. *Idiotas*. Quem é que tinha dano cerebral?

Assim que eu conseguia levar um unicórnio para dentro do caminhão, outro saía. Talvez devesse também ter roubado os sedativos misteriosos da Gordian.

— Temos de ir! — gritou Thierry debaixo do chassi do caminhão. — O que você está fazendo? Pensei que tivesse dito que conseguia controlá-los!

— Ficaria feliz em ver você tentar — resmunguei, empurrando um unicórnio pela rampa.

— Temos de ir agora! — disse ele. Ouvi seu celular tocar, e ele falou um palavrão.

Segundos depois, o *château* explodiu.

Com o som da explosão, os unicórnios se espalharam. Ou, pelo menos, os três do lado de fora do caminhão. Fechei a porta atrás dos outros e pulei da rampa.

— Seu mentiroso! — gritei com Thierry. — Você me prometeu!

— Era pra estarmos longe! Entre no caminhão.

— Mentiroso! — repeti, e o ataquei, com a força intensificada pela magia de caçadora.

Milagrosamente, ele desviou e segurou meu braço.

— Mandei entrar no caminhão. Não temos tempo pra isso.

Eu me soltei dele, me virei e corri para o *château*. Isabeau! Os cachorros! Os outros empregados!

Anjo.

Corri mais rápido.

Quando me aproximei do local, vi que a explosão foi na ala do laboratório. A casa em si parecia intocada, apesar de o fogo se espalhando pelo laboratório ter destruído o domo da estufa e estar lambendo o telhado.

Enquanto eu estava ali, Isabeau saiu correndo pelos fundos, com Gog e Magog logo atrás. O cabelo voava atrás dela, pela primeira vez descabelado e desgrenhado. Estava descalça, e seus olhos brilhavam com as lágrimas à luz do fogo.

— Astrid! — gritou ela. — Você está bem. Você foi ver… — Ela observou minhas roupas pretas e o brilho do sangue de unicórnio e arregalou os olhos. — Os unicórnios.

Eu os senti um segundo antes de eles passarem correndo por mim, três unicórnios soltos, cada um atacando com tudo a carne fresca para a qual os levei.

— Não! — gritei, alto e em pensamento, mas nada aconteceu.

Gog foi o primeiro a gritar quando um einhorn o perfurou nas costas, perto dos quadris. Com o canto do olho, vi outro atrás de Magog, que saiu correndo sobre longas pernas brancas tão parecidas com as de um unicórnio, mas meu foco estava todo no terceiro unicórnio, o que estava indo para cima de Isabeau.

Eu tinha errado com Marten. Marten, que mandou Phil ser estuprada, que tentou mandar me matar, que planejou pelas nossas costas. Mas não iria deixar um unicórnio ferir Isabeau.

O einhorn baixou a cabeça para atacar.

Comprido. Joguei a faca, desejando ter me lembrado de levar o arco.

Não fui rápida o bastante.

Comprido caiu com a faca no pescoço, mas levou Isabeau junto. Ela gritou quando foi derrubada, um alicórnio enfiado na lateral do corpo. Corri e arranquei a cabeça do unicórnio morto do corpo dela. Estava coberta de sangue do ombro até o joelho, embora o quanto era dela e o quanto era de Comprido eu não tivesse como saber.

Isabeau colocou as mãos no ferimento, tremendo e buscando o ar.

— Está tudo bem, está tudo bem, está tudo bem — repeti, ajoelhada ao lado dela. — Eu vou... vou procurar uma dose de Remédio. Vou consertar isso. Temos tempo.

Isabeau deu uma risada curta e trêmula.

— *Et tu, Brute?* O que você achou que aconteceria se os soltasse?

— Não isso. Eu... tinha um plano. Tinha... ajuda... — Sangue jorrava do ferimento. Ah, Deus, igual ao que aconteceu com Brandt.

Ouvi um rosnado atrás de mim e me virei a tempo de ver Gog pular em cima do einhorn que o atacou e enfiar os longos dentes na garganta do monstro. Meu queixo caiu.

O einhorn pulou, mas Gog permaneceu firme e derrubou o unicórnio, balançando-se até o pescoço da criatura estalar e sua mente apavorada ficar fraca.

Olhei para o traseiro do cachorro, para o ferimento de alicórnio que estava se fechando.

E olhei de novo para Isabeau, que estava se apoiando nos cotovelos. Não havia sinal de veneno de alicórnio em seu rosto.

— Astrid... — começou ela.

— Você tomou o Remédio.

— Claro que tomei — respondeu ela. — Com o número de unicórnios que havia em minha propriedade? É uma precaução fundamental.

— E deu... pros seus *cachorros* — falei, com desprezo.

— Eles também precisam morar aqui. — Ela tossiu e colocou a mão no ferimento. — Não cura tão rápido quanto eu gostaria, há? Me ajude a levantar. Temos de ligar pros serviços de emergência.

Em vez disso, fiquei de pé e recuei.

— *Seus cachorros?*

Ela suspirou.

— Foi um experimento, para ver se era tão eficiente em outras espécies quanto em humanos. Os resultados foram fascinantes, na verdade. Mas agora não é a hora dessa discussão. Neste exato momento, nossa pesquisa está pegando fogo! Me ajude. Isso vai cicatrizar, mas por enquanto está doendo pra caramba.

Eu me virei para longe dela, em direção ao laboratório, onde o fogo ardia mais furiosamente.

— Tudo está destruído — falei. — O Remédio, todos os seus registros.

— Suponho que *isso* não era parte do seu plano, não é, Astrid? — Isabeau estalou a língua. — Você devia saber que não podia tomar decisões desse nível. Em seu estado mental? Não é surpresa terem tirado vantagem de você.

— Quando? — gritei. — Quando tiraram vantagem de mim? Quando confiei em você, embora o tempo todo soubesse o segredo do Remédio? Quando pelas minhas costas você estava mandando Brandt por toda a Europa pra seduzir todas as caçadoras de unicórnios que conseguia encontrar?

— Pelas suas costas? — Ela riu com deboche. O ferimento estava quase completamente fechado agora. — Como pode ser de sua conta o que uma estranha faz da vida dela com seu livre-arbítrio?

— Se elas fossem treinadas pra serem caçadoras, como deveriam — falei —, isso jamais teria acontecido comigo. Haveria mais caçadoras. Estaríamos protegidas.

— E poderia acontecer com *elas* — disse Isabeau. — Que egoísta de sua parte. Não pegue sua escolha, seu sacrifício, e tente forçá-los a outra mulher qualquer, Astrid. Não é justo.

— Você mentiu pra mim! — Mas a acusação pareceu vazia em minha garganta. As mentiras dela não eram nada comparadas com todo o restante que me deu. Uma vida, um lar, carinho e afeição. Uma possível cura para essa névoa horrível.

E Isabeau sabia.

— Uma mentira que não te fez mal algum — disse ela calmamente. — E, em troca, você estragou o trabalho de minha vida, botou em perigo todo mundo ao nosso redor e quase me matou. Quem está vencendo?

As janelas do laboratório explodiram, espalhando estilhaços de vidro por todo o gramado.

— E seu precioso unicórnio bebê está morrendo queimado — acrescentou ela. — A não ser, é claro, que você tenha arrumado uma rota de fuga para ele também.

Saí correndo.

— Astrid! — gritou ela, quando o rugido do fogo ficou mais alto. — Não! Astrid!

Um momento depois, mergulhei nas chamas.

Dicas de segurança em incêndio voltaram à minha mente juntamente com a onda de magia de unicórnio. Conseguia sentir seu pavor como se fosse meu quando me deitei no chão e puxei a gola da camisa por cima do rosto. Fumaça e calor queimavam meus olhos conforme eu deslizava em sua direção. Passei por escrivaninhas, mesas, portas trancadas de escritórios, jaulas vazias de laboratório e algumas que não estavam assim tão vazias.

Anjo. Apenas pegue Anjo.

A velocidade da magia de unicórnio foi útil. Passei por salas em nanossegundos, os olhos e o cérebro claros apesar da fumaça. Cheguei à sala de Isabeau, o local onde ela me ofereceu uma dose do Remédio. Anjo estava a poucas portas de distância. Conseguia senti-lo arranhando desesperadamente as barras da jaula. Mas, por um segundo, parei.

Na mesa dela estavam os arquivos sobre o Remédio. Arquivos que seriam destruídos caso eu não fizesse alguma coisa naquele mesmo exato exatíssimo segundo.

Alguma coisa do tipo roubá-los.

Estou chegando, Anjo.

Peguei uma bolsa de lona pendurada atrás da porta e abri as gavetas, retirando qualquer coisa que parecesse remotamente interessante e colocando nela. Arquivo após arquivo, pasta após pasta, perdendo segundos preciosos.

Precisava sair dali. O calor estava absurdo, e eu me agachava no chão, onde o ar permanecia turvo e mais frio.

Olhei dentro da pequena geladeira. Havia uma bandeja, e nela havia mais de dez vidrinhos. Cada um deles tinha um nome escrito, um nome de mulher.

O Remédio.

A geladeira estava trancada, é claro. Assim, quebrei o vidro da porta, segurei a bandeja, enrolei os vidrinhos em um suéter pendurado nas costas da cadeira de Isabeau e enfiei o embrulho na bolsa também. Menos 5 segundos.

Certo, agora, Anjo.

O fogo parecia mais próximo agora, e, quando abri a porta do laboratório em que Anjo ficava, uma onda de calor me atingiu no rosto. Embora a sala não estivesse em chamas, devia haver um mar delas atrás da parede.

Um segundo para chegar à jaula de Anjo e vê-lo lá dentro.

Um segundo para olhar boquiaberta e chocada. Tinham cortado o alicórnio dele. Os membros estavam retorcidos e finos por falta de uso dentro da jaula apertada.

Dois segundos para abrir a jaula, outros dois para soltá-lo das correntes, sem me preocupar com as agulhas e tubos saindo da pele dele.

Seis segundos. Seis segundos demais.

A parede atrás de nós entrou em erupção.

Caí no chão, e Anjo foi tirado dos meus braços, escorregando pelo chão também. O pequeno unicórnio choramingou, depois ficou imóvel.

Senti-me sufocar com o calor que queimava meus pulmões e garganta.

Não. Eu não morreria ali, em um incêndio. Já tinha sobrevivido a incontáveis unicórnios e tinha cicatrizes para provar. Lutei contra a morte por envenenamento, por hemorragia, por dano cerebral. Não seria um incêndio qualquer que me deteria.

E eu não deixaria que afetasse Anjo. Matei Saltitante, o Zangado e Comprido. Matei tantos. Esse einhorn sobreviveria.

Custasse o que custasse.

Olhei pela fumaça até encontrar os olhos vidrados e entrefechados de Anjo.

Me dê sua magia.

Forcei-me a ficar de joelhos, joguei a bolsa nos ombros pelas alças, levantei o unicórnio e seus 25 quilos nos braços e segui pela porta. Pelo corredor, passando pelos escritórios, com os pulmões gritando por ar, os olhos ardendo e meio cega, com nada além de magia de unicórnio nos empurrando até eu sair pela porta de trás, no gramado dos fundos.

O fogo também tinha se espalhado por ali, até envolver metade da estufa. Continuei a correr pelo parque onde Thierry e o caminhão nos esperavam.

Mas, quando cheguei, com os pulmões gritando de alívio, os olhos lacrimejando e a dor do que devia ser pele queimada ardendo em minhas costas e ombros, descobri que o caminhão tinha sumido com Thierry.

Caí de joelhos. Coloquei um Anjo inconsciente no chão. Inspirei fundo.

Anjo ainda estava vivo. Sentia a magia dele, nossa ligação, em cada respiração compartilhada, em minha capacidade contínua de pensar claramente.

Eu precisava sair dali. A polícia chegaria a qualquer minuto, e eu duvidava que a boa vontade de Isabeau fosse se estender a ponto de me proteger, apesar de eu não ter nada a ver com o incêndio. Como Thierry pôde me deixar ali? E o que aconteceu com René? Será que sabia que estavam planejando destruir o laboratório? Será que descobriu isso e Thierry o impediu de me avisar?

Eu precisava sair dali. Precisava levar Anjo para um lugar seguro.

Mas para onde? Qual lugar no mundo seria seguro para um bebê unicórnio sem chifre? Olhei para a criatura mutilada, vi-a inspirar tremulamente repetidas vezes com seus pulmões atrofiados. Eu me perguntei se ele conseguiria andar com as pernas magras. Perguntei-me se o chifre algum dia voltaria a crescer. Perguntei-me se seria melhor simplesmente tirar esse animal do sofrimento que comprometera toda a sua vida curta e maldita.

Anjo abriu os olhos e empurrou minha mão com o focinho.

Muito bem. Ele queria viver.

Peguei o estojo da espada e a mochila, e enfiei nela a bolsa de arquivos e tubos de ensaio. Coloquei a mochila nas costas, prendi o estojo da espada e peguei o unicórnio nos braços. Anjo não era leve. Na verdade, já era bem maior que um zhi, mas eu tinha a magia do nosso lado. Saí atrás das marcas do caminhão, correndo apenas quando ouvi os sons de sirene chegando ao *château*.

Encontrei o caminhão menos de 3 quilômetros depois. O motor estava ligado, mas o veículo estava parado. Eu me aproximei e vacilei quando os unicórnios me atingiram com o pânico que sentiam. Eles estavam se jogando contra as laterais da caçamba. Alguns tinham perfurado a parede com os chifres. Aquilo não os conteria por muito tempo.

Contornei o caminhão até chegar à frente.

Thierry estava caído sobre o volante, morto. O rosto dele mostrava sinais de veneno de alicórnio, e, quando olhei mais de perto, vi um ferimento no ombro. Havia um buraco na parede da caçamba atrás dele, e consegui ver um movimento de unicórnios se mexendo lá dentro.

Fechei os olhos e projetei calma.

Os unicórnios obedeceram.

E agora? Eu estava sozinha. Sozinha com um caminhão cheio de unicórnios enlouquecidos e um homem morto. E a polícia estava a caminho.

Coloquei Anjo no chão, abri a porta da cabine e puxei o corpo de Thierry. Eu *podia* deixá-lo ali. A polícia o encontraria, sem dúvida, assim como encontrou o corpo de Marten onde o deixei.

Só que, dessa vez, tinha sido eu quem soltara os unicórnios. Dessa vez, eu era a culpada pela morte de qualquer um que morresse de envenenamento por alicórnio. Eu era culpada por Isabeau e seus cachorros terem sido perfurados. Era culpada por deixar ecoterroristas tirarem vantagem de mim. Achei que eles só queriam libertar os unicórnios. Acreditei quando me prometeram que era só isso.

Uma coisa de ter dano cerebral era que você tem uma desculpa pronta para quando age como uma idiota. Mas não é uma coisa legal de se fazer.

Eu era responsável pela morte daquele homem. Claro, ele foi embora sem mim, mas fui eu quem saiu correndo e o deixou com um caminhão cheio de unicórnios mortais. Que outra escolha ele tinha?

Olhei para o cadáver de Thierry.

Bem, qual outra escolha ele tinha além de esperar para ver se eu ia voltar.

Levantei Anjo e o coloquei no banco do passageiro, depois sentei atrás do volante.

Certo. Caminhão. Eu podia fazer isso. Com a ajuda dos unicórnios, eu sabia que conseguiria.

Saí dirigindo.

26

Quando Astrid toca a verdade

Os Alpes ficavam lindos nessa época do ano. Parei o caminhão no fim de uma estrada estreita e solitária. Havia um vale entre duas montanhas à minha esquerda, um campo enorme de grama verde, rochas e flores selvagens abertas para captar a luz do sol. Eu não tinha visto sinal nenhum de vilarejo, resort nem fazenda havia quilômetros.

A meu lado, Anjo abriu os olhos e levantou a cabeça.

— Chegamos, pequenino — falei, e puxei o freio de mão.

Deixei os unicórnios saírem da caçamba e avaliei as consequências. Dois tinham perdido pedaços da orelha, e um estava mancando por causa de um ferimento na perna, mas todos sobreviveram à viagem. Eu os encaminhei para o pasto.

Vão agora. Vocês estão livres. Fiquem longe dos humanos.

Não sabia se eles entenderiam, nem se ligariam para obedecer caso entendessem. Esperava que a vida selvagem naquele lugar fosse suficiente para alimentá-los. Havia cabras-selvagens, eu tinha certeza, e provavelmente muitos roedores, pássaros e outras fontes de comida. Era o melhor que eu podia fazer por eles.

Gorducha ficou perto da grade na lateral da estrada, os olhos na cabine do caminhão.

Suspirei. Não podia deixar Anjo com eles. Nem sabia se ele conseguiria andar. E livre, sem chifre? Como ele se protegeria? Como caçaria?

Gorducha choramingou para mim, o som mais próximo ao de um cavalo que ouvi um unicórnio fazer.

Olhei para o caminhão. Anjo estava na janela da cabine, batendo na porta para ser libertado.

Então tudo bem. Abri a porta e coloquei Anjo no chão. Ele cambaleou até a mãe, que passou o focinho nele e o esfregou por todo o pelo fino e pelas feridas das agulhas e tubos. Ela lambeu o ponto na testa dele em que o chifre deveria estar.

Baixei a cabeça.

A curiosidade cresceu entre os outros unicórnios, e eles se aproximaram do pequenino, as mentes se acalmando mais do que senti na viagem inteira. *Assombro, pena, espanto.*

Anjo se contorceu por baixo da grade e foi para a grama.

Os outros seis unicórnios o cercaram, olhando para a área aberta, as orelhas alertas. Eles me encararam, os olhos mais pretos e sem fundo que nunca. Mas eu conseguia ler seus pensamentos claramente.

Nosso. Vá embora.

No caminhão, entre as coisas de Thierry, encontrei um binóculo. Fora do alcance da magia dos unicórnios, observei os einhorns irem para as montanhas, ainda reunidos ao redor de Anjo. De longe, com a campina ao fundo, pareciam apenas manchas de poeira, facilmente soprados e perdidos no tempo. Será que sobreviveriam ali? Será que eu tinha colocado alguém em perigo quando os soltei?

Será que eu ainda era caçadora de unicórnios?

Depois que se foram, eu me sentei na terra na lateral da estrada, esperando que a névoa descesse na montanha e na minha mente. Estava tão cansada. A magia deles me segurou por todo o longo trajeto. Tinha curado os ferimentos do incêndio, a dor nos meus pulmões e os arranhões e queimaduras no meu corpo. Mas ela estava evaporando agora, deixando para trás apenas a luz do sol de primavera e a grama macia...

No sonho, Bucéfalo me chamou com a voz de Isabeau Jaeger. De alguma forma, com o tipo de lógica que faz sentido somente nos sonhos, eu sabia que era Bucéfalo quem estava falando, apesar de parecer minha antiga chefe.

Conseguia sentir a raiva na voz dela, imperativa e firme como sempre, mas por baixo havia algo mais.

Compreensão.

Eu o estava procurando, desesperada para encontrá-lo, correndo sobre pedras e campos cobertos de gelo cinza e rochas escorregadias. Aqui e ali, vi re'ems me olhando entre rachaduras na pedra, observando-me com atenção para determinar meu próximo passo.

Senti os pensamentos deles. Torciam para o karkadann me pegar e, se ele não pegasse, estavam mais que prontos para me matar.

Eu o chamei. *Socorro, preciso de sua ajuda!*

É tarde demais para isso, disse o karkadann.

A névoa estava chegando; cambaleei e diminui a velocidade quando vi o campo terminar em um penhasco. Abaixo de mim havia uma ravina tão profunda que a base estava coberta de névoa. Recuei.

— Onde você está? — gritei. E me virei.

Bucéfalo estava ali, tão enorme e mortal como sempre. Seus olhos brilhavam, não os poços de sangue que eu conhecia, mas duas luas crescentes de azul-pálido. Meus olhos. Ele começou a chegar para o lado, como fazia em todos os sonhos, e eu sabia, simplesmente sabia, que o corpo que ele iria me mostrar era o meu.

Pare, implorei com cada parte de meu cérebro, e ele, porque era um unicórnio, parou. Monstros gigantescos de 3 mil anos de idade faziam o que queriam.

Mas não quando isso envolvia caçadoras de unicórnios.

Quando acordei, minha mente estava praticamente límpida. Voltei para o caminhão e dirigi montanha abaixo. Na primeira cidade que encontrei uma estação de trem, abandonei o caminhão, comprei comida e passei um tempo olhando os arquivos da Gordian que roubei. Parece que Brandt tivera um ano bem ocupado. As anotações de Isabeau eram meticulosas. Ela fez uma tabela de cada caçadora da qual conseguiu uma "amostra": idade, saúde, origens familiares. Parecia, pelo que li, que estava formulando uma teoria sobre as linhagens de caçadoras que produziam o tipo mais forte de Remédio.

Observei as páginas, os pensamentos ficando mais enevoados quanto mais tempo eu passava longe da magia de unicórnios. Eu tinha uma quantidade limitada de tempo para fazer meus planos antes de tudo me escapar completamente.

Minha mente já estava turva quando li o nome Llewelyn.

O cobrador me acordou quando o trem parou na estação. Pisquei para abrir bem os olhos e observei o local, desorientada como sempre sem o benefício da magia. Estiquei as pernas, e as solas duras das botas bateram nos frascos guardados na mochila.

Esfreguei os olhos e espiei pela janela. Uma área cinza e sombria, como quase todas as estações de trem por onde passei. Uma placa de metal dizendo KIEL. Eu tinha chegado.

Peguei a mochila e o estojo da espada, coloquei o capuz do moletom na cabeça e saí do trem. Levei uns 20 minutos para me orientar no mapa que tinha levado comigo, e considerei seriamente me hospedar em um albergue perto da estação para dormir algumas horas antes de prosseguir. Odiava a ideia de chegar ao meu destino e não ter coerência o bastante para concluir a tarefa.

Infelizmente, estava ficando sem dinheiro, então deixei o táxi de lado e peguei transporte público, que demorou mais. Mas eu também não queria bater na porta dessas pobres pessoas antes de estarem acordadas.

As outras pessoas no ônibus olharam para minhas cicatrizes, minhas roupas queimadas e o longo estojo que eu carregava. Puxei mais o capuz sobre as orelhas e olhei bem para a frente.

Perguntei-me o que me fazia pensar que eu tinha capacidade de fazer isso por conta própria. Completamente sozinha, sem nem um unicórnio por perto para me dar uma onda de lucidez. Ou eu estava mesmo ficando melhor, ou tinha ficado completamente doida.

Comecei a entrar em pânico à medida que adentrávamos nos bairros residenciais, com medo tanto de perder o ponto quanto com a ideia de chegar ao meu destino ilesa. Comecei a elaborar meu discurso em pensamento. Casual, confiante e nada ameaçador.

Não estou pedindo nada. Não estou pedindo nada.

— Não estou pedindo nada — falei em voz alta. A mulher ao meu lado no ônibus se afastou um pouco.

Vi os nomes das ruas e acompanhei o progresso no mapa. E, quando estávamos perto, desci.

O endereço no arquivo de Isabeau era de uma casa grandiosa em uma rua larga e arborizada. Subi os degraus da frente, a ponta do estojo batendo de leve nas pedras, e bati. A porta se abriu e vi uma jovem, talvez dois anos mais velha que eu.

— *Guten tag* — falei. — *Ich heiße Astrid...*

— Entendo inglês — disse a garota, com gentileza. Meu sotaque devia ser terrível. Seu cabelo curto era castanho-claro e muito encaracolado, mas as sobrancelhas e o nariz eram os certos.

— Estou procurando Marikka Loewe.

— Sou eu.

— Foi o que pensei — comentei. — Eu, humm, estou com uma coisa sua.

Marikka Loewe olhou para mim com ceticismo, uma maltrapilha careca com olhos estranhos e bagagem esquisita à porta.

— O que é?

— É... — Comecei a tirar a mochila das costas. — Uma coisa da qual você abriu mão. Você não sabia que tinha... — Talvez eu devesse ter mandado o frasco pelo correio com um bilhete.

Ela olhou para mim com desconfiança. Como falei, sobrancelhas e nariz. Ou talvez fosse por eu parecer saída de uma guerra.

— Quem é você mesmo?

— Sou Astrid Llewelyn — respondi.

Ela inspirou intensamente.

— Llewelyn. Você é das caçadoras de unicórnios.

— Sim. Quero dizer, não. Quero dizer, sim. Mas não é por isso que estou aqui...

— É perda de tempo. Não sou...

— Eu sei — revelei. — Se você me deixar... — Eu me inclinei para remexer na mochila. O conteúdo podia ter se deslocado durante a viagem. A tira do estojo da espada deslizou pelo meu braço e bateu com força nos degraus. O fecho se abriu, e o montante caiu.

Marikka sufocou um grito. Ela observou a rua, como se apavorada de alguém me ver com uma arma.

— Acho que você deveria ir embora — disse ela. Ela recuou porta adentro e deixou só uma fresta aberta, segurando-a como se fosse um escudo protetor. — Por favor, vá embora.

— Não, espere! Isso só vai levar um minuto.

Ela se escondeu atrás da porta.

— Vou chamar a polícia.

— Sou sua irmã!

Ela parou ao ouvir isso.

Apertei bem os olhos e recuperei o foco.

— Não... estou pedindo nada. Estou aqui pra ajudar você.

Ela me observou com olhos arregalados.

— Quem é você?

— Já falei — repeti, guardando o montante no estojo. — Sou caçadora de unicórnios. Meu nome é Astrid Llewelyn. E também sou sua irmã. — Repassei os nomes que li nos arquivos. — Julius Loewe é... nosso pai.

Marikka observou meus olhos loucos.

— Acho melhor você entrar.

Marikka me levou até a cozinha e me deu café e biscoitos, o que ajudou consideravelmente. Eu devia ter pensado em comer antes de ir até lá.

— Minha mãe morreu logo depois que nasci — contou-me ela. — Meu pai era estudante. Não podia cuidar de mim, então me mandou para morar com minha avó. Esta casa é dela.

— É muito bonita — comentei.

— Nunca vejo meu pai — prosseguiu ela. — No Natal, talvez. Mas posso passar as informações dele pra você.

Balancei a cabeça.

— Só se você achar que ele tem outra filha.

Ela riu com deboche.

— Ele pode até ter umas dez depois do que vi agora. Quantos anos você tem?

— Dezessete. — Eu tinha passado meu aniversário em coma.

— Tenho quase 20. — O rosto dela estava tenso. — Ele não perdeu muito tempo.

Pigarreei.

— Ele não teve... um relacionamento com minha mãe — revelei, e me dei conta de que isso poderia não ser exatamente reconfortante. Olhei para a cozinha. — Como era sua avó?

Ela sorriu.

— Forte. Todas as mulheres da minha família são fortes. E por esse motivo você parece parente, Astrid.

— Me conte sobre ela.

Marikka me contou que a avó escondeu refugiados na Segunda Guerra Mundial.

— Ela trabalhava num estaleiro o dia todo e os via construindo submarinos — disse ela. — Depois vinha pra casa e trabalhava a noite toda transportando refugiados. — Ela inclinou a cabeça para mim. — Você se parece um pouco com ela. Como nas fotos daquela época.

Peguei o vidro de Remédio dela na mochila.

— Isso pertence a você — falei. — Espero que ainda esteja bom, mas não sei. Estavam guardando congelado, mas já o vi funcionar depois de centenas de anos em uma prateleira. Então talvez a magia resista.

Ela examinou o tubo.

— O que é?

— É uma cura. — Tomei outro gole de café. — Cura para quase tudo. E pertence a você. Pode guardar, vender, esperar pra usar em alguma coisa muito importante...

Ela examinou o rótulo e corou.

— Gordian Pharmaceuticals. O que é isso, um pagamento?

— O contrário, na verdade. — Contei para ela sobre o Remédio e a parte de Brandt na história. Ela não me olhou nos olhos durante todo o tempo que falei.

— Eu não queria ser caçadora de unicórnios — disse ela, quando terminei. — Ele me contou o quanto era perigoso. Me contou sobre os ferimentos que viu... — Ela olhou para mim e deu de ombros. — Não posso dizer que ver você me faz me arrepender da escolha.

Fiz uma careta.

Ela mordeu o lábio.

— Me desculpe. Não quis ofender. Sua vida parece ser muito difícil.

— Não — falei. — Eu entendo. E sinto inveja de você. Há motivos pelos quais não posso...

Marikka ergueu as sobrancelhas.

— Ah, é? Eu também — disse ela. — Mas a gente simplesmente toma a decisão e vai até o fim. Não foi tão ruim.

Ela estava falando de sexo com Brandt. Um tópico tão constrangedor que eu torcia para nunca surgir. Eu me perguntava se Brandt sabia que Marikka era minha meia-irmã quando foi para a cama com ela ou se Isabeau apenas deu um nome e endereço para ele, que saiu para caçar. Talvez não fôssemos tão diferentes, ele e eu. Afinal, ninguém nunca contou para nós, caçadoras, sobre as vidas dos unicórnios que éramos enviadas para interromper. Ninguém parou para questionar se o re'em na montanha estava apenas protegendo os filhos, em vez de matando cruelmente os aventureiros que passavam pelo local.

— De qualquer forma — disse Marikka —, não tenho tempo para treinamento de caça aos unicórnios. Estou estudando pra ser médica.

A revelação me atingiu com mais impacto que a pata de Saltitante na barriga. Respirei fundo e me centrei.

— Que maravilha.

Bem, o café tinha acabado, o Remédio estava entregue e já passava da hora de eu deixar essa pobre mulher sozinha e ir em busca de um parque onde pudesse chorar até cansar.

Ela esticou a mão por cima da mesa e colocou a mão sobre a minha.

— De verdade, você devia pensar em fazer o mesmo.

Pisquei para ela.

— Fazer o quê?

— Dormir com um homem. Não é tão ruim e vai libertar você desse dever. É muito estranho. Havia anos que eu não pensava em mim como virgem. A magia tem uma filosofia bem antiquada, não? Muito limitada.

Minha boca se abriu. Então foi *isso* que ela pensou que eu queria dizer quando falei que havia um motivo para eu ainda ser virgem. A brecha do lesbianismo.

— Entendo — respondi. Bem, quem teria pensado nisso? Era uma informação que poderia ser útil para duas caçadoras que eu conhecia. — Não, sou só virgem mesmo. Não tenho namorado *nem* namorada.

— Ah. — Marikka se recostou na cadeira. — Que fofo.

— É. — Ficamos sentadas em meio a um silêncio constrangedor.

— Você... está bem? — perguntou Marikka. — Quero dizer, tem um lugar pra ficar?

— Tenho uma passagem de trem — falei, apontando para a mochila. — Tenho um monte de Remédio pra entregar para muitas pessoas distantes.

— Certo. — Ela assentiu e se endireitou na cadeira. — Tenho uma coisa pra lhe mostrar que você vai gostar. Espere aqui. — Ela saiu rapidamente da cozinha e ouvi os passos na escada, depois uma porta se abrindo e mais passos na escada.

Era minha oportunidade. Devia ir embora. Devia ir antes de estar totalmente dominada pela inveja de minha doce, bela, inteligente meia-irmã lésbica estudante de medicina. Eu devia ir embora antes de ela me pegar chorando histericamente à mesa da cozinha. Apoiei os braços na mesa e pousei a cabeça sobre eles, com o tecido do capuz bloqueando a luz da manhã.

A sensação de magia arrepiou meu crânio cabeludo e desceu pela coluna, irradiando para as espirais na cicatriz das minhas costas. Com ela veio a serenidade, como a sensação de lençóis de algodão frios por baixo do corpo depois de uma longa febre. Inspirei fundo e levantei a cabeça quando Marikka entrou na cozinha com uma trouxa de linho nas mãos. Magia irradiava do pacote, como brasas de uma fogueira se extinguindo, e meu corpo todo desejou arrancá-lo das mãos dela.

— Minha avó deixava isto pendurado em cima da lareira — disse ela, quando começou a desamarrar os pedaços de barbante. — Mas guardei no sótão quando redecorei a casa. Acho que pertenceu àquela nossa ancestral. A Llewelyn.

Marikka afastou o pano que cobria o objeto. Dentro havia um pequeno arco de osso, cinza e brilhando de tão antigo que era. Com talvez 1,20 metro de comprimento, uma curva suave e empunhadura de madeira clara e gasta.

— Havia flechas também — disse ela —, mas não consigo lembrar onde guardei.

Estiquei a mão e toquei no arco com dedos trêmulos.

— É lindo.

— Vou confiar em você quanto a isso — disse Marikka. — Não gosto muito de armas. Mas olhe. Tem um entalhe. — Ela virou o arco de lado, e realmente consegui ver a parte de dentro, a que ficaria de frente para a caçadora quando ela fosse disparar.

ANIMAM COGNOSCERE ANIMALIS

— Você sabe o que quer dizer? — perguntou ela.

Assenti.

— Sei. É uma oração. — Ou um desejo, ou talvez só uma esperança.

A esperança que tive quando fiquei de pé na lateral da estrada nos Alpes e vi meus einhorns desaparecerem para sempre. A oração que murmurei todas as noites para Anjo enquanto ele dormia na área cercada. A única coisa que queria desde o momento em que fui forçada a matar meu primeiro unicórnio e soube que não tinha escolha e que não odiava nada mais do que isso. Era o sonho que não queria admitir que tinha, o poder que estava começando a utilizar.

Era o arco de Clothilde. Eu tinha o conjunto completo: a faca, a espada e o arco. E agora, sabia por que ela fez as escolhas que fez. Agora sabia por que, apesar de meu treinamento, apesar do perigo, apesar de todo o horror e selvageria aos quais consegui sobreviver, eu estava fazendo as mesmas escolhas. Havia dois lados de ser caçadora de unicórnios, dois dons que compunham nossa magia, e nenhum deles deveria ser mais importante que o outro.

DOMITARE UNICORNE INDOMITUM: Exterminar o Selvagem Unicórnio.

ANIMAM COGNOSCERE ANIMALIS: Conhecer a Alma da Fera.

Este livro foi composto na tipologia Adobe Garamond Pro,
em corpo 11,5/15,6, impresso em papel off-white
no Sistema Cameron da Divisão Gráfica
da Distribuidora Record.